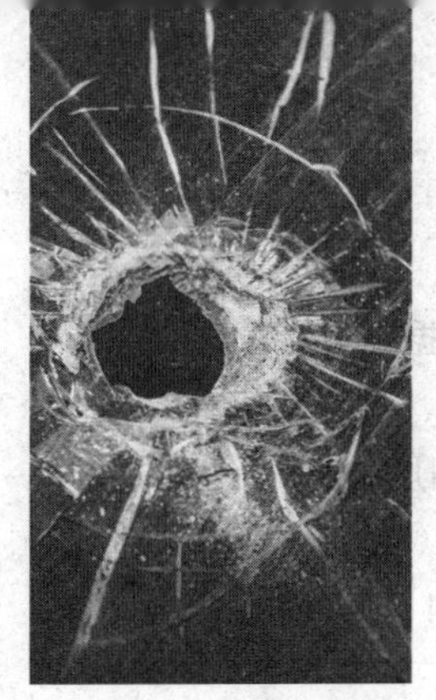

罪案现场 2

你所不知道的刑侦

徐龙震 著

南海出版公司

2016·海口

图书在版编目（CIP）数据

罪案现场：你所不知道的刑侦 . 2 / 徐龙震著. --
海口：南海出版公司，2016.6（2017.11 重印）
ISBN 978-7-5442-8231-4

Ⅰ. ①罪… Ⅱ. ①徐… Ⅲ. ①侦探小说—中国—当代
Ⅳ. ① I247.5

中国版本图书馆 CIP 数据核字（2016）第 042873 号

ZUI'AN XIANCHANG：NI SUO BU ZHIDAO DE XINGZHEN 2
罪案现场：你所不知道的刑侦 2

作　　者　徐龙震
责任编辑　张　媛　雷珊珊
装帧设计　小徐书装
出版发行　南海出版公司　电话：（0898）66568511（出版）（0898）65350227（发行）
社　　址　海南省海口市海秀中路 51 号星华大厦五楼　邮编：570206
电子信箱　nhpublishing@163.com
经　　销　新华书店
印　　刷　北京雁林吉兆印刷有限公司
开　　本　710 毫米 × 1000 毫米　1/16
印　　张　22
字　　数　353 千
版　　次　2016 年 6 月第 1 版　　2017 年 11 月第 2 次印刷
书　　号　ISBN 978-7-5442-8231-4
定　　价　36.00 元

目　录

第一季　意外死亡

第二季　闹市惊变

第三季　意外车祸

第四季　罪恶车手

第五季　人间悲剧

第六季　狼狈为奸

第七季　禁毒风云

第一季　意外死亡

01　大案前的平静

案子结了，海东市公安局重案侦缉队队长萧云天拖着疲惫的身子回到了办公室。他已经让其他的队员下班了，现在的时间只属于他自己，他想一个人静一静。

警察这个职业，并不像外界想象得那样光鲜，背后的艰辛有几人知道？精力的付出与薪水的回报之差又有几人知晓？但萧云天觉得，这些都不重要，精神世界的充实，才是警察永远的精神追求。

虽说自己这几年办了一些大案，立过功、受过奖，但萧云天还是不满足。他觉得什么时候能天下无贼就好了，什么时候社会不需要警察了，那该多好！虽然那样意味着警察失业，但他觉得也值得。

每个人生活的都不容易，尤其是那些善良的人们，多么希望对他们多一点关爱，少一点伤害。无奈，这个世界上有好人，也有坏人。好与坏，就像白与黑一样，形成了鲜明的反差，无法调和。

今天是个值得庆贺的日子，破一件大案，吃一碗方便面，过一个平安的夜晚。萧云天决定留在局里，到局里的地下靶场去练枪法。

到目前为止，萧云天领导的小队还没有出现过与悍匪枪战的情形。但现在没有出现，不等于将来不会出现，还是防患于未然，未雨绸缪比较好。如果平时训练不到位，到关键时候就耽误事了。

萧云天在警校训练的时候，射击课目成绩非常优秀。教练说他心理素质好，沉着冷静，能够放眼全局，是个狙击手的好材料。但在萧云天看来，枪就相当于核弹，重要性不在于其破坏力，而在于其威慑力，引而不发，就可以带来震慑。

在地下靶场，萧云天领了五十发手枪子弹，挑了个靶道，对着靶子一枪一枪地瞄准射击。

在未来的时间里，海东市能否平静下来，会不会再出现其他重案，会不会有持枪的罪犯出现，还不得而知。现在的海东市，虽说没有大风大浪，但谁也说不准有没有涉枪犯罪，唯有拿住枪、练好枪法，随时准备应对各种突发情况，这才是王道。

为了工作，重案侦缉队的队员们都把家庭放在了第二位。唯一一位已婚的队员楚剑雄，经常为了案子加班，彻夜不归，妻子和孩子根本没有时间关心；林玄鹤整天和电脑打交道，和女孩子约会，都不知道除了工作可以说什么；柳如雪是法医专业，男方一听这情况，连面都不愿意见；至于萧云天，虽然大家都在撮合他和何永安局长的千金何冰媚，但萧云天一直把她当妹妹看。

这一天快下班的时候，何冰媚来到了警局，非要请大家去吃夜宵："云天哥，还有几位大哥大姐，以前都是你们请我，但今天我涨工资了，我就请请你们吧！"

于是，五个人一块儿去吃火锅。吃火锅的时候，他们也是东聊西侃，谈得不亦乐乎。楚剑雄心直口快，一股脑儿地把李益新杀害温一田的案子说了出来，听得何冰媚入了迷。几天内破获了这么重大的案子，楚剑雄心里有点得瑟："大小姐，这么大的案子你竟然都没有听说吗？"

"唉，隔行如隔山，我一个小老百姓哪能知道这么多啊。不过你说的这个什么温一田当初报失踪的事，倒让我想起一件事来。我们有一个合作方，是个小建筑商，本来我们分包给了他一些工程，眼看着到交付期限了，最近几天找不到人了，他家里急，我们公司也正着急呢。"

萧云天一听来了兴趣："他家里人有没有报警？"

何冰媚摇了摇头："这个倒没有听说过，因为这是人家的私事，我也没有多问。那个小建筑商的名字好像叫什么郭大富，我记不太清了。"

"郭大富？"萧云天听了觉得好熟悉，过了一会儿突然想起来了，原来他是河边旅行箱案中的一个证人，还曾经被列入过嫌疑人，是被害的歌女卢佳怡的男友。怎么，他也玩儿失踪了吗？

02　报案的女人

说者无意，听者有心。

萧云天听说郭大富也失踪了，觉得事有蹊跷。

第二天，萧云天打电话给郭大富，结果显示电话已经关机。再打，还是关机。如果说晚上关机还说得过去，大白天的关机，难道是手机没电了吗？当初登记的郭大富的手机联系号码有两个，再打另一个，也是如此情况，关机了。能够与郭大富联系的渠道断了。

林玄鹤查了一下失踪人口登记，果然，郭大富的妻子刚刚到派出所报了案，郭大富的名字赫然在失踪人口数据库里躺着。

萧云天马上带着柳如雪到那个辖区派出所走访了一下。所长介绍道："郭大富的妻子来报的案，说郭大富联系不上了。本来吧，以前也出现过类似的情况，所以头两天联系不到他时他妻子也没有在意，但时间一长，感到有些不安就报案了，不过看那女人的样子并不是很着急。"

并不着急？自己的丈夫失踪了，妻子并不着急？难道有什么问题吗？带着疑问，萧云天离开了派出所，准备亲自到郭大富的家里走访一下，会一会那个女人。

警车带着萧、柳二人，七拐八拐地来到了海东市的一处叫作"海东帝景"的豪华别墅区。根据派出所提供的情况，他们来到了一户别墅门前。

柳如雪上前摁响门铃，过了一会儿，一个中年女子打开了房门。这个女人看起来保养得不错，稍微有些胖，怀里还抱着一条小狗。

出示过执行公务证和警官证之后，萧云天说想来了解一下郭大富失踪的情况。那女子看过证件之后，才把两个人请进了屋里。

这个女子名叫万丽芬，正是郭大富的妻子。

万丽芬给两个人各倒了一杯水，然后坐在沙发上问道："警察同志，我老公有消息了吗？”她语气平缓，看起来还真不是很着急的样子。

萧云天说道：“我们是重案侦缉队的，你是到派出所报的失踪，我们觉得可疑，因为最近刚办了一起失踪转为刑事案件的案子，所以想过来了解一下情况。很抱歉，郭大富现在还没有任何消息。”

“早就料到你们找不到他。”万丽芬不屑地说道。

“你既然已经报案了，我想派出所那边会尽力查找的。现在就是想向你了解一下情况，郭大富以前有过这种情况吗？”萧云天问道。

“以前也有过这种情况。经常夜不归宿，说是生意场上的应酬，脱不开身。就他那点儿生意，还需要忙得夜以继日吗？”万丽芬一边说着一边掏出了一根烟，熟练地用打火机点着，“就因为这事儿经常有，刚开始那两天我真没有在意。可这都几天了，电话不也接，短信也不回，以前就算不回家，也不会这样对我和孩子不管不顾，我就觉得不正常，有些着急，就到派出所报案了。他生意场上遇到的人很杂，万一因为什么事，人家把他算计了也有可能。”

万丽芬的一席话，更让萧云天觉得郭大富的失踪是个问题，他会不会和温一田一样，被人绑架出了事，这还需要进一步查证才能确定。

此外万丽芬是失踪人郭大富的妻子，按照一般的破案逻辑，她是重点怀疑的对象，不能因为她说这一席话就消除她的嫌疑。

“那么再请问一下，郭大富最近有没有什么异常行为，或者与其他人发生过矛盾？”萧云天问道。

“这些情况你们问我，让我怎么回答？郭大富失踪前这几天我没有见过他，他的事情我也不愿多管，平时也没管过。说有没有什么异常，我还真没怎么注意过。至于有没有和其他人发生过矛盾，我更不清楚了。他生意上的事情我不怎么过问。这次要不是公司有事找不到他，电话打到了我这里，我都不知道他失踪。”万丽芬说的这些一听就知道没什么价值。

看到万丽芬实在提供不出太多有价值的信息，萧云天决定先回去再说。

“那好吧，万丽芬，你今天提供的情况也不少了，我们回去以后再好好地研究研究。如果郭大富有什么消息，希望你尽快通知我们。如果有什么其他方面的消息，也请及时和我们联系。”萧云天对万丽芬说。

“这个请公安同志放心，一有消息我肯定会先通知你们的。不过，郭大富到底有没有什么危险呀？”看到重案侦缉队的人来到了家里，万丽芬心里也没底了。看来事情比她想象中的要严重得多。她不清楚重案侦缉队的人怎么会找她，她更不知道重案侦缉队刚刚侦办了一个开始也是报失踪的案子，后来却变成了凶杀案。

两起案件时间相隔的这么近，让萧云天不由自主地把郭大富失踪的事也往坏处想了。

这可能就是刑警们的职业病吧。考虑什么都喜欢先从最坏的角度出发。把各种可能发生的最坏结果都预先想到，这样才能建立强大的心理预期，遇到突发情况才能镇定自若。

“郭大富是不是遇到了危险现在还不好说，我们还要再继续调查一下才行。以郭大富目前的情况看，可能存在多种原因的失踪，比如主动失踪，是不是躲债，再比如被动失踪，是不是被别人控制住勒索钱财。最近要是有人给你打勒索电话，一定要及时通知我们。”讲完了一些应该注意的事项，萧云天就带着柳如雪离开了万丽芬的家。

03 仅仅是巧合吗？

一个商人偶尔失联几天，并不是什么大事，但怪就怪在失联的这个人是郭大富。他的情人卢佳怡此前遇害了，他的这次失踪又恰巧发生在另一起绑架杀人案期间，这仅仅是巧合吗？也许这之间有着某种联系，只是这种联系萧云天他们还没有意识到或者没有发现而已。

看看时间尚早，两人商量还是让派出所的人领着他们到郭大富的公司里看一看，看看有没有什么异样。

派出所的人领着萧云天一行往郭大富的公司驶去。

在路上，派出所民警指着几栋正在建设的工程说道："这些都是郭大富的公司盖的楼。因为手下人比较多，公司也走上正轨了，具体的业务基本上不用郭大富操心，所以虽然郭大富失踪好几天了，但公司业务还是在照常开展。

到了郭大富的公司，由公司的副总郝方定接待。郭大富不在公司的时候，公司事务都是由他说了算。这个公司"二把手"看起来很精干。前几天正是他有事要联系郭大富，发觉郭大富的手机不通了，才找到了郭夫人万丽芬。

郝方定的叙述，和万丽芬说的基本都差不多，能够互相吻合。郭大富失联的整个过程，大体就是如此。

"你能不能说得再详细些，比如最后一次见他是在什么地方？什么时间？"显然，萧云天对郝方定的解释并不怎么满意。

郝方定想了想，说道："老板并不经常到公司来，工地上也不是经常去。最后一次见他是在什么时间呢？让我想想啊。可能是几天前，我们几个在一起喝了场酒，郭总说有事，就先走了，他也没让送，说是去见个朋友。"

"什么样的朋友？"萧云天追问道。

"这个问题郭总的确没有跟我说，我也没好意思多问。因为这毕竟是郭总的私事，我们做下属的也不宜过问太多。”郝方定说道。

“万丽芬报案的事情你知道吗？”萧云天问道。

“知道，是郭总的夫人万丽芬报的警，她当时也没有和我们商量，报完警以后，她来公司，我们才知道。现在公司上上下下事情很多，有一些事情郭总不在，我也拍不了板，所以都急着找他。郭夫人报警我们觉得虽然有些小题大做，但要是能借助警方的力量尽快找到郭总岂不是更好。”郝方定答道。

在接下来的时间里，郝方定还介绍了其他的一些情况。老板郭大富有时候也经常外出几天不回来，但走之前会把几天的工作安排好，这样，他即使不在公司，公司也能正常运营。

但这次郭大富的离开毫无征兆，也没有提前跟郝方定及其他公司领导打招呼、部署工作，以致于最近公司经营出现了一点状况。郝方定急着想找郭大富请示汇报，却找不到人。

目前郭大富的建筑公司承接的单子不少，也和其它房地产商合作开发了一些房地产项目。地产开发及建设是一项复杂的工程，方方面面的问题很多，需要接触的人也非常多，郭大富的失联，会不会和他的生意有什么关联呢？

04 副总的心思

其实，郭大富的失联也让郝方定的心七上八下。

这个建筑公司是郭大富早年一手创立起来的，刚成立公司之初，由于什么都不懂，也有过一段艰难时期。虽然磕磕碰碰，但最后都挺过来了，生意越做越大。现在海东市的很多工程都是由郭大富的公司承建的。

郝方定在公司成立之初就跟着郭大富，虽然只有高中文化，但凭着精明的头脑和出色的办事能力逐渐取得郭大富的赏识，公司一路成长，郝方定的职位也越坐越高。

在建设几个项目时，郝方定出任了项目经理，工程搞得有声有色，没有出一点纰漏，这让郭大富对他更加刮目相看，几个项目下来，郝方定就坐到了公司副总的位置。

虽然已经位居副总，但这公司毕竟是郭大富一个人的产业，他郝方定没有一点股份。虽然位居高管之列，但终究是个打工的。

本来，郭大富已经给郝方定很高的薪酬了，但相比郭大富所取得的巨额财富，郝方定所获得的只能算是一个零头。时间一长，郝方定心里就不平衡了，觉得郭大富近几年很少具体管理生意，上上下下都是他郝方定在操办，累得要命。虽然几次想提出加薪，但总不好意思开口。

郝方定觉得自己的能力已经很高了，这与他的薪水不成正比。自己在这个公司已经做到了一人之下，千人之上，不能再高了，再做下去也是这个水平，无法突破。

所以，郝方定就想着跳槽，但跳到哪里去呢？海东市的建筑市场只有郭大富的这个公司是个龙头企业，到其它地方还不如这里呢。再说，宁为鸡头，不为凤尾，如果换个地方还是当个副手，不能施展自己的才能抱负，岂不是屈才了？

因此，虽然有跳槽的想法，郝方定却没敢轻易实施。一来条件还没有成熟，还没有找到可以容身的下家；二来郭大富确实对他不薄，没有轻易离开的理由。

郝方定将这种想法告诉了一个朋友，外地人才公司的猎头朋友知道情况后，给郝方定联系了一家国内的房地产公司巨头，说这家公司的华东大区正好缺一个大区经理，问他有没有兴趣过去。郝方定觉得条件不错，也起了离开之意。

正想找个借口和郭大富商量一下，这个关键时候郭大富却找不到了。打电话给万丽芬，结果万丽芬也不知道郭大富跑到哪里去了。

郝方定的这个想法只好先憋在心里，这个时候肯定不能和警察说，本来就找不到郭大富，人人都有嫌疑，自己再说出这些想法，肯定会被别人怀疑。

虽然人各有志，郝方定想要另起炉灶也并不是不可以，但他想走得干静利落，不拖泥带水，不想在这里留下什么后遗症。

现在郭大富失联，万丽芬报警，警方来调查，在这样一个可能要散架的摊子面前，郝方定更要扶将倾之大厦，而不能一走了之。

05 海边有车在燃烧

副总郝方定和萧云天他们谈了一阵，但郝方定也不知道郭大富到底去哪里了。因为老板时常行踪不定，有时候出去还说一声，有时候根本什么都不说。身为下属，对于老板的事情也不好意思多问。

郝方定觉得，在郭大富失联以前，并没有感觉到什么不正常的情况，所以他也无法把这几天的情况与郭大富失联联系在一起。

问了一阵后，萧云天觉得也问不出什么线索来，准备打道回府。

这时，林玄鹤的电话打了进来，称在海东市沿海某处偏僻的地方，有一辆轿车在那里燃烧，车里好像还有个人，楚剑雄已经先期赶往现场，呼叫队长疾速增援。

案情就是命令，郝方定这边来不及再细问了，他们要立刻赶往燃车现场。

他们向林玄鹤说的事故现场疾驰而去。

车窗外的景色是如此的宜人，尤其是在这条沿海公路边上，可以听到浪涛拍打海岸的声音，远处海天一色，风景甚是好看。

这样的景色不禁让两人感叹，如此美好的世界，为什么会有着那么多的罪恶！

到达现场大约需要半个小时的时间，这样的一段时间，萧云天通常会想象一下现场的情况。

到底是自杀还是他杀？死者到底是谁？如果是自杀，为什么自杀？如果是他杀，是谁杀了他？为什么要杀他？一连串的疑问需要看到现场后再一步步地做分析。

“队长，这个被焚烧的人会是谁呢？会不会是郭大富？”柳如雪突发奇想。

萧云天一怔，他倒没有想到。调查郭大富失联，是因为郭大富与原来被害的卢佳怡关系特殊。这让萧云天有一种奇怪的感觉，想要去查访一下这两者之间有没有什么联系。正如温一田遇害一案一样，在没有见到尸体之前，谁也不会贸然做出失踪人已经死亡的结论。

“呵呵！如雪，你说的这个情况也有可能，毕竟郭大富也是失踪人员中的一个嘛！是不是郭大富，让我们看了现场再说吧！”萧云天答道。

“现场，估计现场早就烧成一堆破铜烂铁了，人也快烧得没人形了，肯定是辨认不出来的啦！”

“不错，你说的这倒是实情。不过既然有车在，那么被害人的身份就容易查找了。”萧云天说道。

的确，这种机动车与自行车、电动车不同。小汽车有自己专属的发动机号和车架号。如果没有被人刻意打磨掉，找到车的主人还是比较容易的。

找到了车的主人，那么这名死者必定和车的主人有这样或那样的联系。如果没有关联，二者也不可能同时出现在一起。

警笛呼啸，警车疾驰，两人以最快的速度到达了现场。

楚剑雄早已在现场等候，各警种已经进入现场各司其职了。

尽管此地比较偏僻，离沿海公路还有一段距离，但还是有路过的群众在远远地围观。

当地的派出所已经拉起了警戒线，禁止无关人员入内，以保持最完整、最原始的现场。否则现场围观的群众进入，就成了变动现场，会为那些脚印、指纹、毛发、血迹等物证的提取和甄别增加难度。

附近的武警消防大队也来了一辆救火车，三下五除二就将火势扑灭了，只是火势开始燃烧得太猛，车和人都已经烧得面具全非。消防灭火后，留下几位技术骨干协助调查，其他的人都已经先撤了。

警方的物证技术人员也是刚刚赶到，他们拿出工具箱，仔细地勘查着现场。柳如雪到后也帮着技术人员勘查、拍照。

萧云天下车后问楚剑雄道：“情况怎么样，有什么有价值的线索吗？”

楚剑雄摇了摇头：“现在还没有发现什么能够使侦查有所突破的线索。”

“报案人呢？”萧云天问道。

楚剑雄还是摇了摇头：“是过路人打电话报的案，说这里有一辆车在燃烧，其它的什么也没说，再联系报案人已经联系不上了。”

听了楚剑雄的汇报，萧云天有一些疑惑。因为一般来说，发生在公共场所的案件都是过路人报案，报案后不可能联系不到，应该还会在案发现场继续围观警察的勘查。

“通知玄鹤调查一下这个报警电话的情况，如果能够联系到，再详细地问一问是什么时间发现的，有没有发现什么可疑的人。”萧云天吩咐道。说完，他走近烧毁的车前去看看中心现场的情形。

中心现场的确是残不忍睹。

车的形状看样子是一辆桑塔纳2000型轿车，车身的非金属部分早已燃烧殆尽，被烧毁车辆的后座上，可以看出有一个人的遗体坐在座位上。面目已经距离碳化的程度也不远了，从外貌上已经无法辨认身份。

不过从尸体外观上粗看，没有什么明显的外伤，没有骨裂之类的明显特征。初看之下看不出是生前遇害后焚尸，还是被活活烧死的。

死者的衣服已经烧没了，外层皮肤也已经烧得看不出来了，只是从躯干的形状来看，像是身体上半身侧躺在后座上。

技术人员经过详细的勘查没有发现什么遗留的物证，只是提取了车辆的发动机号和车架号码。萧云天立刻让人把号码传给局里值班的林玄鹤，让他尽快查实车辆的归属。

勘查完现场后，法医们开始上场，将尸体运上专用车辆，准备送到解剖间里进行解剖，以查明被害人的死因。

部署完现场的一切，萧云天让派出所找来一辆起重机和卡车，将被烧毁的车辆先移至停车场，以待下一步的再次勘查。

06　死因之谜

初步尸检的结果印证了萧云天的最初判断。

经体表检验，死者的骨骼并没有受到钝器打击或锐器砍击的痕迹，从烧黑的躯干来看，也没有什么刀具捅刺的创口。可以初步判定，死者生前没有受过外伤。

再经解剖呼吸道及肺部，也没有发现有燃烧灰烬物吸入，可判定死者在被焚烧之前已经死亡。

排除了这两个死因，死者难道是心脏病突发猝死的吗？现在还不能这么早下结论，因为还有胃容物没有检验。

检验是否为中毒身亡，就要化验胃容物的化学成分。

虽然毒物有很多种，但常见的、市面上能够买到的也就是那几种，根据不同的检验方法就可以检验出来。

但中毒死亡也有两种情况：一种是服毒自杀；另一种是被毒杀。

化验结果只能给出死因，却不能指出是谁干的，还需要参照其他证据进行判定。

经过法医室紧张的工作，终于检测出死者胃内、心肺内都有舒乐安定成分。

这是一种麻醉剂，剂量小会致人昏迷，剂量大可能会导致生命危险。

这样一来，死者的直接死因基本查清了，接下来就是要查明死者是自杀还是他杀了。

另外，关于死者的身份，当然是首先需要弄清的问题。

但茫茫人海，如何查清这名被害人呢？

现场能够证明死者身份的衣物或证件之类的东西早就烧没了，外貌也已经烧成焦炭。

只好先提取了死者的DNA，留待以后找到线索时进行比对。

虽然，一时间不能通过DNA获取死者的身份，但发出认尸通报还是通常的寻找尸源的方法之一。家中有失踪人口的，可以看到通报后过来进行血缘关系比对。

这是一条途径，另外一条途径就是抓紧通过对车辆信息的排查，推动侦查的进一步深入，看看死者与这辆车究竟有什么关系。

07　卖车惹出的这些事

林玄鹤那边的车辆查询有了结果。

从被烧毁车辆的发动机号和车架号上提取到了一串数字，经过专网比对，发现这辆车的车主叫路任飞，是海东市本地人。

这辆车是他所有的，他是犯罪嫌疑人吗？

重案特警们紧急出动，不费吹灰之力就找到了路任飞。

面对从天而降的特警，还有数只黑洞洞的枪口，路任飞吓得差点尿了裤子。

“这究竟是怎么回事？自己也没有犯什么错啊？到底是招谁惹谁了？”路任飞心里道。

特警们不管这些，直接把路任飞带回了警局，听候重案侦缉队审讯。

审讯室内，队长萧云天正在询问路任飞：“路任飞，你有没有一辆桑塔纳 2000 轿车？”

“不错，我的确有一辆这样的车，但前段日子我已经把这车卖了。”

“卖掉了？那怎么车主的名字还是你本人？”

“哎呀！我就知道会出事，当时那人很急，付了钱就把车开走了，说以后有空再过户。”

接下来，路任飞详细地讲述了那天卖车的事情。

因为这辆车已经开了很多年，车况不是很好了，路任飞早就想换车了，在换车前想先把这辆旧车给处理掉。

路任飞有个朋友在二手车市场当经纪人，于是就把车放在了他朋友那里，遇到有诚心的买家时，就通知他一声，他再过去谈。

他上午刚把车开到二手车大市场，下午朋友就打来了电话，神秘地说：“有人来买你的车了，还是个美女。”

路任飞倒不在乎买家是什么人，只要愿意买车，出个好价钱，那就得了，管人家那么多干什么？所以，一听到有人买车，路任飞赶紧回到了二手车大市场。

到了市场，看到买家年纪应该在三十岁左右，是个美丽的少妇。虽然是个少妇，但风韵不减，眼角眉梢都仿佛含情，一看就特别迷人。不过听口音，这少妇并不是本地人，具体是哪里人也听不太出来……

少妇自称叫王芳芳，有急事要用车，相中了这辆桑塔纳，希望路任飞能够以合适的价格卖给她。

路任飞说了个价格，王芳芳觉得稍贵了一些，两人你来我往砍了一会儿价。路任飞没有太坚持自己的意见，只几个回合就败下阵来，双方就谈妥了价格。

王芳芳拿出钱来，这就要把车开走。路任飞一愣，还没遇到过这么爽快的买家呢。他问道："什么时候去办过户手续？"王芳芳答道："等过一段时候再过户吧，这段时间太忙！"

路任飞比较谨慎，与王芳芳自拟了一个二手车买卖合同，合同上写明了双方买卖的标的物、价格、交付方式，尤其注明了一条，那就是"二手车自双方互相交付之日起，发生的一切事故均与卖车人无关"。

原来路任飞也听说过，有的人约定几天后去过户，结果没去，然后就拖着一直没过户，最后车辆发生事故了，警方就找到了原来的车主。所以，这次被警察抓到警局，路任飞怀疑是不是自己卖出去的车出事故了，所以才找到自己。

08　模拟画像

“这么说，这辆车现在已经不是由你在开了？”萧云天问道。

“当然了，我把车卖了，再由谁来开我也不知道啊。”说完，路任飞从身上拿出了买卖车辆的合同，这合同正好还在他身上放着呢。

萧云天看了看合同，上面记载着买卖车辆的一些事宜，和路任飞说得基本上都差不多。随后萧云天让林玄鹤去查这个王芳芳的信息。

萧云天将那辆燃烧殆尽的车辆照片扔过去，让路任飞辨认。路任飞接过照片，只见照片上的车已经只剩下了一个空架子：“警官，这车都烧成这样了，我也不知道是不是我的车啊！”

“从发动机号来判断，的确是你的车。”萧云天道。

这时林玄鹤走了过来：“队长，这合同上只有一个名字，连个身份证号也没有，根本没法查啊，别说全国，就咱们海东市叫王芳芳的也得有几十位啊！”

看来这个叫王芳芳的女人不寻常，肯定与本案有着某种联系。合同上王芳芳留的手机号码已经打不通了，通过电信公司查询，这个号码是在报刊亭上买的无记名的手机卡，无法查出机主是谁。

难道这条线索就断了吗？

这时，柳如雪说道：“路任飞，如果再见到这个王芳芳，你还认得出来吗？”

路任飞答道：“应该能认出来，这个女人很漂亮，所以当时我就多看了她两眼，印象比较深。”

柳如雪对萧云天私语道：“队长，让我来试试模拟画像吧，看看能不能画出来这个女人的大概面貌。”

萧云天一怔："如雪，你什么时候学的这门手艺？"

柳如雪宛然一笑："队长，你有所不知了吧，我学这个很长时间了，只是以前没有学到家，不好意思拿出来献丑，现在不妨让我试一试吧！"

原来柳如雪从小喜欢画画，画人像也有一定的基础。

当过几年法医之后，对各种各样的人的容貌、身体特征都有了更深层次的了解。看到其他地市公安局有利用模拟画像破案的案例后，柳如雪自己也在偷偷地练习模拟画像。因为完全是靠描述来画像，对于目标对象并没有明确的认识，一开始也没有掌握要领。后来自己画得多了，才慢慢地掌握了其中的技巧，画得越来越像，但还没有真正实践过。

平时在工作生活的各个环节，柳如雪注意观察每个人的相貌。基因的细微差异使每个人的相貌几乎都不相同，除了同卵双胞胎可能很像之外，其他的人都有各自的容貌特点。尤其是中国地域辽阔，不同地方的人容貌特征不一样。

模拟画像与素描还是有明显区别的。

素描有明确的实物可以参照，哪里不像可以参照实物一点一点地细细修正；模拟画像是根据他人口述进行模拟画像，不但要有扎实的绘画技巧，还要有很强的想象能力、理解能力。

要想更准确地刻画犯罪分子的面貌，还要钻研一些犯罪心理学、刑事侦察学、生理学、解剖学、人种学、预审学、痕迹检验学等多门学科的相关知识。

在萧云天同意柳如雪进行模拟画像之后，柳如雪详细地询问了路任飞对王芳芳相貌的记忆，一边问一边铺开画布描绘。

在柳如雪的详细询问下，路任飞开始描述王芳芳的面部特征，如脸型、眼型、额型、鼻型、耳朵、头发、眉毛、嘴巴。路任飞的记忆慢慢被唤起，王芳芳的一些容貌特征渐渐浮现出来。

路任飞每说一点，柳如雪就画一点，碰到路任飞觉得不像的时候，柳如雪就反复地修改，直到路任飞觉得差不多了为止。

画像画得很慢，画画停停，停停画画，让路任飞反复地辨认，再反复地修改，转眼间一上午就过去了。中午的时候，他们从食堂打了点饭菜，让路任飞也跟着吃了。然后没有休息，继续画像。

下午的时候，萧云天看到柳如雪模拟画像的速度很慢，就吩咐楚剑雄通知近期报失踪的成年人的家属，需要提取他们的 DNA 以和死者进行比对。尸体已经被焚烧得无法辨认了，但既然是现在被发现的，是近期失踪人口的可能性应该比较大。

柳如雪又画了几个小时，直到路任飞觉得有九成像了，这才停住了画笔。

在柳如雪画的时候，萧云天还派人调查了路任飞的社会关系，他确实是将车卖出去了，最近也没有什么异常的举动，于是在画像完成之后就让路任飞回家了。

09　早该想到的

犯罪嫌疑人的画像是画出来了，路任飞也觉得像，但除了路任飞之外，谁还认识这个自称叫王芳芳的女人呢？这还是个未解之谜。

因为目前所知，王芳芳只和路任飞交流过，而且还只是一次偶然的交集，缘于一桩一手交钱，一手交货的买卖而已。

路任飞对这个王芳芳是从哪里来的、又是干什么的、为什么买车等情况一无所知。

他作为证人就是依据他的记忆由柳如雪画出这个犯罪嫌疑人的大体面貌，再交由侦查人员去按图索骥。在抓到这个人之后，再交由路任飞进行辨认，以确认是不是买他车的那个女人。

所以，模拟画像这一阶段的工作算是完成了一半，剩下的一半，就是查找那些可能和这个女人有交集的人员并对画像进行辨认。

当然，现在并不知道哪些人和这个女人有交集。不过，既然这个女人和这起案件有关系——因为她买的车就是案发现场被烧毁的车，要说她和凶案没有联系，说得过去吗？

也许，这个女人买了车之后又卖给别人了，或许借给别人开，或者是被别人偷走了，这些都有可能，不过只是小概率的可能。

从一般的逻辑规律来看，这个叫王芳芳的女人买了车没几天，车就被烧毁了，车里面同时还有一个被烧焦的尸体，百分之九十的人得把这两件事联系起来看。

如果查实了死者的身份，再找到死者身边的人，说不定会有人认识这个叫王芳芳的女人。王芳芳不是主谋也是帮凶！

所以说，现在当务之急还是要查清尸源。查清了死者的身份，再调查死者身边的人，调查过去发生的事情，就可以推断死者究竟是服毒自杀还是中毒他杀。

如果一个人一直生活很平静，怎么能够舍得离开这个世界？

杀人需要勇气，自杀更需要勇气，眼睁睁地看着自己把自己杀死，该是一种多么决绝的心态！

没有巨大的压力，没有无法排解的抑郁，没有极端厌世的心理，没有走投无路的无奈，没有天亡我也的绝望，想让一个人自己去死，是绝对不可能的一件事情。

突然，萧云天感觉有些地方不对！

他再次拿过尸检报告，仔细看了看舒乐安定是如何查出来的。

舒乐安定其实是一种药物，主要用于失眠，也可用于缓解焦虑、紧张、恐惧，还可用于抗癫痫和惊厥。这种药很常见，是一种非处方药，在大一点的药店都可以买到。

再看尸检报告，在死者的胃组织及内容物中检出舒乐安定成分，同时脑组织中也检出了舒乐安定成分。全身未见明显外伤，上呼吸道及胃内未见燃烧炭沫。

在原来的分析中，已经分析出死者不是被烧死，而是中毒死亡的，当时怎么没有再继续往下联想呢？

既然是中毒身亡，怎么会在死亡之后再去烧车呢？人在被焚烧之前就已经死亡，说明只能是他杀，而不可能是自杀。

这么简单的道理，居然一开始就没有想清楚。萧云天懊恼自己光注重鉴定结论本身了，没有分析其中的逻辑关系。

尸检的结果应该能排除自杀的可能。

但是如果死者事先喝下了大量药物，并在自己身上和车上浇上汽油，然后在药物开始起效，身体有剧烈反应但意识还算清醒的弥留之际用打火机点燃了汽油，有没有这种可能呢？

如果是这种情况，火情现场的勘查应该会发现异样。

经过消防队的几位火灾勘查专家分析，中心起火点并不在车后排座位上，而是在前排驾驶室里。

死者要是想自杀，仅靠服下大量药物就可以做到，为何还要多此一举，弥留之际点火焚烧，而且点火之后还把打火机扔到前排座位上？这一切都是解释不通，违反逻辑的。

根据死于火灾者的尸体的普遍性规律，呼吸道内肯定会吸入一部分炭沫，但被害人没有，说明火开始着起来的时候，他并不是处于弥留之际，而是已经彻底死亡了。

综上分析，死者肯定是他杀，是被毒杀。而且，看这个过程，就是谋杀！而不是那种突发性、偶遇性的杀人事件。

这又是一起谋杀命案，可以立为刑事重案开展下一步的侦查工作。

被烧的车内只有一具尸体，其他的人呢？到底都去哪里了？这个叫王芳芳的女人究竟去哪里了？她在这起谋杀案中到底起了什么样的作用？

一切谜底都要靠一步步的调查才能知晓。

10　意料之中的认尸

通过多年的侦查实践，萧云天深深体会到，如果没有严谨负责的工作态度，没有精益求精的职业作风，没有锲而不舍的钻研精神，就不能真正快速准确地抓获犯罪嫌疑人。因此，破案的过程就是对案情进行去粗取精、去伪存真的过程。有些案件，在抓到犯罪嫌疑人以后再回过头来看，就会觉得犯罪嫌疑人的作案手段并不是十分的高明。

每起案件的侦破过程都是颇费周折的，因为案件侦查开始的时候，并没有掌握那么多的信息，有时还往往被表面现象所蒙蔽，所以才会觉得破案是那么的艰难，犯罪嫌疑人是那么的狡猾。

从无名尸体尸检与现场勘查的关系中顿悟出来的萧云天，已经将这起案件立为重大案件。

认领尸体的通知已逐个向近期报失踪人口的家属们下达。

陆续有失踪者的家属来到公安局辨认尸体、提取血样。看到那具已经被烧焦的尸体，谁也不能也不愿确认，这具尸体就是自己失踪的亲人。

这天，来辨认尸体的人中来了一个眼熟的人，她那就是建筑商郭大富的妻子万丽芬。她带着孩子，由公司副总郝方定陪着开着一辆奔驰车来到公安局。

万丽芬在接到公安局辨认尸体的通知时心惊肉跳，觉得此行真可能是凶多吉少。毕竟郭大富失联这么多天了，难道被害的就是郭大富吗?

万丽芬不敢迟疑，马上给公司副总郝方定打了个电话，让他来接自己和孩子一起前往公安局。

郝方定接到电话后也是一惊。这么多天没有老板的电话，听到的第一则消息难道就是老板的死讯吗?

看到万丽芬他们过来后，萧云天点头示意了一下，让孩子和司机在外面等候，并让柳如雪带着他们去停尸间辨认。

预料之中的是，万丽芬和郝方定和前面进行辨认的人一样，面对一具黑炭似的尸体目瞪口呆，不知道说什么好。

他们不希望死者就是郭大富，但又不能十分确定。尸体这样的状况，生前的容貌已经面目全非，的确不好辨认。

辨认未果后，柳如雪抽取了万丽芬和她孩子的血样，以备进一步通过DNA检验来和死者进行亲缘关系比对，确定死者是否为郭大富。

海边这具烧焦的尸体虽然大部分都已经被烧得不成样子了，但还是从胸部、腿部等多处深层肌肉处提取到了DNA。

抽完了血，万丽芬一边安慰因抽血而感到疼痛的孩子，一边问柳如雪道："检验结果什么时候能出来？"

柳如雪答道："应该很快，不过由于这次的检材实在太多，大约得到明天下午才能够出结果。你放心吧，一有结果我马上通知你。"

万丽芬点点头："要真是郭大富，公司和家咋办啊？剩下我们孤儿寡母日子咋过啊？再说公司的这一套东西，我原来也没接触过，怎么经营啊？"

柳如雪道："今天就先回去吧，手机保持开机，有消息我会及时通知你。"

最终，经过大半天的通知核查，共有几十位失踪者的家属来到警局认尸及抽血采样。

尸体辨认肯定没有结果，谁也不敢贸然认定死者就是自己的家人，也不敢贸然否定就不是自己的家人。

11　死者就是他

这件海边谋杀案的侦查进程，正处在等待法医实验室的检验结果阶段。

根据目前的科技水平，还没有达到几分钟就出结果，但相比以前已经有了很大进步。

正所谓魔高一尺，道高一丈，这样的案子如果是发生在不能够检验 DNA 的时候，谁还能认出死者是谁呢？

经过一天一夜的漫长等待，法医实验室的人们加班加点，柳如雪也临时过去帮忙，终于赶在第二天下午下班之前将所有血样都比对了一遍。

比对结果出来的时候，所有人的注意力都被吸引过来了。

死者身上提取到的 DNA 物质与万丽芬的孩子对上了。鉴定数据显示：这个孩子的等位基因一半可以从万丽芬身上获得，另一半可以从死者身上获得，说明死者与这个孩子之间存在着亲生血级关系。也就是说，这名死者就是郭大富。

鉴定结果一出来，万丽芬就被通知再次来到警队。拿到鉴定结论通知书，万丽芬的手颤抖了，担心变成了现实，预想中的最坏结果竟然真的出现了。

被害人的身份确定了，已经迈出了破案的第一步，下一步就是围绕被害人的身份进行各种侦查了。

从现场来看，有下毒、有火烧，具有明显的谋杀特征，应该是一起有预谋、有组织的犯罪行为，而不是那种临时性的突发犯罪。

既然是有预谋的，那就说明凶手肯定与死者之间有着这样或那样的矛盾。

“万丽芬，我们警队对你的遭遇非常同情，对你的心情也非常理解，请节哀顺便。目前当务之急是请你配合我们的工作，早日将凶手绳之以法。”队长萧云天说道。

发生了这样的事情，一个家庭的顶梁柱、主心骨瞬间倒塌，对家里来说就像天塌下来一样。万丽芬脸色很难看，失去了郭大富，以后都要靠她自己了，她不知道以后的生活该如何下去。

“萧队长，谢谢您的关心。我想现在该做的事情一是处理好大富的后事，办好葬礼；二是希望警队能够尽快抓获凶手，以安慰大富的在天之灵。你们有什么问题尽管问吧。”万丽芬说道。

“郭大富这次的失联，乃至遇害，表面上显得非常突然，但是祸根应该是以前就埋下的，以前你没有觉察到什么不对劲的地方吗？”萧云天问道。

“这个实在是不知道从哪儿说起，郭大富的圈子很杂，我们这两家的亲戚方面应该都没有什么问题，没有发生过多大的矛盾。至于生意那方面，我不怎么介入，要问的话，还得去问郝方定。”万丽芬的证言也没有提供什么新的线索。

或许是刚刚确认郭大富死亡，万丽芬还没有从震惊、悲痛、愤怒中恢复过来，她的回答并不能给破案提供什么方向。

在询问了一段时间后，萧云天觉得从郭大富和万丽芬的亲属方面暂时没有发现什么疑点，目前也没有看出万丽芬有什么动机和理由要预谋杀害郭大富。虽然还不能完全排除万丽芬有作案动机，但目前应该另从其他方面打开侦查方向。

萧云天让柳如雪拿来她画的那个模拟画像，让万丽芬辨认。

万丽芬接过画像之后，经过再三仔细辨认，还是摇了摇头，印象中没有见过这个女人，也没听郭大富说过有叫王芳芳的女人。

萧云天虽然有些失望，但也释然了。如果说这个王芳芳与本案有关系，那么王芳芳与郭大富之间应该有些说不清的关系，说不定是暧昧关系，所以万丽芬不知道也属正常。

于是，在作完证后，万丽芬就回去筹办郭大富的后事了。

望着万丽芬离去的背影，萧云天觉得有必要对郭大富公司的副总郝方定等人再重新调查一番。

12　美女供货商

当警察重新坐在郝方定面前时，郝方定觉得事情发展得真有点麻烦了。

万丽芬从警局回来后，告诉了他 DNA 的鉴定结果，死者就是郭大富。

作为郭大富的左右手，郝方定暂停了公司的生意，陪着万丽芬将郭大富的尸体火化，并着手安排郭大富的葬礼。

本来，郝方定打算办完郭大富的葬礼再接受警察询问的，因为这一段时间事情太多了。但后来一想，如果不接受询问，别人会不会怀疑自己心里有鬼，所以才不敢接受警察的询问？

在案情不明的情况下，尽管真相只有一个，但目前与死者有关联的人都不能排除具有作案嫌疑。郭大富的妻子万丽芬，还有他这个副总郝方定，更可能会被列为重大嫌疑人。所以，现在最好是老老实实地配合警方工作，只有警方早日抓到真凶，自己才能早日洗脱作案嫌疑。

萧云天带队来到公司，安排人马逐个对公司的人员进行调查，看看能不能找到什么蛛丝马迹。他直接询问郝方定，“最近有没有什么人和郭大富产生过矛盾？”

郝方定想来想去，还是想不出一个所以然来，平时公司生意上的事情太多，他也不清楚郭大富和哪些人产生过矛盾。

看到郝方定唤不起回忆，萧云天又拿出了那张模拟画像。萧云天坚信，这个叫王芳芳的女人不可能无缘无故地出现，也不可能无缘无故地消失，更不可能一直与郭大富单线联系，肯定还有人见过她！

果然，郝方定反复辨认了画像后说道：“画像中的这个女人看着面熟，好像是一个建材供货商。她来过几次，每次都是她和郭总单独谈的，但不知道为什么，最后还是没有用她家的东西。后来就再没见过这个女的。”

看来这个王芳芳的嫌疑越来越大了。

“这个王芳芳有什么来头？”

“什么来头我不知道，但我好像记得，这个女的并不叫王芳芳，而是叫……什么名字来着？我想想啊，好像是叫李菲。”

听到郝方定这么一说，这个女人显然不简单，什么王芳芳，什么李菲，可能都不是她的真实名字。

王芳芳这个名字其实已经确认是假的了。在查出被烧毁的车车牌号并找到前任车主路任飞以后，想顺藤摸瓜地找到这个王芳芳。所以，虽然全国叫这个名字的太多了，无法一一找来让路任飞辨认，但当路任飞讲述出那女人的外貌，柳如雪又进行了模拟画像之后，萧云天已经让林玄鹤拿着模拟画像，一一比对户籍库里、身份证库里所有叫王芳芳的女人。

虽然户籍证明和身份证上的照片可能和本人相貌有一些差异，但终究还是能看出一些基本特征的。经过和模拟画像仔细比对，初步认为海东市所有叫王芳芳的女人，似乎都不是这个买车的王芳芳。而在郝方定的辨认中，画像中的这个王芳芳非常像一个建材供应商李菲，究竟这两个名字是同一个人，还是两个人呢？

如果是同一个人，那么王芳芳和李菲这两个名字之中至少有一个是假名字，或者两个都是假名字，那么这个女人就更加可疑了。如果不是同一个人，那可能是因为画像画得不准确，或者是郝方定认错了。

总之，无论是哪种情况，现在这个神秘的女建材供应商的嫌疑越来越大。

但到哪里去找这个李菲呢？

王芳芳这三个字的名字已经有那么多重名了，李菲这两个字的名字查找起来重名的岂不会更多？

何况如果这个李菲就是那个买车的王芳芳，那就更难找了，因为据路任飞回忆，这个人好像说得并不是本地话。这个名字要是在全国户籍库中查找，或许能找出上万人来。

“郝方定，你再把李菲来找郭大富的情况详细地说一下。”萧云天觉得还是要把李菲来公司的细节了解清楚后再来分析判断。

“好。公司往来的客户都是我先接待，然后再引见给郭总。当时这个李菲介绍的建材价格还不错，我就引见给郭总了。至于他们两个是如何谈的，我就不知道了。李菲进去之后，就他们两人在办公室里谈。我就是叫人给他们倒了一下水，没进去过。这个女人后来还来过几次，最后一次见面的时候，我觉得这个女人的眼里好像有种慌张的感觉，只是那时我以为是郭总没用他们的产品让她失望了。”

郝方定喝了口水，继续说道：“当时郭总没有拍板用他们的产品。我们的工地比较多，用的量也比较大，如果郭总用他们的产品，那细节方面肯定会安排我去谈的。我所了解的事情就是这些。从那次之后，我就再没见过这个李菲。”

仅仅是这些吗？萧云天望着对面的郝方定，心里不住地揣度。

郭大富没用李菲的产品可能是真的。生意场上的事情，用谁的，不用谁的，都是人家的自由，没必要因为这种事就预谋杀人焚尸吧？肯定不会那么简单的，背后肯定还会有其他的秘密。

当李菲和郭大富单独在办公室的时候，他们究竟谈了些什么，他们之间又发生了什么事情？生意没谈成，以后的事情究竟与李菲有没有联系？这些问题现在还不得而知。

这种生意场上销货、供货的事情不至于动了杀机，至少在大部分情况下是不值得去杀人的。那么，只能说明一点，李菲并不一定是幕后的主谋，只是主谋的一颗棋子而已。

建材供应这个行业历来是男人的天下，突然冒出来一个貌美如花的建材供应商，岂不是令人有所怀疑吗？

13 没有永远的伙伴

据郝方定回忆，这个美女供货商李菲与郭大富见面时并没有发生什么激烈的争执。没有冲突，就不会积累起来那么大的仇恨。李菲只见了郭大富几次就消失了，她不可能直接和郭大富发生矛盾。所以说，李菲并不是重要的人物，她的背后另有其人。

如果买车的王芳芳是李菲的化名，那么李菲对整个事件的内幕应该有一定程度的了解。

但问题是，李菲背后的主谋是谁呢？

如果没有猜错的话，幕后主谋之所以让李菲来做，一方面是因为李菲是个生面孔，不易引起人们的怀疑，另一方面李菲长得不错，至少不会让郭大富很快拒绝。

那么让李菲接近郭大富，出于什么目的？是不是美人计？会不会是李菲把郭大富引出来，然后其他人胁持了郭大富？

这样的推论看起来也很合理。一个女人自然打不过郭大富这样一个男人，只能作为诱饵，诱惑郭大富上钩。诱饵后面，肯定还有钓鱼人。

萧云天让郝方定把近年来与郭大富的公司发生过业务往来的人都列出来，并把目标锁定在有较大额度的往来上，看看从这些人里面能不能发现什么线索。

这一两年来，郭大富的公司的合作方很多。建筑行业是个复杂的行业，有些建材需要从外面进货，有些工程需要分包，有些设备需要租赁，所以涉及的各种供货商、建材商、设备商及建筑队都很多。对于这些人或公司，有些是长期合作，有些是短期合作，还有的只进了一两次货就不再合作了。重点排查的对象应该是那些原来有过合作，但因为某些原因没有再度合作的人或公司。

经过这样的排查，郝方定梳理出来五六个有可能和郭大富产生矛盾的人。

第一个是谢一枝，是个电梯供应商。本来电梯这东西是开发商定的，但郭大富在一些项目上有暗股，他说了也算，却因为不明原因没用这个谢一枝的。

第二个叫穆道烟，他有一个沙厂。本来郭大富自己也有沙厂，只是有一段时间工地太多，货物周转不过来，就准备用一些穆道烟的沙子。结果发现他的沙子不光是河沙，还掺有部分的海沙，而用海沙对建筑是有害的，因此以后就没有再和穆道烟合作。

第三个叫王兵丰，是个房地产开发商。当时正在开发某个项目，竞标建筑商时，本来郭大富很有实力中标，但王兵丰迫于压力将项目给了其他人，只给了郭大富一些小工程。

第四个叫史宇过，原来是郭大富手下的一个小包工头。因为嫌郭大富给的提成太少，就不在郭大富的工地干了，转投了其他队伍。

第五个叫赵士意，外地人。他有过一个小建筑队，获得过郭大富分包的一些工程，也赚了些钱，但后来郭大富发现他的建筑队工程质量很一般，就不再让他干了。

这五个人，到底哪一个嫌疑最大呢？

现在看来，这些人都和郭大富产生过或大或小的矛盾，如果按照常人理解，这些矛盾都不至于导致杀人。

分析来分析去，萧云天的目光落在了第五个人——赵士意的名字上。

外地人？这个李菲也是外地人，两者之间会不会有什么联系呢？

郝方定介绍说，这个叫赵士意的从外地大老远的跑到海东市来，领着几个人就敢承接建筑工程。他本身既没有建筑资质，也没有建筑队伍。开始的时候郭大富并不知道这些，因为赵士意并不直接和郭大富的公司接触。有个建筑商中标郭大富直接开发的项目后，赵士意就来分包了，当然拿的是别人的资质。

赵士意通过其他关系联系上郭大富，千方百计加强了与郭大富的感情联络后，再由郭大富从中斡旋，顺利地从那家中标公司分到了不少工程。分到工程以后，赵士意再去找别的建筑队干活。他的做法相当于居间代理，联系好上家，再联系好下家，他自己在其中挣个差价。

这可谓是一本万利的买卖，也不用担什么风险，只要能够拿到项目，就不愁没有钱赚。

但是后来，经过郝方定的检查，赵士意承接项目的建筑质量不佳，虽然没有什么质量问题，但一些瑕疵还是让人看着不舒服，一些业主也表示不满意。

开始郭大富没有太在意，虽然有一些瑕疵，但不影响居住就行了呗。但后来又觉得还是应该保证建筑质量，这住宅可不是小事，万一出事就是大事。于是，郭大富让郝方定调查了赵士意的底细。郝方定出省调查，结果令他大吃一惊，原来赵士意在当地根本就没有什么建筑公司，也没有什么建筑队，他寻找项目投标，中标或者获得分包后，再回到当地临时招募工人，或者雇小建筑队。就这样几年下来，赵士意凭着这个办法蒙骗了不少的人，也干了不少项目。

至于他后来到底是因为什么事情与郭大富谈崩的呢？赵士意和李菲究竟是不是一伙的呢？目前还不得而知。

14　长途奔袭

既然李菲或者王芳芳都可能是化名，那么赵士意这个名字会不会也是化名呢？

实际上，到目前为止，对李菲和赵士意的怀疑都是单线，彼此还没有产生交集。

然而，怪就怪在李菲没有任何理由去加害郭大富，但李菲确确实实有重大的嫌疑，与这个案件有着脱不开的关系。

如果侦查方向没错，那么背后的主谋肯定和李菲有着犯意联络。

因为赵士意是外地人，李菲听口音也是外地人，他俩有这样一个共同点，才把侦查人员的视线引了过来，尝试看看能不能找到两人的交集。

萧云天让林玄鹤查找了赵士意在海东市的出行记录，果然发现了情况。

赵士意原来干的工程早就结束了，款项也已经结算完了，按照常理，赵士意没有必要再这么频繁地在外地与海东市之间来回奔波了。但经调查发现，大约在案发时间前后，赵士意在本地均有住宿记录。到底赵士意又来干什么呢？看来有必要立即调查一下赵士意的行踪。

根据旅馆业系统上显示的旅馆名称，萧云天让林玄鹤到这家旅馆调取了住宿登记和几天的监控录像。住宿登记显示，赵士意一行开了三个房间，住店登记的有三个人，但均为男性。不知道这两个人和赵士意是什么关系，但从身份证号信息来看是和赵士意同籍贯的。

从这个入住信息上没有查到什么值得怀疑的，从旅馆大堂的监控录像上似乎也看不出有什么异常。

不过，萧云天还是在旅馆大堂的监控录像上看出了一些可疑。在退房的时候，那两个男人去退房，赵士意则叼着烟向外走去，他一边走还一边向外边扬了扬手。

他在跟谁打招呼？

再次查看旅馆大门外的监控，发现正对着旅馆门的一侧停着一辆桑塔纳轿车，车里好像有个人正在跟赵士意挥手示意。

由于距离较远，看不出车里的人到底是男还是女，但这辆车的车型还是可以看清的，和路任飞卖掉的那辆车相似。至于车牌号，因为太远再加上监控角度的问题，看不太清楚。

看到这里，萧云天立即下令再次外出寻找监控探头，看看沿途有没有高清的摄像头，能够把这辆桑塔纳的车牌拍下来。

幸运的是，在不远处的一个路口，一个交通摄像头记录下了桑塔纳的车牌号。经过比对，确实与路任飞卖掉的那辆车牌号一致。而且录像中又有了新的发现，紧随这辆桑塔纳的还有一辆宝马轿车，从车牌号来看就是赵士意本人的。

这可是重大发现！

至此，终于能够将赵士意与神秘女人李菲联系在一起了。现在虽然尚不清楚李菲在其中的作用如何，但两人显然是有着联系的，两人均具有重大作案嫌疑。

两辆车七拐八拐地失去了踪影，萧云天再次调动全市的天网摄像头，根据出城方向监控的最后画面，只有赵士意的宝马轿车驶出了海东市，那辆桑塔纳则没有出城。

目前的情况是，水已落，石未出。

抓捕赵士意的任务提上了日程。还有他的那两个随从，很有可能就是帮凶。

事不宜迟，重案侦缉队立即分成四队，伺机抓捕四名犯罪嫌疑人。

由于是在外地执行抓捕任务，行踪要严格保密，以免打草惊蛇，所有人一律着便装，所有车辆一律不用警车，改用地方牌照车辆。

这个外地其实就是滨南市，离海东市四百多公里远。

到达滨南市后，萧云天与当地警方取得了联系，请求他们协助，立即抓捕嫌疑人。

萧云天带的一队人去抓赵士意，家里却只有赵士意的妻子，赵士意却不见了踪影。

据这女人说，赵士意已经很长时间没有回来了，走时说是到外面要账去，到现在也联系不上，不知道跑到哪里去了。

扑了个空，到底这女人说的是实话还是假话?

这时，另外两队传来了好消息，他们分别抓获了另外两名嫌疑人，一名叫罗东宇，另一名叫夏武苍。经过就地突审，两人供认了伙同赵士意一起试图绑架郭大富的事实。这次抓捕行动总算是有了些收获。

罗东宇和夏武苍都不知道赵士意目前的下落，而当问及那个李菲或王芳芳的事情时，两人均表示这两个名字都不是那女人的真实姓名，她的真实姓名叫齐晓花，她只是赵士意众多情人中关系比较好的一个而已。

至此，四个犯罪嫌疑人已抓获了一半，另外两人在逃。他们是如何密谋，又是如何一步步行动的呢？另外两人又会藏在哪里呢?

15 帮手的供述

罗东宇和夏武苍的确是赵士意的帮凶。

据二人供认，他们原来并不认识赵士意，而是案发前经别人介绍认识的。

赵士意问他俩有钱赚要不要跟着去要一趟，有人欠他的钱不还，这次去是要绑了这家伙，让他还钱。很简单的一件事情，人绑了之后其他的事就不用管了。两人听后一商量，觉得这是个快速赚钱的好门路，也没有多大的风险，于是就同意了。

一看那赵士意就像个有钱的大老板，开着宝马，一身名牌，很有派头，估计还很有背景。罗东宇和夏武苍两个人巴不得结交这样的大老板呢，现在机会找上门来了，于是两个人欣然同意。

一同前往的还有一个女人，她就是齐晓花。

四人乘车来到海东市，三个男的在一家宾馆开了三个房间，齐晓花却在另外一家宾馆开了房间。罗东宇和夏武苍两人对此感到很奇怪。住下的当晚，罗东宇和夏武苍是在宾馆睡的，而赵士意却外出一晚上没回来。

第二天一早，赵士意回来了，他在房间里休息了半天，快到中午的时候他招呼罗东宇和夏武苍去退了房。

罗东宇和夏武苍跟着赵士意退完房出去一看，齐晓花开着一辆旧桑塔纳正在外面等着他们。

开着这辆破桑塔纳，四人来到了一家不起眼的宾馆前面。齐晓花停好车，四人一起到了宾馆的一个房间。到了房间里，赵士意让齐晓花给一个人打电话。齐晓花拨通了那个人的电话，嗲着声说道："郭总，您看能不能到我宾馆的房间来一下，咱们再商量一下建材的供应问题，您看我一个小女子来一趟也不容易，给个机会吧。"电话那头的郭总好像是答应了，准备一会儿就过来。

赵士意拿出一瓶饮料，嘱咐齐晓花一定要想办法让郭大富喝下去。只要郭大富喝了这瓶饮料，不出几分钟就会不省人事，剩下的事情就好办了。

齐晓花反问道：“如果再像上回那样，他不喝怎么办？”

赵士意恶狠狠地说道：“这回只要郭大富出来，喝也得喝，不喝也得喝，这就由不得他了！他要是不喝，就给我们发暗号，反正也预备好了针剂，他不喝就给他注射！我们先藏在卫生间里听动静。”

赵士意和齐晓花两个人又商量了一些具体细节，之后又交代给罗东宇和夏武苍两个人行动对策，估摸着郭大富也快到宾馆了，三个人就先溜进了卫生间。

齐晓花的心里也是七上八下的，因为上一次失败的经历还历历在目。

前段时间赵士意一直唉声叹气，齐晓花问怎么回事。赵士意说有人欠钱，一直不还，问她是否愿意帮个忙。

齐晓花好不容易攀上赵士意这棵大树，哪舍得松手，现在赵士意有难事需要自己帮忙，当然是义不容辞了，只不过不知道赵士意说的这个“帮忙”，具体是办什么事。

“意哥，这事儿你都解决不了，我一个小女子能帮上什么忙？”齐晓花为难道。

赵士意说出了他的想法。他要绑一个人，但要绑的这个人和他关系很熟，两人之间因为其他事情有些矛盾，所以自己不一定能约那个人出来，要是自己主动过去，那个人也肯定有所戒备。

要绑的这个人叫郭大富。他必须找一个能够使郭大富打消戒心的人，然后让这人把郭大富约来后，再伺机给他下药，等他昏迷后掳走他，逼迫他还钱。

想来想去，必须找到郭大富的弱点，他的弱点是什么呢？好色！郭大富的弱点就是好色，见到漂亮女人就走不动路。

赵士意就想让齐晓花扮成女建材供应商，接近郭大富。即使郭大富不中美人计，也不会对一个女子产生太大的戒心，毕竟这个女人对他够不成什么威胁。

齐晓花一听，感到这事还挺难做的：“我一是不懂建材业务，二是心理素质也不强，另外我也没有麻醉药啊。”

赵士意呵呵笑着，说道：“这些都不难，建材的事我可以培训你，心理素质多演练几遍就有了，药早就准备好了。”

16 美人计

那么，齐晓花是怎么去做的呢？她又做到了什么程度呢？

接受了赵士意下达的任务后，她简单地做了一些准备。

先是向赵士意多多少少学习了一些建材知识，了解了买卖货物的惯例做法。至于和男人打交通的经验，齐晓花长年周旋于男人之间，平时编个谎话是脸不带红、心不带颤的。至于麻醉药，赵士意已经买来了。

考虑到用自己的车绑人不方便，赵士意决定去买一辆二手车。出了市区再把牌子卸下来扔了，作案后警方也休想查到他。于是，赵士意就让齐晓花到机动车二手市场看了一遍，买了一辆破桑塔纳。

一切准备妥当之后，齐晓花开始了她的犯罪道路。

齐晓花径直找到了郭大富的公司，说谈一谈生意。

于是，齐晓花先见了公司的副总郝方定，给他说明了来意。郝方定又和郭大富进行了沟通，确认可以会见后，郝方定就把齐晓花领进了郭大富的办公室。三人共同谈了一会儿后，郝方定因为有事就先出来了。

齐晓花一进郭大富的办公室，郭大富顿觉眼前一亮，好一个有气质、有容貌的美女！

郭大富点着一只烟，心不在焉地听着齐晓花介绍产品。两人交谈中，郭大富办公桌上的电话突然响了起来，郭大富从沙发上起身接电话，正好背对着齐晓花。

齐晓花见状，迅速拿出已经辗成粉末的药，倒进郭大富放在茶几上的茶杯里，接着又用手指搅动了一下，使之快速溶化。

无奈，郭大富这个电话聊得非常短，几秒钟就放下了电话，随时都会转过身来。齐晓花赶紧把手指从郭大富的水杯里缩了回来。

郭大富挂了电话，又转过身坐到了沙发上，他似乎并没有发觉刚才接电话的时候他背后的这个女人究竟做了些什么。

又说了几句，郭大富感到渴了，举起杯子要喝水……

看着郭大富将水杯拿了起来，齐晓花的心也提到了嗓子眼。

成败在此一举了，只要郭大富把水喝下去，剩下的事情就由不得他了。但外面的那些人怎么办？怎么骗开他们？怎么把郭大富运出去？

郭大富拿起水杯正要喝，突然看到杯子里有一些白色粉末，便把水倒在了垃圾桶里，又换了一杯水。

这次只带了一包药过来，还被郭大富倒掉了，今天再待在这里也没有意义了。齐晓花只好讪讪地应付了几句，起身告辞。

齐晓花出了门，逃跑似的离开了郭大富的公司，躲进了一旁接应的车里。

一直没有收到齐晓花发出的暗号，赵士意也等得很着急，不知道出了什么事。看到齐晓花慌里慌张地跑过来，赵士意心中猛地一沉，看来没有成功。不成功倒罢了，可千万别被郭大富识破了啊。

齐晓花稍微把心神安定了一下，把刚才的经过详细地说了一遍，赵士意叹道："看来是天意，今天就算了吧！"

差一点就要麻翻郭大富了，却因为最后没有溶解的一点粉末导致功亏一篑，真是可惜。没办法，只能暂且打道回府了。不过从齐晓花的描述中，郭大富似乎并没有怀疑，也没有识破齐晓花的身份，他们还可以把戏继续演下去。

后来齐晓花又来找过郭大富两次，两次都是备足了药，但都出现了其他情况，找不到下手的机会。这几次虽然都没有得手，但却进一步联络了和郭大富的感情，郭大富也开始信任齐晓花了。

赵士意觉得时机已经渐渐成熟了，就另生一计。

为了使麻醉剂万无一失，赵士意这次不仅弄了麻醉粉末，还搞来了几套一次性注射器，以及几小瓶麻醉药剂，如果粉末不能及时管用就强行用针打药。

再一次精心准备之后，赵士意带领齐晓花、罗东宇、夏武苍这三个帮手又来到了海东市。他先让齐晓花去买了一辆二手车，又分别开了宾馆房间，还特意让齐晓花找了一家附近没有监控的宾馆住下。

住下后，齐晓花就给郭大富打电话："郭总，我是李菲啊，今天又来到了海东市，还是想和您商量一下合作的事情。我觉得有些事情在你们公司里不方便谈，您能不能屈驾到我住的宾馆来一趟啊？"

郭大富一听竟然是要他去宾馆谈生意，自然是乐不可支。

这边赵士意看到郭大富终于上钩了，立即与另外两个帮手藏身于洗手间内，准备伺机接应。

听到敲门声，齐晓花打开了房门。“哟！郭总，盼星星盼月亮，终于把您给盼来了，快请进，快请进！”齐晓花把郭大富迎了进来。

“李总啊，真是不好意思了，还让你跑这么多次，现在还是谈谈你们的产品吧。”郭大富在房间的座位上坐了下来。

“郭总，生意就是生意，不就是那么回事吗，生意不成人意在啊，要是生意谈成了更好，谈不成我也不能把您当仇人啊。”齐晓花和郭大富寒暄着。

齐晓花递给郭大富一杯水，水里早已倒进了麻醉药的粉末，从外面根本看不出异样。

也不知道郭大富是来之前已经把水喝够了，还是他根本就不想喝水，虽然接过了水杯，但很快就放在了一边。

齐晓花心里着急，想快点把事办成，只好硬着头皮，再次拿起水杯来请郭大富喝水。

但意外的事情发生了，郭大富并没有接过水杯，却是直接抓住了齐晓花递水杯的手。

“李总，你这么能干，干脆加入我的公司吧，别给别人打工了。”郭大富接过水杯放在了一边，一边说着一边身子向齐晓花靠了过去。

“郭总，别介，咱们可还不是太熟呢，你这样做多让人难为情呀。”齐晓花试图让郭大富先冷静下来，再让郭大富把那带药的水喝下去。

然而，郭大富却已经被这话语冲昏了头，觉得齐晓花把他约到宾馆房间里来，还能有什么别的事？眼见着郭大富就要动手动脚，齐晓花只好心中一横，发出了让赵士意等人出来的暗号。

齐晓花大喝一声，意思是，现在的局面她已经控制不了了，意哥你赶紧出来收拾局面吧。

在房间那一边的洗手间里，赵士意一直在焦急地听着外面的动静，一直听到齐晓花和郭大富在那里说话，却始终没有接到下药成功的暗号，真是急得像热锅上的蚂蚁。

成功的暗号没有等来，却等来了下药失败的暗号。这就意味着只能拿出最后的方案了，那就是逼迫郭大富就范。

于是，赵士意带着两个帮手冲出了洗手间。

此时，郭大富正欲对齐晓花进一步行动，只听见洗手间的门一响，从里面蹿出三个彪形大汉，为首的正是原来合作过的赵士意！

郭大富一阵惊慌，这小子怎么在这里，还带这么多人，什么意思？这个“李菲”和赵士意到底什么关系？

还没等郭大富从突然的变故中回过神来，罗东宇和夏武苍就已经跑过来了，两个人一边一个架住了郭大富的胳膊。

“郭总，想不到吧，今天又见面了。山不转水转，水不转人转，我下了这么大本钱在你身上，你竟然说不让我干就不让我干了，你让我在手下弟兄面前怎么混！”赵士意恶狠狠地说道。

“赵士意，你小子干的那些工程质量有问题，让我怎么再相信你？”郭大富挣扎着说。

“不让我干就罢了，我花在你身上的那么些钱怎么办？你这不是在玩我吗？”赵士意恨意未消。

“这就奇怪了！那全是你自愿的，我什么时候逼过你！”

听了郭大富说的这些话，赵士意更加生气了。他向齐晓花示意，让齐晓花把那些药给郭大富灌下去。齐晓花拿着水杯就要往郭大富的嘴里灌。

事情已经到了这个地步，就是个傻子也知道水杯里肯定不是什么好喝的东西。郭大富紧闭着嘴，死活不喝。齐晓花无奈地看向赵士意。

赵士意见状，看来自己不亲自出马是不行了，于是上前试图用手掰开郭大富的嘴，好让齐晓花把药灌下去。

一个要灌，一个反抗，双方扭作一团，一时形成了僵持局面。

虽然郭大富比较强壮，但在四人的包夹围攻之下，渐渐有些力不从心了。

他两条胳膊被两个壮汉一边一个拉住，嘴巴则被赵士意强行掰开了个口子，而齐晓花则拿起水杯朝郭大富嘴里灌药。

郭大富扭动着头，努力不喝下这杯水，但却身不由己。药水从郭大富的口中灌入。

也不知道是在这样的突发情况下激发了人的潜能，还是这药的药效不够，或者是时间短，药劲儿还没上来，灌下药水之后，郭大富反抗的力道竟然不见减弱。

赵士意丝毫不敢大意，拿出事先准备好的针管和针剂，抽好药水，隔着衣服就朝郭大富的屁股上扎去。

终于，过了不到十分钟，郭大富的反抗变弱了，又过了一会儿，郭大富一动不动，看上去和睡着了一样。

几个人这才松开手，气喘吁吁地在那里喘粗气。

稍事休息后，赵士意就准备按计划继续行动。他从包里拿出一瓶白酒，打开盖子，往郭大富的脸上、身上泼了一些。准备将郭大富伪装成醉酒的样子带离宾馆。

泼完了酒，罗东宇和夏武苍一左一右架起郭大富，往宾馆外面走。赵士意则早已经把那辆二手桑塔纳车开到了宾馆门口，罗东宇和夏武苍把郭大富扔到了车后座上。

赵士意让罗东宇和夏武苍开自己的宝马车先走，自己和齐晓花开这辆破桑塔纳车回去。

车子由齐晓花开着，赵士意在后座看着郭大富，以防他药劲过了苏醒过来。为了防止郭大富突然逃脱，赵士意还拿出事先预备好的手铐，将郭大富两手都铐住。

安排妥当以后，四人兵分两路，各奔各的路。

赵士意想先把郭大富掳到一个地方拘禁几天，看看郭大富服不服软，能继续合作更好，不能的话，至少要把自己花在他身上的钱弄回来，好好出一口恶气。

看着瘫倒在后座上的郭大富，赵士意的心情很复杂。两个人的关系真的如坐过山车一样，先是平淡，然后慢慢交情加深，随着联络的加深及工程的承包，两人关系到了顶峰，直到郭大富撤消了赵士意的所有合作，最终关系破裂，两人关系滑到了谷底。

车子很快驶出了海东市区，开始奔驰在郊区的路上。

郊区的路况不比市区，经过了一阵颠簸之后，郭大富居然晃晃悠悠地醒了过来。

看到车窗外偶然有行人或车辆经过，郭大富立刻试图去开门并摇窗呐喊呼救。

郭大富冷不防的这一举动把赵士意吓了一跳。他立刻摁住郭大富的脖子，把他摁倒在座位上，又拿出麻醉针，往郭大富的脖子上又扎了一针。过了一会儿，郭大富变老实了，慢慢昏睡过去。

就这样，一路上郭大富醒来好几次，每次醒来都试图摆脱赵士意的控制。赵士意都是一针麻醉。

17 海边意外

齐晓花一边开着车，一边关注着后排座位的情况。

看到赵士意一次又一次地给郭大富打药，齐晓花担心起来："意哥，那个药别给他打多了，万一出了人命怎么办呢？"

赵士意答道："不用你管，你只管把车开好就行了，我心里有数。"

虽然他自称有数，但其实是自欺欺人，他根本不知道使用多少剂量会对人的生命产生危胁。只是看到郭大富苏醒过来就觉得这药的麻醉作用不好，麻醉的时间太短，需要加量。

打针又进行了两三次之后，齐晓花坐不住了："意哥，你看看这个人还行不行，咱别打那么多药了好不好，看得我心里七上八下的。"

闻言后，赵士意瞄了一下郭大富，只见郭大富满脸通红，呼吸急促，看样子很难受。

齐晓花又说道："意哥，我看还是先把他送医院吧，你看他这个样儿，看上去怪吓人的。"

赵士意摇摇头："不用送医院，这家伙十有八九是装的。这药我在买的时候问过了，不会出人命的。他这样做就是想借机逃跑，咱可不能上他这个当。"

既然赵士意都这么说了，齐晓花也不好再说什么，但心中还是十分担心郭大富，要真出人命了她齐晓花也难逃干系。

行车期间，齐晓花又反复劝说赵士意将郭大富送去医院，但每次赵士意都不同意，害怕郭大富会趁机逃走。

正当车子快要驶出海东市的时候，赵士意突然发现郭大富一动不动了。摸了摸郭大富的鼻息，再测一测他的脉搏，已经没有生命迹象了。

赵士意慌忙让齐晓花把车停在路边，再次仔细检查了一下郭大富，确认郭大富已死亡。赵士意彻底慌了阵脚，原来行动预案里也没有预料到这个情况啊。

齐晓花还抱有万分之一的幻想，对赵士意说："还是赶快上医院吧，说不定还有救过来的可能，不是有很多呼吸心跳停止又被救活的例子吗？"

赵士意却认为，现在把郭大富送到医院，这种非正常死亡，医院会不会报警？自己到时候能否逃脱呢？

赵士意沉吟半晌，说道："咱们走吧，找个加油站，买点儿汽油，连人带车烧了，除此之外还有什么办法呢？"

听了此言，齐晓花更是心惊胆战，心里道："赵士意真够心狠手辣的，把人害死了还不算完，还要焚尸，自己还是知趣点儿，少说话，省得他再把自己灭口了。"

两人上车重新开始往前开，在路过一个加油站的时候买了一桶汽油。

按照赵士意的指示，齐晓花把车开到了海边一处稍微偏僻的地段。车子停了下来，赵士意拿着汽油桶开始往郭大富身上、汽车里面泼汽油，汽油难闻的味道瞬间弥满了整辆汽车。浇完了汽油，赵士意随手把塑料汽油桶也扔进车里面，拿出了火柴。

"别了，郭大富！我本来也不想这样做，可能这就是咱们两个的命运吧。你这样走了一了百了，就没有什么世间的烦恼了，到下面去享受吧。"

说罢，赵士意点着了火柴，往车里一扔，熊熊烈焰瞬间燃烧起来，两个人赶快退到了一边。

看着火势很快吞噬了郭大富的身体，赵士意知道尸体只要被烧成了黑炭，就没有人能够认出他来。这具无名尸够警察侦破一阵子了。

18　回马枪

事情发展到这个地步，赵士意也没有想到。目前的情形，唯有三十六计走为上计了。

人和车都已经烧得面目全非，估计警方一时半会儿也查不出个眉目来。

当初虽然做了规避警察侦查的打算，但没想到最后结局竟然是这样，事已至此，唯有逃亡，于是两人仓皇逃离现场。他们匆匆地走了一段时间，拦了辆出租车直奔临近的一个城市再图他路。

当海东市重案侦缉队队长萧云天赶到赵士意老家的时候，自然是扑了个空，只抓获了罗东宇和夏武苍。赵士意和齐晓花去向不明，估计他们已成了惊弓之鸟，不敢再在原地停留了。

赵士意的帮手罗东宇和夏武苍被抓获后，很快就供出了受赵士意指使绑架郭大富的事情。但两人却不知道和赵士意分开后发生了什么事情。两人供述基本一致，均称当天就开着赵士意的宝马车回来了，并把车还给了赵士意的老婆。

分析两人供述的细节，看来他们的确不知道海边发生的杀人焚尸案件。

一般的犯罪嫌疑人作案之后会逃往哪里呢？仔细分析后也不外乎以下几种可能：

一是待在原地，束手就擒；二是主动去公安机关投案自首；三是立刻潜逃，远走他乡，换一种身份继续生活；四是在本地潜伏下来，足不出户，看看情况再说。

一般也就这几种可能，那么，这个赵士意究竟会选哪一种呢？

萧云天带领队员们在抓获罗东宇和夏武苍两人后，经过审讯没有得到赵士意的下落，后经询问赵士意的妻子及其他亲属，也没有人知其下落，萧云天他们只好暂时离开。

但离开之前，萧云天又暗自寻思，赵士意这次作案原来只是想把郭大富带到一个地方进行恐吓，促使其还钱或者是继续让其承包工程。虽然预谋作案准备得比较充分，但准备工作中并没有想到杀人后如何处理。如果赵士意想要置郭大富于死地，他肯定准备得要比这充分，所以他一开始应该没有想要杀人。但事态发展得出乎意料，赵士意也未必能泰然处之。这一点，从赵士意作案后没有回家就可以看出。

他仓促中出逃，身上即使有些钱，但大部分还都在家里。另外，家里的一些事情也没有进行妥善的安排，他这样贸然出逃，想必不会逃得太远。

通过上述分析，萧云天作出一个大胆的判断，那就是赵士意并没有逃得很远，很有可能已回到了他的城市，只是在某个地方潜伏下来，准备观察一段时间再说。如果这一段时间风平浪静，没有警察找他，那么他就会觉得侥幸逃过了一劫。

萧云天认为，即使这个假设不成立，他也要试一试。因此他故意在收队前声势浩大地离开了赵士意的家，街坊邻居们，甚至一条街上的人都知道警察来抓赵士意了，没有抓到就走了。

其实，萧云天在这里设好了计谋，故意让赵士意认为警队走了。

大队人马走后，萧云天则杀了个回马枪。他带着柳如雪、楚剑雄悄悄留了下来，并且在赵士意家附近的一家宾馆潜伏起来。他们架起了高倍望远镜，时刻监视着赵士意家的一举一动。

他相信，不光是自己看着赵家的一举一动，很可能还有一双眼睛也在不远的地方注视着赵家的一举一动。

19　最后的抓捕

果不其然，到了夜里一点多的时候，赵士意的家门口鬼鬼祟祟地来了一个人。

来者正是赵士意。

事实正如萧云天所预料的那样，赵士意身上没有准备那么多的钱，他想来想去，做出了一个大胆的决定，那就是潜逃回老家附近。他认为警方即使能够很快地查出是他赵士意作的案，也万万想不到他究竟还敢回老家。

赵士意偷偷地在家附近的宾馆住了下来，准备观察几天情况再说。结果这几天没有什么动静。

又待了几天之后，赵士意觉得没什么事了，正想回去看看，不成想，大批警车呼啸着开到了他家。

不用说，肯定是东窗事发了。

看到警察在家中待了很长时间，估计没有什么发现，收队走了。

赵士意想，这些警察肯定不是老家的警察，而是海东市的警察。这些警察走了肯定不会再回来，所以这个时候应该是最安全的。于是，赵士意让齐晓花在宾馆等着他，他偷偷地溜了出来，一看四下无人，快速地向家中走去。

萧云天看到这个情况，带着楚剑雄和柳如雪也不声不响地下了楼，直奔赵士意家。

门从里面锁上了，楚剑雄小声地请示道："队长，要不要踹开门冲进去？"

萧云天摇了摇头："不用，先等一会儿，看看情况。赵士意这个时候回来，估计是来取钱的，在此留宿的可能性不大。等他出来的时候再抓他。要是过一会儿他还不出来，咱们再冲进去。"

三人在门口各找了一个地方隐蔽起来，静静地等候赵士意出来。

大约过了半个多小时，赵士意家的大门开了，里面探出一个脑袋，往外看了看，一看无人，迅速闪身出来，然后关上门疾步往外走。

萧云天大喝一声："赵士意！"

赵士意本能地一回头，只见周围有三个人向他围过来。他一看情况不妙，撒腿就想跑。楚剑雄冲上去，一个扫堂腿，赵士意嘴啃泥般躺在了地上。

楚剑雄从腰间迅速拿出手铐，反剪赵士意的双手，干净利落地给他铐上了背铐，并迅速把他拉起来向旁边的一辆商务车走去。

三人押着赵士意上了车。在车上，萧云天严肃地问道："你叫什么名字？"

赵士意回答道："我叫赵士意。"

"我们是海东市的刑警，知道我们为什么抓你吗？"

"知道，我绑的一个人死了。"

听到这个人的这句话，萧云天放心了，知道没有抓错人，抓的正是在逃的赵士意。

根据已抓获的罗东宇和夏武苍的口供，他们知道涉案的有四个人，还有一个女的叫齐晓花。于是萧云天在车上对赵士意进行了突审。赵士意老实供出了齐晓花就在附近的一个宾馆房间里。

楚剑雄看着赵士意，萧云天带着柳如雪去抓捕齐晓花。抓捕过程很顺利，找到服务员，打开房门，齐晓花就束手就擒了，一点反抗也没有。

至此，抓捕任务圆满结束，没有再待下去的必要的。于是由柳如雪开车，一刻也不停留，疾速驶出市区，驶回了海东市。

往后的日子就是预审工作了。这起案件作案人互相之间供述基本一致，如果有谁说谎的话，和其他人的供述一比对就知道了。

证人路任飞对犯罪嫌疑人齐晓花进行了辨认，确认这个女人就是化名为"王芳芳"的来买他二手车的女人。证人郝方定也对犯罪嫌疑人齐晓花进行了辨认，确认这个女人就是化名为"李菲"和郭大富谈生意的女人。

通过调查赵士意和郭大富公司的经济往来，证实两者之间以前确实存在过合作关系。

通过对四名犯罪嫌疑人的讯问，经过对有关证人的询问、辨认和物证的提取鉴定，最终查清了本案的来龙去脉，一桩海边烧车焚尸案成功侦破！

掩卷沉思，郭大富之死固然有这样或者那样的偶然因素，但他的情人已经先他遇害，这样重大的案件接连发生在他身边，难道只是一种巧合吗？

第二季　闹市惊变

01　光天化日下的血案

在海东市城乡结合带的一个十字路口附近有一个农贸市场，卖什么的都有。这里交通便利，平时人流如织，非常热闹。

有一天，突然发生的一件事，使这个市场更加躁动起来。

这件事，是一桩血案。

下午两点，市场上的人还不算多，突然在一条东西向的路上传来了异动。

只见一前一后两个年轻人，一个跑着，一个骑着摩托车。两人看样子不同寻常。

跑着的那个人好像很惊恐的样子，拼命往前跑。此人穿着白色的上衣，姑且将他称之为“白衣”。

后面骑摩托车的那个人，手里拿着一柄长刀，不停地挥舞，试图砍向“白衣”的后背。此人手里的一柄长刀甚是吓人，姑且将他称之为“刀手”。

两人之间的距离越来越近，“白衣”眼看着就要被追上了，他一看旁边有一家卖小家具的摊位，马上跑了进去。

“刀手”也骑着摩托车冲了进去。“白衣”脚下一滑，倒在了地上。“刀手”一看机会来了，将车骤停，也顾不上把车立住，就直接提刀逼近“白衣”。

由于过度恐慌，“白衣”想爬起来，一下子没能站起来，再想爬起来时，“刀手”的刀已经到了，一刀砍向了“白衣”的头部。刀速很快，躲开并不容易，尤其是在“白衣”身位处于不利位置的局面下。

“白衣”无奈，只好硬着头皮伸出胳膊，硬生生地接下了这一刀。

血肉之躯，又如何能够对抗刀锋！无异于以卵击石。

只见两者接触的瞬间，“白衣”的白色上衣上冒出了殷红的鲜血。

“白衣”痛得大叫一声，又重重地坐到了地上。

“刀手”岂肯放过这等有利机会，一刀未击中要害后，一刻不停地挥出了第二刀、第三刀。刀刀几乎都向头部、面部、颈部砍去，不让“白衣”有任何喘息之机。

“白衣”此时已无招架之力，只得抱住头左右来回躲闪。但在“刀手”居高攻击的凌厉攻势下，“白衣”的防守显然是那么的不堪一击，几刀下去，“白衣”就已经成了一个血人。头上、面部、脖子都是血，从远处看根本看不到有几处伤口了。

“白衣”的两只胳膊还在那里徒劳地抵抗，手指已经被砍断了数根，有一只手基本上都快要掉下来了。

附近的人都被惊呆了，他们万万想不到，在这光天化日之下竟然会发生如此的血案！

这个“刀手”真是肆无忌惮到无以复加的地步了！众目睽睽，他毫不避讳，刀刀都奔着要害而去，刀刀都是要人命！眨眼的工夫，这场搏命之斗就结束了。

“白衣”已经完全失去了抵抗能力，他被砍倒在地，一动不动，不知道是否还活着。

“刀手”仍然不解恨，朝躺在地上不动的“白衣”又砍出几刀，瞬时，“白衣”头面颈部的血更多了，很快地上就流了一摊血，四处喷溅状的血迹更多。

一看已经达到目的，“刀手”迅速从身上拿出口罩挂到了耳朵上，拿刀向躺在地上的“白衣”身上胡乱一抹，然后扶起摩托车迅速发动，扬长而去。

周围的人们都看傻了，根本不敢朝前凑，只是远远地看着，更没人敢上前阻止。

“刀手”骑上摩托车，对于围观的人们根本不管不顾，加足马力向前疾驰，转眼间就不见了踪影。

这个时候，人们才慢慢地围上来，看看被砍的人怎么样了。

只见“白衣”俨然已经成了“血衣”，没有任何生还的迹象了。最要命的是脖子里的那一处刀痕，将脖子砍开了一个大创口，鲜血还在往外喷。

这时不知是谁喊了一句，“快打 110 报警！打 120 找救护车！”围观的人们这才如梦初醒，纷纷拿出手机打报警电话或者打急救电话。

一时间，海东市公安局 110 指挥中心接到了数个报警电话，说的都是同一件事：市郊农贸市场发生血案，一人将另一人砍伤，现在生死不明。

110 指挥中心接到报警电话后，不敢怠慢，立即向重案侦缉队和当地派出所同时发出指令，要求马上进行处理。

辖区派出所距离现场最近，接到指令后三分钟内到达了现场。

所长带队到现场一看，倒吸一口冷气。倒在地上的这个人上半身已经血肉模糊，毫无生气。从现场看来，凶手显然要致此人于死地，下手毫不留情。所长上前摸了摸“白衣”的鼻息，又摸了摸脉搏，没有了呼吸，也没有了脉动，显然，人已经死亡。

这时，救护车也鸣笛到了现场，急救医生对“白衣”进行了现场检查，对在场的民警摇了摇头，人已经当场死亡了。

现场的群众已经越聚越多。由于凶案发生得很突然，时间也很短，甚至有一些人都没有来得及看清整件凶案的全过程，凶手就已经跑掉了。

为了防止现场被进一步破坏，派出所警察拉起了警戒线，静候重案侦缉队的到来。

02　现场的寻访

接到报警后，萧云天也是迅即带领队伍赶赴案发现场。

到了现场，看到死者的惨状，又听了所长的简要介绍，萧云天不禁眉头一皱。

从警这么多年，什么样的凶案现场都见过，像这样使用如此惨忍的手段将被害人残害致死的，虽说见过，但也不多。

此案的特别之处就在于，一般的故意杀人犯，或是临时起意的犯罪，或是有预谋的犯罪，一般都会选择隐蔽的地点作案。这样做，一方面是为了更方便地下手，另一方面也是为了逃脱罪责。而这个凶手竟然在大白天的公共场合如此肆无忌惮地疯狂作案，这简直是对社会秩序和公安机关赤裸裸的挑战！

萧云天怒了，他立即着手安排人员调查取证。案子发生在公共场合，围观者众多，肯定有目击到现场的群众。

派出所民警正在配合重案侦缉队调查走访现场的群众。痕检、法医等技术人员紧张地勘查现场。

听目击者讲述，被害人是跑着来的，犯罪嫌疑人是骑着摩托车来的，两个人为本地人的可能性较大，说不定围观的人中有人认识这两个人。

这个时候，围观人群中有人认出了被害人，觉得被害人可能是一个叫李多晨的人，虽然已经浑身是血，但看上去和李多晨非常相似。

得知这一消息后，萧云天命人抓紧和李多晨的家人联系，通知他们过来初步辨认一下，看看死者是不是李多晨。

同时，对目击证人的寻访也在紧张地进行。从围观群众中找到了在附近摆摊的几位目击证人。

这些目击证人说的情况大致是这样的。

一个“刀手”在追杀“白衣”,“白衣”抵挡不过，被砍倒在卖家具的这个摊位里。“刀手”砍完人后迅速戴上口罩，因此没有看清这个“刀手”的脸。

根据沿途的证人寻访，也有人注意到了这个骑摩托车疾驰的年轻人身上好像有星星点点的血迹。此人车速很快，直奔市外去了。

遗憾的是，在这些证人里面，没有一个人认识“刀手”，均表示只看到了有人杀人，但看不出凶手是谁。

无奈，重案侦缉队的队员们只得先一一记录下他们的证言和联系方式，以待进一步调查。

现场勘查的情况进行了两三个小时，初步勘查完毕。

凶案现场勘查一定要仔细观察被害人的情况、尸体及血迹的散布情况以及其他物证的遗留情况。这个现场的情况很简单，除了被害人的尸体和血迹之外，没有其他物证留下。凶手所使用的长刀没有遗留在现场。

由于现场是个集市，来来往往的人很多，地面上的脚印太多，无法一一进行比对，所以无法通过脚印锁定犯罪嫌疑人。

萧云天观察着案发现场，像这样一个热闹的农贸市场，会不会安装有监控探头呢？毕竟现在的破案，分析监控是一个非常重要的手段，至少可以少走很多弯路。

这个案发地点位于一个路口，这个卖家具的摊位也靠在路边。萧云天突然发现，在路边的一个电线杆上挂着两个监控探头。他不禁心头一喜，着手让人调查这些监控控头是谁装的。

不一会儿，警员领着一个人来到了萧云天的面前。

此人名叫莫长生，正是这家家具摊的老板。此刻的莫长生非常郁闷，凶手偏偏选择在他的摊位里把人砍死。

发生了这样的血案，现在又有这么多警察在这里办案，今天是无论如何也做不成生意了。这回他的店可出名了，一传十,十传百，很快会有更多的人知道他做生意的这个地方曾经发生过血案。

莫长生想着，眼下还是赶快帮助警方抓捕凶手吧。

萧云天指着电线杆上的那两个监控探头，问莫长生是不是他装的，莫长生点头称是。但莫长生接下来的回答却让萧云天失望了。原来，这两个监控探头是莫长生装的不假，但两个都没有在发挥作用。一个已经坏掉了，另一个白天不开，晚上才打开看着场子。

萧云天安排警员到监控探头所连接的电脑上一看，的确如此，没有刚才发生的凶案现场录像，莫长生没有说假话。

这条线索断了。萧云天不死心，让人再看看周围还有没有监控探头，然而看来看去，竟然再也没有找到一个监控探头。这里的地理位置处于城乡结合地带，已近郊区，安装监控的大单位也少，此地也没有警方的监控探头。不仅直接对着作案现场的没有，在凶手逃跑的路线上也没有找到一个，自然不知道凶手逃向了何方。

03　调查仇家

李多晨的家人接到警方通知后赶了过来。只简单地看了一眼死者，他们就当场哭泣起来。一起生活的家人不过半天工夫就阴阳两隔了。他们想不到，会有谁下这样的狠手，将李多晨砍杀致死。

认尸之后，萧云天劝他们先暂时离开，跟随警员回到警局做两项工作：一是抽血进行 DNA 检测，对死者的身份进一步确认，二是录取证言，看看他们有没有什么怀疑的对象。

在此之前，萧云天赶到现场听取了简单的汇报之后，就已经通知交警部门在全城设卡封堵这个骑摩托车的“刀手”。无奈此地已经出了城区，能够设卡的地方不多，这个“刀手”逃向何方，暂不知晓。

现在看来，还是要先从被害人李多晨的社会关系入手，看看他有没有与人发生过大的矛盾。

从现场证人证言得知，李多晨是被“刀手”追逐砍杀的，显然，“刀手”并非为劫财而来，很可能与李多晨有什么矛盾，或者是受雇于他人。

法医室技术人员完成了对现场的勘查，李多晨的尸体也被运回，准备尸检以进一步查明死因。

现场勘查告一段落，对死者的尸检及现场血迹的鉴定正在进行。

在鉴定的这个空隙，萧云天通过对被害人家属的询问，又有了新的发现。

无论是李多晨的妻子还是父母，都指出了一个人有重大作案嫌疑，这个人叫杨子向。李多晨生前曾表示过，如果他出了意外，那么很有可能就是杨子向干的。

据李多晨之妻江丽丽表示，杨子向和李多晨曾经是同学，杨子向初中毕业后就不上学了，在社会上瞎混，有时杨子向还接济李多晨。

但是后来两个人不知怎么就闹翻了，杨子向一口咬定李多晨说他的坏话，李多晨怎么解释都不行，从此杨子向就记仇了，变着法子找李多晨的麻烦。比如，用喷漆笔在李多晨家附近的墙上或电线杆上喷写骂李多晨的话。李多晨看到后很生气，他费力地清除掉这些字迹，但没多久又写满了。因为不知道是谁干的，也没法找谁理论。

有一天，李多晨出门的时候正好看见杨子向正往墙上喷字，原来那些字都是杨子向喷的。李多晨马上过去想质问杨子向。杨子向见李多晨过来，赶紧骑摩托车逃走了。

除了往墙上喷字，杨子向还干出了更出格的事情。有一次，李多晨家大门上被人涂上了粪便。虽然没有证据，但根据以往的经验来看，肯定是杨子向干的。李多晨就去杨子向家理论。杨子向的父母均已去世，只有他的爷爷在家。听了李多晨说的，杨子向的爷爷赶紧把李多晨拉到一边，劝说他不要再找杨子向了。

倒不是他爷爷护犊子，而是杨子向平时在家里根本不把他爷爷放在眼里，动不动就发脾气，他爷爷根本管不住他。而且他爷爷还说，偶尔到杨子向的屋里去时，发现杨子向有好几把刀，还有一把枪。所以还是有事就忍着点，别再找杨子向了，万一惹恼了杨子向，他拿刀砍人或拿枪射人怎么办？

听了杨子向爷爷的一番话，李多晨也是无奈，只好返回了家中。

家附近仍然是时不时出现辱骂字迹，李多晨只好一次又一次地清除。他托人给杨子向捎话，希望他以后不要再这样做，有什么话当面说清楚，但还是不管用。

后来，有一天夜里十二点多，杨子向骑着摩托车来了，拿了个高音喇叭叫李多晨出去单挑。李多晨气不过，喊了亲戚朋友，准备去揍杨子向一顿。结果到了地点，左等右等，没有等来杨子向，众人只好回去了。

打那以后，杨子向还真没有深夜里再过来喊过，墙上喷涂的字也没了。

李多晨以及他家人以为已经把杨子向吓住了，因此慢慢就放松了警惕，觉得杨子向也就是发泄一下情绪，没有什么大不了的，不用整天为此事紧张。

所以，今天李多晨遇害后，江丽丽和李多晨的父母都觉得杨子向的嫌疑最大，而且杨子向有一辆摩托车，具备作案条件。他们强烈要求警方赶快去将杨子向抓捕归案。

04　寻找“刀手”

听了江丽丽的说法，萧云天也觉得这个叫杨子向的有一定嫌疑。

第一，杨子向具有作案动机。他和死者素有矛盾，还曾做出过多种过激行为，具有报复杀人的动机。

第二，本案犯罪嫌疑人作案的交通工具就是摩托车，杨子向也有一辆摩托车，这一点也比较吻合。

第三，据江丽丽称，杨子向的家离案发现场并不远。

目前，当务之急是要找到杨子向，看看他有没有作案时间。如果他不能说清楚案发的那一段时间去哪里了，那么他的嫌疑就会进一步增大。

事不宜迟，萧云天带队立刻前往杨子向家查看。如果杨子向在家，立即先将他控制。

到了杨子向家，是杨子向的爷爷开的门。他对警察的到来很是惊讶，不知道警察为什么过来。但老人也猜到了个大概，十有八九是孙子杨子向在外面惹麻烦了。

萧云天说明了身份，询问杨子向的去向。

杨子向的爷爷称，杨子向今天一大早就出门了，没说出去干什么，下午的时候回来过，在他自己的屋里待了一会儿就走了。

这就更加可疑了，杨子向在案发时间段去哪里了没有人知道，也就是说，他具备作案时间。

当问到杨子向下午回来的时候有没有什么异常时，杨子向的爷爷想了想，觉得没什么异常。杨子向经常来去匆匆，他也没太在意。这次杨子向也是骑摩托车回来的，但没穿上衣。

在杨子向有没有枪的问题上，老人说没有见过，老人倒是提到杨子向有两把刀，有一把长的经常放在他摩托车的踏板里。

老人还说杨子向六亲不认，个性残暴，连自己家人都是随意打骂，他爷爷避之还唯恐不及呢。看来，杨子向也符合犯罪嫌疑人的残忍心态。

但现在这些都只是推理，还没有一一落实到证据上。

萧云天安排人在杨子向家附近潜伏下来，一旦杨子向出现，立即实施抓捕。

从杨子向家出来，萧云天又到死者李多晨家去看了看。

在李多晨家附近确实看到了很多字迹，有些已经被抹掉了，还剩下一些涂抹的痕迹，有些还没有来得及抹掉，尽是些辱骂李多晨及其家人的话。看来杨子向和李多晨的确有很大的矛盾。

李多晨家已经在搭建灵堂了，年纪轻轻就遭此横祸，他的家人很是伤心。尤其是李多晨的父母，白发人送黑发人，这样的事情发生在谁家都像天塌下来一样。

在李多晨家附近勘查了一会儿后，萧云天没有多停留，毕竟人家正在办丧事，勘查可能会影响到人家。

回到警局，林玄鹤已经协助办理好了立案手续，将本案列为重大刑事案件予以侦查，将杨子向先予以网上追逃。按照初步侦查的结果，杨子向无疑具有很大的作案嫌疑。

稍晚一些时候，柳如雪将尸检报告拿了过来。

死者李多晨经尸表检验，全身共计二十二处创口，十处擦划伤，集中分布在头面颈部和双上肢，其中在脖子中间有巨大创口，左右臂各有创口，右手中指、无名指均被砍断。解剖检验见内部脏器无明显损伤，锁骨处有两处砍痕。

根据尸检情况，法医分析，死者李多晨全身多处创口，创面大，创腔深，其中颈部创口造成气管、食管完全离断，右颈部血管破裂，为致命伤，双上肢创口及两手创口分析系抵抗伤。上述创口均创缘整齐，符合锐器砍击形成之特征。死者双膝部皮肤擦伤，符合钝性物体作用形成之特征，磕碰等行为也可以形成此伤。

至于死因就很明显了，死者尸斑浅淡，眼结膜、指甲苍白，分析认为死者系失血性休克而死亡。

萧云天办理的这么多起凶杀案中，像这种使用尖刀、匕首等锐器捅刺、砍击的也不少，死因都是失血性休克导致死亡。

李多晨的致命伤在颈部。颈部是一个脆弱的地方，不仅食管、气管从这里经过，这里也是全身血液循环的一个重要通道，颈动脉、颈静脉都位于此处。被砍断了这两条人体重要的生命线，势必会造成大量失血。一般而言，十五分钟内失血少于总血量的百分之十时，人体还能够承受，调养一段即可恢复。若快速失血量超过总血量的百分之二十左右，即可引起休克。

在现场提取的红色斑迹中，经检验均是被害人李多晨的血，没有检到犯罪嫌疑人的血，看来，这相当于一场猎杀，猎物根本没有还手之力。

05 外围调查杨子向

潜伏在杨子向家附近的警员一夜没有收获，杨子向根本没有回来。

是不是他作案后潜逃了？

一般来说，作案后有异常表现的十有八九都是犯罪嫌疑人。

俗话说，做贼心虚，杀了人还能做到若无其事的，说实话，没几个。如果某地发生了命案，某人在案发后突然不见了，这就不免让人怀疑了。

萧云天决定再去杨子向家里看一看，再向杨子向的爷爷打听一些事情。其他人员继续寻访证人提取证言，固定证据。

杨子向的爷爷名叫杨建明，退休职工。育有两子一女，杨子向的父亲是老大，老二叫杨卫东，女儿叫杨卫红。

昨天萧云天他们过去问情况的时候，并没有说杨子向可能涉嫌故意杀人，杨建明问出什么事时，警方也没有具体回答他。

但农贸市场上发生了李多晨被杀的案件，这样的事情传播速度是很快的，杨建明很快也知道了。联想到面色凝重的警察上门调查，他觉得十有八九是杨子向干的，要不然警察怎会无缘无故地找上门？

果然，杨建明的猜想很快得到了证实，警察很快又上了门。

这一次，萧云天直截了当地对杨建明说："老杨，昨天农贸市场杀人的事情想必你也知道了吧，经过侦查，我们认为你孙子杨子向有重大作案嫌疑，希望你能够提供一些关于杨子向的信息。"

杨建明叹了一口气："我就猜着这事准得跟子向有关，而且死的那个李多晨我也是认识的，他和子向原来是同学，后来不知因为什么就发生矛盾了。"

"那他们因为什么发生矛盾？"

"具体原因我不太清楚。一年多以前，子向喝酒喝多了，骑摩托车不小心摔进了沟里，这事后来被李多晨知道了，可能是说了一些闲话，话又传到了子向的耳朵里，子向就不高兴了，说李多晨幸灾乐祸不仗义。”

“就因为这一件事吗？”

“这个可能只是其中的一件吧。从那以后子向好像就和李多晨结了仇，老是说李多晨的坏话，咒骂李多晨，还好几次跟我说，要好好教训李多晨。李多晨呢，也带人上过门，说要揍子向。因为子向有刀，我怕他们动起手来出大事，就劝住了李多晨他们。”

看来，关于杨子向与李多晨之间的事情，虽然杨建明的证言和江丽丽的证言还是有出入，但都证明了两人之间有矛盾。

萧云天又问道：“杨子向平时表现怎么样？”

杨建明答道：“子向的父母病死后，他一直跟着我过。年龄越大就越不服管了，越来越不把我放在眼里。尤其是在他和李多晨产生矛盾后，心理就严重失衡，一喝酒就发酒疯，在家里砸东西，还骂我。因为他这个样子，亲戚们都经常说他，他不服，还说谁再说他就整死谁。”

“哦，还有这回事，都有哪些亲戚说过他？”

“好几个亲戚，包括我二儿子卫东，他经常教育子向，还有我闺女卫红。子向还骂卫红一家，说要把卫红一家杀掉。大家都觉得他是说气话，没当真，只是觉得子向这几年没走上正道。”

经过与杨建明的交谈，得到的信息基本上还是一些背景信息。包括杨子向平时的为人、与李多晨的矛盾等等。

杨建明表示杨子向从昨天下午出去后到现在一直没有回来，也没来过电话。因为以前经常夜不归宿，所以杨建明也没有放在心上。

萧云天向杨建明要了他二儿子杨卫东和女儿杨卫红的联系方式，后传唤他们到警局接受讯问。

杨卫红首先来了，她作证时说道：“杨子向认为李多晨在外面败坏他名誉，他受不了这口气，说迟早要教训李多晨一顿。我们教育他不要乱来，他就翻脸，骂我们。他姑夫说了他一回，他就记住了，每次见面都不给好脸色。从那以后我们就不大管他了。”

杨卫东的证言内容和杨卫红基本一致，但杨卫东提供的一个情况引起了萧云天的注意。

“昨天晚上，我接到侄子杨子向的一个电话，他让我赶快把他爷爷接到我这里来，我问他发生什么事了，这么急，他没说，就把电话挂了。我接到电话后就赶到我父亲那里，发现我父亲那里也没有什么事情。然后听我父亲说下午有警察来过，找杨子向。”

这个情况很可疑，为什么杨子向要给他二叔打电话，让他把爷爷接走却还不说原因？如果是杨子向作的案，会不会是害怕李多晨的家人过来报复，他担心爷爷的安全，才给他二叔杨卫东打电话？不过，这不符合杨子向的一贯作风啊，他一直对爷爷毫不客气，怎么这回一反常态，关心起他爷爷来了？

这两名证人除了上述证言外，均称从昨天到现在杨子向一直没有到他们的家中去过，他们也一直没有见到过杨子向，因此，现在他们也不知道杨子向到底跑到哪里去了。

按理说，杨子向这个人性格孤僻，应该没有多少朋友，按照他的社会关系，可去的地方不多，很可能在其他的亲戚那里躲避。

“这杨子向为人可真够失败的，连家里的亲属都没有人愿意替他说句好话。不过，这样的人，就一定是凶手吗？”萧云天心里自问道。

06　各种证人

那么，这个在家人眼中桀骜不驯的杨子向，在被害者家人的眼中到底是一个什么样的人呢？

从江丽丽的证言中可以得出，杨子向个子并不高，一米七左右，身材也不壮，瘦瘦的，有点尖下巴，头发有些黄。

杨子向经常骚扰李多晨的事情，除了有江丽丽的证言外，也得到了李多晨父母同社区居民的证实。

有居民证实，有一个上述特征的年轻人经常来，看到人多的地方就凑过去，然后就说李多晨的坏话，说完就走，隔三岔五的还老来。

被害人家属这边的证言也大致如此，在此不再赘述。

对现场证人的寻访也有了一定收获。由于案件发生在白天，市场上人比较多，目击到案件全过程的人也比较多。

有两名证人是父子俩，均证实在案发前距离案发现场一两百米的地方，有两辆摩托车一前一后地飞快驰过。爷儿俩往前走，发现有一辆摩托车倒在路口边，还以为出车祸了，然后就听有人在喊救人，这才知道出人命案了。

还有案发现场的那个家具摊老板莫长生，他看到了凶杀案的整个过程。从李多晨在路边摔倒，仓皇中逃入家具摊，然后被凶手追上砍倒。他看到砍人的刀长约五十厘米，宽约五六厘米，刀面很亮，还带着个木把手。因为当时太害怕了，没敢看那个凶手啥模样。

另一名证人李正也是附近的居民，当时正在一旁坐着休息，他也看到了当时的情况。被害人边跑还边说："你还真砍啊！服你了行不行！"那个砍人的根本不回话，一个劲儿地猛砍。砍完之后，那人一手提着长刀，一手拉上口罩，骑上摩托车就跑了。

还有一名证人乔云也提到类似对话的细节。李多晨摔倒在路边，他站起来还说了一句，“给你砍！你砍啊！”

不过，这些证人的证言有一个共同点，那就是都只看到了有人杀人，却看不清凶手是谁。

这些外围的调查是由大批下属进行的，看来，这几个关键的目击证人还要继续做思想工作。

几天过去了，侦查工作陷入了僵局，列为犯罪嫌疑人的杨子向没有被捕，而现场的这些证据都没有直接锁定杨子向的证明力，这不禁让萧云天有点苦恼。

就在这时，李多晨的姐夫领着一个人过来了，说是此人看到了案发过程，也知道是谁作的案。

李多晨有一个姐姐，叫作李多雨，找了个做生意的老公张晓坤。

张晓坤来到刑警队，告诉萧云天，他有一个生意伙伴名叫程威，昨天正好有事找他，闲谈之中说起农贸市场杀人的事，程威突然说他认识那个砍人的家伙。

张晓坤一听，这不是很好的目击证人嘛，原来都只是怀疑是杨子向作的案，现在如果程威能够认出来，那岂不是板上钉钉了？

程威走后，张晓坤就和妻子及岳父商量了一下，大家觉得还是让程威到公安机关作证比较好。张晓坤就对程威提出了请求，没想到程威很痛快地就答应了要求，跟着到重案侦缉队来了。

程威也是一个生意人，张晓坤是他的一个重要客户。

他说当天的确目击到了凶杀现场。当时他正开着车经过路口，突然听到人们骚动的声音，看到很多人跑向一个地方，他就把车停下来，打开车窗向外看。

“只见一个人拿着长砍刀正在一个家具摊里面砍另外一个人。砍人的也就是二十多岁，个子不高，长脸，深眼窝，脸上的表情一看就十分凶狠。只觉得砍人的这个人很面熟，知道他姓杨，原来见过面的。现在张晓坤来找我作证，我觉得惩恶扬善、弘扬正义是每个公民应尽的职责，应该过来作证，于是我就来了。”程威说道。

萧云天大喜，马上安排人员组织辨认。把杨子向的照片从户籍库里调了出来，又找了其他九个人的照片，混在一起，让程威辨认。

程威辨认后，准确地找出了三号就是他看到的砍人的人，而三号正是杨子向。将这十个人的照片打乱顺序后让程威再次辨认，还是认了出来。

不过，即使这样萧云天也没有完全放下心来。因为证据的来源很重要，程威这名重要证人并不是公安机关主动侦查找来的，也不是他自告奋勇要求作证的，而是由被害人的亲属领过来作证的。而且程威与被害人李多晨的姐夫张晓坤之间有生意往来，这算不算是一种利害关系呢？

换句话说，证人程威会不会是因为受到了被害人李多晨家人的指使而故意出来作证辨认的呢？如果程威事先看过杨子向的照片，那么他能够认出来不是易如反掌吗？总之，证人程威的突然出现还是有点可疑。

07 惊心动魄的抓捕

外围调查取证的工作已经基本告一段落，但犯罪嫌疑人杨子向的抓捕工作仍处于停滞状态。

这些天来，杨子向的所有亲属的手机、电话都被实施了严密的监控，一旦杨子向打来电话，警方就能立刻实施锁定。案发后杨子向曾给他的叔叔杨卫东打过一个电话，但从那以后，就再没给家人打过电话。

案发后不久，警方就封锁了出城的路口，杨子向到底跑到哪里去了呢？

另外一个可疑的情况是，杨子向的手机在案发前就已经停机了，案发后也没有再启用过，这就导致警方无法通过手机 GPS 定位监控到其所在位置。但在信息时代，没有手机是不可思议的事情，尤其是对于年轻人来讲。除了手机，网络也应该是年轻人不可或缺的东西吧。

萧云天安排林玄鹤去查看市内各网吧的登记系统，看看杨子向有没有上过网。通过大量排查，终于查到杨子向的确在网吧上过网。民警在网吧内提取了杨子向的 QQ 号码。

林玄鹤通过技术处理，发现在案发后，杨子向的 QQ 号码在海北市某地出现过。这一情况被立即传到队长萧云天那里。

这是个重要的消息，对于查清杨子向的去向有重要意义。但杨子向去海北市干什么？会不会是去投靠什么亲戚？

萧云天再次询问了杨子向的爷爷杨建明。杨建明想了一会儿，终于想起杨子向的一个远房表哥住在海北市，这个人叫吴元金，不过已经有很多年没有联系了，所以当警方询问时一时没想起来了。吴元金的电话号码已经找不到了，家庭具体地址也记不清了，只知道他的工作单位。

有一线的希望，就要用百倍的努力去争取。

事不宜迟，萧云天带着楚剑雄等几个人立即前往海北市。

经过一番努力，他们终于找到了吴元金。

吴元金对于海东市警察的到来很是吃惊，没想到警察这么快就找上门来了。表弟杨子向的确是到他这里来了，说是和别人打了架，到这里来躲几天。

杨子向虽然为人霸道蛮横，但却和吴元金臭味相投。原来在海北市的时候，杨子向替吴元金打架还受过刀伤，所以吴元金很是感激杨子向。这回警察来问杨子向有没有来过，他就想隐瞒杨子向的事。

经过与吴元金的交谈，萧云天看出了一些端倪，严肃地对他说：“吴元金！现在我把政策法律再给你讲一下，如果知情不报或者说谎话就是包庇犯罪嫌疑人，如果有意给其提供住处、提供资金就是窝藏犯罪嫌疑人，你如果执迷不悟就犯法了！”

听到这样的解释，吴元金心里也犯嘀咕了。杨子向打个架这种小事为什么警察追得这么紧？不对！杨子向这小子有事瞒我，说不定把人家打得挺重，警察这才一定要抓到他。到底是跟警察说还是不说啊？不说吧，我担的责任就大了，会触犯法律；说了吧，又对不起兄弟……想来想去，吴元金想出一个自以为很聪明的办法。

吴元金告诉萧云天他们，杨子向的确到他这儿来了，现在还住在他家里，并且已经住了好几天了。

萧云天一听，精神一振，立刻让吴元金领着去他家看看。

吴元金在前面带路，到了一座四层老式小楼前面。他指着三楼的一个房间对萧云天说：“杨子向就住在那里，这个点儿他应该就在屋里呢！”

萧云天抬头一看，三楼的那个房间正开着窗户。为了防止杨子向逃跑，留了几个人在楼下看着吴元金，他和楚剑雄两人上楼去摸摸情况。

正准备上楼时，萧云天突然发现，在三楼这个窗户下面，二楼同样位置的房间也开着窗户。一个特别的想法突然涌入萧云天的脑海，会不会吴元金故意说错楼层？如果杨子向是在二楼，他们径直去三楼查访的话，就会惊动杨子向，使其有逃跑的时机。

回想刚才吴元金接受询问时眼中闪过的一丝狡黠，萧云天觉得不可不防。吴元金的态度转变得这么快，恐怕不仅仅是政策教育到位的结果吧。

既然吴元金说的是三楼，那么干脆连二楼也一起查查，验证一下吴元金说的是不是真话。

萧云天敲了敲二楼那个房间的门。过了一会儿，有人来开门了，面孔看着很熟悉，不是杨子向还能是谁？！

杨子向半开着门，一只手藏在门后，问来人是干什么的。

看到杨子向的另一只手在门后收着，萧云天猛然记起被害人之妻江丽丽曾经说过杨子向有枪。由于事发突然，一开始也是抱着试试看的态度，看杨子向到底是在二楼还是在三楼。虽然有一定的思想准备，但技术准备不足，萧云天和楚剑雄都没有带武器，两人身手虽然矫健，但如果杨子向已经持枪在手，他们就已经落到了下风！在这么短的距离内，两人均无把握先发制人将杨子向手中的枪踢掉。万一一两招不能制住杨子向，他就有开枪的机会，那后果不堪设想。

情势危急，萧云天的大脑高速运转着，在动手与不动手之间，他必须做出一个选择，楚剑雄也在等着他的信号。

情急之下萧云天灵机一动，两人不都穿着便装吗？他对杨子向说："我俩是吴元金的工友，你表哥出了车祸，被出租车撞伤了，现在正在医院。吴元金跟我们说了你在这儿，让你去医院陪陪他。"

杨子向开始有些疑虑，后来听到报出了吴元金的单位等信息，就同意跟着去医院。

为了打消杨子向的怀疑，萧云天和楚剑雄转身下楼，走在前面。这个大胆的举动让萧云天冒了一身的冷汗，毕竟两人的后背已经完全朝杨子向敞开，如果杨子向这个时候开枪，两人必会受伤。

所幸，这个大胆的举动迷惑了杨子向，杨子向将枪悄悄别在身后就跟着他俩下楼了。快走到一楼的时候，萧云天向楚剑雄一使眼色，两人飞速往后拽住杨子向的胳膊，把他摔倒在地上，带上了手铐。

08　没那么简单

一次意外的试探，终于让萧云天把杨子向给抓获了。

经过搜查，果然发现在杨子向的后腰上别着一把仿五四式手枪。

这让萧云天不禁有些后怕，如果不是多长了个心眼儿，没有先去二楼探探情况，而是直接去的三楼，很有可能打草惊蛇；如果在二楼巧遇杨子向时没有沉住气，当即抓捕的话，杨子向很可能拔枪射击。

看来，吴元金果真没有完全说实话，故意把杨子向说成是在三楼住着，就是想让杨子向听到动静后逃跑。

嫌犯抓捕成功，萧云天带人立即将两人押解回海东市公安局。

如果杨子向顺利认罪，那么这起在当地有重大影响的恶性案件就算告破了。然而，在审讯中却出现了意外情况，杨子向压根就不认罪，不仅不认罪，他的供述反而让整个案情又重新变得扑朔迷离。

一点不招供的犯罪嫌疑人萧云天不是没见过，但杨子向供述的这种情况还是第一次碰到，使他不由得重视起来。

那么，杨子向到底是怎样供述的呢？他说作案的另有其人！另有其人，这可非同小可，如果杨子向说的是实情，那就意味着抓错了人，案子办错了！

杨子向说，其实这一切都是一个叫贾小军的人干的。贾小军是乌州市人，来海东市玩的时候和杨子向认识了，俩人就成了好朋友。

这一天，贾小军要借杨子向摩托车骑一下，杨子向就借给了他。贾小军刚骑出去一会儿，李多晨也骑着摩托车出现了，两人都开得很快，差点就碰上了，于是两人就对骂起来。李多晨把贾小军骂急了，贾小军拿起杨子向放在车里的长刀要砍李多晨。李多晨一看形势不妙，就开车逃跑，贾小军一直在后面追，一直把李多晨追到农贸市场那里。因为被追得太紧，李多晨慌不择路，摔倒在农贸市场被贾小军撵上。砍死李多晨后，贾小军就骑车跑了。

到了两人经常一起玩的地方会合后，贾小军对杨子向说，另外一个骑摩托车的找他的事，被他砍得不轻，他要赶快逃出海东市避避风头。杨子向接过车和刀以后，贾小军就走了。从那以后，杨子向就再也没有见到过贾小军。至于被抓到时身上带的那把仿五四式手枪，杨子向说不是他的，也是贾小军放在他那里的。

由于现场没有人认出犯罪嫌疑人是谁，也没有监控拍下整个作案过程，只有被害人家属的怀疑以及杨子向具备作案动机等予以佐证。现在经杨子向这么一说，倒还能够圆得过去，基本找不出什么不对的地方。

萧云天看着被固定在讯问椅上的杨子向，不禁感到有些头疼，费这么大劲抓回来的这个人，难道抓错了？

从主观认识、主观判断上，萧云天觉得没有抓错，他的直觉也告诉他，应该是杨子向作的案。但理智告诉他，办案不能光靠感情、凭直觉，还要看证据！没有证据，一切都是浮云，一切都免谈。即使心中一百个认定就是他作的案，也无法将诉讼程序进行下去。

讯问一次不行，就两次、三次、四次，看看杨子向的这几次供述之间有没有自相矛盾的地方。

如果是现编的假话，那么在多次讯问的过程中，可能就会出现偏差。但如果多次讯问后，供述都基本一致，那就有两种可能了，一种可能是，本来说的就是实话，印象深刻，所以每次供述都差不多；另一种可能是，这些假话是早已编好的，所以在接受多次讯问的时候每次都能原封不动地背书似的再说一遍。

对杨子向宣布拘留之后，把他送进了看守所里。

萧云天连续几天都过来提讯杨子向。结果，杨子向每次说的都基本一致，这就让萧云天面临一个两难选择，选择相信杨子向，还是继续怀疑他？

当问及贾小军的详细情况时，杨子向却提供不出任何有用的线索。只说两个人是在街上闲玩的时候认识的，只知道贾小军的名字和籍贯，其他任何信息一概不知。

既然对贾小军其他信息都不知道，那怎么还成了好朋友呢？杨子向说这是很正常的事情，大家趣味相投，自然成了好朋友。至于其他的信息，贾小军没有说过，他也没有问过。

杨子向关于贾小军的这个解释倒还是合乎情理的。另外，杨子向还说了案发前、案发后的其他一些细节，这些还需要逐件进行核实。

09　兵分两路

到底杨子向说的是真的，还是假的?

围绕着杨子向的供述，萧云天把人马分成两路，分开调查。一路围绕着杨子向供述的其他事情，继续寻找证人。另一路远赴乌州市，调查有没有一个叫贾小军的男子。

先看第一路调查的结果吧。

关于杨子向和李多晨的矛盾，杨子向称，原来和李多晨是初中同学，后来关系闹僵了，他认为二人之间仇恨不共戴天。李多晨经常说他的坏话，搞得根本就没人愿意和他玩。他也说过李多晨的坏话，墙上骂人的字也是他喷涂的。

虽然和李多晨有矛盾，也和李多晨打过架，但他从来没想过要李多晨的命。不过听说李多晨和贾小军也有矛盾，但具体什么矛盾记不清了，贾小军砍李多晨也可能是为了报仇。

关于杨子向的头发颜色问题，抓获他的时候，杨子向是一头的黑发，这与现场目击证人证言中说的“犯罪嫌疑人头发有些黄，好像染过发”的情况不一致。但经过调查，有证人证实，杨子向在案发的前几天头发上的确有黄色。

杨子向又称案发后将头发染成黑色的了，没什么特殊原因，就是不想再留黄头发了。染发的那个理发店也找到了，理发师说印象中有一个头发黄的人来染过头发，经过辨认，确认就是杨子向。

关于贾小军的外貌问题，贾小军和自己个头差不多、体形也差不多，头发也是染成黄色的。两个人性情相投，所以才玩得来。

关于杨子向光着上身回家后的事情，杨子向称回家后接着外出了，并在一家小超市买了件衣服穿上了。警方也查找到了这家小超市，老板辨认后证实，杨子向的确在这里买过衣服。至于为什么换衣服，杨子向说衣服刮破了，所以买了新的。

关于杨子向给其二叔杨卫东打电话，让转移其爷爷杨建明的问题，杨子向称，因为知道李多晨被贾小军杀了，自己又和李多晨有矛盾，害怕李多晨的家人误认为是自己干的，过来报复自己的家人，所以通知家人转移。

关于为何在案发后逃跑的问题，杨子向说那不是逃跑，本来自己就在海东市住腻了，想出去散散心，就去海北市找表哥吴元金玩两天，亲戚之间互相走动一下也很正常嘛。

至于为什么带枪，那是因为贾小军把枪放在自己这里，因为怕放在家里丢了，所以就随身带着。

另外，杨子向称，贾小军杀完人后把摩托车和刀都还给了他。因为害怕脱不了干系，他就在骑摩托车往外跑的时候把刀扔进了河里。不过，按照杨子向所说的扔刀地点，警方反复打捞了好几遍都没有找到凶器。

至于摩托车，被他抵押在一家摩托车修理铺了。因为出去的时候没带钱，所以就把车押在那里，借了车铺老板五百元钱，还让老板把摩托车重新上一遍红漆。

杨子向所说的这家摩托车修理铺，经过查找也找到了，证实杨子向说的内容没错。店铺老板经过辨认后证实，就是这个年轻人来给车改漆，并把车押在这里，借了五百块钱还给打了个借条。年轻人至今没有回来取车，他还一直奇怪呢。不过，打的借条上留的名字并不是“杨子向”，而是“李明”。

对借条的字迹进行了笔迹鉴定，从笔顺走势、书写习惯来看，应该是杨子向的笔迹。

从借条的书写特征来看，和杨子向被抓后书写的字迹主要特征一致，可以排除杨子向故意伪装笔迹的可能性。

以上就是第一路人马调查到的结果。调查的结果表明杨子向说的大部分情况是属实的，并没有说谎话。

在案发前的有关事实上，比如和李多晨的矛盾、头发染成了黄色、拥有一辆摩托车，这些供述都能够得到警方调查的证据证实。

在案发后的有关事实上，比如回家一趟、给其二叔打电话、到超市买上衣、给摩托车改漆、借钱打借条、到表哥吴元金家居住，这些情况警方也均已查证属实。

萧云天发现，杨子向说的这些“实话”，大部分都是一些案发前和案发后的情节，对于案发时的情节，则没有证人证言的印证。

尤其是杨子向供出的贾小军，到底有没有这个人？如果有，那贾小军到底是谁？他为什么来到海东市？他为什么有枪？为什么要把枪交给杨子向保管？他怎么和杨子向认识的？为什么也和李多晨存在着矛盾？

杨子向的供述被一件又一件地查证属实，但却无法消除萧云天心中一个又一个的疑问。

如果杨子向在说假话，那么为什么案发前和案发后的情节都能够得到相关证据的印证呢？

如果杨子向说了真话，为什么恰恰在他所说的作案人贾小军的问题上反而得不到任何证人或证据的印证呢？

因为其供述有真实的成分，所以对其供述不可能全面否定；因为其供述也有虚假的成分，同样对其供述不可能完全相信。

侦查工作有时候就是这样，虚虚实实、真真假假，让人如坠云里雾里，不知道哪是真哪是假，这就需要侦查人员发散自己的思维，进行演绎推理，根据蛛丝马迹探寻事情的唯一真相，通过多方求证，进一步查清案件的全部事实。

10 艰难的查找

另一路去乌州市调查贾小军情况的人马也遇到了难题。

楚剑雄、林玄鹤带队，取得当地警方的配合后，通过核实户籍信息，找到了两百多个叫贾小军的人，然后再一步步地按条件剔除，缩小查找范围。

首先把女性去掉，这样人数减少了二分之一，还剩下一百多个。然后再把年老的和年幼的去掉，这两类人都不符合犯罪嫌疑人的年龄特征，这样又去掉了七八十个。最后剩下了年龄在十八岁至四十岁之间的，大约有五六十人。

在当地警方的配合下，楚剑雄开始了艰难的查找工作。

既然杨子向供出了贾小军，办案民警就要把这个贾小军找出来，这是对犯罪嫌疑人杨子向的负责，也是对死者李多晨的负责，更是对侦查人员自己、对法律、对社会的负责。

萧云天曾经对国内报道的冤案进行过反复研究，毕竟前事不忘，后事之师，吸取前人的教训，可以避免少走一些弯路。他时刻告诫自己，一定要细心、细心、再细心。只有细心，方能察秋毫之末，才不会谬以千里；只有细心，才不会让无罪之人蒙冤，让有罪之人逍遥。绝不冤枉一个好人，但也绝不放过一个坏人，要做到这一点，既要有明察秋毫的细心，还要有坚持原则的勇气和守护正义的决心。

所以，当杨子向供出贾小军是真正的凶手时，萧云天虽然觉得杨子向的供述可能是虚假的，但主观判断不能代替客观求证，感情因素不能代替理性分析，因此，只要没有穷尽一切手段，即使贾小军的情况是假的，也要查下去。

带着这个信念，他让楚剑雄带人去对符合作案特征的所有叫贾小军的人一个一个地核查，均要做笔录，每个人都要说清楚在案发的那段时间里干了什么。如果能够被证实，在案发时间内没有离开过乌州市或者没有去过海东市，就说明没有作案时间，嫌疑自然能够被排除掉。

楚剑雄和林玄鹤不敢怠慢，拿到名单之后，在乌州市刑警队的带领下，一个一个派出所地跑，通知这些叫贾小军的人，能自己过来的就自己过来，过不来的就上门去查找。

他们对众多“贾小军”都做了相同的工作——询问并笔录，然后拍照存档。这样的工作是如此的琐碎，几天重复地工作下来把两人累得半死。遗憾的是，劳累倒没什么，关键是没查到什么线索。

经过核查，乌州市所有名叫贾小军的人不是没有作案时间，就是没有作案动机，而且都没有在案发期间到过海东市。两个人带着这些调查材料回到海东市的时候，一脸的沮丧。

难道还有叫贾小军的没有被查到？还是贾小军的户籍不在乌州市？

11 证人会说谎吗?

面对铩羽而归的楚剑雄和林玄鹤，萧云天并没有过多责备。他知道，二人已经尽力了。他手下的这些队员，个个都是忠肝义胆，都有一颗惩恶扬善的正义之心，没有人会在困难面前退缩。这个时候，不需要再去责备，只需鼓励。

在他们两个去乌州市之前，萧云天就有一个预感，此行未必会有收获。现在他的预感果真变成了现实。虽然查到了很多叫贾小军的人，但没有一个能够和李多晨遇害案挂上钩。

他的这种预感是有依据的，因为他对杨子向的供述并不完全相信。

本案中有没有贾小军这个人还尚未得到证实，而且即使有这个人，也未必就是乌州市人。中国人口这么多，重名的多了，也可能是其他地方的人，杨子向记错了而已，或者是贾小军故意隐瞒了籍贯。

想来想去，萧云天觉得不能在查找贾小军这条道上继续往下走了，已经走不通了。在毫无进展的情况下，没有必要一条道走到黑。

猛然间，萧云天一拍脑袋，“哎呀”叫了一声，这事大方向错了!

本来侦查活动应该是公安机关占据主动，现在却颠倒过来了，被犯罪嫌疑人杨子向的口供干扰了侦查视线，偏离了侦查方向。

如果还按照杨子向的说法去侦查，有可能永远没有结果!因为，如果是根本不存在的人，你怎么能够查得到这个人?!正因为无法一一核实所有名叫贾小军的人，这个问题永远不能得到证实。如果在贾小军的身份上继续核查，永远没有完结的时候。

既然现在大量嫌疑都集中在杨子向身上，那么就应该围绕杨子向来继续查证。杨子向虽辩称不是他作的案，但却举不出任何证据或证人来证实他所说的话。

当然，如果真不是杨子向干的，那么证明没有发生过的事情也是困难的。但如果就是他干的，一定有方法可以加以证明。

现在来看看本案的证据收集情况，虽然有很多的目击证人，但只有一名证人程威认出了犯罪嫌疑人就是杨子向。但程威因为和被害人李多晨的亲属有一定的经济往来，他证言的证明力显然受到质疑。

证人与被害人有某种程度的经济往来，并不意味着就自动失去证人的资格。因为刑事诉讼法也没有规定证人必须与原告被告双方都没有利害关系。

凡是知道案件情况的人，都有作证的义务。只有生理上、精神上有缺陷或者因为年幼而不能辨别是非、不能正确表达的人，才不能作为证人。

在刑事案件中，很多时候证人并不是没有任何关系的路人，相反，可能与犯罪嫌疑人、被害人有各种各样的关系，比如这种故意杀人的案件，被害人的亲属、朋友、同事、邻居，只要知道案件事实的，都可以成为证人。

只是在主观认识上，或者是辩护律师、代理律师的辩护策略上，会突出强调对方证人的利害关系，以此降低对方证人证言的证明力。

就本案而言，程威作为唯一认出犯罪嫌疑人的目击证人，其证明力需要得到补强，也就是采取其他措施，看看能否印证程威说的是不是实话，以加强他证言的证明力。

为此，萧云天再次将证人程威找了过来，询问他有关案件的事情。

程威显得很生气，称自己履行了守法好市民的义务，公安机关怎么还不相信他呢？

萧云天忙给他解释，感谢他的作证，但现在还要进一步核实他的证言，并不是怀疑他。

程威的情绪渐渐稳定下来，突然他说道："这事儿我除了给死者李多晨的姐夫张晓坤说过外，还给你们经侦支队的纪夫成说过。"

原来，程威在目击了凶案现场后，第二天就把这事跟打过交道，帮自己追讨受骗财产的经侦民警纪夫成说了。

这无疑是加强程威证言证明力的好方法！

萧云天立刻把纪夫成喊了过来，询问了一下程威到底有没有和他说过类似的话。

纪夫成表示，的确在案发的第二天听程威说过此话。

这样就大大增强了程威证言的证明力。因为如果程威是被害人李多晨家人找来的托儿，故意冒充证人陷害杨子向的话，就不会说出这个情节。

就在萧云天逐渐要进一步确信程威证言的时候，突然又意识到了一个问题。程威说他是开车经过事发的那个路口的，自始至终没有下车，而现场是一个小家具摊，在堆着家具的情况下，开着车能看到现场的情况吗？

要解决这一问题，还应当采用另一种侦查手段，那就是侦查实验。

侦查实验是侦查机关在侦查办案过程中，采用模拟和重演的方法，证实在某种条件下案件实施能否发生和怎样发生，以及发生何种结果的一项侦查措施。

对程威证言核实的侦查实验，就要找一辆同样的车从现场路过，再找两个人模拟案发情况，看看驾车者能否看到案发现场。

程威称当天开了一辆长城哈弗 H6，这是一种越野车，底盘高，驾驶座相应也高一些。于是，萧云天找来了一辆哈弗 H6，让楚剑雄开着车经过现场看看。

实验证明，开车从此地经过，视线虽被阻挡了一些，但完全能够看到案发现场。于是，证人程威证言的证明力得到了进一步增强，但这些就足够了吗？

12　拜访证人

证人程威的证言查证属实以后，萧云天又对其它几名目击证人王艳、李正、乔云的证词重新研究了一番。

这三名证人均目击了案发现场，但作证时均说只看到了有人杀人，没有看出行凶者是谁。外围调查的刑警在对他们做询问笔录的时候，听到证人说辨认不出来，就没有让他们辨认，这样做有些不妥。

正如楚剑雄和林玄鹤两个人去乌州市调查贾小军一样，查到了这个人是一种结果，查不到也是一种结果，但也能说明一些问题。

再比如法医技术室的有些鉴定。现场的血迹鉴定，如果能够检验出基因分型，他们才将鉴定结论写上，如果检验不出，一般就不写了。萧云天觉得这不够严谨，因为检验出来是一种结果，检验不出来也是一种结果，都要具体落实在书面鉴定结论上。

再回到这个案子，证人说辨认不出来就不组织辨认了，怎么能这样呢？就是辨认不出来，也一样要组织辨认，制作辨认笔录啊！

虽说每个人的认知程度根据个体的不同有所差异，对事物的认识及事物的叙述、回忆可能会有差别，也可能在紧张的情况下没有注意观察。但是，如果说对一般事物的观察留下的印象不深也就罢了，但那是杀人现场啊！

凶杀是什么？凶杀是残忍地采用暴力手段剥夺他人生命的过程，看过的人不可能不留下深刻印象的。凶手挥舞着长刀，一遍又一遍地砍向被害人，直到把被害人砍得血肉模糊当场死亡，这样的场景别说亲眼看到了，就是想一想都会感到不寒而栗、毛骨悚然，更何况是现场目击呢？

三名证人中，有一名证人所处的位置稍远，另外两名证人所处的位置较近，为何他们都不约而同地说根本就认不出犯罪嫌疑人是谁呢？其中有没有隐情？因此，有必要重新拜访一下这几名证人，听听他们的想法。

先去找案发现场另一家家具摊的老板王艳，结果王艳不在家，王艳的丈夫说王艳到深圳给大儿子看孩子去了。让他提供深圳的电话号码，他不给提供。在王艳的住处观察了一阵，确实没有发现女主人在家，只好作罢。

再去找附近的居民李正。李正倒是很热情，把萧云天他们领到了家里。当问及目击的情况时，李正有些为难地说："原来都已经作过证了，说的都是实话，不认识这个人，更不用谈什么利害关系了。现在再作证还是那些情况，就不要再说了吧！"

没办法，只好再找下一位证人乔云。乔云的摊位在马路对面，看到警察来了，她根本就不理不睬，仍然是自顾自地照料自己的生意。萧云天说明了来意之后，她也是说："原来该讲的都已经讲了，现在不想再讲了。"

奇怪了！还是和原来说的一样。不过，这回萧云天亲自带队和三位证人谈话，发觉这三位证人不愿配合民警工作，好像有话要说，但又欲言又止，表现得不是很自然。这就更加加深了萧云天的怀疑，他想如果犯罪嫌疑人就是杨子向，而杨子向曾经在这附近居住过，都是本乡本土的，这三位证人会不会认识杨子向呢？如果认识杨子向而不敢作证辨认，会不会因为都是街坊邻居，怕得罪人，或者害怕受到杨子向的报复，所以才谎称说认不出是谁。能不能再做做三位证人的思想工作，组织一次辨认呢？

第一轮拜访全部以失败告终，没有得到想要的结果。萧云天并不气馁，刘备请诸葛亮出山还三顾茅庐呢，自己初来拜访，人家不配合也正常嘛。

过了几天，萧云天又去找三位证人。这第二轮拜访和第一轮没有什么大的差别，证人们还是不太配合，看得出来都有一定的抵触情绪。

证人作证历来是个老大难问题，有的证人怕惹麻烦、怕被打击报复，就不敢作证。王艳、李正、乔云能够在警方的要求下作证，已经说明了三人都有一颗守护正义的良心，只是心存顾虑。

在第二轮拜访中，萧云天无意间得知，其实这三个人都是认识杨子向的，杨子向虽然后来搬走了，但毕竟在这里住过。如果犯罪嫌疑人真的是杨子向的话，三人不会都认不出来的。所以他们谎称说不认识，十有八九是因为看到凶杀现场的惨状，心里害怕，担心万一判不了杨子向死刑，杨子向出狱后会不会报复，对他们再大开杀戒呢？

如果证人心里是这么想的，也属正常，谁也不会拿自己一家老小的身家性命去冒这个风险，弘扬正气也是需要勇气的。

到了第三次去拜访证人的时候，终于有了起色。

13　第三次拜访

俗话说，过一过二不过三。刘备三顾茅庐，表示出了足够的诚意，终于把诸葛亮给打动了。现在萧云天三次拜访证人，也终于把证人给打动了。

按照法律，证人应当陈述他所知道的事实，如果证人说假话，应当按作伪证处理，但如果证人不说话，那就没办法了。

对于证人，公安机关不能强制其作证，还是要以心换心，用耐心和诚心减少证人的顾虑。

萧云天第三次去找证人王艳的时候，王艳已经从深圳回来了。她表示愿意配合辨认，说这个事已经困扰她家很长时间了，希望快点结束。

既然配合，那就最好了。萧云天拿出早就准备好的辨认照片，一共是十二个人的头像。

王艳反反复复地看着，一会儿看看这个，一会儿又看看那个，觉得都像，又觉得都不像，她抱歉地对萧云天说："对不住了，警官，我视力不好，当时害怕也没敢多看，现在又隔了这么多天，我真认不出来了。"

结果令萧云天很失望，但也没办法。没辨认出来就是没辨认出来，再把这个结果原原本本地写在辨认笔录上，客观地记录下辨认的过程。

再去找李正和乔云这两个证人。两人都在当地做生意，为了不影响他们的生意，也最大限度地减少证人的顾虑，萧云天第三次去的时候，都是将警车远远地停在一边，身着便装走过去。

证人忙的时候，萧云天就站在一边静静地等候，证人闲的时候，萧云天就不厌其烦地和他们拉家常，讲道理。

比如路见不平、拔刀相助是华夏民族的美德，惩恶扬善、弘扬正气是每个公民的责任。假如出了凶杀案，你不出来作证，他不出来作证，大家都不出来作证，凶手就会因此逃脱了法律的惩罚。如果他们再次作案，到时候可能受害的人还会更多呢。

帮助他人也是帮助自己，送人玫瑰，手有余香。面对社会上的丑恶现象，你不管，我不管，大家都不管，任由黑暗势力在那里猖狂，最终受害的还是社会大众。

今天发生在被害人身上的事情，明天就可能发生在其他人身上。今天你不出来作证，明天就没人替你作证。

萧云天相信，完全没有一点良知的人是极少数的，公平正义自在人心，只是暂时被黑暗势力吓倒，导致正义得不到伸张。

面对着萧云天的循循善诱，李正和乔云也说出了心中的顾虑。他们的确是害怕报复。杨子向曾经在这里住过，他们当然认识他，也认识杨子向的爷爷杨建明。所以作证的事情，他们总觉得不是一件十分厚道的事情。原来都认识，如果指认了杨子向，那么碰到杨子向的爷爷杨建明该如何搭讪？再说，要是杨子向最后判不了死刑，他出来后还不得变本加厉地报复他们？这家伙非常凶残，得罪了他，以后的日子怕是不好过了。

经过长时间推心置腹地交谈，李正和乔云也终于同意做辨认。遗憾的是，这两个人的辨认结果竟然和王艳一样，也是没有辨认出来。

这就奇怪了，不应该啊！

无奈之下，萧云天只好先返回了警局，反思一下为什么。

经过思考，他觉得问题出在了辨认照片上。辨认犯罪嫌疑人可以辨认照片，也可以辨认真人。因为第三次拜访的时候，并不知道三位证人能不能同意辨认，就没有做辨认真人的准备，只是准备了照片。

但杨子向的照片不是近照，而是当年他办理身份证的存档照片。照片与本人存在一定程度上的失真。

下一步还是应该把证人拉到看守所里，辨认真人，看看能不能辨认出来。

14　辨认的结果

虽然三位证人已经被队长萧云天的执着所打动，但是在辨认照片时，还是没有达到预期效果。当萧云天说想带他们去看守所辨认真人的时候，他们都同意了。

来到海东市看守所，萧云天让三位证人到休息室等候，他去找看守所的领导处理辨认事宜。海东市看守所关押的犯罪嫌疑人大约有六七百人。这些人之中，以抢劫、盗窃、故意伤害、寻衅滋事、交通肇事等常见犯罪居多。

看守所实际上是一个对犯罪嫌疑人临时羁押的场所。犯罪嫌疑人从被抓获，到判决生效交付执行前的这一段时间里，都要住在看守所里。所以对犯罪嫌疑人的辨认大都会在看守所里完成。

王艳、李正、乔云三位证人来到辨认室后，也是对这里的设施感到心有余悸，看看这儿看看那儿，问东问西的，他们主要还是担心犯罪嫌疑人能否看到自己。萧云天向他们解释了辨认室的建筑结构，强调了在里面的人根本不可能看到外面。介绍完了情况后，就让三人依次单独辨认，一人辨认的时候，其他两人在另外一间屋子里等候。

手下的刑警队员们早已将杨子向和其他随机挑选的六名犯罪嫌疑人带入了辨认室。三个人终于都完成了辨认，但辨认的结果却不尽相同。

王艳表示，在七个人里面，三号和六号两人之中有一个人是当天作案的人，两者再比较而言，三号更像一点。

李正则表示，三号就是当天作案的人。

乔云辨认后，摇了摇头，还是没有认出来。

杨子向的编号就是三号。

三个人三种辨认结果，虽然并没有完全辨认出来，但已经不错了，这也符合人的主观认知规律。

15　水到渠成的结论

证人的问题算是解决了，已经基本确定杨子向就是本案的犯罪嫌疑人。另外，关于杨子向说的真凶贾小军，在复核证人的同时，也对贾小军是否存在的问题进行了调查。

这些调查主要包括：

查找了案发前的旅馆业登记系统。这些系统都是和公安机关的网络联网的，也比较好查，只要在宾馆住宿登记过身份证，后台就会有记录。

经过查找，没有发现乌州市的贾小军在海东市开过房。在所有登记住宿的客人中的确有叫贾小军的，但是经过调查都没有作案动机，也没有作案时间。

出现这种情况，最大的可能就是杨子向根本就是胡诌的，这个人根本不存在。另外还有一种可能，就是这个人并没有住宾馆，而是租房住，或者是借宿在亲戚朋友家里。

杨子向的供述中称他和贾小军认识，是好朋友。但调查了杨子向的爷爷、二叔等近亲属，都能够证实从来没有见过杨子向往家里领过一个叫贾小军的人，也没有听杨子向说过和贾小军有来往。

杨子向还称贾小军也和死者李多晨存有矛盾。调查李多晨家人的结果是，从没听说过李多晨和贾小军有交往，更别提发生矛盾了。

通过这些调查，萧云天觉得足以把贾小军作案的可能性排除。

所有的调查工作完毕，萧云天召集其他三人开会，大家集中讨论了案情，最终形成了杨子向作案的十五点理由，足以排除其他合理怀疑，得出杨子向是唯一作案嫌疑人的结论。

这十五点理由是：

第一，目击证人程威通过辨认，明确辨认出了作案凶手即为嫌疑人杨子向。程威的证言与现场其他目击证人证言基本一致，且程威与其他目击证人并不相识，其证言获取时间在后，目前无相反证据证明程威证言系伪证。程威原来见过嫌疑人杨子向，对杨子向体貌特点印象深刻，在凶手行凶现场注意观察，认出是原来见过面的人也符合常理。

第二，经过侦查实验，证实证人程威的证言客观性较强。由一名侦查员使用证人程威所述同型号汽车经过现场，另两名侦查员模拟打斗过程，可以证实在开车过程中能看到凶手与被害人的追砍过程。

第三，目击证人王艳对凶手进行了辨认，从七名犯罪嫌疑人中辨认出其中的两人中有一人为凶手，这二人中恰有杨子向。她虽然未明确辨认出凶手，但也将凶手锁定在较小范围。

第四，目击证人李正辨认出凶手就是杨子向。

第五，目击证人王艳、李正、乔云陈述的凶手体貌特征与嫌疑人杨子向一致。比如二十岁左右、身高一米七左右、额头有黄头发，这些均与杨子向的体貌特征一致。尤其是凶手额头上有一撮黄头发这一细节，其他证人证实案发前几天看到杨子向确有黄头发，杨子向本人也承认染过黄头发，在案发后又染回黑色。

第六，本案多名目击证人证言之间能够互相印证。本案关键的四名证人证言均陈述稳定，对于现场追砍的大致情节较为一致。

第七，有证人证实被告人杨子向在案发后脸上、身上有血迹。

第八，嫌疑人杨子向具备作案动机。嫌疑人杨子向与被害人李多晨二人存在矛盾，这一事实不仅有被害人亲属证言、被告人亲属证言，还有其他证人证言均能证实。

第九，嫌疑人杨子向具备作案时间。其虽不供认犯罪，但也承认当时在案发现场附近。

第十，嫌疑人杨子向具备作案条件。拥有多把刀具。

第十一，嫌疑人杨子向在案发后向其他人说过“出事了”“打架了”类似的话。

第十二，嫌疑人杨子向逃离现场后的种种举动不符合常理。案发后，被告人杨子向把头发染黑、把摩托车改色、买新衣服、逃离外地，这些行为不符合常理。

第十三，嫌疑人杨子向供述中有与证人证言矛盾的地方。

第十四，嫌疑人杨子向供述中有多处不合常理之处。

第十五，可以排除嫌疑人杨子向所供述的贾小军作案的情况。贾小军应系嫌疑人杨子向为逃避法律制裁而杜撰的一个根本不存在的人物。

经过集体讨论，专案组一致认为，这十五点有罪理由足以将犯罪嫌疑人杨子向牢牢地钉在罪犯的位置上。正式向检察院申请逮捕，并移送审查起诉。

到此，这个案子的侦查工作告一段落。

一个看似简单的案子，办起来却是那么复杂，最终通过缜密的侦查工作，实现了从“破案”到“定案”的转变。

虽然本案的犯罪嫌疑人很早就被确定了，但犯罪嫌疑人的“零口供”，却差点使侦查工作陷入了僵局，甚至一度走入了误区，幸好萧云天及时调整了侦查方向和策略，从而保证了侦查质量。

如果从现在的结果来倒推一下，可能这个案子显得并不是十分复杂，只是在案发后，所有材料还没有核实前显得有些扑朔迷离。

这个案子侦破了，但还有多少案子在等待着他们去侦破？还有以前的多少件老案子没有被破获？

想到这里，萧云天不由得想起了局长何永安交给他的那份绝密卷宗，那宗连环杀人“1·31 大案”，至今还没有被侦破。还有最近出现的那个神秘电话，数起案子，这个神秘人都知晓，他到底是何方神圣？

一个又一个的谜团需要萧云天一步一步地去揭开谜底。

第三季　意外车祸

01　追寻正义的脚步永不停

生命对所有人而言，都只有一次。在生命面前，所有人都是平等的，没有人能够超越生命极限。正因为其珍贵，所以才需要人们倍加珍惜，有所敬畏。

然而，从事过多年刑侦工作的萧云天却发现，在罪恶欲望的驱使下，犯罪嫌疑人缺乏对生命的敬畏，剥夺别人的生命以满足自己的私欲。

天作孽，犹可活；人做孽，不可活！

中国是保留死刑的国家，至今仍然在几十种罪名里保留了死刑这一刑罚。在萧云天看来，并不是法律太严苛，使这些罪犯难逃一死，而是这些人自己宣判了自己的死刑。

杀人者终究被人杀，辱人者终究被人辱；不尊重别人的人，也得不到别人的尊重；不珍惜别人生命的人，也最终难保他自己的生命。

武器以及一切武力，只能对准人民的敌人，如果对准无辜的百姓，只能得到社会的唾弃和法律的严惩。

每当有刑事案件发生，萧云天就会带领队员们夜以继日地奋战在侦查的第一线。他虽然管不了所有的警察，但起码能管住他的警队，至少能守住自己的心、守住自己的良知。

他绝不允许手下的队员们有滥用职权的行为，也绝不允许有任何懈怠、懒惰、效率低下的现象，更不允许有任何以权谋私、徇私枉法、与黑社会勾结之类的问题存在。

警队担负的是保卫民众、打击犯罪的重任。重任在肩，来不得半点马虎，要干就要干好，否则就干脆不干。

近年来，犯罪分子的作案手段越来越隐藏，反侦查手段越来越高明，稍不注意，就会给犯罪分子以可乘之机。比如杨子向这个案子，此人百般抵赖，意图蒙混过关。如果不能细心负责地侦办案件，如何对得住逝去的生命，如何面对死者家属那期盼的目光？

这种挑战，时刻都会到来，有时不起眼的案子经过耐心地侦查，可能会发现背后的惊天黑幕。

犯罪总会留下一些蛛丝马迹，需要刑警去拨开迷雾，探寻真相。

这一天，重案侦缉队接到了来自交警队的电话。

02　一起车祸

俗话说，车祸猛于虎。

近年来，随着国内机动车数量的增多，各种交通事故也多了起来。曾有人统计，行驶在路上不超过一百公里，就会看到一起交通事故。当然，绝大多数交通事故都是车辆剐蹭之类的，并没有造成人员伤亡。

这些交通事故损害赔偿一般都是民事纠纷，上升到刑事案件的主要是那些违反道路交通管理法规，发生重大交通事故，致人重伤、死亡或者使公私财产遭受重大损失的犯罪行为。

需要指出的是，并不是所有的致人重伤、死亡都会构成犯罪，构成犯罪是有条件的，里面牵涉到事故责任的划分问题。

如果肇事者无责或者负次要责任、平等责任的，就不构成刑事案件。比如，驾驶车辆在保持安全车速的情况下，由于对方闯红灯导致其重伤或死亡的，驾驶员就不用负刑事责任。

只有在对事故负主要责任或全部责任的情况下，肇事者才有可能构成交通肇事罪。

需要特别注意的是，在实践中交警部门有推定全责的情况。如酒后驾驶、无证驾驶、吸毒后驾驶，这些一律推定为全责。还有交通肇事后逃逸的，既使事故发生时并不负主要责任，但如果逃逸了，就推定为全责。

海东市地处交通要道，周边省市来来往往的车辆很多，交通事故也频发。

一天清晨，在海东市郊的一条道路上，一位早起骑行的驴友突然发现前面的道路上有些异样，似乎有个人躺在地上。

驴友大着胆子骑到了此人跟前。眼前的景象让他大吃一惊，只见有一名年轻女子躺倒在距离路边一米远的地方，头部下面的地面上有血迹，她一动不动的，看样子已经死亡。再往周围一看，驴友更是大吃一惊，在离女子一米多远的路上，还躺着一个小男孩，大约三四岁的样子，也是一动不动。

这还得了，驴友赶忙将自行车停在一边，掏出手机拨打了 122 交通事故报警电话。

接到报警后，交警迅速赶到了现场，拉起警戒线进行勘查。

经过交警试探，两人的鼻息和脉搏都已经没有了，估计已死亡多时。

女性死者看上去年纪大约在三十岁上下，虽然死亡使得她的脸变得有些僵硬，但还是能够看出来颇有几分姿色。死亡的小孩子可能和她有一定的关系，不然两具尸体不会无缘无故地相距这么近。

从初步勘查来看，两人的死亡应该是一起交通肇事造成的。

两人的外表都没有十分明显的外伤，没有锐利物捅刺的痕迹，都只是头部有伤，出血量也不是很大，符合交通事故死亡的诸多特点。

交通事故造成的死亡特点是：死者如果是遭到撞击或者辗轧致死，大多数情况伤势是外轻内重，看似表面没什么大的损伤，实际上内脏可能被撞碎或被车轮碾压破裂。如果车轮碾压过头部，还会造成颅骨骨折甚至碎裂。

两具尸体的附近有车辆驶过的车轮印痕，沾带有一些血迹。看样子，肇事人已经驾车逃逸了。逃逸，自然要负全部责任。

交警部门马上立为交通肇事刑事案件处理。首要的工作还是要查明两名死者的身份。

一个年轻女子带着一个孩子，怎么会出现在公路上？她是谁？为什么来到此地？为什么被车撞了呢？谁撞的她们？什么车撞的？这辆车跑到哪里去了？这都是些悬而未决的疑问。

交警立即查看死者身上有没有证明她身份的东西。

女性没有带包，不知道是真没有带，还是被别人拿走了。一般来说，女性出门大多带包，放一些日用品之类的。

在查看死者衣服口袋时有了发现，在口袋里有一张身份证。交警们心中一喜，这下死者的身份可就容易查清楚了。可拿出身份证和死者的面庞一比照，交警的心立刻凉了半截，原来身份证上的照片和死者根本不是同一个人。身份证上的名字叫李佳琦，也是一个女子，显示地址是本地人。

虽然死者并不是身份证上的女子，但死者既然携带李佳琦的身份证，必定与李佳琦有这样或那样的关系，也许找到了李佳琦，死者的身份也就能够查清了。

在交警将现场进行详细的拍照后，医院的 120 救护车也到了，将两具尸体拉上车，送往医院太平间，准备等待警方的尸检。虽然交通事故造成死亡的可能性比较大，但也需要通过尸检进一步查明死因。

尸体一直留在现场也不是个办法，这时天渐渐亮起来，如不及时处理，聚集的群众就会越来越多，造成交通拥堵。

另外，交警也将李佳琦的身份信息告知了其户籍所在地的派出所，由派出所负责联系李佳琦到太平间认尸。

03　确认死者身份

由于死者的身份有一定的线索可查，所以对尸体暂时没有实行解剖，留待李佳琦辨认后再进行。

派出所经过查找，联系到了李佳琦。

李佳琦匆匆赶来，不知道派出所找她有什么事情。

民警问李佳琦的身份证哪儿去了。李佳琦很奇怪，说昨天身份证借给表妹黄梦洁了。原来黄梦洁曾用她的身份证办过一张银行活期存单，当时没设密码，现在要取款必须用开户人的身份证。因为是表姐妹，互相知根知底，李佳琦就把身份证借给了黄梦洁。由于一直还有其他事情在忙，到现在还没有联系过黄梦洁。

当派出所民警告诉她交警在市郊公路上发现一具女尸和一具男幼童尸体时，李佳琦惊呆了。光凭这一点，就已经符合黄梦洁的特点了，黄梦洁的确有一个三岁的儿子。

李佳琦赶紧通知了黄梦洁的父亲黄怀泉，两人会面后一起赶往医院太平间。经过辨认，确认死亡的年轻女性就是黄梦洁，死亡的男童正是黄梦洁的儿子磊磊。两人不由得一阵痛哭，逝去亲人的痛苦，使他们抑制不住心中的悲愤。尤其是作为父亲的黄怀泉，虽然这个女儿并不听话，有时候还惹他生气，但毕竟骨肉亲情，血浓于水，黄梦洁再怎么不好，她也是自己的女儿。如今白发人送黑发人，更让人唏嘘不已。

悲愤之余，黄怀泉追问道："这是怎么一回事，怎么母子两个一起死了？"

交警解释道："今天一大早，有过往的路人发现这两名死者躺在路边，就报了警，但肇事车辆早就不知去向。由于那条道路比较偏僻，来往车辆较少，附近也没有什么监控摄像头，目前正在扩大范围，寻找可疑车辆。"

不过黄梦洁为什么会带着孩子出现在那条路上，而且还是步行被碾压，目前还不得而知。

交警询问黄怀泉："您在事发前知道黄梦洁的行踪吗？"

黄怀泉叹了一口气，道："梦洁平时不和我们在一起住，她自己带着孩子单过，所以平时她有什么动向我们也不知道，也不清楚昨天她为什么带着孩子出去。"

交警看到死者的丈夫没有过来，便询问死者丈夫的事情。

这时黄怀泉脸色略显尴尬："梦洁离过一次婚，和前夫没有孩子，这是她和对象所生的孩子，但现在她和那个对象也分手了。"

听到这样的情况，交警觉得不便再继续询问下去。在简单询问之后，征得了黄怀泉的同意，决定由法医室尽快尸检。因为尸检结果可能对案件侦破有一定帮助，黄怀泉也就同意了警方的做法，并由法医提取了自己的血样供与死者比对身份。

交警表示，将会尽最大努力尽快侦破案件，现在一方面等候法医的尸检结果，另一方面在现场搜寻目击证人，查找可疑车辆。

从死者被发现的时间往前推断，犯罪嫌疑人可能有长达十个小时的作案时间。由于尚未尸检完毕，还无法推断其具体死亡时间，只能根据胃内容物推断。

由于现场没有监控摄像头，所以不清楚是什么型号的车辆造成了这起交通事故，而扩大范围的话，监控摄像头就增多了，但需要调查的车辆也就增多了，因此想从监控中找到犯罪嫌疑人的踪迹比较困难。但即使如此，警方还是对现场周边的监控摄像头一个一个地仔细查看。

至于目击证人，警方暂时还没有找到。看样子那段时间经过的车辆和行人较少，以致于没人看到；也或许是事故发生的时间很短，肇事司机迅速逃离现场。

警方在案发现场安放了一个大牌子，简单描述了这次事故的经过，寻访目击证人，提供有效线索的给予重奖。

"眼睛看到的不一定真实，只有手术刀才能解读死者最后的语言。"一位知名法医曾这样说过。

死者尸体所呈现出来的问题都是客观存在的，只是没有看到，或者看到了却没有意识到问题的重要性罢了。

尸体本身就是一种很好的证据。所以发生了刑事案件，有人身故，就必须做尸体解剖检验和相关的物证检验。

尸检可以查明死者死亡的具体原因，并由此推断凶手使用的凶器、作案的时间等。

关于黄梦洁被车轧死这起案件，赶到现场的交警只是简单地看了看尸体的情况，再加上尸体是在公共道路上发现的，附近还有车辆的轧痕，就认为这母子二人是被车辗轧而死的。

但这起交通事故案中的两名死者的尸体却被法医敏锐地嗅出了不寻常的味道。

尸检结果表明：死者黄梦洁头面部创口边缘不齐，有创角钝伤。解剖头部发现，额部的颅骨有凹陷缺损的现象，分析认为符合生前遭受外界有一定质量、易挥动的钝性物体的打击而形成。黄梦洁的四肢有多处软组织损伤，胸腹部体表损伤轻微，而多脏器损伤严重，分析认为符合生前机动车碰撞、碾压形成的特点。颅骨所伤为致命伤。

死者磊磊颅骨骨折和硬膜下出血，多处肋骨骨折，内部多脏器受伤。

但黄梦洁头上的伤不像是交通事故所形成的伤！

04　这不是一起交通事故

尸体是不会说谎的。

尸检的顺序为：衣着检查、体表检查、内部剖验。

在将死者黄梦洁的衣着全部去除，一具女尸的裸体呈现在法医面前的时候，死者的相貌、形体在他们眼里并不是重点，重点在于尸体身上每一处可能存在的细节。

体表检查的时候，双手是重点检查的部位。法医人员发现，在死者黄梦洁的双手手腕处还留有一些细微的勒痕，这引起了法医的注意，正常的交通事故是不会造成这样的痕迹的。

再往头部看，一些创口边缘不齐，也不像车祸造成的伤情，倒像是钝物砸击的伤情。

解剖检验时，对死者内部器官一一进行检视，没有发现异常。

在检验到头部时，发现前额部的颅骨有凹陷缺损的现象。

通过胃内容物检验，根据食物的消化程度，死者最后一餐距离死亡约五六个小时。这可以推算出，如果死者是在晚上六点左右吃的晚餐，遇害时间应该在夜里十一二点。

基于以上分析，法医认为，这不是一起简单的车祸，背后说不定有阴谋，有可能是谋杀，建议交警将此案移交重案侦缉队侦查。

交警接到法医的报告后，结合死者黄梦洁的父亲黄怀泉的证言，觉得一个单身妇女带着孩子，深夜出现在市郊的公路上，的确异于寻常，为慎重起见，他们将案件移交到了重案侦缉队。

闻讯后，重案侦缉队队长萧云天立即带队赶来。

此案受理之初，被认为是一起普通的交通肇事逃逸案件，因此交警在进行了简单的现场勘查之后，现场就被快速清理掉了，以免影响到交通。所以，现在对事故现场的勘查，只能通过交警部门所记载的勘查笔录和现场照片进行核查了。

照片上，一大一小、一女一男，两名死者相距的地方很近，衣着也比较整齐，不是那么凌乱。

萧云天皱着眉头问交警道："如果是交通事故，这大人和孩子被撞了，会相距这么近吗？"

那位交警尴尬地说："行人走在路上如果被机动车剧烈撞击，会被撞飞，抛得比较远。现在不清楚女性死者是抱着小孩还是领着小孩走，也可能被撞后离得很远，这种情况也不能完全排除。"

萧云天又问道："从照片上看，两名死者的衣服都比较整洁，平常车祸是这样的吗？"

交警更加尴尬地回答道："一般车祸被害人的衣服都有被划破的痕迹，因为有在地面翻滚的过程，很多都是鞋在车祸中被甩掉了。像这个的情况，也不能完全排除。"

到了解剖室里，萧云天见到了两名死者的尸体。解剖完的尸体已经被缝合好，拿出的内脏也一一放回了原处。

死者黄梦洁的脸上浮现着惊恐，尤其是一双眼睛，仍然保持着睁开的状态，直挺挺地目视着前方，她死不瞑目。

年纪轻轻，正是享受美好人生的时候，就这么走了，她到底是死于交通事故，还是死于谋杀？

萧云天回望了一眼跟在他身后的柳如雪："如雪，你以前干过法医，你对这两具尸体怎么看？"

柳如雪答道："法医的尸检报告上写得都很详细了，我也完全同意鉴定结论。通过分析尸检鉴定结论，的确有一些异于交通事故死亡的特征，比如头面部的特征和颅骨的凹陷缺损。"

她接着说："还有一些具体的检验情况要结合案情来分析，比如女性死者手腕部有勒痕，这不是交通事故能够形成的损伤，她极有可能曾经被人捆绑过。另外，交通肇事中车辆对行人的损伤有丰富特征，这具尸体上却没有。"

柳如雪解释道，交通肇事分为车辆对车辆、车辆对建筑、车辆对行人的肇事，尸体伤情是不一样的。车辆之间、车辆和建筑物或树木之间发生碰撞时，驾驶位和副驾驶位的安全气囊会被打开，有被气囊击伤的可能性。如果没系安全带，还可能会被甩出车外，击碎挡风玻璃。即使坐在车内，也有可能造成挥鞭型损伤。顾名思义，人挥鞭子时，鞭子都是前后摇摆的，人坐在车内相对静止，在遭遇剧烈的撞击下，极有可能造成先前倾再后仰，最终导致颈椎骨折。

在车辆撞击行人的时候，行人突然遭遇巨大外力的撞击，会造成全身多处骨折。然后尸体在下落的时候，不会立马停住，还会在惯性的作用下继续前翻，这时身体会与地面发生摩擦，尸体上会有一些擦划痕迹。所以平常的车祸现场，死者大多衣衫不整，鞋子也会飞落很远。

“这两具尸体虽然也有一些好像与路面形成的擦划伤，但不是特别明显；虽然也有辗轧伤，倒好像是车辆直挺挺地从两具尸体上轧过去的，中间仿佛少了一个撞击的环节。”

萧云天边听边点头，觉得柳如雪说得这些都很有道理。

通过对两具尸体的重新检视、研究尸检报告、与法医的交谈、柳如雪的分析，萧云天更加坚定地认为，这不是一起简单的交通事故，很有可能是一起故意杀人案，凶手意图通过将现场伪装成交通肇事来逃避法律的制裁。

很显然，尽管凶手觉得自己的作案手法很高明，但还是留下了马脚，交通肇事致死和其他形式的死亡有很多不同的特征，不是伪装就能轻易蒙混过关的。

05 那些年，那些男人

事情已经发生了变化。

一起看似普通的交通肇事案，转眼间成了一起故意杀人案。

通过尸检等环节认定了车辆碾轧不是被害人的致命死因后，剩下的工作就简单了。

死者黄梦洁的衣服口袋里还有一些钱，虽然不多，但也有几百块。如果是被抢劫后灭口，似乎用不着再开车碾压两名被害人的尸体。

也不属于交通肇事后又被肇事车或者其他车辆碾轧的情况。

在特定的时间、地点，对特定的对象使用特定的方法，将两名被害人杀死，还要伪装成交通肇事，这是多大的仇恨?

要想解开这些谜团，还要重新询问被害人黄梦洁的家人查找线索。

按照原来卷宗中询问证人笔录里的联系电话，萧云天找到了黄梦洁的家人——父亲黄怀泉和表姐李佳琦。

黄怀泉正在家里焦急地等候着警方的消息。女儿和外孙就这么被车撞死了，真是太悲惨了，希望警方能尽快找到肇事司机，让他得到应有的惩罚。然而萧云天的一席话却让他大吃一惊。

当听到女儿和外孙之死可能不是一起交通事故，很可能是一起故意杀人案件时，黄怀泉有些不敢相信自己的耳朵，已经遭受一个打击了，现在又要遭受另一个打击。老人最初知道女儿、外孙被车撞死时，心里是悲痛的，现在又听说是被人谋杀的，心里则是愤怒!

看到黄怀泉的情绪有些激动，萧云天安慰他说："老人家，控制一下自己的情绪，只有您配合好我们的工作，我们才有可能尽快地抓获犯罪嫌疑人。您给我讲讲关于黄梦洁的一些事情吧，也可以谈谈您所怀疑的事情。"

黄怀泉这才叹了一口气，开始聊起了他这个不争气的女儿。

原来，黄梦洁上学的时候成绩平平，高中毕业没考上大学，就只好在本地联系了一家企业去打工，后来又到一家宾馆当服务员。几年后，经人介绍，黄梦洁与前夫杨胜记结了婚。刚开始夫妻两人感情生活还可以，后来不知因为什么产生了矛盾，两个人经常吵架，这段婚姻维持了不到两年就结束了。两人没有孩子，所以离婚很快就批了下来，当时是黄梦洁主动提的离婚。

当时杨胜记也在一家企业上班，为人还算比较老实，只是收入差点儿。两人大约是四年前离的婚，他俩离婚以后黄怀泉就再没见过杨胜记，俩人是否还有联系黄怀泉也不清楚。

不久，黄梦洁就开始了她的第二次感情。

第二个恋人名叫钟五特，是一个镇的计生办副主任。钟五特的工作单位很好，收入也很稳定，但美中不足就是年纪大了些，比黄梦洁大了十多岁，据说也是离异的，与前妻育有一个女儿。

两人同居后生下了儿子磊磊。黄梦洁现在住的房子就是两人共同买下来的。

黄怀泉开始还反对女儿和钟五特交往，认为男方的年纪太大。无奈，现在这么多大龄剩女都嫁不出去，就别提一个离过婚的女人了。

但好景不长，黄梦洁发现钟五特只是和他老婆分居了，并没有办理离婚手续。于是黄梦洁和钟五特大闹了一顿，要求他马上离婚。钟五特也答应和妻子离婚，但说需要时间来准备材料。从那以后，一拖就是一年多，黄梦洁多次问过，均被钟五特以各种名义搪塞过去。

黄梦洁觉得被这个男人骗了，就主动提出和钟五特分手，自己带着孩子过。她本来是想以退为进，逼迫钟五特早点办理离婚手续。没想到钟五特痛快地答应了，虽然房子给了黄梦洁，但其他的经济资助就没有了。

黄梦洁因为照看孩子，工作早就辞掉了，原来生活来源全靠钟五特，现在离开了钟五特，黄梦洁立刻感到了生活的压力。无奈之下，黄梦洁以儿子磊磊的名义将钟五特告上了法庭，要求钟五特支付儿子的抚养费。一开始钟五特还拒绝支付，称孩子可能不是自己的。后来经过亲子鉴定，证实磊磊确系钟五特的亲生儿子。经过法庭调解，钟五特支付了五万元的抚养费一次性地了结了此事。从那之后，黄梦洁与钟五特还有没有来往，黄怀泉就不知道了。

关于女儿黄梦洁的感情婚姻情况，黄怀泉知道的就这么多了。他觉得，黄梦洁要是被人谋杀的话，这两个人的嫌疑最大，要求公安机关先把这两个人抓起来审问。

萧云天安慰黄怀泉说："此案公安机关正在收集证据，你提供的情况很重要，我们会仔细核实的。到了证据差不多的时候，自然会将犯罪嫌疑人绳之以法，这个请您放心好了。"

接下来询问死者黄梦洁的表姐李佳琦，看看她能提供什么线索。

女人与女人之间，可能有许多不能对男人讲的秘密，只能女人告诉女人，也只有女人更懂女人，看看黄梦洁的感情生活有没有向李佳琦倾诉过什么。

李佳琦所证实的情况和黄怀泉证言的内容大体一致，只是李佳琦还提供了黄梦洁的另一段感情经历。

在前夫杨胜记和后来的钟五特之间，黄梦洁还交往过一个做生意的小老板李宝军。两人交往过几个月的时间，本来黄梦洁觉得李宝军还挺大方，但两人关系确定之后，李宝军变得小气起来，两人的关系就没再继续下去。

要说作案嫌疑的话，除了杨胜记和钟五特之外，这个李宝军也有可能。这是在感情生活方面黄梦洁与他人的矛盾，至于其他方面还和什么人有过矛盾，就不得而知了。

06　先查嫌疑最大的

杨胜记、钟五特和李宝军，三个男人与死者黄梦洁之间的三段往事，需要一段段地去追寻。

这三个男人里面，到底哪一个最有作案的嫌疑呢？

按照一般的逻辑来看，黄梦洁与钟五特在一起的时间最长，矛盾自然也最深，需要重点了解。

钟五特，海东市某区某镇的计生办副主任，他是怎样的一个人呢？带着疑问，萧云天来到了计生办，找到了钟五特。

钟五特是个典型的中年男人，中等个头，也许是官场待久了的缘故，处处看着都像拿着架子似的，举手投足之间完全是官样派头。不过看起来，他对警察的到来很是惊讶。

萧云天表明了身份后说："你好，钟主任，我们来找你想了解一下你和黄梦洁的事情。"

一听是关于黄梦洁的事情，钟五特立刻显得激动起来："我就知道这个女人不会善罢甘休的，我们之间的事情早已经解决了，她又把你们公安找来想干什么？"

萧云天忙让钟五特平静一下情绪："不要激动，钟主任，今天来找你并不完全是因为你们之间的私事，而是要找你了解一些线索，希望你如实回答我们的提问。"

钟五特这才恢复了平静："不好意思，警察同志，我一想到这个女人就来气，刚才有些失态，请谅解。不知道你们找我有什么事，有什么需要问的就尽管问吧！"

萧云天道："昨天早上，有人在海东市郊的公路上发现了两具尸体，通过尸体身上的身份证，找到了死者家属，查实了死者身份，他们就是黄梦洁，还有你和黄梦洁所生的儿子。”

说到这里，萧云天停顿了一下，看看钟五特有什么反应。

果然，钟五特的情绪立刻又激动起来：“什么？黄梦洁和磊磊都死了？！她们怎么死的？黄梦洁虽然和我分手了，但毕竟相会一场，不能不念旧情啊！最可惜的还是我的儿子磊磊，他这么小的年纪就死了，我真是无论如何也无法接受啊！萧警官，快带我去看看他们两个。”

萧云天摇了摇头，说道：“你暂时还不能看，黄梦洁的家人对你非常憎恶，明说了不让你参与他们的后事，你还是等待我们的消息吧！”

钟五特坐在座位上，口中喃喃自语道：“怎么会这样？怎么会这样？”

说了一会儿，钟五特又抬起头问萧云天道：“他们娘儿俩是怎么死的？谁把她们害死的？”

萧云天回答道：“本来交警以为是一场车祸，但经过尸检，有些伤情不像是交通事故所造成的，我们怀疑背后另有隐情，她们两个很有可能是被人谋杀的。在案情没有查清之前，每一个黄梦洁身边的人都有嫌疑，包括你也不例外，希望你能理解。”

钟五特连忙点头：“我明白，我理解，现在我也希望咱们公安机关能够尽快侦破此案，抓获真凶，还我一个清白，还死者一个公道。”

看到钟五特比较配合调查，萧云天就让他说一说他是如何与黄梦洁认识的，这几年的关系如何，为什么又分手了。

问到这里，钟五特面露尴尬之色：“这个说来话长，也可以说是我犯的一个错误吧，我还因此受到了处分。”

接下来，钟五特详细地讲述了他和黄梦洁之间的那些事。

黄梦洁原来在区里一家宾馆当服务员，钟五特因为经常开会，晚了回不去，就找这家宾馆住下，一来二去就和黄梦洁混熟了，有时候经常聊个天、开开玩笑之类的，他还经常送些小礼物给黄梦洁。

钟五特已经四十大几了，有一个妻子，两人育有一个女儿。因为整天忙于公务，穿梭于官场的各种活动和应酬之中，家回得少，慢慢就和妻子产生了矛盾。本来开始的时候矛盾并不大，但吵一次架，矛盾升级一次，最终闹得不可开交。一气之下，妻子领着女儿回了娘家，两人分居了。虽然谁也没有开口提离婚的事情，但离婚看来已经只是个时间问题了。

钟五特在与黄梦洁的交往中知道黄梦洁已经离异了，至今还是单身未婚，就动了念头，想和黄梦洁先发展恋爱关系，再找机会和妻子离婚，与黄梦洁再婚。钟五特再三强调，当时的确是想和妻子离婚的，只是时机还没有成熟，但又不愿意放过黄梦洁这么好的女人，这才编了个瞎话，犯了一个错误。

于是，当黄梦洁问他家庭情况时，他叹着气说，已经和前妻离婚了，孩子归前妻了。现在自己一个人没人照顾，开完了会，忙完了应酬，回家也是孤零零的一个人，不如睡宾馆清静。

黄梦洁听了心中一动，觉得这个男人和自己的遭遇是如此的相似，而且这个男人比前夫好多了，不仅工作稳定，收入也稳定。

两个人客客气气，像两个革命战友似的，谈了很长时间的理想、人生、三观，觉得都很谈得来，钟五特这才试探地说出进一步交往的请求，黄梦洁没有拒绝，两人这才慢慢地走到了一起。

开始的时候总是甜蜜的，后来却有了苦涩。

黄梦洁和钟五特正式确立关系后不久，黄梦洁就提出在宾馆干服务员工资少还特累，不想干了。钟五特也觉得有道理，自己收入稳定，也不缺黄梦洁一个月挣的那千把块钱，于是就让黄梦洁把工作辞了。

钟五特用自己的私房钱瞒着妻子买了一套小房子，让黄梦洁住了进去，两人就这样开始了半公开的“准夫妻生活”。黄梦洁十分满足，她觉得钟五特虽然年纪大了点，但有钱有地位，又有成熟男人的风度，更重要的一点是舍得在自己身上花钱。

时间长了，钟五特对黄梦洁说：“咱们要个孩子吧！我只有个女儿，没有儿子，现在特想要个儿子，以后也有香火了。”

黄梦洁和前夫杨胜记本来也没有孩子，既然钟五特想要，那就生一个呗。这时，黄梦洁才想起来还没有和钟五特领结婚证，于是提出领结婚证。钟五特却支支吾吾地说：“我刚和前妻离婚不久，再过一段时间再说吧！再说了，那结婚证就是一张纸，有它行，没它也行，有什么区别，何必那么在意呢？”钟五特说着说着就有些生气。

黄梦洁看他有些生气，就没有再提领结婚证的事情。其实，钟五特心里很明白，和黄梦洁之间的结婚证是万万领不得的，一旦领了结婚证，那就构成重婚罪了。自己和妻子的婚姻关系毕竟还没有解除，现在要和别的女人再领了证，那不是证据确凿，让人逮个正着吗！

没过多久，黄梦洁就怀孕了，并为钟五特生了儿子。自从生了儿子，黄梦洁变得趾高气扬起来，动不动就给钟五特提要求。起初钟五特觉得这也正常，他中年得子，再为人父，这都是黄梦洁的功劳，所以他就尽量满足黄梦洁的要求。

孩子大点了，该上幼儿园了，两人的关系却在发生着微妙的变化。

黄梦洁觉得钟五特关心她和孩子的时候越来越少了，从原来的有求必应，到现在的几求才应，变化太明显，她怀疑钟五特是不是又有了新欢。

而钟五特觉得两人生活的时间长了，黄梦洁的毛病就暴露出来了，除了有几分姿色，其他一无是处，尖酸、刻薄、小气、多疑、贪婪。这几年在黄梦洁身上花的钱已经不少了，他自己的私房钱已经给清得差不多了，可黄梦洁依然花钱没有节制。

终于，钟五特再也忍不住了，他向黄梦洁提出了分手的要求，说这套房子就送给他们娘儿俩了，权当补偿。

钟五特向萧云天解释，他只是想采取这个方法，让黄梦洁冷静冷静，冷处理一段时间，等黄梦洁收敛些了，他还会回去的。

07　断了一条线索

黄梦洁对于钟五特的分手要求自然是不肯善罢甘休的。原来她对钟五特比较信任，也没多管过他的事情，现在他提出分手，是不是又有了别的女人，自然调查一下。

这一查不打紧，原来钟五特与妻子虽然分居了，但没有办理离婚手续。怪不得她每次提领结婚证，钟五特都会说“都是离过婚的人了，何必在意那一纸婚书呢”，原来他有自己的小九九！

黄梦洁知道真相后就开始闹，不仅闹得钟五特的单位都知道了，连他妻子也知道了。钟五特一看黄梦洁闹事，更加生气，索性断了钱粮供给，不理她们娘儿俩了。

黄梦洁无奈之下到法院起诉钟五特，要求他支付儿子的抚养费。钟五特开始以孩子不一定是自己的为由拒绝支付。后来经过亲子鉴定，确定磊磊就是他的亲生儿子。结果一出，钟五特这才没了脾气，后在法院的调解下，把五万元的抚养费支付给黄梦洁，两人的问题就此划上了一个句号。

基本情况就是这些，钟五特一口气讲完，又长吁了一口气。

萧云天沉吟半晌，说道：“这件事对你影响大不大？你恨过黄梦洁吗？”

钟五特叹了一口气，说道：“这件事对我当然有影响了，我好歹是个国家干部，还担任一定的领导职务，因为这事让单位知道了，我还受了处分。不过由于我及时向组织承认了错误，组织上也没有深究。说到恨不恨黄梦洁，并不恨，谁都有冲动的时候，再说她现在已经死了，我还恨他干吗呢？”

从钟五特讲述他与黄梦洁之间的往事来看，似乎并没有什么隐瞒，一切说得也很自然，但这些不是关键，关键的是，在案发的那段时间里，他在哪儿？他在干什么？

萧云天问道：“前天晚上，也就是案发的当天，你干什么去了？”

钟五特回忆了一下，说道："前天晚上？我想想，噢，我一直在办公室加班呢。我办公室里间有一张床，有时候加班晚了，就不回去了，直接在办公室睡。"

"有谁能够证明？"

"这个……下了班，单位的人大部分都走了，我也没刻意记住都遇见了谁。"

"你再想想看。"

"好吧，我再想想。"

钟五特想了一会儿，说道："我下班后到单位附近的小饭馆吃了饭，就回到了办公室，从那以后我一晚上都没出去，一直在办公室加班。加了会儿班，看了会儿电视，就上床睡觉了。"

他又想了一会儿，接着说道："我进出大门的时候，记得和单位的保安打过招呼，另外单位的大门上装有监控，应该能录下我进出大门的时间。"

除此之外，钟五特再也没想出来还见过谁。

现在没有任何证据证明钟五特有作案的可能，虽然有动机，但有动机并不一定意味着就一定会作案，因为有动机的人多了。目前对钟五特采取强制措施显然是不合适的，还没有证据证明钟五特撒了谎。

于是，在询问完毕后，萧云天和钟五特道了别。然后围绕他说的话，展开调查。

先是找到了计生办的保安老王。老王是计生办雇佣的保安公司的保安，二十四小时看守计生办的大门。

"老王，你认识计生办的钟五特副主任吗？"

"当然认识了，是单位的领导。"

"昨天晚上你见到钟五特了吗？"

"见到了，钟主任昨天下午下了班出去了一会儿，很快就回来了，说是回办公室加班。"

"他经常加班吗？"

"也不是很经常，偶尔吧。"

"后来钟五特又出去过吗？"

"应该没有吧！"

"你为什么这么肯定？"

"因为下班之后，过一段时间天就黑了，我就把大门锁上了。锁上大门以后谁再进出大门都要跟我说一声，我开了门，他们才能出入。钟主任回到办公室以后就再也没有出去过，也没跟我说过要出去的事情。”

保安老王接着说道：“还有一点，钟主任的办公室从我们门卫室就可以看到。昨晚十点多的时候，我准备睡觉时，下意识地看了看办公楼，只见钟主任的办公室还亮着灯，他还在加班呢。”

萧云天又问：“你一晚上没有离开过门卫室吗？你睡觉之后有人进出过大门吗？”

老王回答道：“我一晚上没有离开过，那天值的是夜班，要求二十四小时在岗。十点多以后我觉得有点困了。钟主任说加班，也没说要出去的事情，他回来的时候我给他说，要是出去就把我喊醒，后来他也没喊我。应该没有人再进出过大门，要不信的话，可以看看门口的监控录像。”

经过查看计生办门口监控探头记录下的视频，钟五特的确在下班的时候出去过，约半个小时之后就回来了，路过门口时还和老王打了招呼，说了几句话，然后就直接朝办公楼方向走去了。从那以后，一夜的监控视频都没有再看到钟五特的身影，也没有其他人进出过大门。

“老王，你觉得钟主任这个人怎么样？”

老王嘿嘿一笑，说道：“钟主任这个人挺好的，平时对我们这些临时工很客气的，没架子，有时候还会送给我几盒烟抽。”

“那他家庭上的事情你知道多少？”

“这个不是很清楚，只听说他和原来的老婆没离成，后来又找了一个女的，那女的还来单位闹过。但最近一直没来，不知道最后怎么解决的。”

保安老王这个人看起来还是比较老实本分的，不像会说假话。他说的话和钟五特说的话能够相互印证起来。

在与钟五特的谈话中，钟五特说加了一会儿班，又看了一会儿电视。萧云天问他看的什么电视，钟五特说看了电视连续剧《亮剑》，并谈了一下当晚那几集的剧情。

萧云天特意上网查了当晚海东电视台的节目单，果然是在播电视连续剧《亮剑》。

钟五特的这条线算是断了，再看看其他几条线索吧。

08 夫妻的战争

那么，与黄梦洁有关系的另外两个男人是否牵连本案呢？对钟五特的调查告一段落以后，萧云天又找到了黄梦洁的前夫杨胜记。

杨胜记目前在一家企业打工，几年工作下来，混得还不错。

自从与黄梦洁离婚后，他已经组建了新的家庭，并且有了孩子。

萧云天表明身份和来意后，让杨胜记说一说他与黄梦洁之间的事情。

杨胜记表现得也很坦然，给萧云天说了以前的往事。本来他早已经忘记了，但警察的到来还是让他重新拾起了一些往事。

杨胜记和黄梦洁认识的时候，她已经不在车间上班了，去了一家宾馆当服务员。

也记不清是谁给他们牵线搭桥的，他和黄梦洁相识了。

正是男大当婚，女大当嫁的年龄，两人交往了一段时间以后，都觉得对方还行。虽然彼此都不是特别的满意，但也没什么大的问题，慢慢地就把关系确定下来了。

那时候两个人都还年轻，也没有什么特别的技术，只能靠给别人打工挣钱。虽说日子过得紧了点，但也能衣食无忧。

但婚后，黄梦洁的毛病渐渐地显露出来。虽然两口子工资挣得不多，但黄梦洁爱慕虚荣、喜欢攀比、讲究排场，一个月的工资基本上刚拿到手没几天就花光了。而且两个人的工资都在她手里攥着，到月底基本上没剩下多少。

一开始，杨胜记也没在意，多花点儿就多花点儿呗，女孩子有哪个不爱美的。不过时间一长，他就吃不消了，因为他们住的房子是老辈人留下的，比较旧，杨胜记一直希望买一套新房子，过几年还想要个孩子，得攒点奶粉钱、保姆钱和教育费啊。

于是杨胜记就提醒黄梦洁花钱省着点，该花的才花，不该花的尽量别花，要为以后的生活存一些积蓄。

黄梦洁一听就恼了，人家媳妇吃大餐、去美容院、用高级化妆品，享受着美好生活，为什么我嫁到你家就要过苦日子？我父母养了我这么多年，就是为了嫁给你受苦吗？

杨胜记就和她吵了起来，说咱们两个还年轻，还没有到享受生活的时候，现在不勒紧裤腰带，以后老了怎么办呢？

劝也没用，黄梦洁还是那样，杨胜记只好认输，自己败下阵来。以后因为这个问题，大大小小的也吵了几回。

刚结婚时，黄梦洁刚到宾馆工作，老板看她年轻漂亮，就让她当前台接待。那段时间黄梦洁回到家里总是说这几天又见了什么什么大老板，是多么多么有钱，真是令人羡慕啊！有时又说见了什么什么大官，前呼后拥，出行有司机开车，进门有秘书开门，啥事都不用自己办，手下的人都给办好了！

黄梦洁回来所讲的这些人，归结有两类，一类有钱，另一类就是有权。她从来没说过普通人有多么好，可能那些人根本不入她的法眼吧。

刚开始听杨胜记还不以为然，人家有钱有权关自己什么事啊，那都是人家拼出来的，羡慕有什么用？老老实实地做一个小老百姓最好了，不争名，不争利，安分地做好自己的事平平安安就行了。

黄梦洁可不这么想，她总是指责杨胜记没本事，一点见识都没有。

杨胜记越解释，黄梦洁就越觉得他没本事、没理想、没追求。自己丈夫的能耐与她平时所见的那些大款、大官、大腕儿们相差太远了，她心理太不平衡了，觉得自己这一身姿色，当初咋就那么不长眼，嫁了这样一个甘于平庸的人呢？

争吵逐步升级，杨胜记大多时候是忍着，有时候忍不住就回她两句，但换来的则是黄梦洁更多的嘲讽。

09　都不在现场

争吵的逐步升级，慢慢地磨蚀了两人的耐心。虽然结婚时间不长，但双方裂痕已经越来越大。

所以，当黄梦洁最终提出离婚的时候，杨胜记也没有太多的挽留，他也想早点结束这一开始就是错误的婚姻，重新开始新生活。既然黄梦洁向往有钱有权人的生活，那么就让她自己去追求吧。

因为刚结婚没两年，家里没有多少财产，也没有孩子，很简单地就达成了离婚协议。原来的住房都是登记在老人名下的，只是把现有的家产简单地做了分割。

自从离婚后，杨胜记就再没有联系过黄梦洁，两人已成路人，她过得是好是坏，与他杨胜记又有什么关系呢？

说完了这些，杨胜记对萧云天讲道："真的，我一点儿也不恨她。恨有什么意思呢？都已经分手了，何必一直抓住过去的事情不放呢？我们是两类人，谁也说服不了谁，走到一起本来就是个错误，分手就是纠正了错误，还有什么可嫉恨的呢？"

杨胜记离婚后又结婚了，还有了孩子，现在他们一家三口生活得很幸福。至于黄梦洁在离婚后的事情，他就不知道了，没问过，也不想问，只想忘掉过去的事情。

当萧云天告诉他黄梦洁已经遇害身亡时，杨胜记吃了一惊。虽然这已经不关他的事了，但他还是觉得事发突然。

萧云天继续问："案发当晚你干什么去了？"

听到公安人员问这个问题，杨胜记不由得紧张起来，"警察同志，难道你们怀疑是我干的吗？我和黄梦洁已经离婚这么多年了，早已和她没有了任何联系。虽然说她被害了是件难过的事情，但她的生死已与我无关，我也绝不会做出这样狠毒的事情。”

“我懂，但我现在是例行公事，请你配合。请说说那晚你干什么去了？”

“我那晚……好像一直在家里吧。”

杨胜记说一直在家里，和妻子孩子在一起。

为了证实这个说法，萧云天见了他妻子，录取了证言。

他妻子证实，当晚杨胜记的确在家里没有出去。

就这样，第二条线索又断了，至少从目前来看是这样。

无奈，只好继续调查第三条线索，就是那个叫李宝军的小老板。他是在杨胜记和钟五特之间闯入黄梦洁生活的男人，也是在黄梦洁生命中停留最短暂的一个男人。

李宝军是外地的一个小老板，由于生意来往，经常来海东市办事，也经常在黄梦洁工作的那个宾馆住店，慢慢地就和黄梦洁混熟了，经常对她献殷勤。

在李宝军的猛烈攻势下，正处于感情真空期的黄梦洁很快就和他坠入情网，两人如胶似漆地到了一块儿。

他们两个的事情，黄梦洁并没有跟父母说过，只给她表姐李佳琦说过。黄梦洁觉得靠上了一棵大树，但没想到这段感情持续的时间更短。

找到李宝军的时候，李宝军已经把黄梦洁忘得差不多了。

李宝军开始对黄梦洁挺好的，也在她身上花了一些钱，出手很大方。黄梦洁被吸引住了，觉得这个男人既有钱又舍得花钱，有本事，有能力，还体贴女人，挺不错的。

什么样的热情都有消退的时候，当那股子新鲜劲儿过去之后，李宝军就在黄梦洁身上投入得越来越少。

黄梦洁也感觉到了，于是加大力度，让李宝军给她买这买那，希望能拴住李宝军这棵摇钱树。

后来由于生意的变动，李宝军来海东市的次数越来越少，终于不再来了。他也没有明确地提出和黄梦洁分手，但终究是不再联系黄梦洁了。

黄梦洁不死心，想再联系李宝军，但再也联系不到了，这段感情无疾而终。

听到黄梦洁遇害的消息，李宝军表现得很吃惊。生意人的精明让他立马想到了警察来找自己的原因。

在问清了黄梦洁遇害的具体时间后，李宝军主动提出了自己不在场的证明，当天他正在海西市办事，当晚就住在海西市了，不信的话可以查看宾馆住店登记信息。

萧云天通过公安专网一查，果然查到了李宝军案发当晚在海西市某个宾馆的住宿登记信息。

查来查去，这三条线索都断了，三个人都有不在场证明。难道侦查方向错了，黄梦洁不是死于情杀吗？

10　不能完全否定的情节

与黄梦洁有关系的三个男人的作案嫌疑被初步排除之后，侦查工作陷入了暂时的困局。至于侦查方向有没有错，还是个未知数。

从精心伪造的案发现场来看，犯罪嫌疑人无疑与死者黄梦洁比较熟悉，不是熟人作案，就是熟人雇佣他人作案。总之，不会是那种流窜作案或者毫无目标的随机作案。

那么，黄梦洁还与谁存在着矛盾呢？看来还需要重新核查一下黄梦洁的社会关系。

萧云天带队来到黄梦洁居住的小区，对整栋楼上的邻居挨家挨户地进行排查。结果，大多数人并不认识黄梦洁，有些稍微熟悉些的也只知道黄梦洁在这里住，但并不知道黄梦洁是干什么的。

黄梦洁的邻居也证实，最近一直是黄梦洁带着孩子在这里居住，并没有其他的人来找过她，黄梦洁平时也很少与邻居们来往。

又调查了黄梦洁的父亲黄怀泉以及表姐李佳琦，两人想了半天也没想出来还有谁与黄梦洁存在着矛盾。

黄梦洁带着孩子单过，平时过来得不多，也没怎么说过她自己的事情，所以对于黄梦洁的生活圈子，黄怀泉和李佳琦并不是很熟悉，黄梦洁和什么人交往及交往中有什么矛盾，他们也不知道。

萧云天又先后去了黄梦洁曾经工作过的工厂和宾馆了解情况。

黄梦洁在这家工厂打工已经是几年前的事情了，这期间工人流动性大，已经换了好几拨，工厂的管理人员都快记不起来有过这样一个女工了，更难记起这个女工和他人有过什么矛盾。

根据工厂的记录，在厂里发生过的工人间的打架事端，或工人与厂领导间的冲突等事件涉及的人员里都没有黄梦洁这个名字。所以可以肯定地说，黄梦洁在工厂工作期间没有发生过什么大的事情。

至于黄梦洁在私底下与别的工人之间发生过什么矛盾，厂方就不得而知了。

至于黄梦洁与厂方管理人员有没有发生过矛盾，经过询问，也没有这种事情。工厂虽然管理制度很严格，但不会无缘无故地处罚工人，凡是有处罚的都有存档记录。记录里没有相关记录，所以黄梦洁应该没有因为工作上的事情与什么人结怨。

这家工厂的调查情况也符合情理，毕竟黄梦洁已经离开这么多年了，这期间也一直没有回来过，要是她和谁有怨仇的话，这几年总该回来几次吧，但她离开工厂后就再没回来。

综上所述，工厂里的人暂时也排除了嫌疑。

那么黄梦洁后来工作过的宾馆呢？

宾馆的工作人员对黄梦洁都还有印象。据一些老员工回忆，黄梦洁为人还算可以，并没有与宾馆的其他人产生过什么矛盾。黄梦洁不属于管理人员，但与管理人员没发生过大的矛盾。

印象中黄梦洁挺会看人的，为了留住客人，她对那些经常来住店的客人都会比较热情，照顾得十分周到，她所接待的客人，也没有投诉她的。应该说不存在在宾馆工作期间与他人产生矛盾的事情。

综上所述，宾馆的人暂时也排除了嫌疑。

这到底是怎么回事，所有线索都断了？

萧云天冷静下来，把这两天调查走访的过程都仔细地回想了一遍，是不是有什么地方疏忽了，或者是侦查方向出现了偏差，为什么所有线索都断了？他决定召集几名得力干将开个会，讨论一下案件。

“大家一起来分析一下案件，看看有没有什么疑点我们漏过去了？”

林玄鹤道：“讫今为止，黄梦洁的所有社会关系基本上都查了，包括与黄梦洁产生过交集的三个男人、她的家庭、邻居、工作过的单位，都一个个地被排除了。”

楚剑雄道：“是不是法医那边出了问题，本来就是一起交通肇事，结果法医判断错了？”

柳如雪摇了摇头：“法医的结论应该没错，死者的尸体我也看了，确实存在着一些不同于交通肇事的伤情，这个不用再怀疑了。”

萧云天点点头：“不错，这起案件还是要按照谋杀案来侦查，我觉得重点嫌疑人还是与黄梦洁有关系的这三个男人。”

四人经过长时间的讨论，认为虽然三个男人都有不在现场的证据，但仔细研究都经不起推敲。

比如杨胜记，他说他整晚都和他妻子在一起。但问题是，只有他妻子一个人的证言能够证实，当然，在家庭内部空间，只有妻子一人作证也符合情理，但如果他妻子故意作了伪证呢？

再比如李宝军，他说他在外地办事，并有外地宾馆的住店登记记录。但是有登记记录并不意味着他一定整晚都在宾馆里。现在交通工具这么发达，在外地开了房间，然后再开车几百里疾驰回来作案，也是有可能的。

还有那个和黄梦洁生活时间最长的钟五特，他说在办公室加班到深夜，并看了电视剧后才睡的，保安也证实晚上钟五特没有出去过。但问题在于，保安只看到了钟五特办公室里的灯一直亮着，并没有上前查看，办公室里有灯亮并不意味着里面一定有人。至于保安说没看到钟五特晚上再出去过，也有监控予以证实。但问题是无论是监控还是保安都只能观察大门附近，钟五特会不会从别的地方出去了，还故意把办公室里的灯开着呢？至于能够复述当晚电视剧的主要内容，这就更简单了。《亮剑》这么经典的电视剧，都在国内各大卫视、地方台重播过多少遍了，想必很多人都看过，复述一下当晚所播放的那几集的主要情节，想必并不是太难的事情。

11 再次调查

死者黄梦洁最后的通话记录里，有一个陌生的号码。电信公司确认这个号码并没有登记机主，这个号码是街头买的不记名电话卡。

经过提取这个号码的通话记录，显示此号在案发当天才使用过，而且只打过一个手机号码，就是黄梦洁的号码。案发以后，这个号码就不再用了，黄梦洁的手机在现场也没有发现。

这说明犯罪嫌疑人为了预谋作案，还专门买了作案用的电话卡，他自己常用的手机号码必定和黄梦洁原来联系过，为了掩盖他的身份，他才换了临时号。

而黄梦洁在接到这个号码打来的电话以后，就没有其他的通话记录了，是不是可以大胆地推测，黄梦洁在接到这个陌生号码以后，听出来了是谁，没有防备心理，就跟着这个人出来了，结果遇害了。手机也随之被凶手拿走关机，所以再也没有了其他通话记录。

与黄梦洁最后联系的手机号码虽然没有名字登记，但并不排除是杨胜记、钟五特和李宝军中的一人。加之分析过三个男人不在现场的证明都不是十分的扎实，有必要做第二轮的排查。

如果侦查方向没错，这也是个捷径。

第一个要核查的自然还是钟五特。

当萧云天等人第二次来到镇计生办的时候，钟五特显得有些慌张，他不知道警察为什么去而复返。

这次来，不光是复核钟五特的证言，还对计生办这所小院的地理情况进行了勘查。

经勘查发现，计生办小楼所在院落虽然有围墙，但不是很高，如果想翻过去还是很容易的。

萧云天沿着墙根一点点地查看，看看能不能找出点痕迹。

突然他发现，在楼后一处院墙处有踩踏攀登的痕迹。这到底是谁留下的呢？走出院外，来到对应的另一侧，也有一定的踩踏攀登痕迹，难道是小偷？院外是一片黄土地面，有一些杂物，再往前是一片树林草丛，过了树林草丛就到了大路。

仔细勘查之后，有两枚鞋印清晰可见，具备提取条件。萧云天让技术人员进行了提取，并对鞋印的花纹、长度、踩痕力度进行了分析。

分析意见认为，这符合一名身高在一米七左右、身材较壮、体重在七十公斤左右的男性所遗留特征，看鞋印的纹理，应该是一双旅游鞋。

听到分析意见后，萧云天脑海中灵光一闪，钟五特的办公室里好像也有一双旅游鞋，推断留下鞋印者的身体特征也和钟五特差不多。

如果真的是钟五特留下的鞋印，那他为什么放着好好的大门不走，偏要爬墙头呢？

此时的钟五特正在办公室里接受林玄鹤的再次调查。

萧云天给林玄鹤发了一条短信，内容是：一会儿技术人员上去，你配合一下，悄悄提取钟五特办公室里那双旅游鞋的鞋印。

那边林玄鹤收到短信，看完以后，又不动声色地把手机收了起来，眼睛的余光悄悄地观察了一下那双鞋的位置，心里盘算着如何秘密地提取到钟五特那双旅游鞋的鞋印。

现在钟五特还没有被列为犯罪嫌疑人，如果此时直截了当地提取他的鞋印，可能会受到阻挠；另一方面，他若真是凶手的话，这么做会打草惊蛇，促使钟五特加快毁灭证据。

林玄鹤在心中悄悄地想出了一个办法，趁钟五特不注意的时候提取鞋印。

对现场遗留鞋印的提取有很多种方法，主要有拍照提取、利用PP背胶纸提取、静电吸附提取等。可以根据光滑地面、水泥地面、地毯地面等不同的地面状态，采取最适宜的提取方法。

而现在对这双旅游鞋鞋印的提取就比较简单了，只要想办法将钟五特支开几分钟甚至几十秒钟，就可以拿出印模。直接将鞋在鞋模上一放，鞋印就提取完成了。

这时，技术人员上来了，已经把勘查现场的那套装备去掉，摘掉了头套、口罩、鞋套，一眼看去和普通警员无异。他与林玄鹤互相使了一下眼色，便在旁边坐了下来。

今天林玄鹤所问的，还有钟五特所回答的，都和上次调查的时候差不多。钟五特也没有提供什么更新的情况。

林玄鹤来到窗前，从窗边一看，就能看到计生办的大门和门卫室。他招呼钟五特，“钟主任，你过来看一下，看看咱们这个计生办的大门。”

钟五特不知是计，起身也来到了窗户前，顺着林玄鹤所指的方向看去，却什么也没看到。“林警官，什么也没有啊？”

林玄鹤说道：“我只是随便说说，你这窗户视野挺开阔的，从这儿一看就能看到计生办的大门，来什么人都能看得一清二楚。”

钟五特回答道：“是啊，的确是这样子。单位本来就不大，来什么人都能看得清楚。”

“那黄梦洁以前经常来吗？”

“这个……黄梦洁以前是来过，后来我们分手以后，有时候我看到她来，就会让保安说我不在单位。”

“哦，原来是这样。”

两人就这样有一搭没一搭地闲聊着，拖延着时间。

钟五特还在奇怪，林警官为什么要和他谈单位大门的事情，他不知道，在他与林玄鹤在窗前聊天的工夫，技术人员已经用印模提取了他那双旅游鞋的鞋印。

林玄鹤转过身来，技术人员朝他微微一点头，意思是已提取完毕。随后，林玄鹤照例又问了几个简单的问题，钟五特也一一做了回答。最后，林玄鹤起身告辞，这次询问也没有问到什么新的线索。

钟五特热情地把警察送出了大门，然后快步走回自己的办公室，一屁股坐到了座位上，松了一口气。

12　撒谎的原来是他

在林玄鹤的掩护下，技术人员一得手，两人便迅速撤退。

回到局里的实验室，技术人员对在围墙外提取的两枚鞋印与钟五特的鞋印进行了对比鉴定。对比结果证明，两者的花纹纹理非常一致，应该是同一双鞋。

围墙外的鞋印显然没有多长时间，否则也不会提取到。

不过，虽然结果印证了想象，但并不能说明太多的问题。这只能说明钟五特翻越过围墙，或者从围墙外侧经过过，也不能直接说明他就是本案的犯罪嫌疑人。所以说，现在有了这个鞋印的鉴定，还不足以立刻将钟五特抓捕。因此，这个结果暂时没有向外披露，等到适当的时机，再与钟五特对质。

目前的鞋印鉴定只能说是进一步加大了钟五特的作案嫌疑，这嫌疑最终能否被确定，还要看进一步的侦查结果。

如果钟五特本意是想避开大门口的保安和监控，而选择从围墙翻墙而出，那么其他地方的监控会不会拍下他的画面呢?

还有，两名被害人最后被车辆碾压过。根据外围的调查，钟五特本人是会开车的，但没有私家车，级别不够也没有专车，单位的公车当晚也没有出去过，要是他作案的话，是从哪里弄来的车呢?

围绕计生办围墙外的各条道路，萧云天带人进行了寻访。终于，在附近一家饭店的监控上发现了问题。

监控录像显示，案发当日大约夜里九十点的时候，从计生办方向走过来一个人，显然就是钟五特。只见他走过来，四下看看，然后启动了一辆摩托车，快速发动，离开了现场。

钟五特在说谎!

他说他一晚上没有离开过办公室，调查到的监控录像却显示，他当晚到这家饭店门口骑了一辆摩托车离开了，到晚上约十二点时，他又骑着摩托车回来了，然后停好摩托车又走了。

他为什么要说谎？

钟五特的疑点越来越多，但还没有找到关键性的证据。那辆神秘的车，到底来自何方，又去向何处？

遗憾的是，这家饭店的监控只拍到了钟五特骑摩托车来去的镜头，再往周围扩展，就再也没有找到记录下钟五特身影的摄像头了。

在钟五特疑点增多的情况下，就不能再单独调查钟五特了。萧云天决定，楚剑雄带一组人留下监控钟五特，林玄鹤带另一组人对钟五特的社会关系进行调查。

林玄鹤先提取了钟五特手机号码的通讯记录，发现他在案发当晚十点多和夜里十二点多的时候，和同一个人通过电话。这个人，就是钟五特的弟弟钟六特。

深更半夜的，钟五特给钟六特打电话干什么？

林玄鹤将这一情况汇报给了萧云天。萧云天认为，有必要调查一下这个钟六特。

在派出所民警的配合下，以核对户籍的名义把钟六特叫回了家。萧云天已在他家门口等候多时了。

令大家感到兴奋的是，钟六特开着一辆车回来了，而且是一辆现代索纳塔轿车！

林玄鹤带人给钟六特做调查笔录，萧云天则带人围着那辆轿车仔细察看。

这辆轿车外表比较光洁，应该是刚洗完车没几天，基本上没有什么灰尘。

看着看着，萧云天觉得不对劲，一般的轿车，无论是公车还是私车，都会在车座位上套上座垫，而这辆车前排和后排的座位上都没有座垫，这非常反常。虽然不排除有的人就是不给自己的车座套上座垫，但那样的人毕竟是少数。

再里里外外地察看这辆车，虽然内部清洗得很干净，但萧云天敏锐的双眼还是观察到了一些细微的线索，车内前排和后排都有一些红点，显然是清洗车的时候没有完全清洗干净。

这边接受问话的钟六特本来以为回来是接受派出所调查户籍的，没想到家里来了这么多警察，有的警察问话，还有的警察围绕着自己的那辆车转来转去、反反复复地看着什么。

警察问话的内容也很奇怪，不是问他家中人口的户籍情况，而是问他前几天的一个晚上干什么去了，有没有把车借给过什么人。

钟六特说那天晚上一直待在家里，也没有把车借给过什么人。说着说着，他若无其事地掏出手机把玩，似乎在编辑什么短信。

林玄鹤眼尖，上去把手机夺了过来。只见上面的确是正在编辑短信，只输入了两个字——“哥，有”，估计下一个字是警察的警字，只输入了拼音，还没有来得及打出来。而这条短信显示的接收人赫然列着“五哥”！

“五哥是谁？是不是钟五特？发这条短信什么意思？”林玄鹤咄咄逼人地问道。

看到警察这么严肃的表情，钟六特更加紧张了：“五哥就是钟五特，发短信没什么意思，你们这么多人来，我害怕，想问问我哥该怎么办？”

“什么该怎么办？我们来调查你，关你哥什么事？”林玄鹤追问道。

钟六特低头不语。

这时，萧云天从外面进来，问钟六特道：“你车上的座垫哪里去了？”

他没有问车上有没有座垫，而是直接问座垫哪里去了。

果然，钟六特更加慌张了：“座垫？被我扔掉了。前几天开车的时候，路边正好有一个孕妇早产，我就当了一回雷锋，送她去医院了。她在车上出了血，把座垫弄脏了，我就把座垫拆下来扔了，后来就把车洗了。”

“扔到哪里去了？在哪里洗的车？”萧云天问道。

“这个真的是记不起来了，脑子里哪能记住那么多事啊。警官，我说的都是真的，相信我吧！”钟六特说道。

这时，一个警察从外面走进来，对萧云天耳语了几句。萧云天听后表情更加严肃地对钟六特说：“你别以为你不说，我们就查不出来。如果你继续这样下去，对你是没有任何好处的，希望你好自为之，想想今后的路该怎么走！”

钟六特的话显然漏洞百出。

明明他的手机在案发当天与他哥哥钟五特有过联系，却说一直在家里，没有联系过其他人。车上的座垫扔掉了，但又说不出扔的具体位置。说当雷锋送孕妇去医院，但又说不出孕妇家人的电话和送往医院的名称。在接受警察询问时还想偷偷地给钟五特发短信，是为了通风报信吗？他说曾经洗过车，但忘记在哪里洗的了，记性这么差吗？

钟五特、钟六特兄弟俩的嫌疑越来越大，收网的时刻即将来临。

从外面进来的一个警察告诉萧云天，在钟六特车里发现了一张洗车卡，上面记录有案发第二天的消费记录，根据这张洗车卡可以找到洗车的商家。

事不宜迟，既然钟六特最终还是没有给自己机会，那么剩下的事情只能由警方来做了。

他们押着钟六特，开着钟六特的车来到了这家洗车行。经过老板辨认，确认钟六特曾经开着他的现代车来洗过车，因为那天发生的事情老板的印象比较深刻。

那天一早，钟六特把车开过来，要求里里外外精洗一下车。在洗车的过程中，从车内清洗出了大量血水。老板当时很奇怪，就问钟六特怎么回事。钟六特说是因为送一个孕妇去医院生产，孕妇在路上大出血了，所以弄得车里到处是血，并让老板仔细清洗。

老板一听钟六特这样解释，也没生疑，因为钟六特平时没事儿的时候就经常开个黑车，接送个人什么的，接个孕妇也有可能。钟六特也经常来这儿洗车，他既然这样说，说明真有这回事吧。

钟六特一听洗车行的老板也是这样说的，竟然笑了起来，边笑边说 :“警察同志，你看看，我没有说假话吧！的确送过孕妇，才沾上血的。”不过这笑声，显得是那么的没有底气。

看来，钟六特的确向洗车行的人说过接送孕妇的事，但这也只能说明他说过这样的话，不能证明他真的做过这样的事。

洗车，即使是精洗，也不可能把车里的血迹完全洗掉。因为洗车行只是为了顾客洗车，而不是为了毁灭罪证。他们在洗车的时候不会刻意把所有的血迹全部洗掉。

车还在钟六特家院内的时候，萧云天就发现车内还有一些尚未洗净的疑似血点，已经让柳如雪提取了一些，快马加鞭地送到警局实验室去检验。

因为死者黄梦洁和孩子磊磊的 DNA 分型已经有了，这车上的疑似血迹的斑点如果是人血，只要检测出基因分型，就可以快速地和两名死者的 DNA 进行比对。

钟六特的高兴没有持续太久，在萧云天接了一个电话之后就戛然而止了。

本来把他带到洗车行里来是为了协助调查，他还是一般被调查人的身份，而现在，他手腕上却带上了一副明晃晃的手铐。

钟六特显得非常吃惊 :“你们抓我干什么？我可是守法好市民。”

萧云天哼了一声 :“守法好市民？你曾经有机会做一个这样的市民，我们也给了你机会，可惜你并没有抓住这个机会，这就怨不得别人，只能怨你自己了，带走！”

与此同时，楚剑雄那边已经接到通知，立即收网，将钟五特控制住。楚剑雄带人冲入大楼，这时整个计生办正在开会，计划部署今后的计生工作。

冲进会场的时候，主任刚刚讲完话，正由钟五特总结发言。他正说到兴头上，从外面突然出现了几名便衣，向主任表明了身份和来意，然后直接将钟五特铐上手铐带走了。

整个会场顿时炸开了锅，一时议论纷纷。

话说钟六特先被押解到了警局里面，一路上他脸色苍白。

把钟六特带到了讯问室，立刻展开讯问。

“最后再给你一次机会，你到底说不说实话？”萧云天问道。

钟六特低头不语。看来他的内心在苦苦地挣扎。到底是说还是不说，怎么说，都是个问题。“警方到底掌握了多少情况？是在诈自己的话吗？”他在心里自问道。

看到钟六特还有一些犹豫，萧云天拿出几张纸，给钟六特递了过去：“钟六特，你看看这个鉴定结论上写的是什么？”

那几页纸摊开放在了钟六特的面前，只见结尾的地方写着：在钟六特车内发现的斑迹经鉴定，系人血。其基因分开在十五个基因座上与死者黄梦洁的基因座数据相同。结论是车内的人血系黄梦洁所遗留。

“钟六特，我问你，为什么黄梦洁的血会留在了你的车里？这一点你怎么解释？”萧云天继续发问道。

看到这个鉴定结论，钟六特的思想防线已经彻底崩溃了，满身是汗，急忙说道：“警察同志，我说我说，我错了，我不该说假话，我现在就把我知道的所有事情都说出来。”

接着，钟六特说出了围绕这辆车发生的故事。

13 借车的经过

据钟六特讲，那一天晚上快十点多钟的时候，哥哥钟五特突然打来电话，说要借车用用。既然是哥哥借车，那就借呗。

奇怪的是，钟五特既不让把车开到他家去，也不让开到他单位去，而是让开到离他单位附近的一个小区门口。在门口等了一会儿，就看到钟五特骑了一辆摩托车过来了，脚上还蹬着一双旅游鞋。

钟五特把车钥匙要了过去，说有事情要办，让钟六特手机不要关机，一会儿就把车送回原处，不耽误他明天早上用车。说完，钟五特就把车开走了，钟六特自己回了家。

大约到了晚上十一二点的时候，钟六特又接到了钟五特的电话，让他去老地方接车。到了地方，钟五特已经把车停在那里等着了，看起来心神不定的样子，钟六特没敢多问，就开车走了，钟五特也骑摩托车走了。

钟六特开车回去的路上越想越不对劲，为什么五哥显得这么慌乱？于是他把车停在路边，打开车内的灯一看，副驾驶座位的座垫及靠背上有一些红点子，闻上去感觉有些腥味，估计是血。他吓得赶快把车内的几个座垫都拿出来，扔到路边的沟里去了。虽然不清楚出了什么事，但车里的垫子上有血，那肯定不是什么好事。

第二天一早，钟六特就把车开到洗车行去洗车，要求把车里里外外清洗干净一点。洗车工在冲洗车内部时冲出了一些血水，便奇怪地问："车里怎么这么多血啊？"钟六特一看，果真是血！昨晚只把带血的垫子扔了，没有仔细看车内的情况。

听到洗车工这么问，他赶快编了个瞎话，说道："噢，也没啥事，昨天拉了个孕妇去医院，半路上孕妇出血了，把车给弄脏了，所以今天才来洗车的嘛。"

洗车工一听，也没再仔细问下去。

胡乱搪塞过去之后，钟六特才稍稍松了口气，把车洗完后就开回了家。

得知了黄梦洁被杀的消息后，钟六特感觉不太妙。黄梦洁原来与钟五特好过，这个事情他是知道的。

警察调查钟五特，使钟六特感觉更不妙了。他隐隐约约感觉，这事十有八九和五哥有关。死者最后被车轧过，而钟五特正好又借过车，这未免太巧合了吧！

后来听说警察调查完了钟五特并没有抓他，而是又调查其他人去了。这让钟六特心中又燃起了希望，希望这事儿千万别是钟五特干的。

因此，当派出所民警告诉他回家来进行人口普查、核对户籍时，他根本没有想到警察会这么快找上他。

一看那么多警察，钟六特觉得这回估计是逃不过去了。警察一直围着他的车看，还老问他那天晚上干什么去了。这让钟六特感到很为难，说实话吧，那肯定卖了五哥；说假话吧，自己也脱不了干系。内心思想斗争的结果，还是兄弟情义占了上风。对于警察问他的问题，不是说不知道，就是瞎编一气，希望能够侥幸蒙混过关。

没想到的是，警察根本不吃他这一套。这让他越来越感到绝望和恐惧，虽然一直在顽抗，但力度已经越来越小了。

在被调查的过程中，他拿出手机想悄悄地给五哥报个信，说警察来找了，但短信还没有编好，就被眼尖的林玄鹤阻止了，结果弄巧成拙。

在警方顺藤摸瓜，找到了洗车行后，洗车工和老板说的能够和他说的相一致。钟六特原以为说法一致能够骗过警方，蒙混过关。

不料，在此之前，警方已经提取了残留在车内的几处血斑，经鉴定属于死者黄梦洁，这让他彻底崩溃了。

百密而一疏，最终还是让警方看出了破绽。再说谎看来已经没有什么意义了，干脆把知道的情况都说出来吧。

钟六特不知道的是，在检验出车内有死者黄梦洁的血迹后，警方同时就对钟五特采取了行动。此时的钟五特正在另外的讯问室里接受讯问呢。

由于钟六特的行为已经涉嫌了包庇罪，在明知钟五特可能是犯罪嫌疑人并已经接受警方调查后，还故意对警方说了假话，其行为已经触犯了刑法，等待他的一样是冰冷的手铐。

14 内心的斗争

在讯问钟六特的同时，对钟五特的讯问也在进行。

在警方的凌厉攻势下，钟六特很快就全盘招供。虽然他的供述并不能直接指认钟五特的罪行，但也起到了间接的证明作用。而那一边的钟五特，还在百般狡辩。钟五特一直坚称，他和黄梦洁的关系早已经了结，彼此之间没有再联系过，当晚也没有出去过，没有作案的时间。

看来，有些人总有侥幸心理，不到黄河不死心，不见棺材不掉泪，没有到最后一刻，这种人是不会轻易认输的。

击溃这种人的唯一办法，就是将铁证一一地摆到他的面前。

多少年来，萧云天面对过多少的杀人犯、抢劫犯、绑架犯、强奸犯，不管他们作案的时候是多么凶残，一旦落入了法网，最终都对罪行供认不讳。

像钟五特这样一个有身份、有文化、有地位的人犯了罪，难道与那些街头的小混混有区别吗？要说有，只能说其隐藏得更深一些，作案的手法更隐蔽一些。看到对钟五特的讯问一直僵持不下，在结束了对钟六特的讯问之后，萧云天来到了这个讯问室亲自主持对钟五特的讯问。

萧云天就不相信，这世间还有啃不下来的硬骨头，啃不下来，只能说明警察工作不到位，不能说明犯罪嫌疑人水平有多高。因为正义的力量永远不可能被邪恶的力量所压倒！

现在已经基本锁定钟五特是本案的重大犯罪嫌疑人，难道他不招供，这个案子就进行不下去了吗？绝不允许出现这样的情况！钟五特能够完全供认最好，即使不供认，根据现有的这些证据，完全足够定罪了。

审讯犯罪嫌疑人其实就是个斗智斗勇的过程，现在不承认无所谓，总有他承认的时候，这就需要侦查员一步一步地紧逼，彻底把他的心理防线击垮，迫使其供认违法犯罪的全部事实。

15　由爱转恨

“为什么说假话？”

审讯室里，萧云天正在讯问犯罪嫌疑人钟五特。

“不要以为你不说，我们就无法掌握你的罪行！我们已经掌握了充足的证据，不然也不会抓你的！你是个有文化有职位的人，自己想想后果吧。”

钟五特还是沉默不语。

“钟五特，在你们单位围墙外，我们发现了你的鞋印，经鉴定与你办公室的那双鞋的鞋印一致。在不远处一个饭店门口的监控录像里发现了你的身影，说明你当晚曾经出去过，而之前调查你的时候，你说当晚没有出去过，很明显你说了假话。你弟弟钟六特也已经被我们抓获，他已经供出了你在案发当晚借车还车的事情。还有，在你还车以后，你弟弟发现车上有血迹，就把带血的坐垫扔了，但车里仍然还残留着血迹，经鉴定证实就是被害人黄梦洁的血迹。这你又怎么解释？”

在警方一波又一波的攻势下，钟五特撑不下去了，他的信心一点一点地被蚕食，原来想好的攻守策略此时已经派不上什么用场了。看来无论再怎么精心准备，最终还是难逃法网。

终于，钟五特供出了他的作案经过。

关于与黄梦洁的情感纠纷，原来说的基本上都是真实的。因为经常入住黄梦洁上班的那家宾馆，慢慢地和黄梦洁就混熟了。

再往后就逐渐发展成了情人关系。不久两人就同居了，钟五特用自己的私房钱在市区买了一套房子，两人过起了幸福的生活。

钟五特已经人到中年，还是膝下无子，虽然妻子生了个女儿，但他一直想要个儿子。他把这个想法告诉了黄梦洁，黄梦洁为了拴住他的心，也就欣然同意了。不久，儿子磊磊诞生，这可让钟五特高兴了好一阵子，准备和妻子离婚后与黄梦洁再婚。然而，虽然与妻子分居多年，但妻子还是死活不肯离婚。钟五特本想到法院去起诉离婚，但一想到自己好歹也是个国家干部，怕传出去会影响到自己的仕途，只好找人与妻子协商，但一直没有协商成功。

可自从有了孩子，黄梦洁要名分的想法越来越强烈起来。由此两人逐渐地发生了矛盾。钟五特开始觉得，黄梦洁虽然年轻貌美，但是素质太低，把钱看得比什么都重，经常以儿子的名义要这要那。要求似乎永无止境。还一直吵着要去领证，说孩子不能一直没有户口，再大点儿就到上学前班、上小学的年龄了，那时再办就耽误事了。

面对黄梦洁的咄咄逼人，钟五特开始感到了厌倦，提出了分手。

黄梦洁深受打击，没想到逼宫不成，反把自己打入了冷宫，这是她所不能容忍的。

于是，黄梦洁心生一计，以儿子磊磊的名义，向法院提出了民事诉讼，要求钟五特承担磊磊至十八岁的抚养费。

法院传票一到计生办，大家都知道了这件事。钟五特不但在单位抬不起头，还受到了处分，这意味着升职无望了。

本来黄梦洁是想用起诉这种办法来挽回钟五特的心，尤其是在亲子鉴定结果出来之后，她觉得钟五特即使不要她，也得要这个孩子吧。

因此，即使打完了官司，黄梦洁还是不时地向钟五特献好。这种举动在她看来是想重归于好。但在钟五特看来，黄梦洁和他的每一次联系，都无异于是一种骚扰。

人的忍耐是有限度的。面对黄梦洁在分手后的频频骚扰，钟五特坐不住了，这对他的影响太坏了，他的仕途不能因为这个女人全被毁了。

但怎么样才能阻止这个女人的骚扰呢？该做的自己都做了，房子也给她了，抚养费也给她了，这事本应划一个句号了，如果黄梦洁还是揪住不放，那只有最后一条路了。

那就是——从肉体上消灭黄梦洁！

16　深夜的危险

罪恶的想法一旦形成，就一直在膨胀肆虐。

钟五特考虑的是，如何杀了人之后不被发现，那就是制造意外事件，让别人看不出是被杀的。

他和黄梦洁交往这么长时间了，中间有过矛盾，如果黄梦洁遇害，他肯定是重点怀疑对象，到时候，虽然清除了这个女人，自己也完蛋了，那就得不偿失了。

杀掉黄梦洁，就是为了以后更好地生活，免于再遭受她的骚扰。如果杀了人不能全身而退，那就是失败！

为了实施最后的行动，钟五特一直在苦思冥想，企图想出一个没有破绽的方法来。

到底哪种方法最好呢？

思来想去，钟五特认为只要制造了自己没有作案时间的假象，或许就能躲避侦查人员的视线。因为一个没有作案时间的人，是不可能瞬间移到作案地点作案的。

怎样才能制造不在现场、没有作案时间的假象呢？终于，他想出了一个办法。

这天中午，钟五特出去购买了一些作案工具，比如铁锤、刀子、胶带纸、绳子等。除了这些，还花五十块钱买了一张不记名的手机 SIM 卡，作为约黄梦洁出来的单线联系号码。

下午上班前，钟五特把自己的摩托车停放在了一个饭店门口，以备换乘时使用。下午下班后，他走出大门去附近的小吃店吃了晚饭，饭后又踱着步慢慢地走回单位。

路过大门的时候，他特意跟保安打了个招呼，说今天晚上要加班到很晚，可能不回去了，就在办公室睡了，让保安不要等他开门，晚上没事去休息就行了。

上了楼，到了办公室，钟五特根本无心加班，他随意地翻看着报纸，焦急地等待着天黑，心里忐忑不安。

夜幕悄悄降临了，钟五特打开房间的灯。只要自己把灯一直开着，保安就会以为自己一直在加班。这样以后即使调查到自己的时候，有保安这个证人，会大大减少自己的嫌疑。

还有，钟五特已经提前查好了几个频道的电视节目。有个地方频道晚上播电视剧《亮剑》，而且是五集联播。钟五特从海东广播电视报上看了这几集的剧情简介，而且这部电视剧原来已经看过很多次了，看到简介就想起具体剧情。如果警察来调查自己，自己就说加完班了，就打开办公室里的电视看电视连续剧了，再说说电视剧的剧情，这不就洗脱了自己的嫌疑吗？

等到晚上九点多，整栋楼里就剩下他自己了，作案时机来了。

钟五特先是给六弟钟六特打了个电话，说是有急事要借他的车用用，并让六弟把车开到一个小区门口等着。之后，他换上了旅游鞋。为了制造自己一直在加班，没有出单位大门的假象，他不能再从大门大摇大摆地出去了，而是要从楼后的墙头上翻墙出去。攀越的地方他已经提前侦察好了，有个地方可以不费很大劲儿就能翻过去。把皮鞋换成运动鞋，就是为了方便翻墙头。

钟五特拿起一个黑色塑料袋，蹑手蹑脚地悄悄下了楼，来到楼后的那道围墙跟前，围墙并不高。他找到原来踩好点的地方，双脚往上一跳，两手扒住了墙头，一使劲儿就爬上了墙头，跳了下去。

走过了围墙边的那片小树林，钟五特步行来到了他停放摩托车的地方。打开车锁，一刻也不停留，急速驶向和钟六特约定碰头的那个小区。

这时，钟六特的那辆现代索纳塔轿车已经停在小区门口等候了。见钟五特提着个黑色塑料袋过来，钟六特问道：“五哥，这么晚了借车去干什么呀？是不是有什么急事，要我帮忙吗？”

钟五特没有理会：“你别管了，反正我十二点之前把车还给你，还是在这个地方等我，你把我的摩托车骑走吧！”

说完钟五特上了车，发动后一溜烟开走了。

一路上，钟五特边开车边在脑中反复演练着事先想好的计划，生怕哪个地方出了纰漏。钟五特拿出另外一个已经装上新买来的 SIM 卡的手机，拨通了那个他非常熟悉的号码。

“梦洁，你收拾一下，带着孩子出来，我有事想和你商量一下，也想孩子了。过去的事情就让它过去吧，让我们重新开始吧！”

黄梦洁一听，自然是喜出望外。她一直想着和钟五特复合，现在既然钟五特回心转意了，她又何乐而不为呢？好不容易找到的靠山，不能这样说倒就倒啊。

此时黄梦洁和儿子磊磊本来都已经打算睡觉了，一接到电话，只顾得激动了，根本没有想到这半夜三更，钟五特会把她们母子俩带到哪里去，也没有想为什么钟五特的态度突然改变，大半夜的献起殷勤来了。

一连串的反常行为，黄梦洁应该引起足够的警惕，但是，她没有。

17 凶残的作案计划

深夜来电，并没有使黄梦洁产生怀疑，钟五特的计划越来越接近成功了。

钟五特让黄梦洁带着孩子出了小区门口在路边等着，他开车过来接他们。

磊磊已经困得不行了："妈妈，这么晚了我们还出来啊，爸爸到底还来不来啊？"

"磊磊，不要睡，等会儿到了爸爸的车上再睡。"

母子二人正说着，钟五特已经开车来到了跟前。

黄梦洁把磊磊放在后座上："让他先睡吧，他困得不行了。"见了钟五特，磊磊也没有什么表示，躺在后座上就睡着了。

钟五特示意黄梦洁坐在副驾驶位上，三人同乘一辆车，冲进了夜幕中。

黄梦洁倒是很兴奋，一路上不停地说话。她想不明白这个男人为什么回心转意，但他终于能低声下气地找她了，这就足够了。

东拉西扯地聊了一阵子，车子离市区越来越远了，路边的路灯也开始稀疏起来，直到没有了路灯。漆黑的夜里，只有他们乘坐的这辆车的车灯照亮了前方的道路。又不知行了多久，黄梦洁见车子一直往市外跑，这才奇怪地问道："老公，我们这是要去哪里？"

钟五特淡定地说道："为了纪念我们的再次重逢，我们要来点儿刺激的，你想不想啊？"

"老公，你真是的，还要给我个惊喜啊！什么刺激啊？"

"呵呵！待会你就知道了。"

终于，到了一个地方，钟五特把车停在了一边。

"刺激要来了吗？"黄梦洁笑着问道，她不知道危险已经临近了。

"是啊，就是现在啊！"钟五特说。

他偷偷用右手拿出藏在一边的铁锤，猛地挥起来，朝黄梦洁的头部砸去！

黄梦洁根本想不到，她那所谓的老公，竟然举起一柄铁锤，砸向了她的头部。

这一击，钟五特可是使尽了全力。一击之下，黄梦洁闷哼了一下，整个身子都软了下去。

接着，钟五特唯恐黄梦洁不死，拿起铁锤又砸了一下。两次重击，已将黄梦洁的头部砸出了血，溅到了车里。

钟五特扭头看了看车的后座，磊磊仍在那里睡得正香，他根本不知道刚才的十几秒时间，已经发生了惊心动魄的事情！

钟五特打开车门走下车来。然后走到另一侧的车门旁边，把黄梦洁拉出来，拖到了公路边上。

黄梦洁此时看上去和睡着了一样，一动不动，不知是昏过去了，还是已经死亡。

钟五特接着又把儿子磊磊抱了出来。他在想，如果孩子醒来，要妈妈怎么办？会不会暴露自己杀人之事？干脆，一了白了。于是，钟五特举起磊磊，往地上狠狠地摔了下去。磊磊一下子就被摔得昏迷过去，连一句哭声都没有发出来。

快速地办完了上述事情，钟五特把黄梦洁和磊磊都放在路边，又重新上了驾驶室，把车发动起来，向着黄梦洁和磊磊轧了过去。

确认黄梦洁和磊磊都已经死亡后，钟五特开车急驶而去，在路上，他把黄梦洁的包和手机都处理了。

来到和六弟约定见面的地方。两人这次说的话更少，重新交换了一下交通工具，钟五特就骑上他的摩托车，急匆匆地回到了原来放车的地方，再快步按原路返回单位。

回到办公室，从窗户看去，单位的保安已经休息了，大门也是紧锁的。

钟五特长舒了一口气，打开了电视。

好了，该做的都已经做了，剩下的事情就听天由命吧。

天网恢恢，疏而不漏。钟五特自以为得意的作案过程并没有掩盖多长时间，他邪恶的心灵终究还是把自己送上了法网。

18 侦查终结

“基本情况就是这些。”钟五特供述完，颓然地坐在了审讯椅上。

他所供述的作案过程和其他证据能够互相印证，足以说明是真实的供述。

“那你准备了那么多的作案工具，就只用了铁锤吗？”萧云天问道。

“杀人的时候是只用了铁锤，没用刀子。噢，我还用绳子捆她的手了。在用铁锤砸了一下她的头部之后，我怕她接着剧烈反抗，就用绳子反捆了她的双手，然后又砸了一下。就用了这些，别的没用。”钟五特说道。

据钟五特供述，在开车回去的路上，找了个僻静的地方，把所有准备的作案工具都扔掉了。

两人供述完毕之后，重案侦缉队的民警就分别带着钟氏兄弟去指认作案现场和抛弃物证的现场。幸运的是，抛弃的那些物证还静静地躺在路边的水沟里，经过打捞，都打捞出来了，包括钟六特所丢弃的那些汽车座垫。

这些物证上还残留了一些血迹，后经鉴定，确属黄梦洁的血迹。至此，本案基本告破。

有些时候，锁定犯罪嫌疑人就是对一些细节的判断。

钟五特涉嫌故意杀人案、钟六特涉嫌包庇案，到此侦查终结了，等待他们的必然是法律的惩罚。

第四季　罪恶车手

01　抢包事件

萧云天眉头紧锁地放下电话。神秘人对近期破获的重案有一定了解，说明什么呢？神秘人所告知的内容多多少少与案件侦查有关，真是蹊跷。究竟神秘人与案件，还有他所谓的大魔头、大阴谋之间有什么联系还不得而知。

几天后，何冰媚打来电话，说是晚上一起聚一下。萧云天正好手头没有特别急的案子，想着晚上可以放松一下，便同意了。

下了班，大家说说笑笑地往约定的地点走去。远远的，萧云天看到何冰媚下了出租车朝他们走过来。

突然，一辆摩托车飞快地从何冰媚身边驶过。摩托车手戴着头盔，看不到脸庞。只见车手伸出手来抓住何冰媚的挎包后迅速逃窜，转眼就跑远了。

何冰媚猝不及防，挎包转眼间就被车手夺走了。由于巨大的惯性，何冰媚被带倒摔在了地上。

萧云天他们一看，立刻跑了过去，想看看情况。楚剑雄试图去追摩托车，但那摩托车启动早，速度快，跑步根本追不上。于是林玄鹤临时借用了旁边的一部车，带上楚剑雄，两人去追那个车手。柳如雪则陪着萧云天去查看何冰媚的伤情。倒是没什么大碍，只受了一些擦划伤罢了。

事发突然，何冰媚虽说出身公安世家，但也被吓倒了，半天缓不过劲儿来。

何冰媚惊恐地道："云天哥，你可一定要抓到那个坏人，太可恶了！连警察的朋友都抢。"

二人把何冰媚扶起来，由萧云天背着她，三人共同向附近的医院急诊室走去。

何冰媚的情绪稳定了下来，毕竟是将门虎女，不至于吓得多狠。何冰媚被萧云天背着，贴在这个成熟稳重的男人的背上，比刚才感觉要踏实多了。

到了医院急诊室，医生给何冰媚的伤口进行了清洗消毒包扎。说都是些皮外伤，没伤到骨头，几天就会好了。

萧云天不放心，坚持让医生拍了张 X 光片，证实骨头确实没伤到，这才放心了。

这时，楚剑雄和林玄鹤打来电话，问他们在哪里。柳如雪说明了地方，一会儿后他俩就过来了。来的时候，林玄鹤手里还拿着一个包，何冰媚一看，惊喜万分，这就是她被抢走的包。

林玄鹤随后说了他们追击的过程。

抢包的那个犯罪嫌疑人把摩托车开得很快。但林玄鹤开车也开得很快，慢慢地逼近了他。那个车手显然发现了有一辆小轿车紧追不舍，就把抢来的包往路边一扔，继续高速开车往前跑了。这时，这个路段的人渐渐多了起来，犯罪嫌疑人骑着摩托车，体积小，在车流人流里来回穿梭自如，轿车则没有这个优势。林玄鹤不敢开太快，恐怕车速失控，伤到了无辜群众。

既然犯罪嫌疑人已经把何冰媚的包扔了下来，于是楚剑雄和林玄鹤也就放弃了追捕。包抢回来了，也不算白追一场，还要回去看看何冰媚的伤势如何。

两人驾车回到原处，把车还给了那位好心的车主。发现萧云天他们三个不见了，打电话问了柳如雪他们的位置，这才急急忙忙地过来了。

何冰媚接过包，看了看包里的东西，身份证、钱包、手机、钥匙之类的都没有丢，这才放下心来。

林玄鹤解释了当时的情形，说放弃追赶也是迫于无奈，周围人多车多，容易造成误伤。

萧云天点点头，道："这样做是对的，抓住罪犯固然重要，但这个过程也要注意保护人民群众的安全。否则，贼没抓到，反而碰伤百姓，那就得不偿失了。放心，只要他还继续作案，总有一天，我们会抓到他的。"

今天抢包车手的这种行为已经构成了抢夺罪。公安机关经常搞的集中打击"两抢一盗"，指的就是抢劫、抢夺和盗窃，都是涉及侵犯公民财产权利的犯罪。

02　袭击夜场女

“两抢一盗”，是人们深恶痛绝的犯罪行为。这种事情一旦频繁发生，影响的就是公众的安全感了。

相信很多人都有过这样的经历，在公交车上、地铁上或者在公共场所，不知不觉一摸，口袋里的钱包、手机就没了，都不知道什么时候丢的。

对于盗窃，尤其是那种扒窃，非财产损失远远大于财产损失。被窃钱包里的那一大堆证件、银行卡，可都要一个一个地补办，受害人要补办，可能耽误很多精力和时间。

抢劫的性质要严重一点。因为抢劫在刑法意义上而言，侵犯的是双重客体，既侵犯了公民的人身权利，又侵犯了公民的财产权利。

抢夺和抢劫一字之差，还有是区别的。抢夺是趁人不备，去抢人们的财物。典型的抢夺就是那种屡见不鲜的“飞车党”。

“飞车党”一般是两个人配合，一人开车，一人坐在后座伺机抢包。选择的目标大多是女人，因为女人出行大多挎包。

发生这种案件的时间，大多是晚上。下夜班回去的独行女工，或等夜班公交车的女子，都是首选对象。像这种白天或者傍晚作案的也有一些。

何冰媚身份特殊，这到底是一起单纯的抢夺案呢，还是本来就选择了何冰媚作为作案对象呢？如果是前者还好说，如果是后者就必须提高警惕了。毕竟公安人员每年抓捕这么多罪犯，有几个怀恨在心，意图报复的也是有可能的。

第二天上班，萧云天特意调出来在昨天事发地点附近的报案记录。

这一调阅不要紧，还真查出一些事来。在这个地点，或者是在这条路的沿线，已经有多起报警记录了。

这些报警的案件有一个共同点，那就是所有的被害人全是女性，没有一个男性。

萧云天叫来了刑警大队大队长，向他了解更多的情况。通过了解，萧云天觉得其中的一些案件应该是同一人所为，决定将案件转由重案侦缉队侦查。

翻开被害人甲女（化名）的证言，她的证言如下：

甲女在一家KTV当点歌员，平时得到夜里十二点以后才能下班。后半夜街上的出租车比较难打，就经常坐黑摩的回住处。

这一天晚上，甲女下班后在歌城门口正寻找摩的，突然就过来了一辆黑摩的，车手戴着个头盔，问她要不要坐车。甲女谈了价钱，就接过了车手递过来的头盔，跟车手说了要去的地方。

车手发动摩托车，拉着甲女就上路了。结果，甲女越看越觉得方向不对，忙拍打车手，让他停车。但车手并不理会，仍然继续飙车。甲女害怕了，但却无计可施，这么高的车速要是自己跳下来，百分之百会受伤。

到了一个偏僻的树林里，车手把甲女拉下车来，拿出一把刀，逼着甲女与他发生性关系。甲女没办法，被迫与车手发生了性关系。

在整个强奸过程中，车手自始至终都没有把头盔摘下来，只把甲女的头盔拿了下来，并且对甲女多番折磨、虐待、辱骂。

虽然被害人体内留下了车手的精斑，可以做DNA检测。但由于海东市流动人口太多，干摩的生意的也太多，根本无法一一抽取血样做比对。因此，甲女报案后，案件并没有得到及时的侦破。

03　特殊癖好

还有一个被害人乙女（化名），她也讲述了某一晚的不幸遭遇。

乙女自称是某酒吧的酒水推销员，年约二十岁。

在某一天晚上下班的路上，乙女也是搭乘了一位摩托车车手的车。车手采取同样的方法，拿着一柄尖刀，威胁她就范。在强奸乙女的过程中，车手也是不断折磨、辱骂、虐待被害人。同甲女时一样，整个过程，车手也是没有摘下头盔，只是摘掉了乙女的头盔。

另外，乙女还提供了一个重要的信息，那就是这个车手在强奸的过程中还拿出手机录像。当时乙女就很担心，这人以后会不会拿这些不雅录像要挟自己。

车手在强奸完乙女后，又拿走了乙女身上所有的钱。

除了甲女和乙女的陈述之外，还有其他几名被害人的陈述。被强奸的受害者的叙述大同小异，也有一些只被抢夺，没被性侵。

通过对这几起案件的分析，可以看出犯罪嫌疑人作案有这样的特点：

第一，犯罪嫌疑人可能是一个黑摩的车手，平时经常开着摩托车拉客以维持生计，因此车技很娴熟。

第二，犯罪嫌疑人的目的以性侵为主，侵财次之。

第三，犯罪嫌疑人选择的对象都是女性，而且都是特殊群体的女性，被害人多是娱乐场所从业的年轻女性。

第四，犯罪嫌疑人不向男性下手。从报案情况看，所有被害人都是女性。或许是他认为男性有一定的反抗能力，容易被反击。

第五，犯罪嫌疑人选择的时间、空间条件较为特定。一般都是选择在深夜作案，白天很少作案，地点多选择在偏僻处。

第六，犯罪嫌疑人具有一定的反侦查意识和能力。据所有被害人陈述，她们从来没见到过车手的真面目，从街头搭讪、谈价上车、上路行驶、停车作案、事后离开等环节，车手一直戴着头盔，从未以真面目示人。

第七，犯罪嫌疑人有一定的变态癖好。

第八，犯罪嫌疑人在作案过程中有录像的习惯。几名被害人都提到了被强奸的时候，注意到犯罪嫌疑人一直在拿着手机录像。但目前没有发现这些不雅视频流出到网络上，也没有犯罪嫌疑人用录像要挟被害人的情况。

第九，犯罪嫌疑人所使用的摩托车是大马力的。提速非常快，很短的时间就能达到较高的速度，应该是对发动机进行了改装，性能上优于同类的摩托车。

基于以上几点，萧云天认为将这些案件并案侦查是正确的。只要一天没抓到这个犯罪嫌疑人，此人就存在继续作案的可能性，因此必须尽快抓获此人。

那么，这个犯罪嫌疑人究竟是怎样的一个人呢？他还会继续作案吗？警方将采取何种手段来应对呢？

04　谁也不承认

萧云天仔细分析了本案的几名被害人，发现了一个共同点。那就是，被害人大多是夜场的工作人员，都是晚上一个人回家时被抢劫的。

海东市属于沿海城市，是最早对外开放的地方，社会风气较之内陆要开化得多，因此年轻男女的穿着比较前卫也是正常现象。但是甲女和乙女的装束和打扮比一般女子大胆得多，容易引起犯罪分子的注意。

另外，海东市作为沿海开放城市，有着许许多多的夜场，酒吧、KTV、夜总会、娱乐中心、商务会所、洗浴中心之类的场所林立。

甲女和乙女所工作的场所都是夜场。由于甲女和乙女的工作场所特殊，萧云天留意了在这条经常发生抢夺事件的路的周边。经过观察发现，这条街的周边分布着诸多夜场。甲女和乙女所在的工作场所都是处于这条线路周围。

这难道是巧合吗？

这两个人都报案了。这种事情，报案需要极大的勇气。毕竟，对于女性来说，被犯罪嫌疑人污辱是羞于启齿的事情。因此基于对这种心理的判断，萧云天想，会不会还有其他的潜在被害人没有报案呢？

这是很正常的猜想。因为就普通的强奸案件而言，被害人没有报案的情况很多。因为报案是一种双刃剑，不报案，除了自己痛苦之外，其他人不知道；如果报案了，其他人可能就知道了，就会增加新的痛苦，要忍受旁人异样的目光。

萧云天带人对沿线的娱乐夜场进行了初步的查访，结果没有人说在这条路上被飞车党抢劫强奸过。

05 艰难的寻找

这是不应该的！

从萧云天的直觉来判断，这条路上既然有这么多的夜场，那么受害人肯定不止甲女和乙女这两个人。

虽然其他的被害人也有下班的女工、独自行走的路人，但毫无例外，这些被害人的穿着都比较“清凉”。

通过对甲女和乙女被害情况的分析，萧云天认为一定还有没有报案的被害人，这些被害人极有可能在夜场工作。

或许这个作案的摩托车手并不只是个特例，社会上的确存在着那么一小撮罪犯，以夜场女作为抢劫、强奸对象。认为这些人本来就从事着见不得人的工作，被强奸了也不一定会报案。

事实也的确如此，一些女孩在受到侵害后不敢报案，默默忍受，这在一定程度上也纵容了罪犯的猖狂。

萧云天带队在案发现场附近的夜场搜索，遇到的阻力很大。开始大家都不愿意配合。

每到一处，萧云天就对这些夜场工作人员说明发生的案件，希望大家能够提供有关这个犯罪嫌疑人的线索。夜场工作人员都是将信将疑，也没有一个表示受过侵害的。

萧云天给每个人都留下了名片，希望她们及时与警方联系。在大庭广众之下没人愿意将自己的遭遇说出来，可能给她们一些思考的时间更好，或许受过侵害的人想通了后会和警方联系。

06　有人说出了真相

警队在到夜场集中调查的时候，没人愿意配合。但回到警局以后，萧云天还是接到了五六个女孩的电话，声称被类似男子侵犯过。

为了进一步搜集线索、固定证据，萧云天和这五六个女孩分别约定了时间详谈。

萧云天分别与这几个女孩见了面。为了保护她们的隐私，暂且以化名论之。

丙女在一家洗浴中心上班。一天深夜，由于第二天就放假了，她没有住在店里，而是出来返回了住处。当时已经是凌晨两三点钟的样子，街上的出租车不多，停在门口拉客的出租车恰巧一辆也没有了。

她正在犯愁，忽然过来一辆摩的，一个戴着头盔的车手问她要不要坐车。她没有意识到危险，就上了这辆摩托车。由于她是从外地过来的，对海东市的交通不是很熟，因此当车手开始绕路的时候她并不知道方向不对。

因为和她平时走的路不一样，她就问车手为什么走这条路，车手说要抄近路，她就没再问什么。但渐渐她发现，这并不是在抄近路，而是绕远路了，平时自己都没用过这么长的时间，何况摩托车的速度比平时乘的公交快得多呢？

她想下车，但车手不停。她想跳车，但自己衣着单薄，这一跳下去，估计就是重伤。她喊人，但空旷的街道上没有人经过。她还在考虑如何应对的时候，摩托车停住了。

车子停在一间写有“拆”字的房子前面。看来这是一处马上要拆迁的房子，房主人已经搬走了，房子空着。

她等车一停就马上想逃走，无奈穿着高跟鞋跑不快。车手反应很快，一把把她抓住，拖进了屋子里。她张口喊救命，被车手捂住了嘴。凶手恶狠狠地说："要想活命就别喊，再喊就捅死你！"说完就拿出了一把折叠尖刀。她怕了，点点头，意思是不喊了。

车手动作粗暴地扯下了她的衣服，与她发生性关系，并多次辱骂、折磨她。

当时夜深人静，那里又是拆迁区，附近根本就没有人。打又打不过，逃又逃不掉，只好把委屈打碎了门牙往肚里咽。

过程细节就不说了，总之车手用近乎变态的手法折磨她。完事儿后，车手又搜走了她身上的几百块钱才让她离开。整个过程中车手都没有摘下头盔，显然是不想让人认出他来。

她后来没敢立即报警，生怕对自己的职业和所在的场子造成什么不良影响。那时的场景她再也不愿回想，想忘记这一切。

在警察开始调查以后，她觉得不能便宜了这个车手，不早一点抓到这个恶魔，可能会有更多的女性遇害。

07　百密终有一疏

陆续有五六个女性报案了，但遗憾的是，没有一个人看到嫌犯的真实面貌。

在所有人的讲述中，嫌犯在整个作案过程中，始终没有将头盔摘下来。

虽然从最初报案的受害人的内裤上检出了嫌犯的精斑，但经过搜索比对，前科人员数据库里没有相应的DNA分型，所以无法确定嫌疑的真实身份。

至于嫌犯所骑摩托车的车牌号，大多数被害人由于事发突然，并没有记下。有个别记下的，但经过查证，是个假车牌，所以无法通过查车主的方式获得嫌疑犯信息。

侦查暂时止步不前。

日子一天一天过去，还是没有嫌犯的任何消息。但案件仍然不间断地发生，发生范围也由最开始的案发现场附近向周边扩散。

虽然警队在此地加强了巡逻，但始终没有正面遭遇过嫌犯。嫌犯作案时间与警队巡逻时间总是岔开了。

终于有一天，案件有了新的进展。

一天深夜，丁女（化名）前来报案。

萧云天他们在巡查夜场的时候，她也在场，但当时她还没有遭遇到嫌犯的侵犯。虽然萧云天已经告诉这些人要提高警惕，预防案件发生，但丁女显然没有放在心上，还是我行我素，觉得海东市治安这么好，这种事情应该不会发生在她身上。

但事情仿佛就是这样，不怕一万就怕万一，当放松警惕的时候，危险就悄悄地降临了。由于大意放松，没有能够提前研判危险，就会导致一系列的不幸事情发生。

丁女在一家足疗城上班。深夜回家的路上，她觉得离住处比较近，就走着回去了。在僻静的小路上，一辆摩托车停下了，一个男子将她堵住，拿出刀子逼着她上车。

那个车手戴着头盔，看样子很凶。丁女心里非常害怕，迫于车手的淫威，丁女只好上了车。

车手将丁女胁迫上摩托车后，发动车，三转两转到了一个公园偏僻的一角。车手把丁女放下来，随即对她提出性要求。丁女迫于车手的淫威不敢不从。完事儿后，车手开始整理衣服。

这时，车手的手机响了，戴着头盔是无法接电话的。车手只得把头盔摘下来，背过身去接电话。就在车手摘下头盔背身的一刹那，借着昏暗的路灯，丁女看到了嫌犯的脸！虽然只是短短的一刹那，但丁女却牢牢地记住了这张脸。

这是一张怎样的脸啊，据丁女描述，凶犯脸型瘦长，五官还算端正，只是那脸上写满了凶恶，看起来让人不寒而栗，年龄大约二十七八岁左右，身高一米七左右，体态中等。

车手接听着电话，对那面的人说了几句，意思是说这就过去。车手接完电话，又戴上头盔扭过头，恶狠狠地说："今天算你走运，哥还有事。把身上的钱都掏出来，自觉点，让哥动手搜就不好玩了。"

此时的丁女就像案板上的肉一样，只能任人宰割。不过她的钱分开放在几个口袋里，她先从一个口袋里掏出了三百块钱，说身上只有这些钱了，希望能够蒙混过关。

看样子车手的确有急事，没和丁女计较太多，拿上钱上了摩托车一溜烟儿地走了。

这时候，丁女猛然想起警察到场子里调查的事情，刚才那个混蛋和警察要找的人是不是同一个人呢？于是丁女马上到海东市公安局重案侦缉队报案了。

萧云天闻讯赶来，让法医提取了丁女内裤上沾的液体，并让法医对丁女的阴道进行了擦拭提取，以备日后检验。接着给丁女做了详细的笔录。

听完丁女的陈述，萧云天问："如果再见到这个人，能不能认得出来？"

丁女斩钉截铁地说："他的脸我这辈子都不会忘记！如果再见了他，肯定会认出来的！"

08　怪异的犯罪者

丁女的证言让萧云天的侦查又燃起了新的希望。

柳如雪根据丁女描述的嫌犯车手的面貌，做了一张画像。经过反反复复的修改，直到丁女说有点像了的时候才停手。

虽然丁女称对嫌犯的面貌记得很清楚，但萧云天还是担心，在那种场景下，匆匆的一瞥，印象有那么深刻吗？而且当时的灯光并不是十分明亮。

在接下来的几天里，萧云天给队里的男性刑警下了一道任务，这道任务有些特别。那就是让队员们每天都到案发现场去打摩的。他给每个人发了一张嫌犯车手的模拟画像，看看有没有谁能够碰巧认出嫌犯。

摩的本来就是非法的，城管等各部门屡禁不止。摩的不同于出租车，完全是自我经营，平时为民用，出外则拉客，有时候执法人员很难对这些摩的进行整顿。

这些摩的的机动性很强，一旦城管或警察大规模巡查时就都逃得没影儿了，等执法人员一走，就再出来拉客。尤其是到了晚上，监管部门没有那么多的人力上街巡查，这时候的摩的就多了起来。

有些开摩的的是白天夜里都干这个，还有些开摩的的是白天有别的活儿，只到了晚上之后才出来拉活儿，挣点儿零花钱。因此管理起来很难，无法通过像出租车一样查找挂靠单位来寻找车主。

萧云天下了命令，全队全体男队员上下班必须打摩的。既然嫌犯车手还在不停地拉客，总会有把他认出来的一天。

队员们服从命令，每天抱着希望去打摩的，看看能不能恰巧遇到那个嫌犯。但相对于如此大量的摩的而言，去寻找特定的某一个人不是一件容易的事，但这件事也要做下去。

查了几天之后，虽然没有直接查到那个嫌犯的下落，但队员们却反馈来一个反常的情况。

一般来说，摩的车手总希望多拉几个客人，只有拉的客人多了，他的收入才会上去，才会赚到更多的钱。摩的不像出租车一样，在交接班的时候有拒载的现象，开摩的的都是为了自己闲时能挣点外快，一般不会存在拒载的情况，但队员们的确遇到了几次拒载。

林玄鹤在路边去打摩的的时候，有一辆摩的上面明明没有乘客，后座空着，但那摩的车手根本就没停，直接冲了过去。

楚剑雄也遇到了一次类似的情况。他看到有一辆摩的正停在路边准备拉客，就想过去看看。那车手看到楚剑雄过来后，并没有搭讪，而是不等楚剑雄走近，就发动车子跑了。

从两人对摩托车的描述上来看，应该是同一类型的摩托车，但在车牌问题上两人说得却不一样。楚剑雄记下了一个号码，但这个号码也不是真的车牌，是伪造的，与报案中所说的车牌号也不一致。而林玄鹤则称，他要拦的那辆摩的的车牌根本看不到，因为那车手用一张光盘将车牌号挡了起来。

究竟两人说的是不是同一个人、同一辆车呢？目前不得而知。但冥冥之中萧云天认为林玄鹤和楚剑雄遇到的人是同一个人，而且这个人就是嫌犯！不妨以此人就是嫌犯为前提展开调查。

后来，其他队员也陆续反馈过来一些情况，其中也有类似楚剑雄、林玄鹤二人说的情况。

汇总了这些问题后，萧云天有一个猜想。

假如这几日搭载男队员的车手中有嫌犯车手，那说明嫌犯车手从来没有抢夺过男性，因为男性的反抗能力比女性要强得多。嫌犯的作案目标都是女性，这种倾向会不会同时反映在现实生活中呢？也就是说，嫌犯车手拉的客人会不会都是女性呢？摩托空间狭小，女性乘客坐到后座，两人的身体势必会有一些接触，这会不会满足了嫌犯对女性的变态需求呢？

从嫌犯车手对男性乘客的态度来看，他似乎很讨厌男性，从来不让男性坐他的车。甚至不让男性靠近，一旦有男性乘客靠近，他就会离得远远的。

又或许，嫌犯车手已经作案多起，他应该知道公安机关正在找他，因此做贼心虚，时刻提防着可能的抓捕。

从反馈的情况来看，这个嫌犯车手就是没有拉客的时候，就算是在路边停着的时候，摩托车的发动机仍然是在工作着的，而且整个人都是坐在车上。他的车并不用车撑子撑起，而是用脚撑着地来维持平衡。这种方式的好处在于，一旦有男性陌生人接近，可以方便地逃之夭夭。

手下的队员们去打摩的的时候都是穿着便装，脑袋上也没写着“警察”两字，为何嫌犯车手还是不让坐他的车呢？这只能说明他对男性有一种天然的排斥，不知出于何种原因。

经过了一段时间的侦查，萧云天决定设卡堵截这个嫌犯车手，在几个主要的路口都提前埋伏好车辆，看看能不能堵住嫌犯。但同时萧云天也有所忌惮，在城市街道上堵截会不会对群众产生误伤呢？

09 警方三计

开始堵截是在白天，因为白天视野好，不容易跟丢目标。

等了几天之后，那辆可疑的摩的终于出现了。

照例，一名便装男队员上前装作乘客向他招手，摩的果然没停，继续向前开去。

前面的路口警车随着指令顺势堵住了摩的的去路。

摩托车手见状，立刻调转车头，向着另一个方向快速驶去。看来这车的确有问题，不然为什么见了警车就要跑呢?

道路的另一侧，另一辆警车也鸣着警笛堵了过来，眼看两侧的警车就要把摩的堵在中间了。

说时迟，那时快。只见车手一抬车头，上了人行道，顺着人行道向外飞驰。

楚剑雄开车去追，但嫌犯显然有心理准备，开车直往人多的地方开，吓得行人四散躲避。

本来警车的速度不慢，但在行人密集处却赶不上摩托车。警车要顾及群众的安全，不敢像摩的一样横冲直撞。

差点就追上摩的了，就在楚剑雄正要把车一横别住摩的时，摩的车手却一转车头，轻巧地避开，从另一侧逃了出去。

楚剑雄正欲驾车继续追赶时，对讲机里传来了队长萧云天的指令，不让再追了，楚剑雄只好停住车。

萧云天觉得开车追撞嫌犯车手的危险太大，可能误伤群众，还是等到人少的时候再行动吧。

于是，接下来的几天里，都是深夜上街设卡。但是经过这一次不成功的抓捕，嫌犯好像害怕了，一连几晚都没出现。

这样守株待兔的方法太耗精力了，一连守了几天后，队员们都普遍感到疲劳了。萧云天只好将人马都撤了回来，休息几天再行抓捕。

然而，警方的行动一暂停，嫌犯又开始作案了，又有一名女性被性侵劫财。这次更为嚣张的是，嫌犯竟然让被害人给警方捎话，不要试图抓他了，再怎么抓也是抓不到他的。

这不相当于向警方宣战吗？

嫌犯的这些话语并不能让萧云天退缩，反而更激起了他要尽快抓捕嫌犯的决心。

一计不成，另生一计。

萧云天找来几辆民用摩托车，分别配给楚剑雄他们几个人，让他们上街去充当摩的车手，看看能不能和其他人混熟了，了解一下嫌犯。

楚剑雄也就煞有介事地当起了摩的车手。为了装得像一些，有些时候他也不得不拉几个乘客。如果光在路边站着，有活儿也不拉，可能会引起嫌犯的注意。

萧云天的想法是，这几个警方摩的车手如果在上街伪装侦查的时候发现了嫌犯车辆，可以方便追击。警车体积太大，不利于机动，嫌犯摩的一旦进了小胡同或者人群之中，就无法紧跟了，但如果警方同样是开摩托车就可以一追到底了。使用摩托车追击，可以达到以其人之道攻其人之身的目的。

楚剑雄当了几天的摩的车手，乘客没少拉，但再也没有见到那辆嫌犯摩的。有几辆类似的，不过经过队员的盘查都没有问题。嫌犯车手人间蒸发了，再也没有出现过。

如果嫌犯是以开摩的为生的话，是不会放弃这个谋生手段的。那么也有可能嫌犯使用了另外的车辆，或者他不止有一辆摩托车，又或者他将作案用的那辆卖了，又弄了辆新的，所以队员们认不出来了。

过了几天，还是没有嫌犯的消息，萧云天只好把楚剑雄撤了回来。

二计不成，再生三计。

萧云天通过派出所发展了几个开摩的的线人。这些人既有海东市本地人，也有海东市周边县区的人。萧云天对这些人讲述了事情的大概，这些人都愿意配合警方的行动。

据这些人说，他们开摩的的一般都是单干，他们这些人平时没活儿的时候经常聚在一起聊聊天，但彼此都不太熟悉，也没有发现什么行为异常的同行。因为平时都忙于拉客，也没有注意同行的动静。另外，干这一行的人实在太多了，除了认识几个老乡外，其他的人都不熟悉。至于警方出示的画像中的这个人，这些人都表示一点印象也没有。

萧云天把画像发给了这几个开摩的的，希望他们能够记牢长相，发现这个人时及时向警方报告，警方会根据线索的重要程度给予相应的奖励。

不过，经历了几天的时间，警方找的这些线人都没有提供什么有价值的线索。警方的悬赏固然诱人，但也是有条件的。干了几天之后，这些人没有找到嫌犯，还耽误了生意，渐渐地就将此事放了下来。

10　警花作饵

三条计策都没有成功，接下来该怎么办呢？重案队内部也是议论纷纷。

依楚剑雄的看法，就来个大规模的清查行动，将几条街的大小路口全部封死，将所有开摩的的司机全部集中起来，一个一个地核查。

但这种作法目标太小，打击面太大。虽然已经有嫌犯的 DNA 了，但一个一个地抽血，当场并不能立即出结果，如果把这些人都羁押起来，显然有滥用公权之嫌疑。而且这些人在没有被确定为犯罪嫌疑人之前，警方也无权将这么多不相关的人扣留。如果都放回去等待化验结果，那相当于没核查。如果这些人里有嫌犯，那嫌犯早就溜了，他不可能等到化验结果出来警方去抓他吧！所以，这个想法被否决了。

林玄鹤提出，可以充分利用天网工程所设置的监控摄像头实行全天候二十四小时监控，一旦嫌犯再次作案，实时进行抓捕。

这个想法也只能是停留在想法上。这几条街就有那么多摄像头，要做到二十四小时不间断监控，那得需要多少人力时刻待命？还是不行。

大家一时都陷入了沉默。

最终，柳如雪打破了沉默，她说："还是让我来吧。"

一语惊人，大家都齐刷刷地把目光对准了柳如雪。

只见柳如雪不紧不慢地说："既然这个嫌犯车手对男人具有那么大的戒备心理，想靠近他都难，那就让我去当诱饵引他上钩吧。"

大家还是沉默。所有人都明白这个引蛇出洞任务的艰巨性和危险性。万一蛇出洞了，接应的人没赶到或被甩掉了，"诱饵"就会陷入危险之中。到时候如果柳如雪不能顺利地独自击败嫌犯，那么柳如雪的人身安全就堪忧了。

这绝不是危言耸听。柳如雪毕竟是法医转行当刑警的，虽然也经历了一定的擒拿格斗等专业训练，但从警时间较短，经验较少，能不能完成这样艰巨的任务呢？万一柳如雪制服不了嫌犯呢？

萧云天发话了："如雪勇气可嘉，但让一个女警去当诱饵，风险太大，不能冒险。从这几次的侦查和抓捕情况来看，嫌犯非常狡猾，应变能力很强，摩托车车技也非常高，一般的人开车跟不上他，万一接应的人跟丢了，那就麻烦了。"

听萧云天这么一说，楚剑雄等人也是随声附和道："就是就是。"

但柳如雪并不是做做样子，而是打定了主意，道："都说男人有担当，女人为何不能有所担当呢？我既然选择了当刑警，就不能怕这些危险。再说，我也练得差不多了，自信抓捕嫌犯还是问题不大的。"

萧云天摇头道："如雪啊，这太危险了，我怕……"

柳如雪急了，起身道："队长，每次抓人都是你们冲锋在前，这回也该让给我这个小女子一个机会了吧。"

终于，在柳如雪的一再坚持之下，萧云天答应了柳如雪的请战，并部署了相应的接应任务。计划是让柳如雪晚上不停地在街上溜达，看到摩的就招手上车，看看嫌犯能不能上钩。其他人隐蔽在各个路口时刻准备抓捕。

当天晚上，柳如雪脱下了警服，换上了自己的便装，去街上溜达了。这次的任务是引嫌犯拉上自己，再等他自己主动露馅。因此柳如雪上街的时候没拿包，因为拿包的话可能诱使嫌犯抢夺，这样不容易逮到他。

要逮到嫌犯，最佳时机就是等他下车的时候。他离了车，跑也跑不到哪里去了。

华灯初上，走在大街上，柳如雪才发现海东市的夜景是多么的惬意。自己平时忙于工作，竟然忽略了身边的美景。柳如雪一边欣赏着夜景，一边警惕地注意着来往的行人和车辆，特别是有没有载客的摩的。

逛了一圈又一圈，那个嫌犯车手仍然没有上钩。柳如雪倒是坐了好几次摩的，但每次摩的车手都是规规矩矩地把她送到了指定的地方，并没有异常举止。显然，这些摩的车手并不是警方要找的人。

附近接应的人分成了固定哨和流动哨，他们有的人骑着摩托车，有的在地方牌照车里面。各个路口的驻守刑警们三三两两地密切注视着柳如雪的一举一动，载客的摩的车手稍有异动，他们就会冲上去抓捕。

萧云天也在一旁的一辆小汽车里，他通过对讲机向柳如雪通报情况。柳如雪的对讲机别在了腰间，耳机线隐蔽地从衣服里面经过，挂在柳如雪的左耳上。柳如雪的长发也巧妙地将耳机隐藏了起来。

计划是比较周详了，只待嫌犯再次作案。

一直到凌晨两点都没有嫌犯的摩的出现。柳如雪穿着旅游鞋，脚也已经走得有些麻木了，渐渐地她也有些困意了。

嫌犯为什么没有出现？不过没有出现也属正常，警花出击的第一天，嫌犯就露头受擒吗？恐怕很难碰到那么巧的事吧。

看到都到了这个点了，还是没有任何收获，萧云天只好从对讲机里发出指令："全部收队！"

队员们陆续回到了警局。看到大家都有些闷闷不乐，柳如雪反而来安慰大家道："不要急，这不才第一天吗，我多走几天，说不定嫌犯就会上钩了。"

的确如柳如雪所说，刚下了饵，没有那么快咬钩的鱼。

这样，第一晚的诱捕工作无果而终，萧云天让大家都回去好好休息，明天继续。他则开着车亲自把柳如雪送回了家。

11 行动的小意外

在送柳如雪回去的路上，萧云天关心地问："走了一晚上，累不累。"

柳如雪道："队长，要是换了你走这么一晚上，你说累不累呢？"

萧云天没说话。

"累点儿倒是无所谓，关键是得有收获，不能白忙活了。可惜今天嫌犯车手没有上钩，白走了这么多路，不过也当是锻炼身体和欣赏夜景了。"柳如雪说道。

"你有这样的想法就好。这样的事情太危险，万一接应的人没有及时跟上，只能靠你自己单独处理紧急情况。自己一个人上街害怕吗？"萧云天道。

"也不能说完全不害怕，但一想到有你们这坚强的后盾，我的心里就有底气了，我不是一个人在战斗！而且今天晚上还有意外收获。"柳如雪意味深长地说道。

"什么意外收获？"萧云天不解地问道。

"我觉得自己这几年来，一心只扑在工作中，忽略了身边的美景。今天在街上散步，发现海东市的夜景是如此的美丽，就连夜空都是那么地令人神往。这些美景都在身边，以前却没有留意过，更没有用心欣赏过。"柳如雪说道。

这回萧云天沉默了。是啊，柳如雪说得对。每天人们都是匆匆忙忙地赶着去工作，路上的风景根本不会在意。或许这种生活大家已经习以为常了，觉得没有什么，但是细细品味起来，还是有一些不应该忽略的地方。

两人都沉默了。过了一会儿，到了柳如雪的家。

柳如雪下了车，向萧云天道别，"队长，慢走啊，路上注意安全。"

萧云天笑呵呵地说道："谁敢动海东市重案侦缉队队长啊？！你回去早点儿休息吧。"

送走了柳如雪，萧云天也回到了自己的住处。他在床上翻来覆去地想该怎么办才能把嫌犯车手引出来，想着想着，就进入了梦乡。

结果他做了一个可怕的梦。他梦到柳如雪在大街上走着，被一个摩的车手接走了。摩的的速度非常快，接应的队员跟着，跟得紧了怕被车手发现，跟得慢了又怕跟丢了，犹豫之中，摩的几个急变向，把所有人都甩开了。

萧云天急了，夺过一辆摩托车亲自去追，结果发现柳如雪浑身是血，躺在一个街角。萧云天赶快过去，扶起柳如雪，而此时柳如雪已经昏迷了。正在观察柳如雪的伤情时，忽然眼前一黑，背后挨了一闷棍，他昏了过去。

梦里的他昏了过去，现实中的他则被惊醒了。

意识到这是一个梦之后，萧云天下床抽了一根烟，思考了一下嫌犯没有出现的种种可能性，然后又沉沉地睡去了。

第二天下午，萧云天正准备安排晚上的诱捕时，何冰媚打来了电话，问萧云天能不能陪她出去玩。

萧云天说道："晚上有行动，不能陪你了。"

电话那头何冰媚不乐意了，道："我一让你陪的时候你就说有行动，真没劲！"

萧云天劝道："冰媚啊，今晚真有行动，啥行动我就不说了。改天陪你吧。"

何冰媚道："什么行动？能给我说说不？我又不是外人。"

这几天的诱捕行动对外是严格保密的，这是为了防止消息走漏。就连警察回家和家人讨论案情都是违反纪律的行为。在案件没有侦破之前，是不允许随便对外透露案情的，这是警队铁的纪律！

于是萧云天对何冰媚说道："冰媚啊，不是我信不过你，你知道我们的纪律，这属于侦查秘密，不允许对外透露案情，你就不要让我为难了。"

"那好吧，只能这样了。"何冰媚无奈地道。

晚上，队员们集体在局里吃了晚饭，然后在办公室里休息，等到九点钟再上路行动。

照例还是按照昨晚的部署，各自守住各自的位置，都在专注地观察着柳如雪的周围。

夜色笼罩下的海东市看似一派平静，重案队的这帮人却很紧张，焦急地等待着嫌犯车手的再次出现。

突然，一辆出租车在柳如雪身边停下，车上下来一个女孩。

这个女孩竟然是何冰媚!

原来，何冰媚晚上无聊，没地方去，就去看看她爸爸何永安忙得怎么样了，顺便看看萧云天他们的行动结束了没有。

在来的路上她就看到柳如雪在街上溜达。何冰媚感到很奇怪，不是说今晚都去行动了吗？怎么柳如雪自己在这里散步呢？萧云天他们干什么去了呢？难道萧云天这家伙是在骗自己，今天晚上根本就没有行动？

为了验证自己的想法，何冰媚就下了出租车朝柳如雪走过去，道 :“如雪，你怎么在这里散步啊？你们不是有行动吗？怎么你没参加？”

柳如雪看到何冰媚，先是一愣，然后道 :“冰媚，我们今晚的确有行动，这里太危险，你赶快回家吧。”

何冰媚奇怪地望望四周，到处都是很正常的样子，哪里有什么危险？又看到柳如雪穿的是便装，没有穿警服，根本不像在执行什么紧急行动的样子，这让她更迷糊了。

这时何冰媚的手机响了，她打开一看，是萧云天打过来的。

12　夜场女是啥样儿？

看到何冰媚在诱捕区域突然出现的时候，萧云天也是深感意外，行动中可没有这个预案啊！必须让何冰媚离开！萧云天在心里判断道。

因为从所有被性侵的受害者的陈述来看，嫌犯车手总是挑独行的女子下手。何冰媚一和柳如雪聊起天来，万一这个时候嫌犯车手经过，岂不是错过了机会吗？

于是，萧云天赶紧给何冰媚打电话，道：“冰媚，我们在执行任务，你不要跟着如雪。我就在你旁边，你现在转身到身后五十米的一辆黑色轿车旁。”

何冰媚感到更加奇怪了，这是在执行任务？柳如雪不紧不慢地散步，萧云天躲在一旁的车里看着她散步，难道散步也是任务的一部分？

不过，何冰媚还是听了萧云天的话，转身向着后面停在路边的一辆黑色小汽车走去。走到车前，萧云天打开了车门，让何冰媚进到车里。

“冰媚，你怎么到这里来了？”萧云天问道。

何冰媚嘟起了嘴，道：“怎么？不欢迎我来吗？就知道你们今天没啥好事儿，一个散步，一个看人散步，还说是什么秘密行动。”

萧云天无奈地说：“既然你已经到了，那我就给你透露点消息吧。记得抢夺你包的那个车手吗？他还涉嫌多宗强奸案，我们今晚行动，就是让如雪充当诱饵，看看能不能把嫌犯钓出来。”

听到这里，何冰媚笑了起来，道：“我以为多大事呢，不就是抓个色狼吗，用得着这么神秘吗？怎么，那个色狼今晚会出现？”

萧云天摇头道：“我们并不确定他今晚会不会出现。我们也是碰运气。”

虽然没细说，但公安世家出身的何冰媚已经猜到了七八分，不就是利用警花引诱犯罪嫌疑人现身吗。何冰媚看了看在一边散步等摩的的柳如雪，对萧云天说：“天哥，有句话不知道当讲不当讲啊，既然你们抓的是色狼，就得根据色狼的品味来。”

萧云天不解地问：“品味？什么品味？”

何冰媚继续道：“就是色狼喜欢的品味啊。难道色狼喜欢柳姐姐这样穿得跟个粽子似的，一身运动服打扮的人吗？连个高跟鞋也没穿，别人一看还以为是运动健将呢！色狼想下手还怕打不过呢！柳姐姐真的要出去当诱饵，是不能穿成这样的。那个色狼下手的不都是夜场女吗？柳姐姐得穿成像夜场女一样才对，必须得短裙、热裤、低胸、吊带、露脐、露背，这样才能吸引色狼的注意。天哥，你说我说得对不对呢？”

萧云天本来觉得她说不出个所以然，开始没在意，但仔细一听，觉得她说得对。柳如雪不论是以前当法医，还是现在当刑警，都严谨严肃惯了，现在去当个诱饵，仍然是一身正气，不自觉中流露着一股飒爽英姿的气质来，完全不像个夜场女。

这一点倒还真是被萧云天他们给忽略了。原来想得太简单，以为找个美女在街上走，那个嫌犯车手就会上钩，现在看来没那么简单。说不定嫌犯已经从柳如雪的身边经过了，但看到柳如雪看起来并不像夜场女，才没有动坏念头。

今晚柳如雪的穿着怎么看怎么像良家妇女，根本不像夜场女。但今天已经这样了，也就将错就错了。萧云天带队又观察了一会儿，果然如何冰媚所说，有一辆摩的在柳如雪身边停了一下又过去了。萧云天只好下令收队。

13　警花再出击

次日一早，萧云天召集大家研究了一下何冰媚提的这个建议。

柳如雪听了建议，脸一红。她本来就是不爱红装爱武装的女子，虽然人长得很美，但穿衣方面比较保守，化妆品之类的用得也不多。

萧云天道："请几个在夜场工作的女孩配合，你们看行不行？"

众人都说这个办法可行，夜场女的那种风情可不太容易装出来。

柳如雪却说："不用这个方法。我下午换几件衣服，再化化妆就成了。咱们夜场也查过很多次了，她们化妆成啥样、穿什么衣服，我又不是不知道。"

在她的坚持下，萧云天也认同了她的想法。

到了下午临下班的时候，柳如雪来了，脱下了外面套的警服，瞬间给人一种惊艳的感觉。

原来一头扎着马尾辫的长发已经散开，脸上打了粉底，腮红、口红都描上了，假睫毛是带水钻的款式，再加上内外眼线的描绘，显得一双大眼睛忽闪忽闪的像精灵，眼影则采用黑色的，更显妩媚动人。她上身穿着一件带有亮片的吊带，下身穿着一件黑色的超短裙，脚下踩着一双高跟鞋，一双美腿显露无余。

要不是柳如雪穿着警服来，谁也认不出她来。大家都像发现新大陆一样，围着柳如雪来回转，一边看一边啧啧不已。

"看什么看，没见过女人啊，以前也没见你们这样看过。"柳如雪嗔怪道。

"真是一等一的大美女啊，原来怎么就没有注意过呢？"楚剑雄在一旁道。

"就是就是，如雪这么一打扮，简直认不出了。"林玄鹤也说。

萧云天出来，看到柳如雪的这一身打扮，也是感觉很新奇。真是人靠衣裳马靠鞍啊，柳如雪这么一装扮，确实显出了不一样的韵味。夜场女的那种性感、狂野、不羁显露无遗。

柳如雪拿起桌上的一盒烟，从中拿出一支点着，吸了一口吐了个烟圈，瞬间这些男人全服了。还别说，她真是装什么像什么。

“如雪，你这样可以深入犯罪团伙去当卧底了，保证没人猜得出你是警察。”林玄鹤乐道。

“去你的，这案子还没破呢，又给我安排其他的活了。”柳如雪对自己的这身装扮还是比较满意的。至少这一次，她也算是突破了自我。

其实她在化妆之前也反复考虑过，要不要化妆成这样子，值得吗？最终，她还是挑战了自己一把，花了一下午的时间购买了整套行头，又到美容美发店化了个夜店妆，这才赶到警局，准备晚上的行动。

一切准备妥当，下班后大家在警局内的餐厅饱饱地吃了一顿，稍事休息，准备晚上再次设局。

到了夜里，柳如雪出门了，她开始在街上闲逛。出格的装扮，不时引起路上行人的回头注目。

两三个小时过去了，柳如雪已经坐了好几辆摩的了，但还是不见嫌犯的那辆摩的出现，难道今晚又要一无所获吗？

正当此时，一辆摩的在柳如雪身边停下了，车手对柳如雪道：“美女，要不要我送你一程？”

柳如雪说了一个目的地，又跟他谈了谈价格，就坐上了车。

一晚上，柳如雪一旦坐上了某辆摩的，重案队的兄弟们都得紧跟，直到摩的把柳如雪安全地送到目的地。之前的摩的都很规矩，都是按照柳如雪的指定路线行进，车速也都适中，但这次的明显不一样了。柳如雪上车以后，车手开始还是按柳如雪说的路线行驶，但在经过一个胡同时，车手突然变向，从胡同里扎了进去。

负责追踪的队员们猝不及防，胡同太狭窄了，汽车根本无法钻进去，只好呼叫萧云天说跟丢了，并说明了嫌犯逃走的方向。

萧云天立即通知另一个路口盯防的队员注意保持距离，不能再跟丢了。他自己也开着一辆摩托车，紧跟过去。

哪知另一个路口的队员接着报告，嫌犯的车速太高，老是走小路或人多的地方，一会儿他们也跟丢了。

这下可怎么办是好？

萧云天急忙在对讲机里呼叫柳如雪，让她报告方位。不知道是不是出了对讲机通话的距离范围还是柳如雪不方便讲话，总之柳如雪并没有回音。

这边，柳如雪的通信耳机里的确没有了警方频道的任何声音。车手的车速很快，除了一开始是按照她说的目的地方向开，再往前就不是了，柳如雪立刻意识到，嫌犯上钩了！

嫌犯七拐八拐，把所有的队员都甩掉了。

柳如雪心中很着急，原来预想的情况果然发生了。怎么办？怎么办？柳如雪今天穿的这一身很暴露，没有能容下手枪的地方，她只好放弃配带手枪。现在只能靠她自己随机应变，尽量拖一些时间，希望队长和其他人能够尽快赶到。独自面对凶残的犯罪嫌疑人，柳如雪还是第一次，她心里多多少少有一些紧张。

嫌犯会做什么，她该如何应对？

14 黑白争锋

嫌犯带着柳如雪高速地穿梭在大街小巷。柳如雪身上没有武器，也没带手铐，只有附在内衣里面的一部对讲机，此时还超出了对讲距离，与萧云天他们联系不上了。所以接下来将要发生的事情，全要靠柳如雪一人面对了。

什么时候动手，是一个问题。在摩托车如此高速行使的情况下，柳如雪不可能将嫌犯控制，那样危险性太大。如果嫌犯拒不就范，而是驾车冲撞行人或者建筑物，后果就严重了。柳如雪考虑再三，还是想等嫌犯停车的时候，出其不意地将其打倒。

主意打定，柳如雪并没有对嫌犯的高速行驶予以阻止，任由其到处跑。不过，为了表示自己是普通的乘客，她拍拍嫌犯的肩，大声说走错方向了。嫌犯并不理她，仍然继续高速奔驰。

终于，嫌犯开着摩托车，在转了好多个圈之后，开进了一个院子。院子的门虚掩着，车手也不减速，直接冲了过去，并在院子里急停下来。

柳如雪看准时机，伸出右手，欲勒嫌犯的脖子。嫌犯显然身手不赖，好像是早有防备似的，双手抓住柳如雪的胳膊，往上一举，顺势跳下了摩托车，反身欲将柳如雪拿住。柳如雪也不示弱，用脚将嫌犯大力踢开，自己向后跳下摩托车。

嫌犯被踢倒在地，狞笑着摘下了头盔。果然，与模拟画像中的车手高度相似，不是他是谁！嫌犯说道："我这两天就看你不正常，果然有两下子，是个警花吧？"

原来，嫌犯第一天晚上就看到了柳如雪，但没有在意，他寻找的是衣着暴露、眼神迷离的夜场工作者。第二天晚上，他又看到柳如雪在那里溜达，感到很奇怪，不过也没有上心，继续拉他的活儿。

到了第三天，嫌犯上街，终于锁定了他的猎物，于是他将摩托车停在了柳如雪的旁边。但停的一刹那，他突然发现，今天这个性感狂野的美人，竟然就是前两天那个穿得中规中矩的女人。

这不由得使嫌犯生疑，这女的到底是干什么的？为什么这两天在穿着打扮上反差这么大？鉴于以前曾被警察追捕过的经历，他猜测这女的会不会是警花，专门出来引诱自己上钩的呢？

嫌犯心生歹念，他明知山有虎，偏向虎山行。既然警察要抓我，那我就和你们玩玩，看看你们能不能抓到我。

于是，车手不动声色地问了柳如雪要去的地方，并煞有介事地讨价还价了一番，就让柳如雪上了车。开始嫌犯还是向本来的目的地行进，他一边开，一边观察情况，想看看自己的判断对不对。

果不其然，嫌犯从后视镜里发现了在后面跟踪的重案队员们的车辆，这更加印证了他的判断。接着，他又进行了试探，进一步发现，无论他怎么拐，总有小汽车或摩托车跟着他。

嫌犯心里开始盘算着如何将车上的这个女警带到他自己的住处。他的摩托车经过改装，马力强劲，他也有多年的摩托车驾驶经验，各种高难度动作玩起来不在话下。在经过几个胡同和小巷之后，他顺利甩掉了身后的追兵。

嫌犯迅速地从地上爬起来，重新向柳如雪发起进攻，双方你一拳我一脚，打得不可开交。不过双方越打越心惊，柳如雪在想，区区一个强奸犯，怎么在拳脚功夫上还有两把刷子？嫌犯在想，这个女警功夫不赖啊，看着柔弱，一时还难以打倒。

柳如雪的这一身装束妨碍了她的行动，尤其是脚上的这双高跟鞋。打斗间隙，柳如雪脱下高跟鞋，往身后扔去，赤脚和嫌犯打斗。

嫌犯也是越打越心急，只想尽快结束战斗。他原来想得简单，觉得现在的警察，有几个能够真刀真枪地打呢，要是没了枪，谁会怕他们？再说，自己也是练过几年武的，对付这样一个小妮子，应该是费不了多大功夫吧。

打斗继续中，眼看着不敌，嫌犯瞅准个机会，跑到窗前拿起一把弓弩就朝柳如雪射去。

柳如雪猝不及防，被射中了腿部。弓弩经过改装，搭着一枚麻醉针。柳如雪被射中以后，立刻感到腿部发麻，不听使唤了，在打斗中渐渐处于了下风。而车手则是愈战愈勇，眼看就要将柳如雪打倒在地。

没几回合，柳如雪便被嫌犯的一个扫堂腿打倒在地，这时腿部麻得更厉害了，根本无法站立。

15 惊险时刻

嫌犯狞笑着一步一步地走了过来。

他心中正在庆幸，幸亏自己提前预备好了这一招，今日果然用上了。这宠物麻醉药对付起人来也是绰绰有余啊。

不过他也从心里佩服起这个敢独自前来的女警，胆识过人，拳脚功夫也不错，要不是自己早年练过，现在早就被打趴下了。要是一般人和这女警过招，肯定撑不了几个回合。但明显女警的实战经验还不是很丰富，招式之中有几个空当女警都没有抓住，反而被他趁机射出了麻醉针。

柳如雪倒在地上，虽然腿麻得很，但意识还是十分的清醒。看到嫌犯一步一步地逼近，她也有些恐慌。急忙寻找身边可以拿来扔的东西，不停地向嫌犯扔过去。

嫌犯一边把柳如雪扔过来的东西一一躲开，一边回身关上了院子的大门，然后再回来慢慢欣赏眼前这个漂亮的女警。

“你别过来，再过来我对你不客气。”柳如雪警告嫌犯。

嫌犯故意装出一副惊恐状，道：“诶呀，我好害怕啊，警察姐姐，我胆小，不要吓我了好不好？”话虽然是这样说，但他立刻变了脸色，从身上掏出一把锋利的匕首，凶恶地说道：“信不信我现在就杀了你！”

柳如雪真是又气又急，却没有别的办法。现在腿不能动，仅凭一双手臂对抗嫌犯的双手双腿，显然是敌不过的。都怪自己一时大意，竟然没有注意到嫌犯佯装败退后还有阴招，没想到嫌犯竟然如此的狡猾。

目前孤立无援，柳如雪只好等嫌犯靠过来的时候再用双手与他缠斗，看看能不能有机会反败为胜。

嫌犯目前已经完全掌控住了局面，对柳如雪的抵抗不再放在心上了，一个双腿都不能动了的女警，还能有多大能耐？

嫌犯过去，轻而易举地就把柳如雪的双手给制住了，他从旁边找了一根绳，将柳如雪的双手捆在了背后。然后嫌犯又转到前面，用手指抬了抬柳如雪的下巴，道："警花，你的身手不错啊，不过，还是成了哥哥的手下败将，但是再过一会儿，你就知道哥哥的好了。"

嫌犯说完，开始慢慢地脱上身的衣服。柳如雪真是又羞又急，不再直视对方，将目光瞥向一边。嫌犯脱完上衣，又想解开腰带……

就在这时，院子的大门"砰"地一声被人踢开了，进来一个人，那人正是萧云天！

原来，在队员们全部跟丢了柳如雪后，萧云天急了，命令所有人在附近展开地毯式搜索，一定要尽快找到柳如雪，保证柳如雪的安全。手下的女警要是在他的眼皮子底下出了事，作为队长的他，如何向柳如雪的家人交待！又如何面对手下的弟兄们！

萧云天骑了一辆摩托车疯狂地挨个街道地寻找，希望柳如雪平安无事。在寻找的过程中，萧云天一遍一遍地通过对讲机呼叫着柳如雪，希望能够得到柳如雪的回应。他不知道的是，柳如雪的通信耳机已经在激烈的打斗中不小心掉了下来，因为对战形势非常紧张，柳如雪也没有意识到。

就在萧云天搜索到嫌犯院子附近的时候，萧云天突然从耳机里听到了一个陌生的声音，不是其他队员的声音，而是柳如雪好像在和一个人对话，不过再呼叫柳如雪，依旧没有回音。

那其实并不是柳如雪发出的信号，而是她倒地的时候，对讲机碰到了地面的硬物，恰好碰到了通话键，使她和车手的部分对话通过对讲机传到了萧云天的耳朵里。

萧云天知道柳如雪就在附近了，不然也不会收到信号，但这么多院子，到底哪一个是呢。突然，摩托车被什么东西碰了一下，萧云天眼睛余光一闪，竟然是一只高跟鞋！这会不会就是柳如雪的高跟鞋呢？其实那正是柳如雪的，当时柳如雪为了打斗时方便，把鞋子脱下来扔了。由于用力过猛，正好扔出了院墙外，碰巧被萧云天撞到了。

从这只鞋子所处的位置来看，出现得有些突兀，萧云天觉得这栋院子肯定有问题。于是他贴着门缝往里看去，只见在月光下，一个男子站着，而另外一个女子瘫坐在地上，那女子正是柳如雪！

萧云天来不及细想，一个飞腿把院子大门踹开，冲了进去。

嫌犯猛然间见外面闯进来一个人，也是一惊，马上明白过来是女警的帮手到了。他反应很快，从腰里拿出刀子，这就想挟持柳如雪作人质。

由于院子大门离车手的位置还有一定距离，萧云天的速度再快也不可能在极短的时间内跑到嫌犯和柳如雪中间。

不过，人的确跑不了那么快，但子弹可以。

萧云天快速掏出佩枪，来不及仔细瞄准，随手就对着嫌犯开了一枪。

“砰！”一声沉闷的枪声响彻了夜空。子弹正正地打中了车手持刀的右手腕。省警校射击冠军的威名可不是虚名，那可是实实在在的真本事。

嫌犯痛得大叫一声，手中的匕首随即掉在了地上。

趁着嫌犯惨叫的时候，萧云天一个箭步冲了上来，远远地就飞起腿来，将嫌犯踢倒在地。

嫌犯忍痛爬起来想继续和萧云天搏斗。但萧云天不是柳如雪，他不仅功夫了得，更重要的是实战经验丰富。嫌犯连两个回合都没撑住就被萧云天踢得爬不起来了。

萧云天拿出随身带的手铐，将嫌犯的另外一只手和摩托车一起铐上，然后赶快跑过去看柳如雪的情况。

柳如雪原本以为自己在劫难逃了，没想到关键时刻，队长萧云天及时赶到，解了燃眉之急。看到自己人终于来了，柳如雪也放了心，眼中的泪水不禁流了下来。

这时，柳如雪的手还被捆着，不能自己擦拭。萧云天赶忙替她擦去了泪水，并解开了绳索，然后询问了事情的经过。

附近的队员们听到枪声也陆续赶到了现场。

16 手机中的罪证

嫌犯终于被擒获了，还好抓捕过程有惊无险。

柳如雪虽然中了麻醉针，败于车手手下，但幸好萧云天及时赶到，使她避免了被嫌犯玷污。

其他队员也离得不远，陆续赶到院子后将嫌犯上了背铐，安排了三四个人看着他。

萧云天扶起柳如雪，她的腿还是麻得无法站立，只好让楚剑雄也过来，一起架着柳如雪走。

已经有警员打了120急救电话，准备将柳如雪送到医院去检查一下，看看麻醉针对人体有没有什么危害，将被针头扎到的地方进行消毒，防止有什么病毒渗入。

萧云天当即决定，对嫌犯的身上和住处进行突击搜查，看看有没有什么收获。其他队员则把柳如雪送到了医院接受治疗。

从嫌犯身上搜出了一部手机。检查手机里的内容，发现通话记录和短信息内容都很正常，大都是熟人之间的来来往往，没什么特别的。

看了嫌犯手机里存的视频和照片，萧云天觉得这嫌犯的确是个变态，因为里面全是不雅照片及视频。从文件记录的格式、存储位置和存储时间来看，不像是从电脑里拷进去的，也不像从网上下载的，而是用手机拿着拍摄的。从视频的拍摄角度来看，应该是拿着手机的人在与其他人发生性关系的时候拍摄的。拍摄人始终没有露正脸，只能看到女方的正脸。从被拍摄女方的神情来看，都有惊恐的表现。看来这手机里录的都是嫌犯强奸被害人的视频。

视频是嫌犯的战利品，现在却成了他强奸被害人的铁证！

打开嫌犯住所的房门，里面的陈设很简单，一张床，一张桌子，一个沙发，还有一些电视电脑之类的电器。墙上贴着很多艳俗的照片。

萧云天继续巡视房间，他在一角的垃圾桶内发现了几个已经使用过的安全套。另外，在房间的一个橱子里发现了十几个女式挎包。这个房间根本没有女人长期生活过的痕迹，怎么会有那么多女式包？看来是抢来的可能性比较大。

嫌犯被押到警局，抽血化验，与已经发生的几起强奸案中嫌犯留下的精斑进行比对。

另外，警方又把自称能够认出嫌犯的被害人丙女找来，将此人和其他几个关押犯放在一起，让丙女进行辨认。

事实证明，丙女的记忆力确实很好。两次辨认，每一次丙女都准确无误地从七个人中辨认出此人就是强奸她的那个嫌犯。

萧云天让林玄鹤和楚剑雄两个人审讯嫌犯，他则来到医院看望柳如雪，看看她的伤情如何。

经过医生的检查，柳如雪所中的毒针只有麻醉成分，没有其他的剧毒成分，生命不会有危险。医生已经对刺入针头的皮肤进行了消毒，目前没有检测出有什么病毒存在。麻醉药的药效目前已经消去，休养一天就可以出院了。

柳如雪内疚地对萧云天说："队长，我真是没用，没有很好地完成任务。"

萧云天摆摆手，道："可别这么说，如雪。你已经表现得很优秀、很勇敢了，其他同志们都非常佩服你，你为我们警队树立了好榜样！你主动充当诱饵，在抓捕嫌犯的关键时刻你能与嫌犯机智周旋，为我们赶到现场争取了时间。可以这么说，在这次行动中，能够抓捕嫌犯，你的功劳是最大的！"

柳如雪不好意思地笑了笑，问道："对了，队长，那个嫌犯招了没有。"

萧云天道："你暂时不要管那么多了，玄鹤和剑雄正在那里突审，这小子招也得招，不招也得招！铁证如山，他逃不掉！"

的确，在审讯嫌犯的时候，嫌犯并没有过多地狡辩，承认得很痛快，把强奸、抢劫、抢夺的事情一股脑儿地都说了出来，甚至说了一些警方根本没有掌握到的情况，包括一些被害人没有报案的强奸案件。这导致被害人的数量直线上升，这让警方大为震惊。

除了审讯之外，萧云天还认真地和嫌犯聊了聊，谈了谈他的成长经历、工作经历、作案心理、作案方法等内容。萧云天很好奇，为什么一个本来可以大有作为的年轻人，竟然会沦落成为一个强奸犯？其中必有多方面的原因。

几天后，海东市警方召开了新闻发布会，宣告了这一系列强奸、抢劫、抢夺大案告破，同时也呼吁尚没有报案的被害人及时向警方登记，对嫌犯进行辨认。

虽然嫌犯说出来的被害人人数众多，但假如没有得到其他证据印证的话，尤其是没有得到被害人陈述印证的话，那么嫌犯的供述就会变成孤证。

所谓的“孤证”，就是只有嫌犯的供述，而没有其他证据的印证。对于这样的供述，无法得到查实，最终不被认定的可能性很大。

这是因为嫌犯的口供属于言辞证据，而这种证据是最容易出现反复的。嫌犯现在说有更多的被害人，可能以后存在着翻供的可能性。如果一开始就采用了这种孤证的口供，嫌犯一旦翻供，就没有任何证据来证实了。

所以在查案的时候，要做到什么标准呢？标准就是要做到在没有嫌犯口供的情况下，其他证据仍然能够形成一个完整的闭合链条，能够证据嫌犯犯罪。

然而遗憾的是，经过警方的公告，虽然又有一些被害人前来报案，但相对于嫌犯供述的作案数量还有一定的差距。

17 不堪的过往

嫌犯究竟何许人也？为何有着如此变态的心理需求和犯罪动机？为何作案手段如此狡猾，屡抓不获？背后有什么故事吗？

通过与嫌犯的交谈，萧云天了解到了一些情况，让他有些惊讶。

嫌犯名叫张国彬，并不是土生土长的海东市人，而是在比较远的另一个省份出生的，长大后才来到海东市打工。其实张国彬算是含着金钥匙出生的，虽然这金钥匙的含金量并不是十分足，但对于一般的平民百姓来说，他的家庭已经提前解决了温饱，迈向了小康。他家里做着一点小生意，虽然说没有发大财，但养活一个家庭已经是绰绰有余了。

张国彬的出生之地处于农村和城市的交界地区，也就是通常所称的城乡结合部。虽然经济已经有所发展了，但人们的思想仍未十分开化，重男轻女、传宗接代的传统思想比较严重。由于张国彬是个男孩，他出生后张家上上下下都宠着他，对他是百般呵护，拿在手里怕掉了，含在嘴里怕化了。

张国彬在很小的时候就能感觉到这些，只要自己需要什么，大人们就能够给他什么，如果大人们不给，那他就一哭二闹三打滚，大人们总是妥协，然后乖乖地把他想要的东西买来给他。

长期的娇生惯养，家庭的溺爱，并没有养成张国彬顺从的性格，反而让他变得越来越叛逆。

上了学之后，家里满心希望张国彬能够用功读书，将来继承家里的生意。无奈张国彬实在不是块上学的料，成绩总在班里倒数“前矛”。整天调皮捣蛋，不和好同学在一起学习，而是和班里那几个同样学习不好的人在一起瞎混。

张国彬一路浑浑噩噩地上到了中学。年级大一些了，家里本来以为张国彬能够懂事一些，但张国彬却更加变本加厉，整天逃课，不正经上学，经常到街上去打台球、泡网吧，学校和家里都拿他没办法。

家里什么也不缺，不缺他吃不缺他喝，甚至连玩的钱都足足地给，张国彬就是一心想玩，就没有学习的心思。家里最后也放弃了，好歹混个初中文凭就行了。

这个时候，张国彬的家庭出现了变故。张国彬父亲的生意遭到了重创，从此一蹶不振。张国彬的父亲被一个生意伙伴欺骗，张家把百分之九十的家产都投入进去了，结果生意伙伴卷款潜逃。各个债主闻讯，都上门来索要以前的借款。生意一下子垮了。

屋漏偏逢连夜雨，船迟又遇打头风。张家的生意陷入了绝境，生活更是一天不如一天。终于有一天，张国彬的母亲不辞而别。一家人满大街小巷地找，究竟是生是死都没有一个下落。过了很久才知道，原来张国彬的母亲跟着那个卷款潜逃的生意伙伴跑了。

张国彬的父亲自此陷入了很长一段时间的情绪低落。失败挫折谁都会有，但如果失败挫折的程度太大，人终究会被压垮的。张父自此变得萎靡不振，酗酒闹事，自然更没有心思再管孩子的事情了。只是自此一来，张国彬的经济来源没有了，原来是飞扬跋扈、吆五喝六、不可一世的公子哥，现在一下子断了摇钱树，自然是不适应，于是开始偷鸡摸狗起来。

张父一看，不愿意张国彬往邪路上走得太远。无奈之下，只好让张国彬转到了本市的一家文武学校，在这里学生以习武为主、文化课为辅。张父希望能够通过武校的磨砺，消除一些张国彬的少爷脾气。

但没有想到，这家武校也不是一片净土。这里的学生仗着自己学过一点拳脚，都是盛气凌人的主儿，普遍都有一身的流氓习气。张国彬一入学就立即和这些人打成了一片。

在学校里，张国彬和其他的几个学生一起替人打架，聚众斗殴，甚至不时跑到附近的中小学去勒索学生的钱财。随着年龄的增长，张国彬逐渐了解了性的知识，慢慢的，他的邪念产生了。

张父看到这样下去也不是个办法，就心一狠，托了托人，把张国彬送到了部队上，希望张国彬能够通过部队的管教，改变一下习性，不要那么张狂。

在当地有一个传统，就是把那些学习无望又经常调皮捣蛋的孩子送到部队里，让部队这所绿色学校好好改造他。大部分人经过部队的教育变好了，但仍有一部分人恶习难改，在部队里经常滋事生非。

张国彬在部队上不服管教，还多次殴打战友，最终被开除出部队。

18　疯狂报复

张国彬被退回来以后，仍然在社会上游荡，瞎混。

张父一看这也不是个方法，就送张国彬到海东市的一个亲戚那里，让亲戚帮他在当地工厂找了个工作。

工厂的规章制度比较严格，散漫惯了的张国彬哪里受得了这个罪。当他看到海东市大街上有许多摩的时，他动了心思。因为他以前在老家瞎混的时候没少开摩托车兜风，因此车技还是相当不错的。

于是张国彬到二手市场买了辆摩托车，又到改装点进行了改装，把发动机强化了一下。就这样，张国彬开始了拉客生涯。

拉客之余，张国彬就在自己居住的房子里上网，经常浏览一些色情网站，原来的恶习不可避免地又膨胀起来了。

通过开摩的，张国彬发现海东市在晚上十二点前后总有一些夜场，一些在夜场工作的女性三三两两地下班，但大多独身一人。张国彬动起了歪脑筋，如果自己拉了这些晚上下班的夜场女，拉到偏僻的地方，拿刀逼着她们，岂不是想怎么玩儿就怎么玩儿？这些女人在夜场上班，都很有钱，玩儿完她们再顺便抢些钱，岂不是一举两得？

这想法一旦生成，张国彬就立刻着手实施，开始物色下手目标。

经过一段时间的观察之后，张国彬终于下手了。他拉了一个从夜总会下班的女孩，当他开始加速向偏僻的小路行驶时，女孩就知道这小子不会干什么好事，但在高速行驶的摩托车上也不敢跳下去。等到了地方，张国彬就拿出刀子，威胁女孩和他发生性关系。女孩一见刀子，听了他说的狠话，吓得乖乖就范，一点反抗都没有，这让张国彬很得意。他之后还劫走了她身上的钱财。

首次作案后张国彬老实了几天，发现没有警察搜捕他，终于放下心来。

从那以后他胆子渐渐大了起来，开始频繁作案。

张国彬不断向夜场女孩下手。看到那些衣着暴露、浓妆艳抹的独自行走的女孩，他都会先观察一下周边，一看没有什么危险，就迅速下手。

因为怕被警察盯上，张国彬拉客的方式也变了，从来不拉男乘客。只要有男人一靠近他的摩托车，他就赶快开走，他的狡猾让他着实逍遥法外了一阵子。

19 纵欲

其实张国彬心里非常清楚，以他现在的作案频率，总有一天会落网的，但在落网之前，他要尽情享受这花花世界。在这种心理驱使下，他作案更加肆无忌惮。

每天夜里，他都要出来寻找目标。如果能够寻找到目标，就将目标诱骗上车，拉到隐蔽地点实施犯罪。

时间长了，张国彬越来越追求刺激，他开始用辱骂、折磨被害人的方式来满足自己的欲望，并将这些过程录了下来。

为什么张国彬会有这么变态的癖好呢？

在与张国彬的交谈中，萧云天渐渐地了解到，他之所以有这样的行为，与他成长的经历、家庭的变故是分不开的。

张国彬年少之时他父亲生意失败，后来查出生意失败的原因是母亲勾结外人，也就是从那时开始，张国彬心里就埋下了对女人的仇恨。他认为女人都不是什么好东西！

家庭的变故对张国彬打击很大，不仅经济上受到了限制，而且性情上变得更加玩世不恭了。从来不会把女人的感情当真，即使有女孩对他是真心的，他也会置之不理。

渐渐地，张国彬不再满足于这种平淡的生活了，他要去寻找刺激，寻找感觉。在欲望的驱使下，他一步一步地走上了不归路。

20　结案时的访谈

重案队破获了罪恶车手张国彬的案子，可算是给海东市除了一害。

何冰媚得知抓获嫌犯的消息，感到非常高兴。

柳如雪的伤情也没什么大碍，很快就出院了。这个经历对她来说虽然惊险，但却锻炼了她的勇气和胆识。

通过这个案件，萧云天对柳如雪另眼相看，没想到平时看着柔弱的女子，在关键时刻能够爆发出如此巨大的能量，起到如此重要的作用。虽然以前柳如雪也跟着萧云天执行过很多次任务，但都没有让她冲到最危险的地方。这一次柳如雪能够主动请缨、以身作饵，真是勇气可嘉。

何冰媚也来到队里，想看看柳如雪怎么样了。看到柳如雪又恢复了原来的装束，她不禁打趣道："如雪，你当晚的打扮挺好的啊，真是更加美了呢。你什么时候能改变改变啊，女人就是得对自己好一点儿啊。"

柳如雪一笑，道："那都是为了执行任务，没办法的，我平时可不喜欢化妆。还是穿着这身制服感觉靠谱。"

聊了一阵，何冰媚又找萧云天去了。本来她就很喜欢萧云天，但一直没有说破过。主要是平时都这么熟了，反而不知道如何开口了。这么熟悉的关系了，总不能再去找什么中间人介绍人之类的吧。

其实何冰媚一直在等待萧云天首先开口。毕竟男女这档子事，让女倒追男多不好意思啊，还是男方主动点儿比较好吧。但萧云天这个人就是不解风情，只把心思一心扑在工作上，也是老大不小的人了，为什么就不能考虑考虑自己的终身大事呢？

萧云天在一边忙着看卷宗，思考着事情，见何冰媚来了，就让她自己玩会儿。

看到萧云天如此冷淡，何冰媚可不淡定了，道："萧大队长，我这客人来了你也不热情接待一下，真是有违待客之道啊。”

萧云天头也不抬，道：“何大小姐，我这屋里你啥都熟悉，那边有一次性杯子，渴了可以自己倒水喝，那边有方便面，饿了可以泡面吃，再那边还有人民公安报、法制日报、海东晚报，想看报纸就看，那边还有个上外网的电脑，想看网络小说就上网看一看。”

何冰媚道：“哟，大队长还喜欢看小说呢？真难得！平时还以为你们这些警察就知道埋头办案呢，没想到大队长还是个读书人，真是失敬失敬。”

听到何冰媚的调侃，萧云天乐了，放下了手中的工作，与何冰媚聊了起来。“冰媚，我平时工作忙得很，哪儿有时间去看那么多的小说啊，平时的空闲时间也就是看看警察的业务书籍，再有一点儿时间最多看一些侦破案件的小说。”

何冰媚问道：“云天哥，你看这些破案小说，对于你在现实中侦破案件有没有什么帮助啊？”

萧云天笑着说道：“小说里的刑事案件都是扑朔迷离，复杂得很，这是因为作者要设置重重矛盾、层层疑问，始终吊着观众的胃口，但是在现实工作中，大部分案件没有那么复杂的。”

何冰媚道：“云天哥，你能够坐到海东市重案侦缉队队长这一职位，肯定得有两把刷子。你也别介绍你看的小说了，给我说说你以前的办案故事吧，让我也长长见识。”

萧云天谦虚道：“以前的案子过去就过去了，还有什么好说的啊？还是让何局长回家给你讲去吧，他年轻时办的案子可比我多。”

“我才不呢，非得让你讲。就看在你们这次破的案，我提了这么好的建议的分上，也得给我说一说。”何冰媚撒娇道。

拗不过何冰媚的胡搅蛮缠，萧云天终于答应给她讲一讲过去的破案故事。

第五季　人间悲剧

01　社会关系圈

“冰媚，你还记得郭大富被害的那起案件吗？”萧云天问道。

“记得啊，郭大富的公司原来和我们公司业务上有来往，所以有印象。他失踪的消息还是我告诉你的呢，没想到他果真遇害了。”何冰媚道。

“不错，对于这样的凶杀案，一般来说我们会从社会关系上先进行调查，所有死者身边的人都一律先假定为犯罪嫌疑人，都有作案的可能。这与法律上的无罪推定不一样，那是未经法院判决，不得宣告任何人有罪。刑侦阶段我们只是把所有人都列为嫌疑人，然后再用排除法一个一个地排除。”萧云天认真说道。

“那郭大富的那起案件是怎么排除的呢？”何冰媚托着下巴问道。

“这个问题问得很好。刑侦上经常说‘社会关系’这个词。一般的人都有什么样的社会关系呢？其实社会关系也分为好几层的，有紧密层，有松散层，一层一层地向外扩散。在刑侦时需要一层一层地进行排查，如父母、配偶、子女，就是最核心的一层。”萧云天自顾自地说了下去。

萧云天喝了口茶水继续道：“或许你可能要问，这最核心的一层，都是最亲密的人，怎么可能作案呢？其实人人都会有这样的疑问。父母、配偶、子女肯定是对其本人最好的，关系最亲密的，但这也只是在平常情况下。但在案件刑侦阶段，我们刑侦人员要假定非正常情况所发生的事情。在一些重案中，家庭成员之间互相杀害的也不在少数。所以不要以为最亲密的家人就一定不会成为凶手，有时候矛盾也会到不可调和的地步。”

何冰媚一脸认真地听着，不时点头表示认同。

萧云天继续道：“这是人社会关系中最核心的一层，除了这一层，还有其他的层次，比如亲戚、朋友、同事、网友、客户等等。这些人都或多或少地与被害人发生过一些联系。人与人之间的联系是无处不在，无时不有的。

讨论这些社会关系的目的就在于，大多数的命案都是发生在熟人之间，只有抢劫杀人可能发生在陌生人之间的时候多一些。你想想啊，人需要多大的胆量才能去做杀人的事情呢？杀人，是把一个活生生的人杀死，剥夺他的生命。如果没有不共戴天的仇恨，谁会无缘无故地去做这些事情啊？凡事有果必有因，没有无果之因，也没有无果之因。人与人之间所有的矛盾、纠纷、争执、仇恨，平时或许表现得还不是很强烈，但这些消极情绪就像地底下运行的火山，虽然表面上看不到，但一直在酝酿着，一直在积蓄着，一直在寻找爆发的机会。一直到了哪一天，以某一个突发事件为契机，仇恨的能量到了再也控制不住的程度，就会像火山一样的爆发，悲剧就发生了。”

萧云天讲得很投入，开始在房间里踱来踱去。

“当然了，在咱们看来，这些犯罪分子眼中的那些仇恨并不是多大的事儿。但罪犯分子的心理一般都会很偏执，认为这种仇恨非得弄死对方才能解恨。因此，罪犯分子偏执的心理使其心理失衡，冲动的魔鬼战胜了理智的力量，最终不顾后果，犯下了命案。之所以说这些仇恨并不是多大的事儿，我举个例子你就明白了。大家都经历过中小学时期，那时都与同学发生过矛盾，有的争吵过，有的打过架。但当成年以后，你再回忆一下中小学时期的那些矛盾，就会觉得当时幼稚得很，那些矛盾用成年人的视角来看根本不值一提，但在当时看来就是个解不开的心结。”

听到这里，何冰媚有些听不下去了，道：“云天哥，你不要在这里长篇大论下去了好不好，人家想听的是充满层层悬念的、破案过程迂回曲折的、惊心动魄的故事啊，而不是让你把整套理论说给我听。这套理论以前听我爸说过，不要再说了好不好，我想听的是故事，萧大侦探与匪徒斗智斗勇的故事。”

萧云天稍有些尴尬地道：“好好，你要耐心地听嘛，不要轻易打断我。之所以说这么多，就是想让你知道刑警破案的一般思路是什么，怎么说你也是我们的热心好市民啊。至于案件吗，实际上我原来跟你说过的，多数案件情节并不曲折，也不惊心动魄，更没有层层悬念，就是很轻易地就破了，很容易地就把人抓了，就这么简单。”

萧云天无视何冰媚的不满，继续道：“有些案件之所以看起来这么曲折、这么扑朔迷离，并不是说犯罪者的手段有多高明。其实大多数的犯罪者文化程度比较低，也想不到设置那么多的侦破障碍。这些犯罪者只是根据他自己的社会阅历来掩盖罪行、毁灭罪证、设置障碍，不会那么专业的。只是在特定的个案中，会有反侦查能力比较强的犯罪者，他们会设置种种假象，妄图误导侦查视线。比如，本来是仇杀，为了让刑警们不联想到仇杀，就会设置一些其他的假象。如果受害人是被杀死在房间内的，犯罪者就会把房间弄得很乱，把一些财物偷走，造成一种入室盗窃的假象，把犯罪现场伪装成是盗贼遇到被害人的反抗而杀害了被害人。假如被害人是女性的话，还会设置一些强奸杀人的假象。设置的这些假象，有技术高的，也有技术低的。就像伪钞一样，伪造的技术有高有低，但终归都是假钱。假象也是一样，因为假的就是假的，再伪装，也不可能伪装得和真的一样。比如，把人在房间内杀死，伪装成盗窃者巧遇房主后抢劫杀人的情况。犯罪者以为把房间弄乱，再偷走一些财物就可以蒙混过关了。其实不然，真正的职业盗贼是非常专业的，他知道进了房间以后怎么寻找值钱的东西，同样也不会漏下任何一个可能隐藏财物的地方。如果想伪装成抢劫杀人，只拿走了被害人身上的钱，却没有拿走柜子里的财物，仅归结为犯罪者马虎是不可能的，专业的盗贼扫荡得都比较彻底，不会这么大意留下这么多钱财不要的。还有伪装成强奸杀人的，这种是生前发生的性关系还是死后发生的性关系，通过法医的检验马上就可以查出来。还有生前烧死还是死后焚尸，溺水死亡还是被害后投河，主动服毒还是死后灌毒，都是可以通过法医检验出来，是根本无法作假的。”

02 每一起案件都是一个人间悲剧

虽然何冰媚时而表示抗议，但萧云天还是把他的那一大套理论说了出来。这都是他平时总结出来的，有些东西是教科书上学不到的。其实萧云天所说的这些，真实地反映了刑侦界的办案套路。当然这套路不能生拉硬拽，不是记住了就能运用，要经过大量的实践经验的积累才能活用这些套路。

民众对于刑事侦查工作并不是十分了解，很多人都是通过影视剧或者书刊报纸等途径了解的，对于其中的工作程序、方法并不熟悉。这也是由刑侦工作的特点所决定的，在没破案之前，可能会有一些曲折，最终破案的时候，大家关心的是嫌犯如何作的案。

魔高一尺，道高一丈，总有降服罪恶的时候。作为刑警，的确是很辛苦，但工作要对得起自己的良心，对得起老百姓的期望和重托。因为怠慢工作而耽误了破案，导致没有抓到嫌犯或者是办错了案子，是谁也承担不起这个责任的。

萧云天说了半天，这才说到以前的案子上。“像郭大富遇害这个案子，他以前的情妇卢佳怡被害了，虽然不是他作的案，但也是与他有关系的女人。死的这个女人，还不是他的妻子，而是与他有不正当关系的另外一个女人。”何冰媚见终于回归主题，收起漫不经心的态度，开始认真听起来。

“案发以后，郭大富的妻子万丽芬明确表示她从不在乎郭大富在外面花天酒地。但是，你能保证万丽芬真的不在乎吗？所以，郭大富失联后，再后来找到尸体，我们怀疑的对象首先就是万丽芬，她会不会因为丈夫出轨而故意设计杀害丈夫呢？不要以为这种情况没有可能，在当时看来是很有可能的。因此当时我们就把万丽芬列为重点嫌疑对象，进行了秘密调查。还有那个郝方定，他是郭大富公司的副总，本来就有跳槽的打算，又不满郭大富给的待遇，也有现实的作案动机。后来才根据一步步的调查取证，把这两个人的嫌疑一点一点地排除了。” 萧云天显然越说越来劲儿，但何冰媚却是听得昏昏欲睡。

“实际上，刑侦工作有时候做的就是填空题、判断题和选择题。填空题，就是说一些基本的信息需要查清，如死者是什么人，来自什么地方，是什么死因，等等。判断题，如分析死因究竟是自杀还是他杀，证据能不能用，等等。选择题，就是在有多个怀疑对象的时候，到底选择哪一个入手调查，需要不同的解题方法。其中选择题的解题方法也有很多，知道答案的，直接填上就行了。不知道答案的，或者没有把握的，就要采用排除法了。要根据备选答案与题目的关系，进行多角度、多方位的排除，直至选出正确的答案。”

何冰媚终于忍不住了，道：“我说大哥，你说的这些都很有道理。可是你不是老师，我也不是学生，不要再给我上课了。给我讲一点儿有趣的破案故事就行了，重点是有趣啊，要有故事性和趣味性啊。”

萧云天笑道：“那你只好去书摊上买一本破案题材的小说了，里面有你说的故事性和趣味性。其实，在我侦破的案子里面，有些虽然曲折，但绝没有什么趣味性。每一起案件都有一个生命殒灭了，其实，每一起案件，都是一个人间悲剧。”

萧云天开始说他曾经办理过的案件。

“一个女人曾来报失踪，说她妹妹找不到了，不知道到哪里去了。当时我就很奇怪，妹妹的丈夫为什么不来报案，要由姐姐来报案呢？后来我们找到了她的丈夫了解情况，他说妻子经常出去旅行，有时候长时间不回来，也不和家里联系，他早就习以为常了。后来我们询问了失踪人的姐姐，她妹妹的确有这样的情况，既然有这样的情况，也不能排除这次也是同样的情况。但是她又提供了一个重要的线索，她妹夫因为做生意发了点儿小财，在外面开始花天酒地。刚开始，男人的确掩盖得挺好的，很长时间没有暴露。但纸终究是包不住火的。有一次，男的和情人到外地去旅行开宾馆的时候，恰巧和他媳妇住到了同一家宾馆。女的看到了男的，但是男的没有看到女的。女的当时就很生气，就打电话问男的在什么地方，男的说在家里看电视呢。女的就更火了，这不明摆着说瞎话吗？都看到他在同一个宾馆住着了！于是，女的赶快打电话喊来了娘家人和几个闺蜜，准备晚上去捉奸。

“于是，她带着很多人，深夜踹开了丈夫和情人在酒店的房间，直接对着两个赤裸裸的人拍照“留念”，然后冲上去痛打情人。在这种情况下，男的有三种选择：一是痛哭流涕地求谅解，二是沉默不语表中立，三是保护情人免受伤。女人的丈夫这时候选择了第三条道路。他怕妻子把情人打出事来，于是就去拉妻子。妻子一看，自己的老公这个时候反而去帮助情人，这让她感到怒不可遏，甚至令她无地自容，干脆就连丈夫一起打。闹过了这一次大的之后，不知道丈夫是痛改前非，不再拈花惹草了，还是那情人被吓得不敢再继续破坏别人家庭了，总之，从那以后，男的再也没有和这个情人发生过纠葛。”

此时的何冰媚听得很认真，这让萧云天很有成就感。他喝口水润了润喉咙，继续开讲。

“因此，当失踪人的姐姐说到妹夫曾经出轨的事情后，觉得可能是妹夫杀死了自己的妹妹，然后将尸体处理掉了。但是出轨这件事情已经离失踪很长时间了，也就是说她妹夫与情人已经断绝关系很长时间了，应该不会再因为这件事情而去作案吧。”

何冰媚问道：“那你们是怎么破案的？”

萧云天接着讲道：“我们先调查了男的一阵子，结果并没有发现他有其他现实的作案动机，于是继续再从其他方面继续侦查。查了其他有可能有作案动机的人，比如失踪人的亲戚、朋友、同事之类的社会关系人。社会关系就像一张张蜘蛛网一样，人处于其中，总是被一个又一个的关系所联系在一起。我们当时甚至一度将失踪人的姐姐列为嫌疑对象。为什么失踪人的丈夫不报案而她非要这么急着报案，难道是有什么隐情吗？所以我们重点核查了失踪人的姐姐。但是后来查实了，她没有作案动机和作案时间。侦破陷入了困境，当时一直没有查到失踪人的任何下落。没有见到尸体自然不能立为故意杀人案来处理，报案人的怀疑只是怀疑，也没有其他的证据，无法往下走侦查程序。再说，报案人就一定报的是真案子吗？”萧云天在屋子里踱来踱去。

“过了几天，男的也来报案了，说妻子也许是真的失踪了。因为虽然以前有过这种没联系过就出去旅游的事情，但总有一定的期限，这一次的失踪超过了以往的最大期限，所以他放心不下，过来报警了，希望警方能够帮助他尽快地找到妻子。但是这个男的前后截然不同的态度引起了我们的怀疑。”

听到这里，何冰媚忍不住问了一句，道：“那这个女的到底怎么了？”

“别急，听我下面慢慢说。”萧云天回答道。

03　失踪的妻子

萧云天接着讲述了这起案件的后续发展。

这起案件中，男的叫康正勇，女的叫郑燕洁。

康正勇报案称，妻子郑燕洁原来说要跟几个驴友出去旅游，自己也没管，因为妻子平时在家里很好强，很有主见，也很有脾气，自己管不了她。尤其是经过上次出轨事件以后，他和妻子的关系也维持在不冷不热的状态。

一般来说，郑燕洁出去旅游，最多不会超过半个月，但是现在都已经快二十天了，中间也没有来什么电话。因为郑燕洁平时经常去爬野山，山里面没有信号，经常电话不通也是正常的，他也就没放在心上。

后来郑燕洁的姐姐郑燕清因为有事来找，发现郑燕洁好长时间不在家里了，妹夫康正勇又说不出郑燕洁在什么地方，心中起疑，这才报了警。当时康正勇对此不是很感冒，认为郑燕洁本来就好旅行，说不定哪天就回来了，至于兴师动众地去报警吗?

因此，郑燕清去报警的时候，康正勇就没有跟着去。再后来慢慢觉得不对了，这么长时间也该有个音信了。于是他打郑燕清的手机，但打不通，妻子的驴友他也没联系方式，只好也来报警了。

因为康正勇觉得，如果自己再不来派出所报警，别人也会怀疑自己的。既使夫妻关系再差，也应当到公安局来了解一下情况。

那时候的萧云天正在区刑警队健身馆锻炼，正好处理了郑燕清和康正勇两个人的报案。因为一开始就是报的失踪人口，经派出所处理后，再经过一段时间再提交刑警队处理。因为每年失踪的人太多了，警力有限，无法一一查证。

失踪的时间长了，会引起一定的法律后果。人的自然失踪和法律上的宣告失踪不是一个概念的。我国《民法通则》有明确规定，公民下落不明满二年的，利害关系人可以向人民法院申请宣告他为失踪人。失踪人的财产由他的配偶、父母、成年子女或者关系密切的其他亲属、朋友代为管理。下落不明满四年的，利害关系人就可以申请法院宣告其死亡了。这只是一种法律行为。因为一般认为“死要见尸”，法律上的宣告死亡不需要见到尸体，只需要下落不明满一定时间就可以了。这个时候，或许失踪人已经死了，或许在其他地方仍然继续活着，但在法律层面上已经被宣告死亡。

郑燕清在报案的时候偷偷地跟萧云天说，她怀疑妹妹郑燕洁被妹夫康正勇杀害了，康正勇是想掩盖真相，才说郑燕洁是出去旅行失踪的。因为妹妹捅破了他出轨的秘密，并当场将二人捉奸在床，康正勇虽然没再和情人联系，但是觉得很丢面子，会不会是他报复杀人呢？

客观地说，确实存在着这样的可能性。在案情没有彻底查清之前，各种可能性都有。为什么郑燕清说的就一定是真的呢？或许她只是主观上的偏见，认为妹夫康正勇怀恨在心，有报复的可能。又或许郑燕清就是凶手，想要洗清自己，栽赃给康正勇呢？据了解，郑燕清与妹妹郑燕洁之间的关系也并不是像表面上的那么好，两人也为了争夺老辈的遗产而明争暗斗了很久。

只听他们的一面之词不会有什么新的收获，于是萧云天决定去康正勇的家里看一看，看看有没有什么发现。

进了康正勇家，萧云天发现康家的房子挺新的，好像是重新装修过的。他就问康正勇为什么要重新装修。康正勇回答，原来早就想重新装饰一下了，一直忙，没有时间。这不，郑燕洁正好出去旅行去了，近期自己的业务也不是很忙，正好腾出了时间，他可以一个人清静一下，想重新装修一下房子，换换心情。要不然等郑燕洁回来了就装不了了。

是这样的吗？萧云天不禁又有了疑问。因为康正勇的妻子郑燕洁在家里比较强势，什么事情都是郑燕洁说了算，没有郑燕洁的许可，装修房子这么大的事情，他康正勇一个人敢擅自作主吗？

康正勇家主要是将墙壁重新粉刷了一遍，其他的也没有什么大的变动。他解释说主要是先刷一刷墙，其他的准备等郑燕洁回来后再一起商量怎么装。

看着看着，萧云天无意中问了一句，这墙是谁刷的，刷得质量不怎么样啊，有的地方涂料厚，有的地方涂料薄，颜色深浅也不是很一致。康正勇听了，似乎有点难堪，说是他自己买了漆自己刷的，所以刷得肯定没有专业人员刷得好。他后来又解释道，自己觉得刷墙挺好玩的，所以就自己刷了。

后来萧云天检查了郑燕洁使用的电脑，看看里面有没有和什么人联络的信息。经过查看 QQ 聊天记录，确定她确实和别的驴友约定准备去爬野山，还要在山里露营，也约定了时间、地点。不过后来，驴友还在 QQ 上问有没有到家，从那以后郑燕洁再没有回音。

通过查找郑燕洁的手机通话记录，萧云天找到了户外活动的组织者。据组织者说，当时大家完成野外游玩之后，就各自回家了，郑燕洁自己也回去了，从那以后再没有郑燕洁的消息了。因为大家都是成年人了，也没怎么关注过她为什么没有回信息。但是康正勇说郑燕洁出去之后就没有再回来过。萧云天看了看家里，也没有郑燕洁远行回来后的任何踪迹，只好离开了康正勇的家。

在离开康正勇家的时候，萧云天无意中发现，康家附近的化粪池的盖子好像有人动过，并重新用水泥加固了。当时也没有起疑心，就这样回去了。

失踪人郑燕洁的姐姐郑燕清又来找萧云天，问他侦查的情况，萧云天说没有什么新进展，但康正勇家最近装修房子了，问郑燕清知道不知道。郑燕清说知道，但说他家装修好没几年，现在重新装修，她十分奇怪，但也并没有多想。

04 欲盖弥彰

听了郑燕清的介绍，萧云天倒是起了疑心。

为什么康正勇要重新粉刷房子，还不请外面的专业工人，而是买了漆自己刷？按说康正勇有自己的生意，据说收益还不错，虽不算大富，但小康绰绰有余，没必要自己再亲自去刷墙了。能包养得起情人的人，难道还雇不起一个刷墙的工人？他说自己刷是为了好玩，但这是真的吗？

当时萧云天就怀疑了，刷墙的目的难道是想掩盖什么真相吗？

现在做一个假设，如果他在家里杀了郑燕洁，家里墙面上势必会留下一些血迹，这些血迹，很难完全清除，而刷墙是掩盖的方法之一。

刑侦人员在勘查一些命案现场的时候，现场的血迹形态、数量和位置都会有好几种表现形式。以下简要说一下：

喷溅状血迹。这是人体动脉血管破裂所形成的。喷溅状血迹往往提示的是此处是凶案第一现场，即被害人被捅、刺、砍、割的最初位置。这个时候人体在遭受伤害的时候，血管破裂，血压导致血液喷涌而出，形成喷溅状血迹。

滴落状血迹。血液受重力作用从一定高度呈自由落体滴落于载体上形成的血迹。假如被害人一时未死，可能移动或寻求救援，就会出现这种血迹。如果在离开尸体或加害地点一定距离处发现滴落状血迹，则为犯罪嫌疑人受伤出血所留下的可能性极大。

溅落状血迹。这种血迹的形态特点是血迹向四周溅散。常见于犯罪嫌疑人持钝器反复击打被害人所形成。

浸染状血迹。血液在有吸附性的物体（如衣着、纸张、地毯等）上所形成的血迹。常见于受害人出血伤口相应部位的衣着上，其形态与出血量、体位、凶器形态与材质、浸染时间有直接关系。

流柱状血迹。这种血迹是血液受重力作用沿载体表面向下运动所形成的。

受载体的形态或位置变动影响，可出现弯曲、转折或者分叉等形态改变。它能客观反映受伤时体位及体位变化情况，一般为被害人所留。

抛甩状血迹。是沾血的物体运动时黏附的血液因惯性甩离运动物体而在其他载体上留下的血迹。一般情况下，犯罪嫌疑人持械反复击打被害人时常形成这种血迹。

以上所述血迹大部分都存在于不同的犯罪现场。刑侦人员可以根据血迹形成的特点，完成犯罪过程的重建，对犯罪嫌疑人的作案方法进行推理。

现在的情况是，虽然萧云天对康正勇产生了一定的怀疑，但尚无足够的证据去刑拘他或彻底搜查他的住宅。因为如果没有明显证据，逮捕令和搜查令批不下来。现在还没有证据证明，这是一起凶杀案。在没有发现被害人尸体之前，就定义为这是一起凶杀案件，这无疑是比较冒险的一种举动。

没有证据，你凭什么进入人家家里面搜查？原来人家让你进去，那是客客气气地去询问情况。现在把人家当成犯罪嫌疑人对待，再去人家家里面讯问，还要在屋子里搜查证据，没有搜查令谁会同意？这可不怎么好办了。总之，在没有足够的证据之前，不能动康正勇，也不能搜康正勇的家。

这可怎么办？

通过调查郑燕洁的社会关系，目前面对的是一个选择题。或者是郑燕洁在外面玩疯了，不顾家里的事情了，或许她在外面失联了，被骗了或者被害了。再或者她已经回到家里来了，被康正勇杀掉了。无论哪种情况都是有可能的。

对于康正勇家附近的化粪池，萧云天让派出所的人问了问当地居委会，居委会说不是他们组织整修的。不是居委会，那会是谁干的呢？毕竟修整化粪池这种活估计不会有什么人自掏腰包干。而且这化粪池离康正勇家也太近了吧？康正勇也正好重新装修了一下房子，水泥沙子之类的都是现成的，会不会是他干的？

现在来看，没有具体的证据指向康正勇，靠的就是直觉。

于是，萧云天趁康正勇外出的时候，叫了居委会的物业工人打开了那个被封上加固的化粪池的盖子。

一打开不要紧，一颗人头赫然在里面漂着！当时就把所有在场的人吓了一跳。大家平时从这里走来走去，完全没有注意到这下面竟然有一个身首分离的死者的头在里面。

由于人头在里面看得不是很清楚，需要打捞上来以后辩认。无论这个人头是不是失踪的郑燕洁的头，但基本上可以确定，这是一起故意杀人案件，是一起凶杀案！

萧云天立即呼叫支援，请求法医及痕检人员到现场勘查、检验、提取物证。

人头被取出来后，一看确实是一个女性的头颅。居委会的工作人员中有胆大的看了一下，惊叫出来，道："这是郑燕洁啊！"

萧云天把郑燕清叫过来确认死者身份。经过她的辨认，确实了这颗没有尸身的头颅就是她妹妹郑燕洁的！

郑燕洁的头为什么会出现在她家门口附近的化粪池里面？杀人的第一现场究竟在哪里？很显然，化粪池不可能是杀人的第一现场，而应该是抛尸现场。在化粪池里面，刑侦技术人员忍着熏人的臭气，又进行了打捞作业，但是并没有捞上来其他的尸体残肢。那么，郑燕洁的身体到底在哪里呢？

萧云天先让一队人去康正勇的公司抓捕康正勇。因为发现人头的地方聚集了一些人，虽然刚才萧云天对大家说暂时不要将发现人头的事情说出去，但人多嘴杂，又都是街里街坊的，说不定会有人通知康正勇。

如果真的是康正勇作的案，听到尸首被发现的消息会不会逃掉？

为了避免犯罪嫌疑人畏罪潜逃，萧云天安排一队人速去康正勇的公司，先将康正勇控制住再说，以防他闻讯逃离。同时，萧云天紧急申请搜查令，突入康正勇家进行侦查，对他家新刷的墙壁刮掉一层进行检查。

检查中果然发现，新漆刮掉之后，个别地方有疑似血迹的斑点出现。刑侦技术人员对这些斑迹进行了微量物证提取，经过后方化验分析，认定斑迹的确为人类血迹，而且正是失踪人郑燕洁的血迹。

将康正勇抓获后，康正勇面对证据无言以对，很快供述了其杀害妻子郑燕洁并分尸碎尸抛尸的犯罪过程。

原来，康正勇对郑燕洁揭露出轨的事情很是不满。虽然表面上他和情人不再往来，但是实际上还在秘密来往。

郑燕洁外出旅行提前回来，正好撞见了康正勇和情人竟然又在家里鬼混了。郑燕洁勃然大怒，康正勇也是忍无可忍，在家中手刃郑燕洁，并伙同情人将尸体在厕所肢解。他们先用菜刀将尸体剁碎，然后装在垃圾袋里扔了出去。头部不好处理，只好扔到了化粪池里。

康正勇为了不让其他人发现，还粉刷了自家墙壁，加固了化粪池，没想到这多余的动作引起了警方的怀疑。

05　罪证处理

听完萧云天讲的这个案子，何冰媚道：“这个叫康正勇的男人太坏了，为了情人，竟然把自己的妻子杀掉，真是太卑鄙了！”

萧云天道：“不错，后来据康正勇供述，即使他妻子没有撞到他和情人的私会，他也已经准备杀死郑燕洁了。他觉得郑燕洁之前的‘捉奸’行为是对他的侮辱，他一直怀恨在心，而且郑燕洁的存在对他寻欢作乐构成了障碍，所以一定要除之而后快。这些人，只觉得自己作案天衣无缝，没人能查出来，但实际上却是漏洞百出。”

何冰媚道：“真是人算不如天算啊。”

“不错，杀人后面临的一个重要问题，就是尸体如何处置。毕竟各种方法都无法完全将尸体化为无形。”萧云天道。

一听到这里，何冰媚来了精神，道：“有没有小说中的那种神奇的化骨水啊。一个人滴上一点化骨水，一会儿尸体就变成一摊水了，现实中有没有这种神奇的东西呢？”

萧云天道：“理论上是有的，但不可能实现。因为这种液体大多是强酸性的化学试剂，具有刺鼻的异味，想不引起左邻右舍的注意是不可能的。”

“有一种化学试剂叫王水，是一种腐蚀性非常强的冒着黄色的雾的化学试剂，是浓盐酸和浓硝酸按照固定比例勾兑而成的混合试剂。王水可以溶解黄金，自然可以用来腐蚀尸体，但要完全将尸体化掉，需要的王水要一吨以上才可以，从作案的角度来讲不现实。”

萧云天接着道：“人类的尸体毕竟是比较大的东西，怎么处理都会留下破绽，如大量的毛发、血迹、皮肤、血肉、骨头，都很难处理。用硫酸化掉会有异味，沿途抛尸会有人看到或者被监控拍到。总之还是那句话，若要人不知，除非己莫为。只要做了案就会留下痕迹，不会变得无影无踪。”

06 意外死亡的丈夫

听完了萧云天的故事，何冰媚说道："男人啊，真是可恶，喜新厌旧，不过就不过呗，还把老婆杀了，好狠啊！"

萧云天道："每起案件都有各自发案的原因、动机。或者有类似的案件，但绝不会有完全相同的案件。女人有时候是被害者，有时候也是加害者。虽然男女在生理方面不同，力量对比上有差异，但有时也没有绝对的强弱之分。"

"是吗？女人也能杀人？"何冰媚惊讶道。

"对啊，下面，我就给你讲一个女人杀人的案件。"萧云天正经地说道。

实际上，在命案中女人并不总是弱者。当然，从罪犯的总量来看，女性罪犯占的比例还是比较低的。

女人杀夫，大多数出于以下这四种动机：

第一种是勾结奸夫谋害本夫。

第二种是怀疑丈夫有外遇，久而久之生出许多矛盾，最终演变成命案的。

第三种情况是不堪丈夫的家暴而杀死丈夫。

第四种情况是因为家庭各种琐事而杀人。有的时候，杀人并不需要太大的仇恨，一时的气愤、一些无关紧要的小事，就会造成一时冲动而杀人。

其实这种发生在家庭成员之间的命案，侦破的难度并不是太大。

在一个村庄里，突然有一天，一个青年男子张家栋来报案，说他的叔叔张明虎死了，婶婶李淑红说叔叔是喝多酒摔倒了，不小心碰到什么地方，摔死的。但他觉得叔叔是非正常死亡，就过来报警了。

萧云天去到现场查看，看到被害人张明虎的尸体静静躺在一张长条椅子上，身上并没有血迹，而且穿着干净的衣服。

张家栋解释说，婶婶李淑红一大早过来说叔叔张明虎昨晚喝多了，走路不稳，脚下一滑，一头摔到了地下，可能是被什么东西碰到了，当时觉得不舒服，就睡了，第二天才发觉张明虎没了呼吸。

萧云天询问李淑红的时候，她也是这样说的。但说话的时候，明显有点神情不太自然。

再看看张明虎家里的情况。发现家里虽然比较凌乱，现场也已经遭到了破坏，但还是发现了一些血点子。不小心碰到异物会产生这些血迹吗？

看到这里，萧云天就起了疑问。因为这种意外受伤导致死亡的例子虽然有一些，但还是比较少的，要碰到非常巧的部位（如后脑），才有可能丧命。因为大部分情况下，人都有自我调节、自我保护的下意识动作。

再问了问张家栋关于他叔叔张明虎和婶婶李淑红的关系。张家栋说二人关系并不是十分好，张明虎平时喜欢喝酒，喝多了酒就会耍酒疯闹事，也经常打李淑红。

看来，李淑红具有一定的作案动机。萧云天立即将李淑红带到派出所详细询问。

在询问过程中，李淑红仍然是神情紧张，闪烁其词，遮遮掩掩。背后肯定有问题！

对于普通的民众而言，是没有面对侦查机关的经历和经验的，不管平时在为人处世上如何，在面对讯问的时候，和犯罪老手的表现是不一样的。

而侦查人员，日复一日年复一年的都是在面对着犯罪嫌疑人，应该说各种各样的犯罪嫌疑人都遇到过。一般人在遇到侦查机关讯问的时候说的是不是实话、实话又说到了什么程度，侦查员心里多少会有个底。

结果，三问两不问的，李淑红就全盘说了出来。

原来，丈夫张明虎平时还算老实，但一喝多了酒就像换了个人似的，经常骂人打人，妻子李淑红更是他发泄的主要对象。李淑红心理上非常苦闷，但又无处排解，因为在那时的农村，嫁鸡随鸡嫁狗随狗的思想还比较严重，不知道通过离婚来争取自己的权利。

有一天，张明虎喝多了酒，在街上打人，把人打伤了，被关到拘留所里拘留十天。李淑红去看他的时候，碰到了本村村民赵向阳，他是去看因为盗窃被关在看守所的儿子。

两个人相似的遭遇使两个人有了共同语言，惺惺相惜。李淑红经常向赵向阳哭诉张明虎的暴行，还说哪天要是实在忍不下去了，就动手杀了张明虎一了百了，以求解脱。赵向阳答应帮助她除掉张明虎。

机会终于来了，因为赵向阳是村里的电工，张明虎请他去把家里的电路改造一下。改造完电路，张明虎留下赵向阳在家里一起喝酒。

赵向阳的酒量还行，喝着喝着，就把张明虎家的酒喝完了，张明虎让李淑红去买酒，李淑红不去，怕张明虎再喝多闹事。

这下张明虎不干了，立刻耍酒疯要打李淑红。赵向阳假意去劝架，从背后死死地抱住张明虎不让他动弹，然后李淑红拿起砖头，几下就把张明虎砸晕了。事后，二人将血迹清洗了，又给张明虎换上干净衣服。赵向阳让李淑红第二天对别人说是张明虎不小心摔了，摔巧了才死的。

没想到，李淑红伪装得这么不专业，很快就在侦查人员的讯问下，心理防线崩溃，供述了伙同赵向阳将张明虎杀害的事实。

抓获赵向阳后，赵向阳的口供印证了李淑红的供述是真实的。

案子就是这样，本来李淑红是家暴的被害人，但她不会用正确的方法去保护自己，到头来自己成了被告人。

07　亲人间的杀戮

俗话说，百年修得同船渡，千年修得共枕眠。

夫妻两个能走到一起，怎么说也是一种缘分，只不过不到最后一刻，不知道这缘分到底是善缘还是恶缘。

还有一句俗话——夫妻本是同林鸟，大难来时各自飞。

有结婚，也有离婚，如果大家都想通了，谈得来就在一起，谈不来就和平分手，那么世界上该减少多少纠纷啊。

何冰媚感慨道："人怎么都这么傻，不能过就散了呗，怎么还一直维持着呢？"

萧云天道："婚姻可不是小孩子过家家，说过就过，说散就散。爱情是两个人的事情，但是婚姻却是两个家庭的事情。再往后，两口子因为房子、孩子等发生矛盾的可不是少数，但大多数人在结婚多年以后，考虑的东西多了，就无法轻易离婚了。"

"你是不是因为对婚姻持悲观态度，所以到现在没成家，对吧？"何冰媚冷不丁地说了这么一句话。

"这个……倒不是因为这个原因，我是因为……"萧云天没想到何冰媚会问这个问题，一时也回答不出来。

何冰媚看到萧云天慌不择言的样子，心里很是得意。

"我还是继续给你讲案件吧。"萧云天旁顾左右而言他。

"人们总是不明白好聚好散的道理。有的希望维持，有的希望离去，两相矛盾之下造成悲剧的有很多。其实，除了夫妻之间会因爱生恨而产生各种杀戮之外，亲情也不是完善之地。夫妻关系是由爱情所维系的，没有了爱情，有了共同的孩子，可以由亲情来维系。而家庭成员之间的其他关系，都能谈得上是亲情。"

萧云天又开始犯喜欢授课的毛病。

“亲情，广义上指家庭成员之间，或者是家族成员之间的感情，这种感情不论贫穷或富有，不论健康或疾病，甚至不论善恶。常见的亲情有父子情、父女情、母子情、母女情、兄弟姐妹之间的手足情、祖孙情等。

“虽然亲情是如此的重要，但有时候，在一些利益之争、意气之争面前，却也是那么的不堪一击。家庭成员之间的惨案有很多，有父杀子、子弑父的，还有兄弟姐妹之间互相仇杀的。这些案件里面，有一部分是出于义愤杀人。

“比如，有一户人家，父亲整日酗酒，动不动就打骂他的妻子。他妻子也不敢言语，只好默默忍受。儿子从小看到母亲被殴打，也是不敢言语。儿子长大以后，父亲还是这样欺负母亲，动辄辱骂殴打。此时的儿子已经长大，过了敢怒不敢言的时候了，他开始顶撞父亲，但也遭到了殴打。最后，母子两个气不过，趁丈夫熟睡的时候，将其用绳子捆了起来，又用乱刀砍死。随后两人就去投案自首了。

“还有另外一个案子。儿子平时骄横跋扈，看谁都不顺眼，经常殴打年迈的父母。父母开始也是忍受，虽然儿子经常惹事生非，但终归是自己的儿子。于是平时经常言语规劝，但儿子总是不听，每当老两口劝的时候，等候老两口的就是一顿暴打。终于，老两口再也忍受不了儿子的这种暴行了。老打他们老两口倒也罢了，他们的儿子对于村里面的人也是全然不放在眼里，经常寻衅滋事，导致全村人对他恨之入骨。

“老两口就想，怎么就生了这么个祸害，不仅害了自己家，还害了全村。罢罢罢，既然错误是老两口造成的，那么错误还是由两个人带走吧。一天吃饭的时候，老两口悄悄把毒药下在了饭里。儿子吃下后，药性发作，忍不住痛得打滚，问老两口为什么这么狠心。面对着儿子的责问，老两口流泪了，这该怪谁呢？光怪孩子一个人吗？也不全是，没有谁是天生的恶人和坏人，人之初都是性本善的，在后天的成长过程中，没有好好教育，才导致了人们的不断分化，才有了好人和坏人之分。

“这是讲的父母与子女两辈人之间的杀戮。这种杀戮，因家庭暴力引起的占相当一部分，还有的是因为遗产的继承问题而引发的。兄弟姐妹之间，虽然都有血缘关系作为纽带，但每个人一旦成人成家之后，原来可能牢不可破的手足情就会出现裂缝。因为赡养老人、分家、继承遗产而闹上法庭的案件还算少吗?

“再往外扩展一些，不光一个家庭内部，一个家族内部也容易产生矛盾。一个祖父辈的人，可能有几个子女，几个子女可能生有几个孙子女，一代一代的继承，彼此之间的经济条件肯定会不平衡，在分配家产时不可避免地会产生一些矛盾。其实人多并不是总是力量大，人多有时候也意味着矛盾多。”

……

08 友情的芥蒂

何冰媚叹道："看来，爱情、亲情都抵抗不住杀戮，那么友情更阻挡不住了。"

"你说的一点不错，人都是很实际的动物。"萧云天说道。

"这些年来抓获的犯罪团伙也不少，别看这些人平时都在讲什么哥们义气、江湖道义，只要一被抓进来，啥都不顾了，经常是为了给自己减刑，自己的所谓兄弟犯了什么事，那可是有什么说什么，甚至自己犯的事都要贴在所谓的兄弟身上！在审讯中，嫌犯总会把重的罪行往对方身上推，因为两个人作案的时候，发生了什么事情，只有两个人自己明白。比如，两个人预谋去抢劫或者杀害一个人，被害人与两个嫌犯的关系都是平等的，两个嫌犯使用的凶器也是一样的，致死伤并不知道是哪个凶器形成的。所以罪案是谁提议、主导，谁的作用大通常会互相推诿。

"这种事情无法证实。两个人在一起商量的，没有第三个人在场，也没有监控设备进行录音录像，你说是他提议的，他说是你提议的，到底两个人谁说的是实话？

"如果两个人的说法不一致，那么肯定是有一个人说谎了，因为提议的事情只能由一个人先提，而不可能是两个人先提。你可能要说了，说谎不是可以用测谎仪来测试吗？但测谎仪测试的结果并不能用来作同一认定，只能为判断嫌犯说的到底是不是真话提供参考，却不能当作直接认定真伪的手段。因为测谎仪测谎的结果具有很强的主观性，与被测试人的心理素质、测试问题的类型等有很大关系。如果一个人心理素质足够强大，甚至可以骗过测谎仪。同样，如果一个人的心理素质很差，即使是正常的问题也会引起他的情绪波动，也一样会骗到测谎仪。

"测谎仪所测的其实不是谎言，而是情绪。说谎时，人的情绪波动会导致神经系统活动的变化，进而造成身体的变化，包括呼吸和吞咽的频率加快、排汗量增加、心跳加快，这些都是不由自主的，而且难以控制。当被测试人试图欺骗别人的时候，多数情况下还是会发生某种生理上的反应。测谎员会就受调查的某个特定问题发问，并观察受测人对这些问题的生理反应，从而判定是否有欺骗行为出现。

“在共同作案的过程中，如果两人使用的凶器一致，那么谁的作用大，谁捅的刀多，谁捅的部位致命。在被害人已经死亡，又无其他旁证的情况下，如果两人互相推诿，实际上是很难查清的。

“更多的是嫌犯为了减轻自己的处罚，要求立功。所谓立功，就是帮助公安机关抓获其他未到案的嫌犯。只要领着公安人员去抓获其他的嫌犯，这就属于刑法意义上的立功，可以从轻或者免于处罚。

“刚才说的这么一大堆都是嫌犯间的友情，这所谓的友情多属于狐朋狗友之间的酒肉情，不足为提。普通人之间的友情也会变化，没有永远的朋友，人与人之间的情谊会随着时间的变化而改变。

“有这样两个男子，上学时都是同班同学，毕业后都分配进了同一家单位，竟然还在同一个办公室。按说这么长时间的相处，都在一起，也是一种缘分。上学的时候有些小摩擦，都是正常现象，因为学生时代没有什么很大的利益冲突。到了单位以后，因为在一个办公室，双方因为工作的关系逐渐有了矛盾。后来有一天，乙买来尖刀捅刺甲，致甲当场死亡。”

09　雨水冲出的尸体

“你说了这么多的案例，大部分都是简单的介绍，能不能选几个典型的说一说？”何冰媚说道。

“那好吧，我再给你说两个手足相残的案件吧。”萧云天说道。

接着，萧云天讲了一起兄弟相残的案件。

某一天，在海东市郊外的山上，一场大雨之后，路过的行人突然发现被雨水冲刷过的山脚下，赫然出现了一具尸体！这具尸体，显然已经被埋藏在此地好多天了，体表已经腐败变质，很多地方都已经露出了白骨。行人被吓得不行，赶紧拨打了110报警电话。

萧云天带警方赶到现场后发现，这具尸体埋藏的并不深，下雨后雨水一冲刷，就露了出来。这具尸体从体型大小上看，像是未成年人的。

死者是谁呢？是颠沛流离的流浪者？是附近的居民？是离家出走的孩童？

死者被发现时，全身都是赤裸的，没发现衣服和证件。

死者到底是自杀还是他杀？如果是自杀，为什么要选择这人迹罕至的山的背面？如果是他杀，为什么要在此处杀人埋尸？而且，到底此处是不是第一现场呢？

只要遇到了凶杀案，一个又一个的疑问自然是扑面而来，需要一个一个地去破解。

无论是什么疑问，答案都要先从现场去找，现场才会告诉人们更多的信息。很多时候，案件久无突破，皆因为是现场没有勘查仔细，遗漏了很多细节。有的时候，重返现场，重建现场，可能会给人以更多的启发。

尸体被法医拉去做尸检，刑警也在案发现场周边四处查找有无失踪的孩子。而萧云天仍然是待在现场继续寻找。他在找还有没有其他有价值的东西。

案发中心现场固然重要，但以中心为半径往外延展一定空间，也可能会有意想不到的发现。

因为如果是他杀的话，在中心现场，嫌犯一般都会比较仔细，毁尸灭迹得比较彻底，基本上不会留下什么线索。但再往外扩展一些，可能嫌犯的警惕性就没有那么高了，可能会遗留一些物品。

根据这个原理，萧云天一直在附近不停地观察，希望能够观察到一些对破案有价值的线索。

突然，萧云天的目光停在了一个沾满泥巴的小物件上。捡起来仔细查看，原来是一所学校的校徽，学校名为兰海中学。萧云天用镊子把校徽放进了证物袋中，以备后查。现在不清楚这个校徽是偶然出现在现场的，还是与案件有着某种关系。

周围的居民经过核查，没有发现过失踪的孩子，也没有遇到过什么人来这里寻找孩子。因此看来，死者系附近居民的孩子的可能被基本排除了。

那他会是谁的孩子呢？萧云天想到了拾到的那枚校徽，就派人去了兰海中学调查。调查的结果还真印证了他的想法。兰海中学的确有学生失踪，已经失踪了将近一两个星期了。家长也来学校里找过，说上学后就没有再回去，还以为他到哪里去玩了，但是一直找不到，家长也急了。

失踪的孩子叫宋小弟，正上初中。头天中午下课后，宋小弟到下午的时候就没有来上课。学校一开始以为宋小弟是逃课了，一时间又和家里联系不上，就没再管。到了下午放学后一段时间，宋小弟的父亲宋大地来学校找了，说宋小弟在放学后就没回家，看不看是不是在学校里还是到其他同学家玩去了。

结果宋大地找了一夜，还是没有找到他的儿子宋小弟。这可把他急疯了，在学校找了好几圈，还是无功而返，无奈之下只好报了警。报警之后，宋大地就不工作了，整天在海东市里面及周边地区寻找，看看能不能寻找到宋小弟的踪迹。但无论寻找了多少次，都是石沉大海，没有一点宋小弟的消息。

萧云天从案发现场附近拾到一个校徽，而校徽是兰海中学的，兰海中学正好有一个叫宋小弟的学生失踪。这几件事，能不能联系到一起呢？看来有这个可能。

通过学校，萧云天联系到了失踪学生宋小弟的父亲宋大地。由于现场的尸体已经高度腐败，面庞已经发黑肿大到不可辨认的地步，无法通知宋大地辨认。但可以通过提取宋小弟父母的 DNA 做亲缘关系比对来确定死者究竟是不是失踪的宋小弟。

宋大地对抽血检验很配合，并把他妻子也带来供警方提取血样。两人显然对宋小弟的失踪不能接受，一直在那里唉声叹气。一方面是因为找不到孩子的急切心情，另一方面也害怕警方找到的这具尸体万一是宋小弟该真么办。

经过尸检，初步确定了死者是死于他杀而非自杀。死因是系头部遭受到重击，导致严重颅脑损伤。

后来经过 DNA 检测，证实这具尸体的确就是宋小弟。这让宋大地和他妻子感到难以承受，央求公安机关早日破案，抓到那个凶手。

虽然查清了被害人的身份，但一时间却没有展开侦查，因为还不能确定犯罪嫌疑人是谁。

案件经过媒体报道和当地人口口相传后，案情越传越扑朔迷离，这让刑警队的压力陡然增大，萧云天也感受到了前所未有的压力。

10 同父异母的兄弟

从发现尸体到距离案发，显然已经经过了较长的一段时间，再去寻找其中的线索，看上去无从下手。

被害人宋小弟，当初只是报了失踪，当作失踪人口来查的。开始的时候，还怀疑小孩是被人贩子拐走了，经和各地打拐办联系，也没有发现类似的小孩。

发现尸体后，一分析就觉得被拐卖这种事情并不是十分靠谱。因为人贩子拐卖的大部分都是婴儿，大的年纪也不超过五六岁。这些婴童的记忆力有限，长大后很难再记得原来的父母和家庭情况。

但死亡的这个小孩宋小弟已经上初中了，十一二岁的年纪。这样的年纪早就记事了，知道自己的父母叫什么，知道自己的家住哪里，即使被拐走，碰到警察盘问或者被人解救的时候，返回原家的可能性较大。

既然不是被拐卖，那宋小弟是不是和什么人发生矛盾才被害的呢？这的确是一件值得深思的问题。小孩子的生活范围很有限，基本上除了学校就是家庭，不怎么接触社会。在这两个地方发生矛盾的可能性不是很大。

那么，很有可能孩子并不是和其他人发生的矛盾，而有可能是成人之间的矛盾，然后发泄在了孩子身上。

那么宋大地到底和其他人有着什么样的矛盾呢？宋大地做着一点小生意，生意上的往来很多，从许多人手上进过货，也向许多人销过货。他欠过别人的钱，别人也欠过他的钱，账目上比较乱。

那会不会是这些生意上和他有来往的人干的？警方拿到了和宋大地有来往的人员名单后，开始了一个个的排查。排查的最终结果，不是没有作案时间，就是没有作案动机。查不出哪一个人有现实的作案可能性。

那会是什么人作案的呢？

萧云天在与宋大地的交谈中了解到，他以前离过一次婚，和前妻有一个孩子叫宋小宝。宋小弟是他和后妻所生的孩子。

至于为什么离婚，宋大地也是支支吾吾地说不明白，总之还是因为夫妻之间那些鸡毛蒜皮的小事，积少成多，积小成大，三天一小吵，五天一大吵，日子实在是过不下去了，这才闹到了法院离婚。

经过法院判决，二人离婚。关于子女的抚养问题，因为当时孩子还小，判给了女方，让男方在孩子十八岁之前按月支付一定的抚养费。

按说此事应该告一段落了，但宋大地觉得婚姻走到这一步，前妻也有一定责任，开始的时候还支付了一两年的抚养费，后来就不愿意支付了。导致前妻年年和他打官司。

那会不会是前妻作的案？

萧云天遂对宋大地的前妻进行了调查。宋大地的前妻一提起宋大地来，就咬牙切齿地在那里使劲骂他没良心，抛下他们孤儿寡母不管不问，真是禽兽不如！

看来，离婚这么多年了，宋大地的前妻一直没有解开心结，仍然对于前尘往事耿耿于怀，对宋大地没有一句好话。就从这个仇恨的程度来看，是有现实作案动机的。

但有动机并不一定表示就一定会去作案。就像对某一个人不满，并不意味着一见了面就要去暴打他一样。

虽然宋大地的前妻看上去牢骚满腹，但她说到宋小弟遇害的事情时，口气也不是那么硬了，表示矛盾都是成人之间的事情，孩子是无辜的啊。是谁下得了这么大的狠手啊，连孩子也杀。

通过对宋大地前妻的调查，发现她虽然很可疑，但也没有任何她作案的证据。宋小弟和她并不熟，也不会被她骗出来。能够将宋小弟骗出来杀害的，应当是熟人。

宋大地前妻的这条线是断了，于是又重新返回宋大地和他的后妻这两条线来，看看两个人是不是得罪了什么人，导致别人杀了他们的孩子。但查来查去还是没有结果。

不得已，萧云天又去调查宋大地的前妻，恰巧遇到她和宋大地的孩子宋小宝从学校回来了。

宋小宝已经上高中了，看到警察在家，他默不作声地就回自己房间去了。萧云天想找他了解一下他父亲宋大地的情况，但宋小宝拒绝和警察交谈。

宋小宝的种种反常举动引起了萧云天的怀疑。这个时候，负责查看监控的刑警看到了瞬间的一幕，宋小宝从一辆来自案发现场附近的公交车上回到了城里。他为什么会去那个地方?

看到这里，重案组来了精神，抽调更多的警力去查看监控。结果就发现了在一处公交车站上，宋小宝和他同父异母的弟弟上了车，这无异是重大线索!

当萧云天将宋小宝从家中带走调查的时候，宋小宝显得很镇静，一点也不慌张，看着和没事儿人似的。

经过审讯，宋小宝交待了将同父异母的弟弟宋小弟杀害的事实。

11 手足相残

宋小宝被带走的时候，那冷静的神态，多年以后仍然让萧云天震惊不已。

在外围怀疑了一大堆的人之后，侦查视线最终锁定了宋小宝，这个一开始被大家忽略的人。

杀人这种事情，连成人去干都要思前想后，而他宋小宝，一个还没有成年的高中生，竟然能够痛下杀手，而且杀害的对象还是自己同父异母的弟弟，谁听了都会觉得匪夷所思。

但当听了宋小宝的供述，就会觉得，这一切也不光是宋小宝一个人的错。

原来，成人们之间的事情，往往没有顾忌到小孩子的感受。

宋小宝在小的时候，父母离异，一直跟着母亲生活。对父亲的感情越来越淡，而母亲在家里无时无刻不在灌输着仇父思想。

日复一日、年复一年，宋小宝的心里就埋下了颗仇恨的种子。尤其是当同父异母的弟弟宋小弟出生以后，宋小宝日益受到了生父的冷落。

虽然有的时候，宋大地也看望一下宋小宝，但大多都是在学校里。有的时候，宋大地把宋小宝领到家里来吃顿饭，后妈总是不冷不热。慢慢的，宋小宝和弟弟宋小弟都长大了一些，彼此也熟悉了。看到宋小弟受到父亲无微不至的照顾，宋小宝就会觉得吃醋。

他想，如果父母没有离婚，那么所有的宠爱都应该是他宋小宝一个人的。而现在，自己只能跟着离异的妈妈生活，父爱轻易不会落到他的身上。

这一切，都是父亲宋大地造成的！这个负心寡意的男人，不仅抛弃了母亲，还抛弃了他！让他成了有家不能回的半孤儿。

而且这几年来，母亲年年与父亲打官司，索要抚养费，斗得焦头烂额、不可开交。每次宋小宝的母亲从法庭上回来，都会嘟囔上一天，唠叨个没完。宋小宝在一旁听着，虽然嘴上不说话，但是在心里烦得要命，都是可恶的父亲和那个叫宋小弟的弟弟，因为宋小弟的缘故，宋大地还开始不愿意支付宋小宝的抚养费。

处于中学时代的孩子，心智尚未成熟，世界观、人生观和价值观尚未完全建立，很容易受到身边人的影响。在这种影响下，孩子可能丧失自己冷静的判断和自我的主见，将自己的想法一味地向身边的人看齐。

现实的落差和母亲的唠叨就是两种作用很大的催化剂，让宋小宝的心理逐渐扭曲。宋小宝觉得，虽然自己名字叫小宝，实际上连棵草也不如，命运为何如此来安排?

时间一长，宋小宝就觉得生活没有希望，遂起弑父之心。只是觉得宋大地人高马大，想要杀掉不容易，自己未必是父亲的对手。即使是偷袭，也没有绝对能够得手的把握。宋小宝在心里面琢磨了好多次，还是不敢对他父亲宋大地下手。

虽然不容易杀掉宋大地，但杀掉他的儿子宋小弟总是可以的吧。高中生比起初中生来，自然在身高、力量、智力上有着明显的优势。于是，宋小宝就下定了决心，要猎杀同父异母的弟弟宋小弟。

宋小弟平时中午的时候是不回去吃饭的，都是在学校附近的“小饭桌”吃饭，然后回学校午休。一天中午，宋小宝到学校里找到了宋小弟，喊他出来。

这些年来，宋小弟也是对宋小宝比较熟悉了，知道他是自己同父异母的哥哥。虽然成人之间经常发生冲突，但这哥俩平时关系还是过得去的，没有什么大的矛盾。

宋小弟问哥哥宋小宝喊他出来干什么，宋小宝说出去玩一玩就回来。宋小弟也就信以为真了，跟着宋小宝上了一辆发往郊区的公交车。

到了终点站，宋小宝领着宋小弟到了一处僻静的树林。宋小弟不知危险，还问到这里来干什么呢，没有什么好玩的。宋小宝说，一会你就知道什么是好玩的了。

宋小弟在前面走着，寻找着好玩的东西。后面，哥哥宋小宝已经从地上拾起了一块石头，猛地向弟弟宋小弟的头上砸了过去。宋小弟一下子被砸倒在地上，惊恐地看着哥哥，不知道哥哥为什么要打他。宋小弟哭着求哥哥宋小宝不要再打他了。

听到宋小弟的哭求，宋小宝刹那间也有点心软，但一想到冷漠的父亲和悲惨的母亲，气就不打一处来，手下不停，接连砸向宋小弟的头部。没有几下，宋小弟就躺在那里一动不动了。

将宋小弟杀死之后，宋小宝很冷静地找了个土坑，将宋小弟的尸体放了进去，又到附近挖了一些松软的土，将宋小弟盖住，上面又加了一些枯草树枝，这才放心地离开现场，坐车回到了学校。

或许等到将来，宋小宝再大一点的时候，会为自己的行为感到后悔，但在当时，他已经完全被仇恨蒙蔽了双眼。

当宋小宝在审讯室里静静地讲完这个过程时，萧云天感觉心情很沉痛。在这起案件里面，没有一个人是赢家。尤其是宋大地，由于他的偏执，导致自己的两个儿子一死一囚，还有两个女人因他所伤，虽然不是他直接害了自己的儿子，但恐怕他的心一生都无法平静。

12　单亲悲剧

听完了宋小宝和宋小弟的案件，何冰媚感慨道："在这起案件里面，的确没有赢家，每个人都是输家。但我觉得最可怜的还是那两个孩子，一个正值少年花季，生命就这样去了，另一个还懵懂无知，却要面对高墙铁窗，最好的青春年华都要在里面度过了。"

萧云天道："不错，的确是这样的。像宋小宝，在一个单亲家庭里长大，家庭对他的影响太大了。"

何冰媚反问道："难道单亲家庭的孩子都容易出现这种心理偏激的问题吗？"

萧云天答道："这个当然不能一概而论，这与家庭教育息息相关。单亲家庭的孩子，由于只跟着父母一方，家庭教育中便缺失了父爱或者母爱这一环，很有可能导致家长疏于管理，孩子的叛逆心理比一般的孩子更重一些。再加之社会上有些人戴着有色眼镜看人，导致单亲家庭的孩子产生孤僻叛逆的心理。

"像宋小宝这样的孩子，年幼时家庭破裂，父母离异。本来离婚这件事情，也算是一件比较正常的事情，尘缘已尽，何必凑合。凑合下去可能会对自身、对孩子造成更大的伤害。

"离婚的人们中，或许有些是对方有过错，但还有一些不能称之为过错，双方性格不合，老因琐事产生矛盾，故而提出离婚，能说谁提出离婚谁就应该在道德上受到谴责吗？

"如果有了孩子，离婚后不管孩子的抚养权归谁，抚养一方都应该尽心竭力地教育孩子，而不应该将自己的满腹埋怨倾诉给孩子。再婚的男女，也要处理好子女与继父继母的关系，处理好原来子女与新生子女的关系。

"俗话说，家国同构。没有一个个稳定的家庭，就没有一个稳定的国家。

婚姻无论是一路陪伴到白头，还是中途各自纷飞，都要持一种乐观的态度去看待，不要怨天尤人，认为为什么命运对自己如此苛刻，如此不公。可能抱怨的同时，大好时光甚至一些好机会就从身边溜过去了。"

听了萧云天的这些高论，何冰媚不由得对萧云天另眼相看，一个没有结过婚，没有孩子的人，竟然能够对婚姻、对家庭、对孩子、对教育有这么深刻的看法。

何冰媚又说道："还有没有其他类似的案子？"

萧云天说道："还有很多，尤其是在现在的环境下，父母离异后，获得抚养权的父亲或者母亲没有足够的时间来照顾孩子。有的外出打工，把孩子交付给老人，有的新组建了家庭，跟着继父或继母不方便，也交给老人照顾。老人与孩子代沟更大，有些孩子的想法并不能得到老人的认同，老人也管不了孩子那么多。"

何冰媚道："有没有那种犯罪的是很聪明的小孩的案子？"

萧云天想了想，道："还真有这么一个案例。一个孩子犯了罪之后，当时没有被发觉，之后这个孩子自己一人南下闯荡，还开了家公司。他犯罪的时候刚刚成年，正是血气方刚的岁数。"

13　又一起案件

有一天，区级刑警队审理的一起案件报到了萧云天那里。

有一名叫唐小二的伙计，因为把别人打成了轻伤，被公安机关审理，最终认定他涉嫌寻衅滋事罪。

本来这就是很简单、很普通的一起案件，没有什么特别值得注意的地方，但是等到判决生效的时候，为了争取立功，缩短刑期，唐小二说了一件惊天大案。

据他所说，自己同母异父的哥哥唐小大当年曾经干了一件大案，把自己的父亲杀害了！

一听此言，监狱的干警们吓了一跳，这举报的就是一起故意杀人案啊。

监狱干警们非常重视，监狱的侦查科立即提审了唐小二，让他说一说细节。

唐小二供述自己与唐小大是同母异父的兄弟。母亲跟一个男人曾经结婚生子，生下唐小大。后来母亲离异，又组建了新的家庭，跟另外一个男人一起生活，生下了唐小二。很多年后，母亲将唐小大接回自己身边。尽管唐小大与唐小二是同母异父的兄弟，平时关系非常好，但也无法弥补血缘的现实。慢慢的，跟着母亲改嫁的唐小大，到了继父家之后，心理上逐渐产生了一些变化。

在萧云天的讯问下，唐小二讲出了此案的前因后果。

原来，唐小大的母亲离婚后，一直带着唐小大生活，母子相依为命。后来，唐小大的母亲改嫁后，又生下了家庭的另外一个成员——唐小二。

有一天，唐小二的生父唐砖头突然不见了，经过多方查找，都没有找到唐砖头的线索。

当时，各种怀疑都有。有的说，是跟唐砖头有过节的人把唐砖头抢劫后撕票了，所以找不到他的人了。还有的说，唐砖头到外面挣大钱去了，所以没在村里露面。总之，虽然各种说法都有，但人的的确确是不见了。

活要见人，死要见尸。虽然怀疑唐砖头被人所害，但由于找不到唐砖头的尸体，案子由此搁置下来。

一晃五六年过去了。

唐小大和唐小二虽然属于同母异父的兄弟，但是彼此的关系非常好，都在海东市打工。

一次，两人喝酒时，唐小大酒后吐了直言。原来，唐小大跟着母亲改嫁后，一直觉得继父对他不好，一直寻找机会报复。虽然唐小大没有说父亲具体是如何死的，但唐小二也猜到了个大概。

但是，唐小二的猜测终究是猜测，没有任何证据予以证实。所以他只能将这个想法憋在心里，没法说出来。

唐小二与同母异父的哥哥唐小大感情相当融洽，但是当初唐小大酒后吐露的真言却让唐小二的内心久久不能平静。

唐小二觉得，他的生身父亲十有八九是同母异父的哥哥唐小大杀的。但苦于没有证据，也没有可以指证唐小大的线索。同时，又由于和唐小大一起生活了这么多年，感情已经很深了，甚至比对多年前去世的父亲的感情还深。

就是在这样的一种矛盾心态下，唐小二的内心在左右摇摆。一会儿认为，唐小大就是杀害自己亲生父亲的真凶，一定要将唐小大绳之以法替父亲报仇。一会儿又认为，唐小大跟自己生活这么长时间了，即使唐小大真的杀了自己的生父，但要去举报自己的哥哥，也是很难做到的事情。况且，唐小大到底是不是杀害自己父亲的凶手还未可知呢。

在这两种矛盾的心态下，唐小二生活得很痛苦，陷入矛盾中无法自拔。于是，唐小二开始酗酒闹事，动不动就在工作上、社会上闹出一些事情来。

如果相信父亲就是唐小大杀的，那么他现在就应该去报仇，但多年来的兄弟情告诉他，他下不了这个狠手。如果不相信父亲是唐小大杀的，但那是唐小大酒后吐露的真言啊，绝对不是空穴来风！

为了转移心中的苦闷，唐小二经常与别人打架，一次将对方打成了轻伤。

在监狱服刑期间，一想到自己还有好几年的时光将要在监狱中度过，唐小二的心理就更加的不平衡了。想来想去，终于下定决心，他要举报他同母异父的哥哥唐小大杀人罪行，一来为父报仇，二来为自己减刑。

唐小二的这一举报，非同小可。警方把已经是一家贸易公司的老总的唐小大依法传唤到警局。唐小大拒不承认他杀死了唐砖头。再将唐小大的生母带到警局询问时，生母却闪烁其词，不知所言。这让萧云天的疑心越来越大。

到底是谁杀死了唐砖头呢？

根据调查的结果，唐砖头的确已经失踪多年了。当年，唐家人奔赴很多地方寻找，但就是不见唐砖头的踪迹。虽然怀疑可能与唐小大，以及唐小大的生母张羽有关，但始终只是怀疑，没有查到任何证据，对此事只得作罢。

就这样一直平静了好多年。直到唐小二在狱中一语惊人，说出唐小大是杀害唐砖头的真凶！唐砖头之所以失踪了这么多年，是因为被人秘密杀害了，所以才没了他的踪迹。

经过了初步的调查之后，萧云天发现，这一家的关系很复杂，所有问题的中心点就是张羽这个女人。

张羽早年嫁给了唐小大的父亲唐智会，生下了儿子唐小大。开始的日子总是甜蜜的，但后来就不尽人意了。张羽是个比较要强的女人，终于，在一次争吵之后，张羽离开了唐智会的家，决定自己去寻找自己的天空。

张羽后来在打工时认识了唐砖头，两人彼此有好感，不久就结婚了，婚后生下了唐小二。

但张羽的性格太过刚烈，不久后又与唐砖头产生了矛盾。在唐小二还小的时候，两人有一次吵得不可开交。张羽一气之下，带着年幼的唐小二回到了唐智会的家。

回来后才发现，这么多年过去了，家中已经是物是人非。

唐智会已于几年前因病去世了。原来与唐智会所生的儿子唐小大，如今已经长大，很是聪明能干，招人喜欢。

生母张羽的意外出现，可把唐小大高兴坏了。多年以来，唐小大一直跟着父亲生活，母亲长什么样子，已经在记忆中模糊了。他忍受着十几年单亲家庭的痛苦，忍受着众人的偏见，默默地长大了。

小的时候，每当有孩子骂唐小大是个“没娘的孩子”时，唐小大总是怒不可遏，冲上去和对方决斗，并说他有母亲，他的母亲只不过是暂时外出了，一定还会回来看他的。

靠着这种信念，唐小大慢慢到了十八岁。因此，当张羽回到家里的时候，唐小大是打心眼儿里高兴。毕竟母子重新团聚，共享天伦之乐，是一件多么令人高兴的事情啊！

对于张羽带来的和唐砖头所生的孩子唐小二，唐小大也是爱护有加。虽然不是同一个父亲所生，但毕竟有同一个母亲，也是兄弟。唐小大就把唐小二当作亲生弟弟来看待了。

平静的日子总是会被意外事件所打破。

唐砖头在张羽离家出走之后，经过多方打听，确认张羽已经回到了唐智会的家。唐砖头决心要去把张羽找回来，重新领回他的家里来。

来到唐智会的家后，唐砖头与张羽、唐小大、唐小二分别见了面。由于唐智会此时已经死了，唐砖头住在这里，暂时没有什么矛盾纠纷。

唐砖头向张羽提出带着唐小二回去继续过日子。但是好说歹说，张羽死活也不愿意。不仅张羽不想回去，唐小大更不想让她回去。因为唐小大已经失去了母爱这么多年了，好不容易美梦成真，把母亲盼回来了，刚团聚没有多少时间，继父又来要人，唐小大是一百个不情愿。

一开始，唐小大想，这事主要得看母亲张羽的态度。如果张羽愿意跟着唐砖头再回去，那么就尊重母亲的意见。但是他看到母亲张羽不愿意跟唐砖头回去，唐小大的胆子也壮了，就跟唐砖头说，既然张羽不想回去，那就不要逼她回去了。

唐砖头勃然大怒，认为自己与这小子没有任何关系，而且按辈份，自己是他的长辈，现在晚辈竟然敢和长辈顶嘴了。于是，唐砖头与唐小大便吵了起来。

本来唐小大有点怕唐砖头，但为了挽留住母亲张羽，他鼓起勇气不依不挠地和唐砖头争辩。

两个人都在气头上，张羽先劝两人消消火。唐砖头坐下吸根闷烟，而唐小大年轻气盛、血气方刚，转身就到厨房里拿了一把菜刀，朝着唐砖头的头部猛砍数刀，当场致唐砖头因颅脑损伤而死亡。

事发突然，张羽根本来不及阻拦，唐砖头已然被砍倒在地，当场不醒人事了。砍完后，唐小大和张羽才意识到问题的严重性，再看看倒在地上的唐砖头，呼吸和脉搏都已经没有了。这时，唐小二正在里屋睡觉，打闹并没有吵醒他。

事已至此，一切已无从改变。

唐小大用菜刀猛砍，唐砖头根本无从招架。在这短短的时间内，唐砖头的头已经被砍得血肉模糊，当场就失去了知觉。应该说，唐小大的刀，刀刀致命。

张羽目睹了唐小大将唐砖头杀害的过程，她感到十分震惊，但她根本来不及劝阻。

一方面，被害人是自己第二任丈夫，说什么也共同生活了这么多年，还生了一个孩子，而且唐砖头不念前嫌，到自己老家来寻找自己，这不是一般人能做到的。另一方面，将唐砖头杀害的人不是别人，正是自己的亲生儿子唐小大。在目睹了唐小大将唐砖头杀害以后，张羽陷入了长久的矛盾之中。

唐小大自然也是非常苦恼。从法律层面讲，自己将母亲的第二任丈夫杀死，肯定触犯了刑律，要受到法律的制裁。但他也对自己的行为存有侥幸心理，认为知道的人没有几个，没有现场证人，大家会认为唐砖头失踪了，可能是有其他的事情暂时和家里中断了联系罢了。

惨案发生后，张羽心想，唐小大是自己的儿子，不能刚死了老公，又把儿子送进监狱吧。因此，她只好配合唐小大做了一些善后的工作。

两人将唐砖头的尸体装进一条麻袋，放在一边，准备等到天黑以后再行处理。接着端来水，将地上的血迹清洗得一干二净。

这时唐小二醒了，看到母亲和哥哥一直在清洗地面，感到很奇怪，但母亲和哥哥一直不跟他说为什么这样做。

到了晚上，唐小二睡着以后。张羽和唐小大推出了家里的三轮车，将装有唐砖头尸体的麻袋往车上一放，偷偷离开了家门。

尸体扔到哪里去好呢？最好是扔在不容易被人发现的地方。

唐小大想到了村外有一处废弃的机井，不如扔到那里面去。

于是，两人将唐砖头的尸体运到那个地方后，头下脚上地把尸体扔了下去，并往井里扔了一些石头，枯草和树枝，将尸体掩盖了起来。

回到家里后，他们还是觉得不放心。过了一两天，又找人将家里的地面重新用水泥铺了一遍。

在案发的当年，由于唐砖头来海东市寻找张羽未果，唐砖头老家的一些人也来到海东市寻访唐砖头的下落。但他们从张羽口中却没有得到唐砖头的下落。张羽对他们说，唐砖头的确来过，也住了几天，但因为自己不想跟着他再回去了，所以唐砖头就回去了。唐砖头具体到哪里去了，张羽也不知道。唐小大也是这样说的，和他妈妈张羽说得基本上一致。

就这样，唐砖头老家的人白来了一趟，没有找到唐砖头的任何信息。他们怀疑是不是张羽把唐砖头害了，不然一个大活人怎么会凭空消失了呢？于是他们向当地派出所报了警，但警察来了以后也没有查出来什么情况，只好先当失踪人口上报了。

老家的人在等了几天之后，没有结果，便回去了。由于唐砖头只有和张羽所生的唐小二这一个孩子，孩子现在还小，还需要张羽的照顾，唐家人就没有再继续往下追究。

至此，张羽和唐小大才松了一口气，觉得这事基本上算过去了，可以高枕无忧了。

又过了一些日子，张羽和唐小大就带着唐小二外出打工去了。

唐小大本来就很聪明，又非常卖力，在打工的地方混得风生水起。又过了几年，唐小大觉得老是给别人打工也不是个办法，于是筹措了一些资金，自己开了一家小公司。虽然生意并不是很大，但养活一家人是绰绰有余了。

唐小二也渐渐长大了，知道了家庭的复杂关系，知道父亲唐砖头下落不明。他有时候问张羽和唐小大，父亲是怎么失踪的。但两个人都跟他说，当年唐砖头过来找张羽后，就自己回去了，谁也不知道他去了哪里。

虽然有时候唐小二也比较疑惑，但当年他还比较小，有些事记不太清了，问不出什么来，只好作罢。

人，如果把有些事情藏在心里，也是很难受的。每个人都有自己的秘密，要想把秘密一辈子都烂到肚子里，也是很难做到的一件事情。无论这秘密是什么，都是如此。

可能是由于在一起生活了这么多年，唐小大对唐小二的戒心稍稍减了些，说话也有些放松了。终于有一天，在酒醉之后，唐小大吐露了一些当年的情况。虽然是酒醉，但唐小大并没有原原本本地讲述，只是透露了几句。

但唐小二听明白了。

14　该来的总要来的

唐小二虽然猜到了，但唐小大并没有直说。他不敢直接问唐小大，也无法接受这样的现实。

事后，唐小二偷偷地问过自己的母亲张羽，唐小大说的事情是不是真的。

张羽很震惊唐小二知道了此事，但还是支支吾吾地说不知道这事，说唐小大准是喝酒喝多了信口开河。看到母亲的这种态度，更是让唐小二确信，当年的确发生了什么事情，不然母亲和哥哥不会有这样的表现。但苦于没有证据，唐小二仍然还是把疑问埋在了心底。

毕竟，在唐砖头死的时候，唐小二还没有多大，和父亲唐砖头的感情也不是那么深。而他这么多年来一直和张羽、唐小大一起生活，积累起了深厚的感情。人就是这样，是讲感情的。

就是亲生父母，如果一天没有相处过，也不会有感情。而有些被收养的孩子，尽管和养父母没有血缘关系，但一样是其乐融融，虽然一开始并不是多么的和谐，但是长期的相处中，也会产生变化。

所以，当唐小二隐隐约约地觉得生父唐砖头之死可能与唐小大有关时，他觉得自己本应该非常痛恨唐小大，但却提不起仇恨。

这让唐小二心中非常矛盾，不知道该怎么办，该怎么在感情上寻求解脱。

于是，唐小二变得垂头丧气，一蹶不振，失去了对生活的信心。他不知道该忘记事情的真相，还是去大义灭亲。他左右为难，不知道如何是好。

纵情于声色犬马，是唐小二的选择。他开始酗酒，酗酒了之后就闹事发泄。张羽和唐小大看在眼里，暗暗着急，却是没有办法。这样的状况持续下去，终究有一天会出事的。

果然，唐小二在一次酗酒后打伤了工友，构成了故意伤害罪，被判处有期徒刑五年。

面对高墙铁窗，唐小二觉得，这漫漫大狱何时是个头啊。于是，他想到了举报立功。于是，他向狱警提出，要举报重大犯罪。

唐小二举报称，自己同母异父的哥哥唐小大杀害了自己的亲生父亲唐砖头。

狱警将这一线索逐级上报，并通报了驻监狱的检察院监察室，线索因此被转到了海东市重案侦缉队的萧云天这里。

萧云天到了监狱去提审唐小二，把详细情况落实了。然后火速赶往深圳，同时抓捕了张羽和唐小大。

当操着海东口音的警察站在唐小大面前时，唐小大什么都明白了。他如释重负，该来的总会来的，无法逃避，总要面对。

审讯中，唐小大把当年的事情原原本本地说了出来，包括张羽为何回到海东市前夫唐智会的家、唐砖头如何闻讯追了过来、张羽如何不愿意回去、自己和唐砖头是如何吵了起来、自己是如何一怒之下拿菜刀将唐砖头砍死、又如何将唐砖头的尸体扔到机井里去……

但唐小大多次强调，一人做事一人当，这事与他母亲张羽没有关系，所有的事情都是他一个人干的。

张羽那边也已经招了，杀人的事情和唐小大说的一样，但抛尸和掩盖现场的事情是她和唐小大共同做的。

张羽和唐小大被萧云天他们押着，回到了阔别多年的村庄，发现家乡已经发生了很大的变化。唐小大领着刑警找到了当年抛尸的那眼机井。

当年的杀人现场已经不复存在了，但杀人的事情有唐小大和张羽的供述相互印证，还是可以认定的。

……

何冰媚在一边静静地听着萧云天的案例。

萧云天道："别把何大经理给吓到了，主要是我们平时接触的社会阴暗面太多，才会知道这么多的人间悲剧，其实世界还是很美好的。"

何冰媚道："我也没吓住啊，只是觉得，人和人之间为什么不能和谐相处呢？为什么要互相残杀呢？弄不懂这个世界究竟怎么了。"

是啊，人能够平平安安地活在这世上，已经是一种幸福了。尽管世事多舛，命运难料，还是要保留心中的那份本真，毕竟，这世界值得我们珍惜的东西还是很多。

第六季　狼狈为奸

01　发廊出事了

秦末刘邦入咸阳，“与父老约，法三章耳；杀人者死，伤人及盗抵罪”。这句话来自汉代司马迁所写的《史记·高祖本纪》，也就是“约法三章”一词的来历。

“约法三章”，实际上讲了三个罪名——故意杀人罪、故意伤害罪、盗窃罪。也说明这三类犯罪自古有之。

而在市井中流传的“杀人偿命，欠债还钱”，有异曲同工之妙。前半句话从“杀人者死”沿用下来，讲的是刑事案件，后半句话则是讲民事案件，反映的是商业借贷问题。

只不过根据目前的政策，判决死刑的罪犯比过去少得多。只要有自首或者立功等法定情节，最后很少有核准死刑的。

在重案侦缉队前几年所破获的重案中，故意杀人案占到了绝大多数，还有一些抢劫致人死亡、绑架致人死亡、故意伤害致人死亡的案件。

在抓获了罪恶车手，并向何冰媚讲述了那么多的人间悲剧之后，海东警方又会迎来怎样的挑战呢？

……

一家发廊出事了！

涉事的这家发廊，位于海东市发廊店比较集中的一条街上，是一家很普通的发廊，名为“丽人发廊”，和其他的发廊门头一样，几乎是同样风格的装饰物。除了店名牌子外，还贴着什么洗头洗面、保健按摩之类的字样。

这条街的店与店之间，平时很少来往，因为大家都在做生意，如果彼此来往勤了反而不方便。既然有同乡，也都是隔着几家店，或者一两条街，毕竟自己人不能相互竞争吧。

这家“丽人发廊”看起来比较普通，很少有人关注。平时生意也一般，在里面打工的发廊妹流动性也很大。

这家店一连几天没有营业，也没有引起大家的注意。

有一天，女老板的妹妹从外地赶过来，想要投靠姐姐。因为之前几天在电话里已经联系过了，而且妹妹以前也来过海东市，所以临来的时候就没有让姐姐接站，而是自己下了汽车之后直接来店里了。

但奇怪的是，已经快中午了，发廊大门仍然紧闭。按理说，这些娱乐夜场的人大部分都是夜猫子，白天睡觉，晚上上班。但睡个懒觉，到了中午也该起来了吧。

妹妹丽花感到很奇怪，就打姐姐丽红的电话，心想她是不是昨晚操劳过度，怎么到了现在还没有起来？

敲门没有人回应，打电话也显示关机，不应该啊。姐姐丽红平时都是住在店里的，从来不会出现夜不归宿的情况。

如果说手机可能是因为晚上睡觉怕被打扰，所以关机了，现在还没有醒，手机这才显示还是关机状态。但现在在店门口敲门，姐姐丽红不应该听不到吧？

妹妹丽花见敲门没有人回应，就继续敲门，但敲了一阵子，始终没有人回应。这下丽花可就紧张了，这是以前没有出现过的事情啊。

越是没有人回应，丽花的心中越是恐慌！

02　奇怪的死法

妹妹丽花久敲不应之下，觉得十有八九是出了事。她叫来在附近开店的老乡，想问问她们是怎么回事。

老乡们都说有两天没有看到她姐姐的店开门了，以为丽红出去了，都没有在意。现在一听丽花说敲门没有敲开，而且丽红的手机又打不通，都围了上来想看个究竟。

丽红的店的大门是那种卷帘门，卷帘门之后还有一道玻璃门。白天的时候，卷帘门拉上去，只关着玻璃门。在卷帘门拉上的情况下，是看不到屋里情形的。

众人听得丽花所说的情况可疑，都劝说她暴力打开门看一看是什么情况。如果什么事也没有，丽红只是出去了，那就谢天谢地了，如果丽红还在里面，可别出什么意外。

丽花听了觉得也有道理，就找了附近一家五金店，请人拿老虎钳把卷帘门上的锁给剪断了，拉开了卷帘门。

打开卷帘门后，才发现里面的那道玻璃门没有锁，仍然是虚掩着的。有时候丽红临时出去的时候，也经常这样做。

丽花和众人一起，推开了玻璃门，进到屋内的大厅，大厅里有一个长沙发，两把理发椅，墙上有一面大镜子，镜前长条板子上胡乱放着一些理发用品。

再往里去，还有一些用隔断隔开的单间。

走在前面的人推门一看，马上“啊”的一声退了出来，众人也吓得跟着往后退。

众人退到了大厅里，那人才上气不接下气地说：“里……面，里面，好像有……有个死人！”

听了此话，众人倒吸了一口冷气。有胆子大的上前去查看，果然，一个女人躺在地上，地上全是血，再仔细一看这个女人，正是丽红！这情景实在太吓人了，吓得众人都不敢再看了，全退了出来。

妹妹丽花来投靠姐姐丽红未果，反而看到了丽红的尸体，惊骇之下，连忙报了警。

接到报案后，重案侦缉队队长萧云天接到了110指挥中心的调度，立刻带队前往丽人发廊勘查现场。

这时，丽人发廊门前已经围得水泄不通，大家都知道里面死人了，都想过来看看热闹。

现场位于丽人发廊内，由于在发现尸体前已经有很多人跟丽花来过，已属于变动现场了，再去勘查什么鞋印之类的已经没有意义，至少说意义不大。

中心现场位于发廊内的一个隔间内，却是令人很诧异。老板娘丽红浑身赤裸地躺在地上，身上有多处刀口，脖子上还有电线，双手被反捆，最令人诧异的就是丽红的鼻子，她的鼻孔一左一右插着两根香烟！

香烟看来是燃了一段时间后熄灭的，燃烧痕迹处离过滤嘴已经很近了。

看来，这个不幸的女人临死前遭受到折磨可不少。脖子上还套着电线，是那种很粗的电线，勒痕明显。但最终是死于窒息还是死于刀捅所造成的损伤，还要等到尸检后才能知晓。

女人的四肢、脸上、胸腹部都有不少的刀伤创口，有捅刺的，有割的，有的深，有的浅。双手被反绑在身后，绳子在她后背打了一个形状奇怪的结。

看到这一切，一连串的疑问涌上了萧云天的心头。

这个女人是谁杀的？凶手为什么要杀她？为什么还要在她鼻子里插上两支香烟？

萧云天又在旁边观察了一下，死者的衣物估计也被凶手翻过了，已经没有什么值钱的东西了，钱包里面一分钱都没有，手机也没有，身边值钱的东西都没有，连死者手上的戒指也被人顺下来了，只剩下戒痕。

看到死者全身赤裸，那她生前或死后到底有没有受到过性侵犯？凶手到底是强奸杀人，还是抢劫杀人，还是行凶者将仇杀故意伪造成抢劫或强奸？

现场再无其他发现，柳如雪和技术人员一起对现场进行了拍照固定，对有关物证进行了提取，并协助法医将尸体运上车带回去尸检。

萧云天吩咐将现场封起来，准备以后复勘的时候用。

所谓复勘，就是重复勘查的意思。犯罪现场是非常重要的，指引侦破方向的线索，一般都得从犯罪现场寻找。

有时，由于人的主观认识和观察角度的不同，勘查一次可能仅能窥一斑而无法观全身。在找不到侦查思路的情况下，再回到现场可能会启发下一步的侦查思路。

所以，一般而言，有些命案在未侦破之前，犯罪现场是不允许随便乱动的，都是要贴上封条。

房东对于继续封锁现场有些不满，但他还是主动表示愿意配合警方，提供线索。

其实房东也有一定嫌疑，但经过调查，排除了他作案的可能性。

03 女人作的案？

对于死者丽红的检验正在紧张进行。尸检的结果证实，致命伤在颈部，她被人扼颈导致窒息性死亡，这与现场死者脖子上有一段电线可以相印证。

至于死者身上其他的刀伤，有一些为生前伤，非致命伤，创口开放现象比较明显，还有几刀深入内脏，但因伤所致的反应不明显，不能确定是生前伤，可能是濒死期的伤或者是死后所形成的伤。

死者的阴道擦拭物经过抗人精试验，呈阳性，说明曾与人发生过性关系。但究竟是何人留下的精斑，尚不得而知。

除此之外，凶手没有留下任何可疑的物证，包括指纹、毛发、体液等都没有留下。被害人指甲擦拭物也没有检出可以提取凶手 DNA 物质的物证。

现在案件尚未定性，不过从被害人全身赤裸，以及体内检出精斑这两点可以看出，被害人生前曾与男性发生过性关系。这个男人，到底和被害人是什么关系？是相互认识的熟人，还是突然而至的陌生人？是熟人与她发生性关系后，突起纷争，一怒之下痛下杀手，还是被陌生人强奸后杀死？目前还不得而知。萧云天拿到了检验报告，心中的疑问还是没有消除。至今为止，一切仍然都是谜。他在思考着，该从哪里着手调查呢？

丽人发廊附近并没有监控探头，也看不出是谁进了发廊后没有出来。而且，这条街上人来人往，想要从较远处的监控录像中分析出哪一个人可疑，无疑是大海捞针，这条路根本走不通，必须转换思路。

问了问周围的人，丽人发廊的服务员换得比较勤，已经有一个多星期都是老板丽红自己在店里了，没有看到其他的服务员。这段时间，丽红准备贴出广告来，再招一两个服务员。但是谁能想到，还没等广告贴出去呢，丽红就遇害了。在丽人发廊外围调查的情况就是如此。在发廊内找到了几张招聘美发师、按摩师的广告，看来丽红正准备贴出去。

从丽人发廊的门外来看，并没有发现已经贴出去的广告。这样就排除了一个可能，那就是，有人看到招聘广告后，假冒应聘者，骗开了丽红的门，进而实施作案。萧云天又看了看现场的照片，丽红的死法还是让他感觉到奇怪。无论是强奸杀人还是抢劫杀人，或者是强奸抢劫再杀人，一般作案后都会急于离开现场，杀人手法通常干净利索，不会拖泥带水。尸体怎么会呈现这样奇怪的姿态呢?

总结一下，奇怪的地点有以下几点：一，致命伤一处，非致命伤多处。如果凶手欲致被害人于死地，只需勒死就可以了，为什么还要捅刺这么多刀？二，受害人没有反抗伤。尸体上这么多处伤口，没有一处是反抗过程中形成的，凶手为何会如此轻易得手？三，双手被反捆在背后，绳子在身上打了一个很奇怪的结，这个结比较复杂，一般人估计不会打。四，尸体鼻孔里被塞进了香烟，这到底是意味着什么?

萧云天决定集思广益，召开会议讨论一下案情。“大家都说一说，对这个案子都有什么样的看法？”

楚剑雄抢着答道：“我觉得是强奸杀人，可能是凶手因为嫖资问题与死者产生了矛盾，导致凶手恼羞成怒，杀了死者，并把死者身上的财物带走了。”

林玄鹤答道：“可能是抢劫杀人。你看死者值钱的财物都被翻走了，翻得还比较专业。”

这时候，柳如雪反问道：“死者双手被捆住，绳子在后面打了个花结，这个花结你们有谁会打吗？”

众人被柳如雪的这个问题问住了，不能确定是否能够打出这种结。

柳如雪找来一根绳子，让大家试试，看看能不能打出这样的花结。结果，三个男人试了一阵子，没有一个人能够打出案发现场的那种花结。

楚剑雄不解道：“不就是个结吗？有那么重要吗？”

柳如雪笑而不语，拿来绳子，三下五除二就打成了一个和案发现场一模一样的绳结，看得三个大男人直了眼。“看到了吧，这就是案发现场的被害人双手被捆的那个结。你们知道这意味着什么吗？”

楚剑雄和林玄鹤都想不出柳如雪想说什么。

萧云天想了一会，恍然大悟：“这样的绳结，我们三个男人没有打出来，只有如雪一个女人打出来了，难道你在暗示，这个案子是女人作的案？”

04 专业分析走偏锋

柳如雪道：“然也，但也不尽然。”

这么文绉绉的回答让林玄鹤摸不到头脑，他想了想，道：“什么叫然也，还不尽然？”

柳如雪这才说道：“一方面然也，是指萧队长猜对了一半，我怀疑案件有女人参与。但另一方面不尽然，我觉得一个女人不一定能干出这样残忍的事情来，况且死者的鼻孔上还有两支香烟。”

楚剑雄道：“那也不一定，不光只有男人吸烟啊，女人也有吸烟的啊。”

柳如雪点点头道：“不错，男人吸烟女人也会吸烟，但毕竟是男人吸得多吧。还有，这绳子的花结，女人能打男人也能打，但还是女人会打得多吧。”

接着，柳如雪说出了她的真实想法。原来，她怀疑这起案件不止一个人作案，至少有两个人作案，其中还有一个是女的。

因为男人做事都比较粗，事情不会办到那么细致。而本案中的种种迹象却表明，凶手实在是太细致了，各方面考虑得都比较周到，这暴露出凶手可能是女性。

比如，第一，这个花结一般都是女人才这样打，而男人的打法基本上都比较简单；第二，鼻孔上插入两支香烟，恐怕不是一时的恶作剧，很有可能是凶手唯恐死者苏醒才这样做的。插入香烟，一来可以阻止被害人醒来后呼气，二来即使醒来，呼进去的全是烟，没有氧气，会加速被害人死亡。当然，上述观点还只是柳如雪的大胆推测，目前还没有得到其他证据的证实。

就在大家都觉得有道理的时候，萧云天却提出了一个问题，道：“假设如雪推测的情况是正确的，是一男一女作案，那么这一男一女是什么关系呢？恐怕不会是简单的犯罪拍档这么简单吧。如果是一男一女，要么可能是夫妻，要么可能是情人。这样的情况下，女的会容忍男的强奸丽红吗？应该不会吧？其他的如兄妹、姐弟、父女、母子等情况下，更不会当场发生这种事情了。”

众人一听，觉得萧云天说的有道理。一男一女在一起作案，关系肯定不会那么简单，尤其是能够一起犯杀人这样的大案，肯定有着某种比较近的关系，否则不会形成这么稳固的犯罪团伙。

萧云天问柳如雪道：“死者的阴道擦拭物检验出来的精斑调查得怎么样了？有没有查出来是谁的？”

听了队长的问话，柳如雪摇了摇头，道：“目前不能确定是谁的。在前科人员 DNA 数据库里没有找到，说明与被害人发生关系的这个男的并没有前科。”

林玄鹤听了，说道：“不对不对。”

柳如雪纳闷了，道：“什么不对不对？”

这两个人一唱一和的，把楚剑雄给逗乐了，道：“玄鹤，有什么不对的地方快说吧，别你们两个跟说对口相声似的。”

林玄鹤这才说道：“刚才我们已经分析了，这个嫌犯，或者这两个嫌犯，都比较谨慎细心，包括捆人、插香烟等细节。但这里就出现了不符合逻辑的地方，既然嫌犯是如此的细心，那么他会在一个关键环节上出错吗？”

萧云天插话道：“你是说死者体内的精斑吗？”

林玄鹤接着说道：“不错，就是这个问题。既然我们分析的嫌犯为了致被害人于死地，勒了脖子，又捅了刀子，还插了香烟，这不都是多此一举的事吗？捆手的绳子还要打个花结，更没必要。这些我们觉得没必要的环节，从另一个侧面反映了嫌犯的细致之处。但是，如果说嫌犯是细致的，他怎么可能粗心到在死者体内留下精液呢？”

听了林玄鹤的话，楚剑雄道：“如果说嫌犯很细心的话，不可能在强奸被害人的情况下，将自己的精液留到被害人的体内，这不等于在被害人的体内留下了铁证吗？”

柳如雪反问道：“你怎么就能够证明被害人与嫌犯发生性关系，就一定是嫌犯强奸了被害人呢？难道因为嫖资纠纷才产生了杀人之念吗？这样的事情又不是没有过，人骨拼图案不就是这样吗？”

……

就这样，四个人讨论来讨论去，一会儿绕到这儿，一会儿又绕到那儿，一会儿又绕了几圈绕了回来，总是没有一个结论。

到底本案的真相如何呢？

这时，萧云天突然想到了一个问题，问柳如雪道："从法医学角度来看，如何辨别是生前还是死后发生的性关系？"

柳如雪正经地回答了这个问题，道："一般来说，是生前发生性关系还是死后发生的性关系并没有明显的识别特征，纯靠法医解剖的经验判断。这方面我解剖得少，判断不出来。"

正说着，法医陈敏德进来了。

萧云天一看，说道："敏德，你来得正好，给我们解释一下专业问题。女性死者如果体内发现精斑，如何确定死者是在生前还是死后或者是在濒死期和别人发生的性关系？"

陈敏德回答道："这个问题估计你已经问过柳如雪了，我的回答其实也是一样的，那就是没有明显的识别特征，全凭个人长时间的临床经验。"

萧云天一怔，道："你们的回答的确是一模一样，难道这是法医教科书上写着的吗？不过，我还想问你一个问题，死者的死亡时间能够确定吗？"

对此，陈敏德说道："虽然不能完全确定，但至少应该是两天以前了。死者的胃内容物已经消化了一多半。而且从死者下体内检出的精斑来看，基本上全是死精了。"

林玄鹤听了，惊奇地说道："死精也能检验出DNA？"

陈敏德点点头，道："不错，完全可以检出来。精子在进入女性体内后只能存活二十四小时至七十二小时，时间再长就很难存活了。精子具有活性的时候当然能够检验出供精人的DNA，死了一样能够检验出来。我就这么说吧，就是脱落的皮肤屑都可以提取出DNA，和细胞是死是活无关。"

楚剑雄一听，道："真是长知识了，没想到法医里面还有这么多需要学习的东西。原来在警校学习的那些法医概论太粗了，还需要继续学习啊。"

说了一会儿，萧云天才意识到，是法医陈敏德主动来到重案侦缉队的，还没有说什么事情呢。"敏德，你过来有什么事情吗？"

法医陈敏德沉吟了一下说道："首先我声明一点，我下面说的这些，仅供你们参考，不要影响到你们的专业判断。这只是我的一些猜测，还不足为凭。"

萧云天道："没事，敏德，你尽管大胆地说就行了。"

陈敏德犹豫了一下，才说道："我怀疑死者在被害当天并没有和嫌犯，或者是其他的男人发生性关系。”

这下子大家就更奇怪了，没有发生性关系，那死者阴道内怎么会有男人的精斑呢？

陈敏德补充说道：“有两种可能，一种是当天并没有发生性关系，而是在几天前发生的性关系，由于死者丽红对身体清洁不是十分注重，精液本身由于液面张力作用并没有全部向外流淌出来，有些由于阴道内壁的褶皱而被阻拦了下来。”

众人静静听着陈敏德的推断。

陈敏德顿了顿，继续道：“另一种可能，是我看了一些网上的案例受到的启发才想到了。会不会有人将精液用注射器推入到被害人的阴道内？”

萧云天道：“你为什么有这种想法？”

陈敏德道：“我仔细观察过死者的下体，并没有什么红肿、瘀血存在，而且阴道口附近并没有精斑。所以我怀疑，嫌犯是不是采用了注射器注射了他人的精液来伪造强奸现场？”

05　栽赃的可能性

众人的这一番专业分析，充满了天马行空的想象。

但不可否认的是，破案，应当具有想象力。

在当下，刑侦人员成功破案的因素无非有以下几点：一是细致入微的现场勘查；二是精确无比的微量物证鉴定；三是信息化手段的定位技术；四是无所不在的天网监控探头；五是具有正义感的目击市民；六是办案人员的不懈努力；七是刑侦推理时的丰富想象力；八嘛，就是一点点偶然因素。

所以，在讨论案情时，大家都畅所欲言，这样的思想交流对于破案绝对有好处。一个人一个想法，一个人一个观点，但互相交换后，一个人就有了很多个想法了。有的时候，甚至提出观点的人还没有意识到自己观点的重要性，但自己的观点却间接启发了另外的人，从而开阔了新的思路。

在法医陈敏德没来之前，重案侦缉队的四位精英已经讨论了很多种案发的可能，有点乱，需要梳理一下。

先把众人预计的可能分为两大类，第一大类就是一个人作案，第二大类就是两个人作案。

在一个人作案的情况下，又有以下几种可能：

一，嫌犯与死者丽红不认识，纯属于流窜作案。

二，嫌犯与死者丽红认识，在取得丽红信任后，出其不意地控制住了丽红，然后再实施强奸、抢劫和杀人。

三，嫌犯因为嫖资问题与丽红发生了纠纷，争执之下将丽红勒死，并伪造了抢劫的现场。

四，嫌犯可能是女性，本来就是丽红认识的，结果实施突袭，控制住丽红，实施了抢劫和杀人行为。至于丽红下体的精斑，可能是以前性交易的时候留存的。

在第二大类，也就是两人作案的可能性下，也有以下几种可能：

一，作案的两人是犯罪搭档，二人共同实施了抢劫杀人。

二，作案的两人是情人关系，甚至是夫妻关系，为了寻求刺激，男的将被害人强奸，然后再一起杀人灭口。

三，两个男人作案，只不过一个男人心细一点，把绳子打了个花结，又把烟插到了死者的鼻孔中。

四，两个女人作案，女人无法对死者实施强奸，更不可能留下精斑。被害人体内的精斑是以前留下来的。

以上是众人分析出的八种可能，当然，如果将其中的条件互相交叉组合一下，还可能有另外的可能，在此不一一赘述了。

在法医陈敏德进来之后，他又提供了一个让人震惊的观点，这又平添了许多可能。

按陈敏德所说，不是判断死者与他人是生前还是死后发生性关系的问题，而是有没有人与死者发生过性关系的问题！

这无疑是一个影响侦查方向的关键问题，假如死者生前没有与其他人发生过性关系的话，嫌犯就相当于伪造了死者丽红被人强奸的假象。那么嫌犯为什么要这样做呢？他（她）的目的何在呢？

但是，法医陈敏德所假设的情况是否可信呢？因为这毕竟只是法医凭借经验推断出来的，无法得到同一性认定。

假如陈敏德的推断是正确的，那么嫌犯为什么要伪造作案现场，这是值得考虑的一个问题。

像前面所分析的，如果是女性作案的话，由于女性作案者的身体不可能留下精斑，那么就会伪造被强奸的现场。如果作案者是（或有）男性，但是作案时只实施了抢劫和杀人，并没有实施强奸，却用他人的精液伪造强奸现场，那么作案者到底要掩盖什么？

大家对于陈敏德的这个推断又进行了充分细致的讨论，最后一致认为，如果陈敏德的推断属实的话，那么嫌犯这样做不会毫无目的。客观地说，作案者伪造强奸现场非常有可能，因为嫌犯的作案过程比较细致，细致到没有留下任何指纹、鞋印之类的物证，不可能在这种明显会留下铁证的环节上大意。

那么，作案者需要掩盖的到底是什么呢？

强奸，有发生在熟人之间的，也有发生在陌生人之间的。在丽红被杀一案中，如果是陌生人作案，大可不必伪造强奸现场。如果是熟人作案，虽然已经杀了丽红，但仍旧怕公安机关查出些什么，所以故意把公安机关的侦查方向向被人强奸灭口的方向上引。要不然，嫌犯费了这么大的劲，精心伪造这样的一个被强奸现场，意义何在?

伪造案发现场的目的只有一个，那就是掩饰自己，混淆侦查视线，把侦查机关的视线引向其他人，从而栽赃他人!

06　追查银行户头

不管怎么说，陈敏德带来的这个推断还是在某种程度上改变了侦查方向。

一开始，柳如雪根据细节判断，作案过程可能有两个人，其中至少有一个女性参与了作案，不然很难出现如此复杂的花结。

开始的时候以为是男嫌犯强奸了被害人丽红，但现在根据法医的经验判断，死者生前很有可能没有与人发生过性关系，而是被人用针管将精液打进了下体。

萧云天认为，作案的有可能是一男一女。两个嫌犯比较熟悉，或者是夫妻，或者是情人，为了转移刑侦人员的调查方向，伪造了强奸杀人的现场。

现在的问题是，到哪里去找这一男一女呢?

鉴于被害人丽红的现金、手机都已经被抢走了，那么她的银行卡有没有丢失呢？于是萧云天安排林玄鹤去海东人民银行调查丽红在各个银行的开户情况。

因为银行开户信息属于当事人的隐私，一般银行是不给查的。对于各商业银行来讲，只能查询本人在本行开设的户头情况，对于他行开设的户头，是查不到的。要查询被调查人名下的所有户头，必须到当地的人民银行才能查到。

费了一番周折后，林玄鹤终于不辱使命，查到了丽红的银行户头情况。丽红有三张银行卡，其中两张没有几个钱了，另外一张是在海东银行开设的，几天前还有两万余元的存款，在丽花来找姐姐的头一天，被人从杭州取走了一大部分。

由于不能确定丽红死亡的具体时间，目前也无法确定这钱是丽红自己取的还是别人取的，但从现在的情况来看，别人取的可能性比较大。

因为海东此地离杭州尚远，丽红也没必要跑到杭州这么大老远地去取钱，而且丽红从来没有跟任何人说过最近要到杭州去。经搜查，在丽红所开的丽人发廊内，也没有查到关于杭州的任何物证，包括来往的火车票、汽车票等。经过手机技术卫星定位，也确定了丽红的手机在最近几天并没有离开过海东市。很明显，丽红银行卡里的钱是被别人取走的，这个人，很有可能是本案的嫌犯！

林玄鹤马上联系了杭州警方，要求调取嫌犯取钱的ATM机录像。根据海东警方提供的信息，杭州警方马上锁定了嫌犯取钱的ATM机。由于现在的ATM机都装有多个机位的监控探头，可以调出监控录像来看看到底是谁取的款。

在杭州当地警方的配合下，林玄鹤顺利地拿到了监控录像。粗粗地一看，的确是两个人来取款的，看身高体形，好像是一男一女，不过取款的时候，两个人都“武装”得严严实实，戴着帽子、墨镜、围巾，根本看不出来真实面貌。

林玄鹤调取了监控录相，向队里汇报了此次调查的结果。

经过重案组集体反复地观看监控录像，众人认为，这两个人确定是嫌犯无疑。因为如果是丽红的熟人，经过丽红同意去取款，自然不会如此打扮。如此打扮的目的，就是掩盖真实身份，防止监控探头拍到自己的真面目。

萧云天认为，两个嫌犯包裹得像个棕子，意图是让监控拍不到他们，但他们的这种行为，恰恰暴露了他们两个的一些信息。

首先，这印证了柳如雪的判断，此案是一男一女协同作案。这两个嫌犯聪明是非常狡猾，他们在案发现场的布置上有几处多余的地方，而且在最后获取被害人钱财的时候同时出现在镜头中。他们没有想到，他们的同时出现正好印证了警方关于本案作案人员为一男一女的猜想。

其次，如果嫌犯是与被害人丽红毫无关系的流窜作案分子，也可能会没有任何顾忌，随便跑到哪里去取钱，只是碰巧要去杭州而已。这样的流窜犯，也可能无所谓是否被监控拍到，因为他与被害人没有任何社会关系，警方找人无异于大海捞针。

最后，嫌犯能够利用丽红的银行卡取出钱来，充分说明，嫌犯是知道丽红银行卡密码的。很有可能是嫌犯在逼迫丽红说出银行卡密码后再杀人灭口。否则，丽红的银行卡被人取钱，然后丽红离奇死亡，说成是丽红主动跟嫌犯说出取款密码，是怎么也说不过去的。

因此，虽然从监控录像中未能得到两个嫌犯的真实面貌，但对于侦查也是有重要帮助的，进一步明确了下一步的侦查方向——那就是全力追查这一男一女！

查清了这一男一女的身份，破案也就成功了一半，剩下的抓捕只是时间早晚的问题了。

不过，两个嫌犯抢劫丽人发廊老板丽红，到底是事先选好的目标，还是无意中随机选择的目标呢？

07 丽红与丽花

萧云天思考着，谁会选择丽红为作案对象呢？

这条街是发廊、足疗店、台球厅之类的场所聚集的地方，门脸装潢比丽人发廊好的多的是，为什么嫌犯会单单选择丽红的店？

是流窜犯随机选择目标的可能性有多大？这是个值得考虑的问题。为什么偏偏是丽红，而不是别人呢？

但流窜犯都是系列作案，作案手法都会比较类似，最近附近区域也没有出现类似的案件啊。看来，还是不能先将此案作为流窜作案处理。

到底这一男一女是什么来头？萧云天在揣度着。

两个嫌犯取走了丽红卡里的钱，第二天丽花就来找姐姐丽红，为什么会那么巧？

丽花？！

丽花有没有嫌疑？为什么她出现得这么突然？

按照丽花的说法，她早就已经和姐姐丽红约好了今天来的，因为原来也来过海东市，所以没让丽红去接，自己过来的。至于丽红的其他事情，她一无所知。

为了核实丽花的说法，萧云天让人调查了丽花的通信记录。调查结果显示，在丽花来的前几天，她和丽红的确有过通话记录。有几条短信也证实了两人曾经商量过这件事情。

萧云天又派人到了丽红的老家做了一些调查，主要搜集一些关于丽花品格方面的证言。

丽红的家人证实，由于家里贫穷，家中的几个子女很早就出去打工，在外游荡惯了，很少回家。不过过年回家的时候，一家子还是关系挺融洽的，没有什么特别尖锐的矛盾。丽红与丽花年龄相仿，关系很不错。

再查了一下丽花的户头，最近也没有大额资金进账。经丽花同意，对丽花的人身检查也发现，她身上并没有大额的现金。

经过这样的一番调查，丽花的嫌疑暂时时排除。

丽红与丽花，一对姐妹，遭遇相似，早年都外嫁他地，后来由于夫妻关系不合，都离婚了。两人远走他乡打工。

至于她们姐妹二人的前夫，都已经离婚好多年了，还是在原籍，早已经再婚，继续过自已的日子，想来也不会事隔这么多年再纠缠丽红。

前夫的骚扰基本排除，那是别的男人所为吗？干这一行少不了接触男人，但与那些男人都是逢场作戏，应该不会认真吧？

看来从男性嫌犯的这方面来考虑不太容易查下去，线索太少了。那么女性嫌犯呢，该从什么地方查呢？

08 查到了出处

正在追查男女嫌犯身份的时候，该辖区派出所的一次出警却有了意外收获。

根据特情举报，街上有一家按摩店在进行色情交易，请公安赶快去抓捕。

根据线人的举报，抓获了一个正在从事色情交易的男人。

根据最新政策，现在因为从事色情交易而被关到拘留所的人，进所之前都要验血提取 DNA 样本。这样做有两个目的：

目的一，检验一下被拘留的人有没有传染病，看看是否适宜羁押。

目的二，采集被行政处罚人的 DNA 数据样本，充实违法犯罪人员 DNA 数据库。

当这个男人的 DNA 被输入到违法犯罪人员 DNA 数据库进行比对时，竟然与其中的一个对上了。再一看，原来是与丽人发廊案中从丽红下体验出的精斑 DNA 对上了。

难道这家伙与凶案有什么关系?

派出所的人感到案情重大，赶快上报给重案侦缉队。萧云天接报后迅速赶来提审这个朴仁。

经过讯问，朴仁承认，的确去丽人发廊找过老板娘，但不知道她的名字。关于抢劫杀人的事情，朴仁坚决否认。他只是寻欢作乐，还不至于犯下这样的大罪，他也没有这样的胆子。

09　一男一女

朴仁的辩解一时排除不了他的嫌疑。

照他所说，他只是有寻欢作乐的嗜好，但仅止于此，绝无进一步作案的胆量。丽人发廊女老板被杀，他也是刚从刑警这里得知的。朴仁还辩解道，如果真的是他杀了发廊女老板，他早就逃跑了，还会留在案发地附近等着警察来抓捕吗？

不过朴仁说他当时使用过安全套，萧云天又去复勘了一遍现场。

果真，在丽人发廊的一个隔断的垃圾桶里，发现了好几个使用过的安全套。经过检验，其中一个就是朴仁用的。

这样一来，朴仁说的就能够得到部分印证了。既然使用了安全套，丽红体内的精斑就未必是朴仁在发生性关系时主动留下来的。

萧云天让朴仁辨认了在杭州 ATM 机探头录像中提取到的两个嫌犯的录像。朴仁看后说这两人他不认识，穿得这么严实，就是认识也认不出来。

萧云天很失望，让手下的人把朴仁带回去。手下人请示如何处置朴仁，是不是要放了他。萧云天摇了摇头，说目前朴仁的嫌疑并没有完全排除，暂时还不能放，至少这十五天行政拘留先让他坐满了再说。

把朴仁带走后，萧云天想，查找取钱的那两个嫌犯，还是要从丽红身边的人着手。先把熟人或者是打过交道的这些人一一排查了，再考虑流窜作案的问题。

在杭州取走丽红钱的一男一女还没有抓到。而且从监控录像里看到的那个男的，从体态特征上与朴仁有着较大差别，身高、胖瘦都明显不同，可以肯定朴仁不是监控录像中取钱的那个男性嫌犯。但朴仁与那一男一女有没有关系呢？现在的情形下，仍然有多种猜测，无法做出定论。

假设朴仁是无辜的，根本没有抢劫杀人，那他与那一男一女就没有什么关系，这也符合逻辑。

假设朴仁参与了作案，一种大概率的情况就是朴仁与那男女嫌犯是一伙的。朴仁强奸丽红后与男女嫌犯共同实施了抢劫杀人，之后又由一男一女去取钱，最后再分赃。

再假设，朴仁和这一男一女并不是一伙的，只是朴仁先实施了强奸杀人，然后那一男一女进入了现场，看到女老板已经死了，就顺手牵羊地劫财。不过，在这种情况下，那一男一女又如何得知银行卡的密码呢?

朴仁的出现，对以往大家的案情分析都有了一定的冲击。

因为法医陈敏德的推断毕竟是一种根据经验的推断，或许是正确的，或许是错误的，都形不成定论。

根据朴仁的供述，他有时候做一点小工程，工程层层转包到了他那里以后，就已经是很小的一部分了。平时生意不怎么好，不过也饿不着。他毕竟是做工程的人，算是有点小钱，不至于穷困潦倒到去抢劫的地步。

经过到朴仁的家里去调查，没有发现他与那一男一女交往的证据，他也没有什么住在杭州的亲戚朋友，最近也没有去过杭州，这都有证人可以证实。

看来，再想从朴仁身上打开一些缺口，可能性不大了。

如果没有一男一女取钱的环节，仅凭丽红下体内的精斑，就足以锁定朴仁为犯罪嫌疑人了。但现在的情况是，丽红的钱莫名其妙地被人取走了，而取走钱的人目前没有发现和朴仁有什么直接的关系。

那么，丽红身边的女人呢?

丽红身边的女人大致有以下几类：附近店里的女人、在海东市的老乡以及在她店里工作过的女孩。

前两类都是在附近的，警方在丽人发廊的附近做了大量的外围调查，看看有没有什么知情人。这些外围的人中，有的认识丽红，有的不认识，但大多是忙于自己的生意，也没有留心丽红的店里来过什么陌生人。

那么以前的那些女孩呢?到哪里去找她们呢?这一行流动性都是比较大的，常常是干一两个月就换地方了，也没有办法去找。这些人中或许有的还在海东市，或许有的已经离开了，有些知道丽红死讯后，估计也不敢露面。

由于这条街上并没有监控，目前，侦查人员正扩大调查范围，看看周围有没有监控摄像头能够拍到那两个可疑的人。这项工作工作量很大，而且很费时，正在一点点地排查，看看能不能发现什么线索。

正在侦查陷入困境之时，拘留所里的朴仁让民警传话，说要见萧云天。

萧云天不解这个时候朴仁见他做什么？虽然还没有把朴仁释放，但萧云天觉得朴仁的作案嫌疑并不是十分大。

虽然心里是这么想的，萧云天还是去见了朴仁，目前正是侦查的关键时刻，不能放过任何一个疑点。不过，让萧云天没有想到的是，朴仁所反映的情况却对案件的侦破产生了极大的推动作用。

朴仁到底反映的是什么情况呢？为什么如此重要？

10　原来是她

朴仁见了萧云天，说想戴罪立功，要再看一遍那一男一女在杭州取钱的录像。据朴仁说，他当时看了只是觉得这个女的比较像他认识的一个女人。

萧云天闻言感到很意外，质问朴仁，当初让他辨认的时候，为什么不说出来？为什么直到现在才说？

朴仁回答道，当时他没敢确认，是因为录像中的女人像他以前从事色情交易的女人，当时怕说出来之后再罪加一等。现在想来想去，还是说出来吧，也进一步洗清自己的嫌疑。

于是，萧云天将在杭州提取到的取款录像又放了一遍，还应朴仁的要求将局部进行了放大。朴仁仔细地看了又看，十分确定地说："就是她！"

接着，朴仁解释道："原来丽人发廊有一个女孩叫作小美，在这里打过两三个月的工，后来就离开了，然后就没见过。"

萧云天问道："你如何确定录像中的女子就是小美？有什么证据吗？"

朴仁回答道："如果单拿这个录像来问我，我也不一定能够看得出来。但既然是问丽人发廊老板娘丽红被杀的事情，我看体形就联想到了可能是小美。我记得小美的手腕上有文身，文的一只黑蝴蝶，这回就是专门来看这个的。你看看录像中的这一男一女，虽然包裹得严实，但女的手腕处还是露了出了，正好露出了这只黑蝴蝶。"

萧云天把录像回放一下，将有女子手腕的那一部分视频放大看了看，的确是文着一只黑蝴蝶。看来朴仁所言不虚，女嫌犯的确很有可能是小美。

但小美为什么会拿着丽红的卡在杭州取现呢？跟她在一起的那个男人是谁呢？

朴仁只说认识小美，但对小美的其他情况一无所知，就连小美的真实姓名、籍贯、手机号码之类的信息一无所知。

到哪里去寻找小美呢？只要找到了小美，那个男嫌犯就会接着找到。看他俩的样子，应该关系很不错才是。

萧云天没有想到，案件会以这样的一种方式继续向前推进。关于这一男一女的身份，从朴仁的供述里初步得到了线索。

难道是小美伙同他人抢劫杀害了自己的老板娘？

她为什么要这样做？

据丽花回忆，姐姐丽红的脾气还是比较好的，在她店里打工的姑娘都没有和她发生过矛盾，也不存在被别人报复的情况。

目前的当务之急，是要找到这个叫小美的姑娘。

小美早已经不在丽红的店里干了，朴仁也没有小美的联系方式。丽红的手机被嫌犯拿去了，她的通话记录长长的一大串儿，到底哪一个才是小美的号码呢？

萧云天叫手下人查找了其中主叫、被叫的号码，一个一个地核对。有些号码是那种无记名的电话卡号，根本就不知道机主是谁。

萧云天突然想起，干这一行的，很多都有账本，方便记账，也方便与这些发廊女们结算。但是在开始勘查的时候，并没有发现账本，会不会账本没有被搜查到呢？

萧云天他们又复勘了一次，费力去找那个不知道是否存在的账本。结果还真让他们在一个角落里发现了一个小本，翻开一看，不是账本，却是一个电话本。

翻看一下这个电话本，还真记着一个叫小美的人的电话号码，不过不知道是否就是朴仁口中的那个小美。

挑出了这个手机号码，以后的事情就简单了。通过手机定位系统进行定位后，发现这个号码在男女嫌犯在杭州取钱的时候也在杭州出现过，后来又去了上海，然后又回到了安徽的一个小县城里。

光有这些信息还不能满足抓捕的需要，因为现在手机定位技术并不是十分精确，只能定位在几十米的范围内，如果不知道具体姓名、地址，很难形成合围。

现在只知道一个手机号码、一个化名，线索弱得很。万一小美不再使用这个手机号，那么就又得大海捞针了。

综合权衡之下，萧云天决定冒一回险。

来到安徽后，萧云天与当地警方取得了联系。利用他们的定位仪的一个波段对小美的电话号码进行跟踪。萧云天在当地警察的带领下，前往附近区域进行抓捕。

这的确是一个冒险的行动，不知道对方的真实姓名，不知道对方的真实面貌，只凭一个随时可能停机的电话号码就去抓捕。

现实的情况是，如果不冒这个险，手机号码一停掉，就更难以定位嫌犯的位置了。

萧云天决定放手一搏。

11　旧人反戈

根据定位仪显示，小美手机的信号在安徽的一个县城里出现，萧云天带队前往抓捕。由于信号可控范围在十几米的范围内，人一多的时候，就不容易辨认。目前对于小美的了解，只有小美这个化名，还有小美手腕上文着一只黑蝴蝶，仅此两个线索，比较难找。

所以他们来到这个县城几天后，迟迟没有动手，一直在观察，看看谁的嫌疑较大。尤其是那些一男一女在一起的比较有嫌疑。

这一天，萧云天和队员们在外等累了，坐在车里休息。大家虽然都在车里坐着，但眼睛也没闲着，都通过车窗向外瞄着。

这时，有个女孩从这里经过，口中还叼着一根香烟。在她弹烟灰的瞬间，萧云天依稀看到女孩的手腕处有文身！

萧云天心中一凛，赶紧招呼大家动起来，准备抓捕！如果这个女孩就是小美的话，那个男的说不定就在附近，要一起抓获！

以最快速度安排完这些事后，众人就走出车外。那个抽烟的女孩还没有走多远，萧云天快步走了上去，快走到女孩身边的时候，突然喊了一声："小美！"那女孩下意识地一扭头，更确定无疑地告诉大家，她就是小美！

一旁的柳如雪早已上前，一手勒住小美的脖子，一脚往小美脚下一绊，应声将小美放倒在地。柳如雪随即拿出身上的手铐，将小美铐了起来。

一连串的突发变故把小美给吓坏了，她回过神来以后，向着不远处大声喊道："小武，快来救我！"

不远处的小摊上，那个叫小武的男子正在买东西，听到小美的呼喊后一惊，看到小美已经被人按倒在地，手戴上了手铐，立刻明白了是什么回事。

小武没有营救小美，立刻反方向撒腿就跑。幸亏事先预案搞得好，队员们已呈散兵状在周围数十米的范围内布防好。小武跑了没几步，就被埋伏在附近的一名队员追上，一个飞身将小武扑倒在地。

至此，抓捕成功！萧云天他们借用当地的审讯室对两人进行了突审。

“我们是海东警方，知道我们为什么抓你吗？”萧云天对小美说。

小美低下了头，不说话。过了一会儿才说：“知道。”

在法律教育和反复规劝之下，小美终于供述了她伙同男朋友小武抢劫杀害老板娘丽红的犯罪事实。

原来，小美原来在丽红的丽人发廊打工，老板娘丽红对小美很不错，两人约定的分成都是小美占大头，丽红占小头，能够维持房租就可以了。干了两三个月之后，小美被另外一个老乡拉到了另外一家洗浴中心，就离开了丽人发廊。不久小美就结识了无业游民小武。小武生有一副英俊的外表，凭着这副外表，不知迷倒了多少女孩和少妇，让她们甘心把辛苦挣来的钱再花到他的身上。

久而久之，小美挣的那些钱远远不够小武所花。当小武听说小美曾经在丽人发廊干过以后，觉得丽红在此地开店多年，手里面一定有几个钱，不如把丽红给绑架了，从她那儿弄点钱花花。

小美起初一听这个计划吓了一跳。她不愿意对旧主下手，毕竟丽红原来对她还不错，两个人之间也没有什么矛盾，没必要对丽红下手。

但小美禁不住小武的软磨硬泡。她怕失去小武，她不敢想象，失去小武，她还能不能活下去。

终于，小美下定了决心，要抢劫丽红。两人预谋要灭口，因为丽红认识小美，如果不把丽红杀害，小美就有暴露的危险。同时，还要把现场伪装成强奸现场，好迷惑警方。

丽红看到了去而复返的小美，赶快热情地迎到屋里来，沏了茶后问长问短。这时小武悄悄地绕到了丽红的身后，拿出事先准备好的电线，猛地使劲勒住丽红的脖子。小美则赶快回身把发廊的门关上了。

丽红猝不及防，没有反应过来，还没有来得及反抗脖子就被牢牢勒住了。

小武恶狠狠地说道：“不要喊叫，要是喊叫就把你勒死！”

丽红惊恐地点点头，道“好吧，我什么都听你们的，不要害我。”

丽红无论如何也想不到会是这样，原来自己对待小美就如同亲姐妹一样，处处都照顾着她，没想到今天是她领着人来到发廊里来害自己。

但这个时候后悔已经晚了，自己店里现在没有什么人，小美又把卷帘门拉了下来，小武的手中不知何时多了一把尖刀，目前的情况十分凶险！

12　还原现场

小美和小武并没有急于致丽红于死地，他们还有目的。

在小武持刀将丽红控制在一旁之后，小美开始翻找财物了。从丽红的身上只翻出了一两百块钱，在房间的其他地方还放着一些零钱，除此之外就没有了。

小武大失所望，厉声问丽红道："你这臭娘们儿！说！你的钱都藏到哪里去了？快点儿说出来！不然勒死你！"

丽红看到被他们翻走了两百多，已经是心痛不已，听到两个人又问剩下的钱放到哪里去了，赶紧辩解道："这些天没挣到多少钱啊，以前挣的都寄回老家了。店里的钱全给你们好不好，一共就这几百块钱了。"

小武让小美持刀看住丽红，他自己又在房间内来回翻了几遍，还是没有找到大额的现金，觉得失望透顶。"丽红，乖乖说出来吧！你开店这么多年了，不可能没有存款吧。以前小美在这里干的时候就知道你很有钱。钱重要还是命重要，你自己看着办吧。"说完又和小美互换了一下位置。

抢劫自己以前的老板娘本来不是小美所愿，但事已至此，已经没有回头路可走，必须一条道走下去了。小美又仔细地翻了翻丽红的包，找出了几张银行卡，大喜过望，觉得里面肯定有不少钱。

拿着银行卡，小武问丽红道："丽红，你的银行卡密码是多少？里面有多少钱？"

本来丽红看到他们抢了二百多块钱很是心疼，但也是没办法的事情，现在看到两个人在逼问银行卡的密码，脸色就变了。"这几张卡里面没有钱了！昨天我刚交了半年的房租，里面的钱都花光了！"

"臭娘们儿！骗小孩玩儿啊，我就不信这里面一分钱都没有了，你找死是不是？"小武根本就不信丽红的辩解。

说完，小武拿刀在丽红的胳膊上轻轻刺了一下，虽然力度不是很大，但冰冷的刀锋仍然刺进了皮肤，丽红疼得想喊出来，被小武及时捂住了嘴。

“你说不说，不说的话，往后这刀可就不是这么轻轻刺了。”小武威胁丽红说。

丽红极度惊恐，不知道眼前的这两个年轻人最终会把她怎么样。这两人拿着刀、电线绳之类的，到底是想吓唬一下自己呢，还是要玩真的呢？

“卡里面真是没有钱了！要不这样吧，小美，还有这位小哥，你们想要多少，我给你们打个欠条不就行了，以后赚了钱再给你们啊。”

“哟，你也学人家打白条啊。拿我们当三岁小孩子啊，打个欠条，我们拿不到一分钱，你一扭头就去报警了，是不是这样想的？”小美说道。

丽红听了，赶快说道：“小美，姐姐绝对不是这样想的，姐姐绝对不会去报警的。咱们都是干这一行，有什么事都是自己解决的，这一点姐姐可以向你保证。”

“保证？你拿什么保证？我们凭什么相信你？小美，别听她的，她完全是在骗人。”小武在一旁看着小美有点松动，急忙给小美打气。

小美觉得，这次来收获太小了，只找到了二百多块钱。如果能搜到个几千块钱，放丽红一马也就放了。但是现在，两个人忙活了这么长时间，费了这么大劲，只拿到了区区两百块钱，有点太寒碜了吧。

看到丽红不说，小武有点恼怒，拿刀又在丽红胳膊上划了一下，但丽红还是不说银行卡的密码。丽红出身于穷苦人家，知道生活的不易，虽然其中一张卡里面还有两万块钱，那是她辛辛苦苦挣到的钱，岂能这么轻易地就给了这两个小兔崽子？

丽红想着，看看能不能再拖一下时间，有没有客人上门。一旦有人来，这两个人就会吓跑了吧。只是现在两道门都已经被小美给关上了，外面的人也不知道里面发生了什么，还以为今天歇业呢。而且小美的性格自己以前是知道的，这两个人年纪轻轻，想来也就是吓唬一下自己，不会真敢把自己杀了的。杀了自己，他们也跑不到掉啊，他们会那么傻吗？

丽红虽然这样想，但小武和小美却不是这样想的。久久问不出密码，小武和小美开始用刀不停地扎向丽红的胳膊、腿和胸腹，还往脸上划了几道。

终于，丽红撑不住了，不得已说出了银行卡密码。

“密码是不是真的？！如果是在耍我们，小心你的狗命！”小武继续威胁道。

丽红这会儿也不敢硬撑了，道："确实是真的，再不说真话，你们不得要了我的命啊！"

"看来你是想通了，命还是比钱重要啊。不过……太晚了，你的钱和命我们都要了。"小武说罢，用电线勒住丽红的脖子，再也不松手了。丽红试图抓脖子上的电线，无奈这勒的力度太大，她无力扯下来。

过了几分钟，丽红就一动不动了。小美和小武赶忙按事先商量的处理现场。小武拿出针管，从垃圾桶内找到一个用过的安全套，从里面抽了一些精液。小美则将丽红的全部衣服扒掉，并将丽红的双手用绳子反捆到背后，打了一个复杂的花结。小武将装了液体的针管伸进丽红下体，全部打了进去。

临走的时候，小武怕丽红不死，又拿刀往丽红胸腹等部位狠狠扎了几刀。小美点着了两棵香烟，塞进了丽红的两个鼻孔。她觉得丽红双手被捆着，鼻子里吸进去这些烟气，肯定会死得更快一些。

两人收拾妥当，赶快逃离了发廊，飞到杭州，取了钱，再回到安徽。他们愚蠢地认为这样绕一圈，警方就不会找到他们了，没想到还是被抓获归案了。

13　村中命案

丽红被劫杀一案告破了，虽然中间有过一些曲折、有过一些偶然，但不可否认的是，万事万物总有其机缘性，或许这就是必然中的偶然吧。没有这样的偶然，或许也会存在那样的偶然吧。

令人感到扼腕叹息的是，除了被害人无辜身亡外，还有两名嫌犯，他们都是如此的年轻，去干什么不好，为什么非要走上这条不归路?

像这种恋人、夫妻作案的案件，作案者狼狈为奸，在共同犯罪中分工明确、各司其职。

比如，萧云天以前办理过的案件中，就曾经抓获过这样的犯罪者。

那是海东市的一个乡镇，有一所村委会废弃的院子，由于村委会另搬他处，暂时闲置了下来，还没有着落。一连下了几天雨之后，村中有一户人家，想去这个废弃的院子里取一点土来使用。

他来到了院子，拿起铁锨准备找个地方挖土时，却发现有一堆新土经过了雨水的冲刷从下面露出了一个装化肥用的编织袋。他大着胆子用铁锨拉了一下，编织袋的袋口松开了，一只人脚露了出来！这可把他吓坏了，扔了铁锨，连滚带爬地逃出了院子。

他跑到村委会报告了这件事。看到他神情慌张的样子，村委会的人赶快让他稳稳神，听他详细地说了说。

这位村民叫石元朗，家里就住在废弃的村委会附近。这次想取点熟土，把自家院里的菜地再加一层土。

村里有大胆的人跟着过去看了看。拨开上面的浮土，一个大编织袋露了出来，从张开的袋口，依稀可以看出，里面有一个全身赤裸的女子，一只脚已经伸出了袋外。看来，石元朗说得是真的，的确是一具尸体！

村中主事的人不敢怠慢，赶快拨打了110报警。可不是一般的小事，这种事情，已经超出了村委会的职权范围。

接到报警后，各级公安部门陆续赶到了现场，封锁现场，勘查现场。

因为现场就在原来废弃的村委会驻地，因此，萧云天判断，无论是死者还是嫌犯，都可能是本村的人，否则不可能挑选这个地方来实施埋尸。

于是，萧云天吩咐当地派出所到村里查访有没有失踪人口。经过查访，还真有一户人家有人失踪了。

失踪的女孩叫作王玉蕙，今年刚二十岁，说是要出去打工，但是还没有跟家里人说一声，就不见了，而且家里的旅行箱也不见了。她为什么会走得这么匆忙呢?

本来，王玉蕙的家人没想过自家女儿会出意外。但是，听说原来村委会老院里挖出了一具女尸，王家人心里犯嘀咕了，不会是不辞而别的王玉蕙吧?

有了这样的担心，王家人坐不住了，就来到现场准备辨认尸体。但现场已经被警方包围了，正在勘查现场，不让王家人过去。

见过裸体女尸的人都称不知道是谁。尸体膨胀，面目庞大，已经看不出是村里的谁了。是不是王玉蕙，也不得而知，这让王家人心中更加焦急。

派出所的人找到了王家人，听说了王玉蕙不辞而别的事情，认为尸体有可能就是王玉蕙。

等重案侦缉队的人勘查完现场，把尸体拉到医院进行尸体解剖检验之前，这才让王家人进行了辨认尸体。

王玉蕙的父母看过了以后，立刻确定死者就是他们的女儿王玉蕙，顿时哭了起来。

萧云天劝住了王玉蕙的父母，问现在尸体已经腐烂得面目全非，为什么一口咬定就是他们的女儿王玉蕙呢?

的确，被害人的身份，也就是尸源的问题，是任何杀人案件中必须要查清的第一件事。

在派出所之前的汇报中，萧云天已经得知，王玉蕙并不是王家的亲生女儿，而是养父在外打工的时候从火车站捡回来的被人遗弃的孩子。既然不是死者的亲生父母，那么通过 DNA 亲缘关系鉴定来确定尸源的这条路就走不通了。

在死者面目已经看不清，死者的亲生父母又找不到的情况下，如何确定死者就是王玉蕙呢?

这时，王玉蕙的养父说出了两点理由：一是王玉蕙的右手食指戴着一个黄铜的戒指，现在的这具尸体上也有。二是王玉蕙小的时候坐在自行车后座的时候，曾经把脚伸进了后轮里，被车轮伤过，留下了疤痕，尸体上也有这个疤痕。通过以上两点分析，王家人确定，死者就是失踪的王玉蕙。

由此，基本上确定死者就是王玉蕙了。不过，王玉蕙年纪轻轻，谁能和她有矛盾？谁会残忍无情地将她杀死，并埋在村委会废弃的院落中呢？

14　谁是嫌犯？

由于首先是确定了死者和嫌犯都是本村的人，警方立刻对本村的人进行排查。

首先对发现尸体的石元朗进行了详细的询问。他到废弃的院落去取土的原因，石元朗倒也给出了合理的解释。

不过，石元朗还提供了一条重要的线索。他说自己的院子和哥哥石元坤的院子挨着。实际上石元坤原来住的是父母的老院，因为父母早已去世，就留给了哥哥石元坤。

石元坤平时并不在村里居住，刚成年的时候，就外出到广东打工了，这些年很少回来。因为石元坤这个人平时非常霸道蛮横，所以家里人对他很反感。这一次回来的时候，还带了一个女人，说是在那面找的媳妇。

结果回来不到一个月，前几天石元坤突然匆匆离开了村子，连招呼也没打一声。因为石元坤独来独往惯了，因此弟弟石元朗也没有太在意。

现在发现裸体女尸的地点，也就是那个废弃的院子，就挨着兄弟俩的院子。

石元朗在警方的调查之下，不经意地说出了哥哥石元坤的一些情况。

在一旁倾听的萧云天觉得这条线索不可忽视，石元朗的家离埋尸现场非常近，最近又神秘失踪，行踪很是可疑，必须要进行调查。

在石元朗的指引下，萧云天带人到了石元坤的院子进行调查。在石元坤的房间里面没有发现什么异常，也没有什么血迹之类的，只是看到有两张从广东赶回海东的火车票，显示了石元坤的确还没有回来多长时间，在村中的时间并不长。

在院子的一角，萧云天发现了一些燃烧后的灰烬。这些燃烧物并没有完全烧尽，依稀可以看到有一些衣服之类的残留物。萧云天吩咐将有关物证提取后拿回去化验。

在石元坤家院子里提取到的燃烧残留物交由死者王玉蕙的家人辨认后，不能确定是不是就是王玉蕙的个人物品。

外围村民的调查仍在继续，存在疑点的并不只是石元坤一人。

尸检结果显示，死者系被他人勒颈窒息致死，所以身体外表没有留下什么外伤，只是舌骨骨折、十指指甲紫绀等特征证实了她的死因。

经鉴定，死者下体擦拭物并没有检出精斑，但无法作为死者生前或死后有无遭受性侵的证据，原因如下：一是如果根本就没有发生过性关系，谈何检出精斑呢；二是尸体发现时，死者已死亡多日，人精物质可能已经分化降解；三是发生性关系时采取了安全措施。所以现在无法定论。

目前看来，石元坤的嫌疑比较大一些。但石元坤目前跑到哪里去了呢？警方让石元朗拨打了石元坤的电话，却显示已经打不通了。

此时，外围的调查有了进展，有村民看到案发前几天的时候，石元坤和他带来的那个女的，以及王玉蕙和另外一个叫石磊的人在县城里的一家饭店吃过饭。

警方找到了这个叫石磊的人。此人在村里的名声也不是很好，整天不安心于农活，经常和社会上不三不四的人来往。

石磊经调查后称，那天，的确是和王玉蕙在一起吃饭，在一起的还有刚从外地回来不久的石元坤，以及石元坤的女友刘芳。

据石磊所说，因为自己平时经常走南闯北，少女王玉蕙就比较崇拜自己，老缠着自己带她出去找工作。其实自己在外面也没有什么门路，平时只好敷衍一下王玉蕙，有什么饭局的时候喊着王玉蕙一起去。

和石元坤认识，是因为小时候就在一起混了。后来石元坤到外面打工，石磊是他联系的为数不多的本村人之一。

这次石元坤一回来，就和石磊联系上了，在一起玩了几天。王玉蕙知道石元坤常年在外，肯定有门路，于是缠着石磊和石元坤他们一起吃了一顿饭。

在吃饭期间，王玉蕙问石元坤能不能带她一起到广东打工。看样子，石元坤和自己差不多，在外面也只是混上个温饱而已，哪儿有能力再安排其他人的工作。但王玉蕙看到石元坤竟然能从外地领个媳妇回家，觉得他混得应该还不错。

四人席间闲聊了一阵子，有说有笑，喝完了酒之后，四人又去 KTV 唱歌。那晚玩了一阵子之后，就各人回各人家了。

从那次吃饭唱歌以后，四人就没有再聚到一起过。谁知道几天后石元坤就带着他媳妇刘芳不辞而别了。石磊打电话过去，说元坤你小子可真不够意思，没说一声就回了。石元坤说有急事，要赶快回广东去。

石元坤在广东的地方石磊是知道的，原来出去玩的时候还曾经去过。既然石元坤有急事，那就由他去吧。

不料，没过几天，王玉蕙的尸体被石元坤的弟弟石元朗发现了。这下子石磊有点不安了，因为王玉蕙经常和自己在一起，不知道警方会不会怀疑到自己。

果然，外围调查没几天，就有村民指出王玉蕙曾经和石磊在一起吃过饭。

石磊觉得警方是在怀疑他杀了王玉蕙，他急于洗清自己的嫌疑。自己虽然平时经常偷鸡摸狗，但是杀人这样的事情是万万不敢做的，再说自己和王玉蕙也没有什么矛盾啊，没有理由去杀害她。

后来石磊渐渐发现，警方在问他石元坤的情况，他觉得警方肯定是在怀疑石元坤，于是他自告奋勇，说知道石元坤在广东打工的具体地点，可以带警方去抓捕石元坤。

石元坤不辞而别，王玉蕙的尸体接着被发现，难道真是石元坤干的吗？

15 情海生波

犯罪作案后的表现，每个人都是不一样的。有的人会赶快离开原地，远走高飞；有的人会装作若无其事的样子，继续观察警方动向。从统计数据上说，前者占的比例大一些。做贼心虚的道理还是至今适用的，做了案，总会以为大家都用异样的目光看他，以为警方会注意到他，所以迅速潜逃。石元坤就是这样的。

确定石元坤是嫌犯后，抓捕的过程异常简单。在石磊的带领下，重案侦缉队的队员远赴广东，在石元坤打工的地点将石元坤及他的女朋友刘芳一举抓获。那么，死者王玉蕙究竟是为何被杀害的呢？根据石元坤和刘芳的供述，才知道了这起血案的来龙去脉。

石元坤从广东回来，带回来一个洋气的媳妇刘芳，这让王玉蕙羡慕不已。王玉蕙是家里的养女，对于外面的世界好奇得很，一直想去外面打工，但家里人不愿意。越是不愿意，王玉蕙就越想赶快出去打工。

原来认识石磊的时候，以为石磊能够带她到外面去打工，也好见识一下外面的世界。但石磊除了带她吃吃喝喝之外，并没有带她出去的意思，这让王玉蕙很是失望。石元坤的到来，又让王玉蕙燃起了新的希望。

于是，借一次石磊请吃饭的机会，王玉蕙和石元坤接上了头，跟石元坤说了此事。石元坤告诉王玉蕙，让她过几天晚上到家里来，商量一下外出打工的事情。

这天晚上，王玉蕙提着旅行箱来到了石元坤的家里，准备商量好之后接着就动身。到了他家里的时候，发现刘芳并不在家，石元坤说刘芳到镇上玩去了，还得一会儿才能回来，不用等她了。

王玉蕙又说起要跟着石元坤到广东打工的事情。石元坤说道，要是偷偷地带王玉蕙去外面打工，王家人知道了怪罪下来怎么办？他能得到什么好处？在他的威逼利诱下，王玉蕙半推半就地与他发生了性关系。

两人的衣服还没有完全穿上的时候，刘芳就从镇上回来了。看到了这一幕，她顿时勃然大怒，骂道：“王玉蕙你个小妮子，敢搞我的男人，不想混了是不是？！”王玉蕙毫不示弱，与刘芳对骂起来。骂着骂着，两个女人就动上了手，厮打起来。

刘芳身材矮小，显然不是王玉蕙的对手，一时间落了下风。被王玉蕙打了几下，刘芳怒了，打斗过程中朝石元坤怒吼：“石元坤，你还是个男人吗？自己的老婆被别人打了，你还在这里看热闹！”

听了这话，石元坤有点坐不住了。他走过去，横在两人中间，把两人隔开。王玉蕙还不想停手，想抓住刘芳继续打。

看到王玉蕙仍然不停手，石元坤火了，一双大手掐住了王玉蕙的脖子，王玉蕙被掐得喘不过气来。石元坤一松开手，王玉蕙就躺倒在了地上，大口大口地喘着粗气。石元坤这才罢了手，继续抽烟，对刘芳说教训一下这小妮子也就算了。但刘芳刚才吃了大亏，心理不平衡，咽不下这口气。她没有听从石元坤的劝阻，而是径直过去，骑到了王玉蕙的身上。

此时的王玉蕙，已经是呼吸困难，话都说不出来，更无力抵抗了。刘芳压住王玉蕙，用双手使劲地掐王玉蕙的脖子，看着王玉蕙的脸渐渐地变色，却丝毫没有松手的意思。直到王玉蕙一动不动了，刘芳才松了手，道：“敢和老娘争男人，你还太嫩了点儿！”

石元坤过来探了探王玉蕙的呼吸，发现已经断了气，便抱怨刘芳，怪她不该这么狠。刘芳冷冷地说：“现在说这些都已经晚了，王玉蕙死了，你也脱不了干系，还是想想法子怎么善后吧。”

两人一合计，准备把王玉蕙的衣服扒光以后，把尸体装到编织袋子里，埋到隔壁村委会废弃的老院子，那里一般没有人去，一年半载也不会有人发现的。至于扒下来的衣服和箱子，就用火烧掉算了。

商量好毁灭物证的办法后，两人立即开始行动。先将王玉蕙全身上下的衣服都扒光了，衣服和箱子堆在一起烧掉，最后再将尸体运到隔壁，挖坑埋掉了。处理完了这些之后，石元坤和刘芳两人连夜收拾了一下行李，步行出了村子，到镇上找了辆车，火速赶到海东市区，坐火车回广东了。

两人没有想到的是，尸体竟然会这么早被人发现，而且是被石元坤的弟弟发现。真是若想人不知，除非己莫为啊！

16　破案的难与易

以上是两个一男一女结伙作案的案例，可以总结一下了。

第一对主角是小武和小美，他们合伙抢劫杀害小美以前的老板娘丽红并将现场伪装成强奸现场，精心布局，却也难逃法网。

第二对主角是石元坤和刘芳，两人并未预谋，却是临时起意。石元坤与被害人王玉蕙发生性关系后，刘芳与王玉蕙发生争执，石元坤与刘芳合力将王玉蕙杀死后埋尸。

两起案件有一定的类似性，如都是一男一女作案，这一男一女都是男女朋友关系，杀的被害人也都是女性，都是和男的或女的熟悉的人。只不过一个是谋财害命，一个是谋命，破案的难度也迥异。

但是，案件的大小、重要程度却与破案的难度并不是成正比的。当然，这种说法对于外人来说并不是十分理解，因为，在一般民众看来，越是重大的案子，应该越破获得惊心动魄才是。但是在现实中却并不一定如此。

凡是滔天大案，必定有着不可调和的矛盾，所以重大犯罪嫌疑人会非常明显。这些犯罪嫌疑人大部分是熟人，不是亲戚朋友就是街坊邻居。生人作案，除非是受人重金所雇和那种穷凶极恶的抢劫犯，否则是下不了这样的狠手的。

对于这样重大案件的犯罪嫌疑人，各地公安机关肯定是异乎寻常地重视，要拿出比平时多出几倍、甚至几十倍的警力来侦查、抓捕，自然破案的难度就小多了。

第七季　禁毒风云

01　毒现海东

随着科技的进步，毒品的花样也是层出不穷，从鸦片、海洛因、可卡因、大麻，到摇头丸、K 粉（氯胺酮）、冰毒（甲基苯丙胺）、麻古。在巨大的利益驱使下，制毒、贩毒、运毒在地下呈现出产业化趋势。这股风潮逐渐地也渗入了国内，海东市也未能幸免。

在许多娱乐场所，“溜冰”（指吸冰毒）被有些人视为一种高层次的“消费”，甚至成为一些人吹嘘的谈资。

有人就问了，毒品有什么危害，沾上就戒不了吗？

毒品，就其本质而言，是一种麻醉剂，可以对人的中枢神经系统造成损害，使人产生幻觉、幻听、幻视，从而整个人处于高度亢奋之中，不知疲倦。

由于吸食毒品后，精神极度亢奋，人的体力终会透支，吸毒过后通常都会睡几天。而且由于毒性太大，“溜冰”之后需要“散冰”，需要把体内多余的毒素排出去，否则会对人体有害。于是，吸毒后，无节制地进行性行为，也是“散冰”的一种常用方式。

毒品的危害并不止于对人的身体有害，还带来一系列的犯罪隐患。因为毒品的价格高昂，如果长年吸毒，再多的家产也要被挥霍干净。

没有了钱，就买不到毒品。但毒瘾上来的时候，是非常难受的。没钱吸毒的人会不择手段地寻找资金，先是借，借不来就会去违法犯罪，甚至有的吸毒者以贩养吸，贩毒挣来的钱再用到吸毒上。

毒品的危害是如此巨大，以致于世界各国都将打击毒品犯罪作为了一项共同课题。

那么，毒品既然不是好东西，沾上了之后能不能戒掉呢？答案是可以戒掉，但是非常难。而且很多吸毒者都是“心瘾”难除。

还有人说，吸一次总不会上瘾吧？很多时候，人们对于未知的事物总是抱着一种好奇的心态，总想尝试一下。可惜人的好奇心是会害人的，并不是所有的事物都值得人们去尝试。

现在的毒品纯度都比较高，吸食一次，就会上瘾。在没有吸食之前，多少人信誓旦旦地说只是尝试一下，肯定不会上瘾，然而，很多人就是尝试之后就戒不掉了。只有经历过那个过程，才知道自己的自制力并不是想象中的那么坚强，在毒品面前，有多少人的自制力是那么不堪一击。

毒品这东西，一旦沾上，想要彻底戒掉，那是非常困难的。因为经历过那种吸食毒品后的感觉，即使在自愿戒毒或强制戒毒成功以后，再复吸的可能性也非常大。

目前，在国内种植罂粟是违法的，但在国际上还有几大毒品原植物产地，比如东南亚的金三角地带，虽几经国际社会铲除，仍然没有得到彻底根除。

因为毒品贩卖其中的利润大得惊人，从原产地制成以后，成本才几十元一克，到了内地之后，就飙升到了几百元一克。十倍以上的利润，是其他任何正当生意都很难达到的，让犯罪分子不惜铤而走险。

在国内，打击贩毒的力度还是挺大的，按刑法规定，贩卖冰毒达五十克以上的，量刑就是十五年以上的有期徒刑、无期徒刑以及死刑。五十克是什么概念呢？也就是一两的重量。

海东市的吸毒之风是从其他地方传过来的，但本地没有大规模的制毒基地，本地的毒品是从外地流入的。

禁毒、查毒、扫毒成了摆在海东市警方面前的一道难题。这类犯罪取证比较困难，因为在贩毒的环节中，大部分都是一对一进行的，只要毒品一被销售掉，取证就非常困难，如果双方咬死不承认，除非有其他证据，否则很难定罪。

所以说，对于打击毒品犯罪，一般都是获取情报后抓现行，人赃俱获，这样就能够收集到足够多的证据了。

02　突发人质劫持事件

一日，重案侦缉队接到110指挥中心的指令，一栋居民楼内有歹徒胁持人质，意图行凶。当地派出所请求重案队火速支援。

萧云天立刻带领人马赶赴现场。现场已经围拢了一大批人，当地民警正在维持秩序，并密切关注着楼内的一举一动。

看到重案队赶到后，派出所所长简单地介绍了一下情况。当地一栋居民楼内，一名叫作段波海的人拿刀胁持了他的父亲和儿子，并打开了家里的煤气罐，想要同归于尽。

怎么会有这种事？这人是不是精神有问题？

原来，邻居今天听到段波海的家中吵吵嚷嚷，以为出了什么事，敲开门一看，段波海挥舞着匕首，让邻居们不要过来，同时邻居们闻到了一股刺鼻的煤气味。

段波海声称他父亲和儿子两个人想要谋害他，他现在要将这两个人杀了，省得自己遇害。他把刀架在自己儿子的脖子上，情绪非常激动。

邻居们一看，觉得事情重大，赶快退了出来，报了警。派出所赶到后，经劝说，段波海还是不愿意放下手中的刀。

了解到这些情况后，萧云天赶紧吩咐了一下对面楼上的狙击手，不要贸然开枪。

萧云天本身就是狙击手出身，遇到这样的绑架情况，到达现场后总是悄悄地让两组狙击手占领对面高地，应对突发情况。

现在既然涉险房间内充满了煤气，就无法开枪了。因为在煤气的浓度没有稀释前，一有明火，就会引起煤气爆炸。这是一栋居民楼，一旦爆炸，后果不堪设想。

当地居委会的人介绍，段波海平时没有正当职业，靠打零工生活，以前他看起来挺正常的，今天绑架自己亲人的行为的确令人费解。

面对绑架案，萧云天的脑海中迅速构思出一套营救方案。对于绑架，以前也遇到过，也模拟过现场处置，所以面对的时候并不是十分陌生。这种情况，要遵循以下原则：

首先，当然就是要保证人质的绝对安全。绑匪是否被击毙，倒不是绝对的，能生擒就生擒，宜击毙则击毙，没有硬性要求。人质的安全则是第一位的，一切营救行动和突击行动都要围绕这一目标，如果人质被绑匪杀害，即使击毙或活捉绑匪，行动也意味着失败了。

其次，不能误伤他人。劝说不下或者是绑匪情绪激动，意图伤害人质的时候，这时必须采取突击或狙击行动。在适合狙击的时候，由狙击手在外围一枪制敌，不适合狙击的地方，则由武警强行突入。这个过程绝对不能伤及周围的无辜群众，也不能造成更大损失。

再次，为了防止造成新的伤亡，要对犯罪分子所持凶器的杀伤力进行评估，防止处置警察自身受伤，尤其是面对持枪绑匪的情况下尤其需要注意。

最后，对峙过程中要根据警方目的引导绑匪，而不能让绑匪牵着鼻子走。不能绑匪要求什么就给他什么。可以通过谈判，将绑匪的有利位置悄悄转为不利位置，使警方占据有利地形。

萧云天召集现场各个部门的负责人，迅速成立了指挥部，由他担任指挥，从当地派出所接管了处置权，统领今天的营救行动。

整个现场的警备人员分成了第一梯队和第二梯队，共九个组。

第一梯队包括三个组，这是核心组，居于内线，主要负责制敌和营救。

第一组是信息参谋组，由柳如雪带领。主要负责各组间的联络，并及时将情况报告给萧云天，随时将萧云天的指令下达到各组。

第二组是谈判组，由林玄鹤带领，主要负责与绑匪进行交流，劝说绑匪放下凶器，投案自首。不战以屈人之兵那是最好，如果说服不了歹徒，就要悄悄为武力处置组创造进击条件。

第三组是武力处置组，一般分为两部分，狙击手和突击手，由楚剑雄负责。在对面高楼上占据有利位置，狙击手瞄准绑匪要害部位，随时听候命令。因为这次是在居民楼里面，万一绑匪到不了最佳被狙击位置，则由楚剑雄携短枪突入击毙或击伤绑匪。

其余六组分属于第二梯队，处于外线，主要负责外围辅助性工作。

第四组是控制警戒组，由当地派出所民警组成，负责划定警戒区域、疏散围观人群。

第五组是情报收集组，由派出所协助完成，负责收集犯罪嫌疑人和人质的有关情况，了解案发的前因。

第六组是救护、消防、排爆、排险组。这一组的职责比较多，如协调急救车尽快到达现场，以备对有可能出现的伤员进行抢救；协助消防队，对有可能引起的火灾、爆炸、危险品泄漏进行处置；协调交警，指挥过往车辆绕道而行，防止出现人群聚集引发意外事件发生；协助物业，对事发地的水、电、煤气进行暂时中断，等等。

第七组是现场勘查组，负责对案发现场进行全程录音录像，及时固定证据。

第八组是技术侦察组，负责对绑匪可能进行的通话进行监听，掌握其下一步动向。谈判专家需要随身绑定技术侦察组的监听设备，以便侦察组及时知道双方对话的内容。

第九组是机动组，随时待命，准备支援其他组。

按照事先准备好的预案，萧云天迅速将现场警力划分为九个组，将对讲机频道调到统一频道，命令各个小组进入战斗位置，统一听从萧云天的指挥。

先期的封控、包围工作已由派出所完成了大半，现在就要进入下一步工作了，那就是与绑匪进行谈判。

03　谈判专家

今天的谈判专家是林玄鹤。

之所以说是“今天的”，是因为昨天林玄鹤还不是。

局里有谈判专家的，但不巧的是，谈判专家昨天刚去省城参加培训，一时半会儿是无法回到海东市的。萧云天想了想，林玄鹤伶牙俐齿的，就让他当一回谈判专家吧。这也是无奈之举。

林玄鹤本来是属于技术侦察组的，应该负责谈判专家与绑匪谈判时的监听。林玄鹤在平时的营救人质行动中多次亲耳聆听谈判专家的现场谈判。鉴于此，萧云天把监听工作交给了另外一名队员，而让林玄鹤前去充当谈判专家。

本来，萧云天是准备自己去当谈判专家的。因为绑匪在劫持人质的时候，要求较高层级的警官来与其对话，如果派一个普通警员，绑匪会感觉到对其不够重视，反而会使绑匪情绪更加激动。

再说，林玄鹤对于擒拿和枪械并不是十分精通，亲临一线处置突发事件的经验较少，派他上去，萧云天还是有一些担心的。

来之前，何永安局长跟他说了，说他现在是一队之长，负责全局工作，不能什么事都从一个狙击手或者一个突击队员的角度来看问题，要掌控全局。

萧云天对现场进行了仔细的观察。情势虽然凶险，但也绝非完全没有缓和的余地。

不利的一面是，行凶者段波海劫持了其父亲和儿子两名人质，刀已经架在儿子的脖子上，绑匪的父亲也不敢随意走动。室内的煤气浓度已经达到了一定比例，稍有火星就可能引起爆炸。而且由于段波海已将门窗都关上了，狙击手的视线相对来说并不是很好，没有一枪制敌的把握。段波海的情绪很不稳定，不知道因为什么，导致他将自己的亲人劫持为人质。

有利的一面是，段波海的凶器只有一把匕首，比较容易制服。再说劫持的还是他的父亲和儿子，如果他精神正常、恢复理智，可能会迅速释放人质。

萧云天把林玄鹤叫了过来，简要地和他说了说与劫持者段波海谈判的要领。要通过与劫持者持续的交谈，稳定劫持者的情绪，争取营救时间，引开劫持者的注意力，等煤气浓度降低后，就可以为突袭争取时间了。

鉴于段波海劫持的是自家人，可重点在亲情上做文章，以感化段波海为手段，攻心斗智，促使其放下凶器，向警方投降；或者尽可能拖延时间，为狙击和突击争取有利的时间和地点。

林玄鹤点了点头，道："放心吧，队长。咱局里的谈判专家怎么和劫持者谈的，我从监听设备里都听过无数次了，照着葫芦画瓢也能画出来。"

萧云天严肃地说道："千万不可大意，把对讲机的耳机戴好，随时听我指令。"说罢，萧云天叫人拿来一件防刺背心让林玄鹤穿上。他担心万一突击队员来不及进入，劫持者和林玄鹤动起手来，林玄鹤身手一般，万一被刺中就不好了。

这种防刺背心与防弹背心不一样，只具有防刺功能，不具有防弹功能。应对持刀歹徒时非常有效，对于普通刀具的捅、刺、砍等行为，可以有效抵御，防止受伤。

林玄鹤却摇了摇头，道："队长，我看不必了。穿上这东西，一是比较笨重，在楼道那种狭小的空间内可能会妨碍灵活移动。二是，我担心劫持者看我穿这种装束起疑心，可能会更加情绪失控。三是，不就是一个持刀劫匪吗！咱这三脚猫的拳脚对付雄哥是不行，对付这小子应该还是绰绰有余的。"说罢，林玄鹤向楼内走去。

萧云天无奈，只好跟着林玄鹤在后面策应。

林玄鹤敲了敲门，道："开门吧，段波海，我有事跟你说。"

房间内，段波海警觉地喊道："你是谁？是不是也想来害我？"

林玄鹤一怔，难道这小子有被害妄想症？

被害妄想是精神分裂症的一种现实反应。症状是总以为有人要追杀他，觉得自己时刻处于危险的境地。这种患者总是异于常人的敏感。

不过，林玄鹤很快就平静下来，说道："别害怕，段波海，我不是来害你的，是来帮助你的，帮你找出那些想害你的人，快开门吧。"

萧云天在后面听着，不由点了点头。林玄鹤迈出了谈判专家谈判的第一步，以缓和的口气耐心地与对方谈话，通过交谈了解对方的动机、目的及要求，尽量弄清人质是否受到伤害，同时密切注意劫匪的情绪，防止事态激化、伤害人质。

段波海打开了门，让林玄鹤走了进去，接着又想关上门。

林玄鹤说道："你放心，其他人我已经吩咐他们不要进来了。再说现在屋里煤气味这么重，一会儿你自己熏倒了怎么办？"

段波海听了林玄鹤说的，也没再关上门，而是打量起林玄鹤来，道："你是什么人？他们怎么会听你的？"

林玄鹤转转眼珠，道："我？哈哈，我是海东市公安局的副局长啊，他们当然得听我的。局长到省里开会去了，赶不过来，委托我与你谈谈，你看可以吗？"说话的同时，林玄鹤看到段波海的父亲蹲在地上，显得很害怕，但看样子并没有受到伤害。

这是谈判的第二步，表明自己的身份。虽然林玄鹤说自己是副局长，却是情势需要欺骗绑匪，再说段波海估计也不知道海东市公安局副局长是谁。

04 营救行动

“你有什么要求可以讲啊，是不是？现在最好把刀放下来。”变身为谈判专家的林玄鹤正在努力说服对方，跨出了谈判的第三步，看看对方有什么要求。

“我要把害我的人都杀了，给我一把枪！”劫持者段波海叫道。

“枪是没法给你的，你看看，我什么都没带，我没有枪，也没有刀，连避弹衣都没有，到哪里给你找枪去？”林玄鹤举起双手，示意身上并没有带武器。在谈判中，有些要求可以暂时答应，有些则绝对不能答应，如要枪的要求，是肯定不能答应的。

“那你进来干什么？”段波海说道。

“我来看看你。害你的人不是你父亲和儿子，千万不要伤害他们。你还是听我的，我帮你查谁害你，你看行吗？”林玄鹤道。这是第四步，劝降。

“我怎么相信你，你是警察，警察都不可靠。”段波海喊道。

“我是公安局的领导啊，说话算数！不然我以后可怎么混啊？你还是放下刀吧，有话我们可以好好说。”林玄鹤想继续劝降。劫持自己的父亲和儿子为人质的，必有原因，正常人干不出这种事情来。

一时间劝降不下，林玄鹤开始走出第五步，那就是拖延时间。一方面是分散一下段波海的注意力，另一方面是将煤气的浓度进一步降低。现在物业已经关掉了煤气阀门，而且绑匪屋里开着门，风不断吹进来，屋内的煤气浓度不断降低。

现场的情况仍然紧张，段波海刀架在自己儿子身上，不停地大喊大叫，可怜的孩子在刀锋下吓得大气不敢出，不明白平时还不算太暴戾的段波海怎么会变得如此凶残。

正在此时，林玄鹤耳机里传来了萧云天急切的声音：“玄鹤，你要注意了，对方是吸毒人员，情绪现在不受控制。一旦他有伤害人质或者加害于你的行为，立即打手势，配合狙击手行动。”

林玄鹤心头一震，怪不得段波海表现得这么反常！

原来，从半开的门中，当所有人的注意力随着林玄鹤而去的时候，萧云天眼角的余光扫了一遍客厅内的陈设。虽然门并没有全开，视野有限，但就在这有限的视野中，萧云天发现客厅的茶几上赫然放着一些东西。一个矿泉水瓶，盖子上插着两根管子，一根是玻璃的，前头还有一个圆形的东西，下头伸到了瓶里的水中；另一根是塑料的，下头在水面之上。普通人看到这些东西会觉得很奇怪，但在警察的眼里，一眼就看出来了，这就是所谓的自制“冰壶”。

目前最为流行的毒品就是冰毒，号称毒品之王。冰毒对人神经的刺激更为强烈，使人处于亢奋状态。吸食冰毒需要一定的工具，那就是“冰壶”。

高档一点的冰壶是玻璃制作的，低档一点的，就是用矿泉水瓶子自制的。原理都是一样的，就是将冰毒放在小容器内或者锡纸上经过高温烘烤，产生的烟气通过管子进入瓶子里的水中，经过水的过滤，再冒出来，通过另一根管子由人吸食掉。过量吸食冰毒可导致急性中毒，严重者会出现精神混乱、性欲亢进、焦虑烦躁、出现幻觉等症状。

当林玄鹤知道了自己面对的是一个吸过毒之后情绪失控的犯罪者后，盘算着如何拖延时间，好让他尽快恢复理智。

在外围的萧云天也示意武力解决组暂缓行动，只要劫持者没有出现伤害人质的迹象，就不要直接击毙。毕竟双方是一家人，尽量以解救为主。

而劫持者段波海的情绪仍然很不稳定，一会儿训斥前来的谈判专家，一会儿训斥自己的家人，一会儿又四顾左右。段波海坚称，一定有人要来害他，家里的这两个人就是邪恶集团派来的急先锋，要先取得他的信任后再置他于死地，他绝不能束手就缚，要殊死一搏。

此时林玄鹤的脑中，又回忆起以前谈判专家应对劫持者的话语。虽然不能完全等同，但掌握要点还是可以的。现在的情况要尽量周旋，先稳定他的情绪，让他放松。说话的时候不要出现大幅度的动作，避免刺激劫持者。现在的段波海神情高度紧张，如同惊弓之鸟，如不冷静对待，就会刺激劫持者，促使他持刀杀害人质。

“段波海，请你相信我，我今天是来帮你的，你跟我说说，是什么人要害你，我去帮你抓他们。”林玄鹤道。

段波海的思路已经被牵到了林玄鹤的线上：“有好几个人要害我呢，这不，屋里的这两个人就是，一个老的，一个小的，都不怀好意！”

“是吗？段波海，你仔细看看，这两个都是你最亲的家人啊，一个是你的父亲，一个是你的儿子，他们怎么会害你呢？不能冤枉了好人啊！还得把真正要害你的人找出来。”林玄鹤还是耐心地周旋。

段波海听了，有些迷惑，道：“这两个人不是要害我的人？那其他的人呢？”说着说着，匕首慢慢从他儿子的脖子处放了下来。

林玄鹤顺手往阳台上一指，道：“你看，那个人是不是要害你的人？”

段波海不由自主地顺着林玄鹤的手向阳台望去。他一转头，林玄鹤就飞扑了过来，将他扑倒在地上，他拿刀的手被林玄鹤用手死死扣住。

听到屋内的动静和观察员的汇报，萧云天急忙带队冲进屋内，协助林玄鹤控制住了段波海，令他动弹不得。

所有人这才舒了一口气，一场劫持人质的危机顺利化解，皆大欢喜。

05 追查毒源

在重案队员们冲进屋，将劫持者段波海控制住以后，被救下的一老一小央求警方不要带走段波海。

但法网无情，虽然段波海绑架的都是自己的亲人，也没有勒索财物的目的，只是吸毒后的反应，但其行为已经涉嫌构成了绑架罪，警方必须依法处理。他们把段波海控制住并迅速带离现场，带往公安机关关押。

段波海的父亲和儿子也被带往公安机关接受询问。现场的勘查由技术人员继续查验、取证。经过询问这一老一小，警方知晓了一些细节。

段波海前几年与妻子离婚，一直没有再娶。平时也没有什么正经工作，经济来源全靠打零工，收入很不稳定，又要照顾儿子和年迈的父亲，生活压力很大，心情自然比较烦闷。

有一天，段波海从外面拿回来一个瓶子，瓶盖上还插着两个吸管。段波海拿出一张锡纸，放了点味精一样的东西，用打火机在底下烤。烟气顺着吸管进了瓶子，他用另一根吸管从瓶子里往外吸。

段波海的父亲看着很奇怪，因为没见过这些东西，就问段波海是什么东西。段波海称是自制的水烟袋，让他不要管，老人也不大敢管，事情就这样过去了。从那以后，段波海经常这样干，有时候吸了这个“水烟”情绪会好点，有时候就会很暴躁。

对现场进行善后处理后，萧云天先带队离开了现场，准备等段波海稍微清醒的时候再进行讯问。其他的队员对段波海进行尿检。此时距离案件发生已经过去了两三个小时了，可以进行检验了。

目前，国内检测冰毒方面比较常用的是尿检（MET 试纸），其他的专业检测方法还有毛发检验、血液检验、唾液检验。

嫌犯段波海的尿检呈阳性，也就是说他在作案前确实吸食过冰毒。应该是在冰毒的刺激下，产生了被害妄想，错把父亲和儿子当成了要害他的人，所以才不顾亲情，拿刀胁持亲人。所幸尚未造成严重后果，被林玄鹤等人拿下，否则后果不堪设想。

吸毒，实际上伤害最大的还是吸毒者身边的人。海洛因这样的毒品身体依赖不大，只是心理依赖大，而冰毒这样的毒品，不仅有心理依赖，而且生理依赖也很大。尤其是吸食完之后，由于对神经的刺激，容易产生被害妄想，这是一种类似精神病的症状，而妄想的对象，则大多是吸毒者身边的人。

国内的其他地方，也曾经发生过吸毒者因为吸毒失去理智，持刀胁持身边亲人的案件。在劝解无效，人质受到伤害的情况下，由狙击手一枪毙命。

在今天这种情况下，考虑到段波海已经把煤气罐打开了，屋内煤气浓度有没有达到爆点不太确定，所以没有贸然采取狙击或强攻的方法。所幸林玄鹤随机应变，最终化验为夷，不仅拯救了一老一小的性命，还拯救了段波海本人的性命。如果没有及时制服段波海，对峙到最后的结果很可能是段波海被击毙。因为随着时间的流逝，天色会越来越暗，对狙击手视线的干扰就会越来越强，狙击的最佳时机就会一分一秒地逝去，所以必须要在白天结束战斗。

等到段波海的毒性过去之后，萧云天吩咐手下去审讯，最后给他一份报告。

楚剑雄和柳如雪去审讯段波海。林玄鹤在与嫌犯的谈判过程中立了一功，其实他的精神也是高度紧张，所以萧云天已经让他回去休息了，案子毕竟没有造成什么太大的后果，不需要上这么多的警力。

段波海清醒之后，刑警们给他讲述了之前惊险的一幕，他竟然听得目瞪口呆，对于刚刚发生的事情，他竟然一无所知。对于吸食冰毒之后的事情，他基本上都不记得了，只记得吸完之后刚开始是飘飘欲仙，但接着就是烦闷无比，老觉得有人要害自己，他刚抓住要“害自己的人”，后来不知道是怎么回事，就被警察抓获了。

吸毒劫持人质的事情查清楚了，但段波海的毒品是从哪里来的呢？这才是问题的重点。段波海肯定没有自己制造冰毒的能力，从他家里还搜出了大约三克尚未吸食的冰毒，这么少的数量，应该是从别人那里购买来的。

上家到底是谁？抓住了上家，顺藤摸瓜！只要有冰毒出卖，必有制毒的源头，那才是真正的大毒枭。因为制毒的很少会自己去零售，总会向一般商品一样，有生产商、总经销商、分销商等，到了买家手里的时候，通常已经化整为零了。

“说，冰毒是从谁那里买的？”楚剑雄问道。

“这个……真不知道那个人叫什么名字。”段波海倒不是在说假话，真实情况就是这样。

段波海走上吸毒之路，是源于交友不慎。在一个毒友的教唆下，尝试着吸了几口，结果从那以后一发不可收拾，上瘾了，期间想戒却再也戒不掉了。有时候停吸了几天，一想到生活中的苦闷事，就又忍不住地复吸了。

至于毒品的来源，都是毒友之间互相介绍的。有时候也从哥们儿那里蹭一些，有财大气粗的哥们儿不在乎一星半点儿的。当然，更多的时候还是自己去买。

对于吸毒的人来说，吸毒并不构成犯罪，而只是一种违法行为，最多就是行政拘留或者强制戒毒。而卖毒品的人就不一样了，只要是贩卖毒品，无论贩卖了多少，哪怕是零点几克，都会构成贩卖毒品罪。而且这种犯罪是国际社会重点打击的对象，国内自然也不例外。

在这样的严刑峻法之下，贩毒的肯定知道被抓获就得重判，所以他们一般在贩卖的过程中都会小心翼翼。通常不会用自己的真实姓名，而是使用各种各样的化名，这样即使被别人供出来，一时间也查不到本人。而且，有的时候，毒贩为了安全起见，不会把毒品卖给陌生人，而是通过吸毒人的口耳相传，互相介绍再来买卖毒品。

段波海的毒品，大多是来自一个叫“三”的人，他在海东市涉毒的圈子里小有名气。三提供的冰毒，份量足、质量好、口感佳，人也比较有信誉，很多人都喜欢买他的货。三有很多电话，有需要的就打电话给他，报上名号谁谁谁介绍的，说清楚需要的份量、价格、交货地点，然后三再派人到交易地点进行交易。

段波海买的这么多次中，经常换人来送冰毒，有时是这个人，有时是那个人，有时是男的，有时是女的，来的人也都是来去匆匆，戴着口罩、墨镜，一手交给他货，一手接过钱就走。

这种买卖毒品的事情，互相对对方的情况知道得越少越好，知道多了，反而没什么好处。反正三是比较有信誉的，也不怕他给假货。他势力那么大，自然也不敢欠了他的毒资。

根据段波海提供的这几个电话号码，警方一一拨打，结果都停机了，三到底去了哪里？

06　人以群分

段波海所涉及的毒品上家三的电话也打不通，看来是已经换了号了。凡是在这一行混的人，自我保护意识都很强，警惕性很高，不会轻易暴露自己的行踪。

本来，段波海所涉及的只是一宗个案。吸毒的人员虽然多，但能够由此摸查到上家的并不是很多。在对酒吧、夜总会、洗浴中心进行的例行清查中，有时也会发现一些吸毒人员，但问及这些吸毒人员的毒品是从哪里来的，连他们自己也说不清楚。

观察是否是吸毒人员，可以通过以下步骤来进行：留意观察他的谈吐、神情，看其神志是否清楚；使用小电筒查看其瞳孔是否放大，如果放大，说明有吸毒的嫌疑；留意怀疑涉毒人员的手是否颤抖，心跳是否异常过快，体温是否异常；有条件的还可以使用尿液测试卡检测尿液。

一般情况下，只要是在查获吸毒的现场，总会有一些残留物，即使毒品已经吸食完，但这些吸食毒品的工具不会隐藏得那么快。只要发现了吸毒的工具，再对这些人员进行尿检，就可以确定其是否吸毒。

所谓物以类聚，人以群分。人们之间，有各种各样的朋友，有酒友、牌友，甚至也会有毒友。吸毒的人员之间，都有着千丝万缕的联系。在海东，吸毒的人也会有一个小圈子。

抓到了段波海，只是冰山露出了一角，背后有多大的冰山还尚不可知。毒品案件的侦查，有时候取证是比较困难的，很多时候只能抓到下家，对于上家的线索，则很少能够探知。因为毒品交易的利润实在太大，毒品到了吸食者的手中都是经过了多个阶段，经过了多人的转手。

段波海交待，从三手里买来毒品后，有时候拿回家自己吸，有时候和几个朋友到宾馆开个房间一起吸。

在问到都在哪几个宾馆吸食时，段波海交待，在海逸商务宾馆吸食的次数比较多，有时候几个人会长期包上一个房间，一包半个月或者一个月，谁有空的时候，谁就去那里疯一下。

从段波海这里获知的信息就这么多。毕竟，段波海只是一个吸毒者，处于整个制贩毒生物链中的最底端、最下家，再往上追根溯源，段波海也不知道那么多。

在利欲熏心的上家看来，这只是一桩生意。很多的专业贩毒者，自己是不吸的，因为他们深知吸毒之后的危害性。

以往抓到的一些吸毒者，往往都是在对娱乐场所的例行检查中抓到的，由于也无法指控上家，往往只是行政拘留处罚，无法进行下一步的处罚。

对于禁毒事业而言，重在两头，一头是预防，严厉打击制贩毒行为，从源头消除毒品流入的渠道，减少了毒品来源，吸毒的自然就少了；另一头是打击，对于出现的贩毒行为，发现一个抓获一个，绝不留情。

毒品问题，目前已经不是一二个国家内部的问题，而是全世界共同要面对的问题。

在获取了段波海的口供之后，对于段波海的刑事追诉，由区刑警队继续往下进行。对于上家的追查，大网已经悄悄地拉开。

当务之急就是对海逸商务宾馆进行严密监控。这是一个吸毒的据点，只要还有人吸毒，说不定哪天还会有人过来。

监控了几天，重案队始终没有发现可疑的人。难道是吸毒人员发现警察在盯梢吗？虽然有这种可能，但萧云天自信自己手下的队员们职业素养都非常高，不会轻易地让人发现。

也有可能是因为段波海这次闹的事情太大，造成了当地大批人群围观，后来又去了大批警察，连重案侦缉队都出动了。说不定，他的那批毒友们也听到了风声，因此消停几天。

但萧云天相信，只要是吸毒的人，憋不了多久，总要出来再吸的。几天不吸食毒品的难受滋味，甚至比几天不吃饭还要痛苦得多。

吸毒之后的那种感觉，是无法用语言来形容的，也是不吸毒的人们所无法想象得到的。要想自己主动地戒掉，实际上真是很难的。千万不要低估毒品的诱惑力，一旦沾上很难戒掉，段波海不就是一个很好的例子吗？

07 突袭宾馆

重案队刑警在海逸商务宾馆附近蹲守了几天之后，终于有了收获。

一天，楚剑雄带领一队在这里蹲守，发现有两男两女穿着入时，鬼鬼祟祟地进入了宾馆，他们直接从宾馆前台拿了客房钥匙就上楼去了。

职业的经验告诉楚剑雄，这四个人肯定有问题。

警察的眼睛和一般民众的眼睛是不一样的，尤其是刑警的眼睛。楚剑雄在反扒队的时候，面对街上人来人往的人群，一眼就能看出哪些人是扒手，因为扒手的神态和普通人是不一样的。

一般的行人，都是来去匆匆，眼睛是不会乱瞅的，而那些扒手则不然，他们东张西望，寻找作案目标，伺机下手。尤其是在人多的地方，那是扒手们最愿意去的。比如在广场上、公交站台上、公交车或地铁车厢里，越是人多拥挤的地方，他们就越容易浑水摸鱼，越容易得手。

等到那四个人上了楼，楚剑雄就带着几个便衣走进了宾馆。他们直奔前台，亮出工作证，责问服务员为什么没有对刚才的那几个客人进行住店登记，并问他们的房间号是多少？

前台的服务员立刻慌了，因为按照酒店管理规定，不拿身份证开房是不允许的，只要被查到，都要被处罚的。因为宾馆、旅店，历来都是黄、赌、毒经常出现的地方，也是治安案件高发的地方，更是公安机关重点整治的场所。

面对公安人员的质问，前台服务员不得不说出了实话。因为这几个人平时经常来这里开房，彼此都熟悉了，所以有时候也就不登记，直接就给他们房间钥匙了。

在获知了房间号之后，楚剑雄从前台拿了一把管理员钥匙，他留下两个人在前台控制住前台服务员，省得其通风报信，带领其余的五六个人直奔203房间。

四个人过来，只开了一个房间，估计他们除了从事黄赌毒活动，就没有别的事了。而且大白天的开房，这四个人竟然没有携带任何行李，完全不像正常出差办事或观光旅游的样子。正常的旅客，多多少少总会携带一些行李的。

这个经验，是楚剑雄原来打击车匪路霸的时候从老刑警那里学来的。老刑警们告诉他，凡是上长途车的，只要是真正的乘客，或多或少都会带有一些行李。在长途车上行窃的扒手，大都会从中途上车，不买票，看看车上有没有下手的机会，如果有，就动手，动完手后找个借口再下车。

拿到了管理员钥匙，楚剑雄带队向楼上摸去。到了二楼，看看楼道里没有人，楚剑雄便疾步向 203 房间走去。

到了房间门前，靠近房门听了听里面的动静，只听到里面电视的声音放得很大，听不到里面人说话的声音。

楚剑雄向跟着他的队员们示意了一下，意思是一会儿开了门，一起闯进去，将所有的人制服。用管理员钥匙开了门，楚剑雄拔出佩枪，带人冲了进去。

房间里杯盘狼藉，茶几上摆着两个自制的冰壶，两个男子全身脱得只剩下一条内裤，怀里各抱着一个同样脱得只剩下内衣的女人。

楚剑雄等人冲了进去，大喝一声："全都不许动！警察！"几支黑洞洞的枪口，对准了床上的两对男女。

这四个人显然被吓傻了，他们的反应明显不平常，当场懵掉了，面面相觑，不知如何是好。

楚剑雄带来的一位队员，举着一台摄像机，将整个过程录了下来，以备以后取证所用。"都把衣服穿起来！"楚剑雄一声厉喝。

四个人悻悻地穿上了衣服，蹲在一旁听候发落。

对于茶几上剩余的冰毒，楚剑雄让人拿出电子秤当场称重。对于当场查获的毒品，一般都要当场称重，由被抓者现场签字确认。

经过现场的称重，剩余的冰毒还有两克左右，看来这四个人想在这里吸一宿。对于四个人来说，一宿吸上两三克的冰毒属于正常的量。一旦毒性生效，男男女女会不知疲倦地尽情释放全身的精力，提前预支能量。现在的这四个人，虽然眼神已经开始有些迷离，但还尚未达到被冰毒完全迷醉的程度。

随行的队员们给这四个人一一戴上手铐，防止他们再有脱逃的行为。因为这里是二楼，窗户没有防盗窗，拉开窗户跳下去逃走也是有可能的。现在一共抓了四个人，需要对四人就地突审。因为审讯都是单独进行的，也就是说对于被抓的人，问话的时候要单独讯问，防止发生串供情况。时间紧迫，来不及转移，只好先将其他三人带至卫生间，依次审讯。

“冰毒是从哪里来的？”楚剑雄开始突审。本来，抓捕这些吸毒者，并不需要动用重案侦缉队，但为了进一步查出海东市毒品流通的源头，队长萧云天决定对涉毒行为干预到底。

最先审讯的是一个男子，他头发上还有些染过色的红毛没有剪掉，暂且称之为“红毛”。

面对警察的讯问，红毛先是低头不语，在楚剑雄的一再追问之下，才说出冰毒是从一个叫“三”的男人手里买来的。

“三在哪里？老实交待！”楚剑雄继续问道。

红毛摇了摇头，表示不知道。因为与三的交易，都是提前打电话，约定好在什么地方接头，接上头之后，一手交钱，一手交货，收到钱后那人就走了。因为觉得声音不一样，应该是三派来的人。

这次的毒品，也是三派人来送的货。红毛在一条路的路边等着，到了约定的时间，过来了一辆出租车，问他是不是在等三。红毛说是，那人就递过来一个信封。红毛不用打开看就知道是冰毒，因为彼此交易过很多回了，已经建立起了初步的信任。交易的数量、价格已经提前说好了，无须再重新数一遍。

对于三的其他信息，红毛表示他也不知道。

又接连审讯了其他三个人，男的也从三那里买过冰毒，但也不清楚三是个什么样的人。两个女的就是来蹭冰毒的夜场女，根本不知道冰毒是从哪里来的。

无奈，只好先把四个人带到警局，做完详细笔录后交治安大队行政拘留。

08　设局钓鱼

楚剑雄一行将红毛等四人押回了警局，并向队长萧云天汇报了情况。

萧云天听后，眉头一皱，怎么抓得全都是吸毒的，没有贩毒的。不行，必须寻找其他的方法来抓三这个人。

将红毛带过来后，萧云天问道："想不想戴罪立功？"

红毛不是很配合，道："警察同志，俺们只是吸毒，最多就是行政拘留，犯不上什么大罪吧？没有罪，谈什么戴罪立功啊？"

"是吗？吸毒不构成犯罪，但你容留他人吸毒可就构成犯罪了，知道不知道？"萧云天此前已经知道了是红毛购买的毒品，并开了房间，供其他三人一起吸毒。

萧云天给红毛讲解了一下法律政策，让红毛意识到，他的问题绝不仅仅是吸毒这么简单。

听了解释，红毛沉默不语了好大一会儿，他在考虑要不要配合。虽然检举立功他也想，但都是在道上混的，万一传出去是自己把别人咬出来的，以后出去被报复怎么办？但面临牢狱之灾，使得红毛也不得不考虑这个问题。

"怎么样？想通了吗？"萧云天问道。

红毛最终同意戴罪立功，愿意按照警方的意思来办。

萧云天的计划很简单，就是趁现在红毛等人被抓的消息还没有扩散出去，让红毛再给三打电话，让三再送一些毒品来。如果三自己来，那就直接抓三，如果三再派其他人来，那就先抓其他人，然后再顺藤摸瓜，查找三的下落。

红毛拿起电话，道："三，我还想再要两个冰，现在送过来吧。"

电话那边警觉地问道："你不是今天刚要过吗？怎么还要？"

红毛道："那几个都吸完了，可还准备玩一晚上，再送点儿吧，又不少你钱。"

电话那头可能觉得也没有什么问题，说道：“好吧，还是老地方接货。”

萧云天的这招叫引蛇出洞，专业一点就叫诱惑侦查、钓鱼执法。在嫌犯没有实施犯罪的时候，创造条件，诱使嫌犯犯罪。当然，今天要抓的三已经贩毒很多次了，这次只是为抓捕创造条件罢了。

红毛和三协商完毕，红毛就被警方带到了约定接头的地点，等候三的出现。去之前萧云天给红毛说好了，老老实实地配合，不要想着逃跑或者是给三通风报信。

安排完毕，让红毛在路边等着，其他的刑警们三三两两地伪装成路人，隐蔽地监视着。

十几分钟后，一辆出租车在红毛身边停下，副驾驶座位上的人摇下车窗，向红毛递过去一个纸包。

说时迟，那时快，楚剑雄带人就冲了过去。几个人拉开驾驶室的门，拔下了车钥匙，控制住司机，另外几个人去拉副驾驶的门，把送货的人拉了出来。

出租车司机和送货的那个人都懵住了，不知道怎么回事。

送货的人被几个人扭住，上了手铐，楚剑雄一把拽住他，问道：“你是不是三？”

那人惶恐地说道：“我不是三，我只是送货的。”

红毛此时也被刑警控制住，不过是为了制造假象，让别人看不出是设的圈套。楚剑雄向红毛望去，意思是问他，这个送货的是不是三？红毛摇了摇头，说听送货的说话声音并不是经常联系他的三。

为了不惊动路上的其他行人，楚剑雄让人把三个人分别押到了旁边的地方牌车上，并让人把出租车开到了一边。

三到哪里去了？楚剑雄就地在车上审讯送货的那个人。

送货的名叫李明，并自称他也不知道送的是什么货，只是受雇于三，三让他送什么，送到哪里，送给谁，他一概不问，只负责把买家给的钱拿回来就行了。

有时候，李明也问三卖的是什么东西，三从来不跟他说，还让他不要多管闲事，只管送货就行了，知道得多了没好处。李明也就不好多问。

李明说，每次来，都是三先开车到一个地方，然后再让李明打个出租车过去送，三在后面远远地看着。李明指了指远处，说三的车就在那里停着呢。

楚剑雄顺着李明指的方向看去，哪里还有什么车，气得他抓住李明的衣领，道："你到底说的是不是实话？！车在哪里？！"

李明说道："刚才还在那里，这会儿可能开走了。"

"为什么不早说？"楚剑雄气不打一处来。

李明显得很委屈，道："刚才你也没有问我，我也不知道你为什么抓我啊！"

楚剑雄一听也是这个道理，刚才情况紧迫，谁也没有注意外围还有没有嫌犯的车辆，结果让三钻了个空子，溜掉了。

看来，三肯定是个经常贩卖毒品的惯犯，具有非常高的警惕性和反侦查能力，既然到了现场，还不亲自过来送，还要让手下的李明再打个出租车过去送。

既然三已经逃掉了，那么只好先把李明押回去详细审讯，尽可能地多了解一下三的信息，为下一步的抓捕做好准备工作。

这次的抓捕，需要吸取教训的是：所以人的注意力全聚集在核心区域，只顾盯着与红毛交易的李明了，忽略了周围还有没有可疑的人物。

"只要三这小子还敢继续留在海东市，总有一天会抓到他的！"楚剑雄恨恨地道。

09　后路是必须要有的

李明供述的情况如下：

三和他是同乡，本名苏得胜。李明原来在外地打工时碰巧与苏得胜相遇，苏得胜问他一年能赚多少钱，李明说一年也就赚个三四万块钱。苏得胜听了，说不要在外面混了，跟他一起干吧，保证他一年就赚个几十万。李明一听动了心，问是什么工作，赚钱这么容易。苏得胜说具体就不用管了，替他送送货就可以，工作很轻松，钱也挣得轻松。既然有钱赚，何乐而不为呢？于是，李明辞掉了外地的工作，回到了海东跟苏得胜干。

工作果真像苏得胜所说，也就是替苏得胜送送货而已。至于送的是什么货，苏得胜没说，李明也没好意思多问，毕竟这是人家的商业秘密。每次送的货都很轻，都用一个小纸包或者信封装着，到了指定地点，送给别人，然后再把钱拿回来就行了。

有时候，李明忍不住想，这到底送的是什么货呢，这么值钱？偶尔几次，他偷偷打开看了看，里面的东西看着就像味精、盐一类的物质，他不确认是什么，但看影视剧多了，他也猜到了那是什么东西，但从来没有和苏得胜说破过。

这种事情，真是知道得越少越好，知道多了有什么用呢？除了惹祸上身，没有一点好处。没有好处的事情，就不要去招惹。既然老板没有说破，自己又何苦捅破这层窗户纸呢？

这种默契一直伴随着苏得胜和李明。李明不知道在海东究竟有多少个从事这种交易的人，他也不敢去打听。但是，他隐隐约约觉得，这种违法的事情不能长久。有好几次，李明提出不干了，苏得胜立马拉下脸来，说海东市黑道白道都有他的人，这事已经上了道，想说不干就不干，哪有那么简单的事情？

看到苏得胜凶狠的样子，李明也有些害怕，从此不敢再提不干的事，还是继续替苏得胜送货。他想，反正这也不关自己的事，货都是苏得胜的，自己只负责送，相当于快递，自己应该没有什么责任。正是在这种侥幸心理的驱使下，李明仍然按部就班地替苏得胜送货。不过每次送货的时候他也是胆战心惊的，生怕哪一天被公安逮到。

实际上，越是怕什么事，就越会出现什么事。

当红毛再次提出要冰毒的时候，苏得胜虽然有些警觉，但也没有多想，因为双方交易过很多次了，已经建立了基本的信任。苏得胜万万想不到，红毛拿货竟然是根据警方的安排设的一个套，就等着他往里钻呢。幸好苏得胜留了一手，每次交易都不亲自出面，而是安排李明打头阵，他在远处督阵。

这次李明去给红毛送冰毒，苏得胜就在远处的车里看着。没有想到，担心的事情果真发生了。他们正在交易呢，突然有几个人冲上去把李明和红毛都按在那里了。

当亲眼看到逮住李明和红毛的那几个人亮出了手铐，又把两个人都摁在地上的时候，苏得胜这才意识到，坏大事了！被警方盯上了！

苏得胜反应够快，一看到他们两个人被戴上了手铐，立马发动车，迅速离开了现场。他不能确定李明的嘴是不是严实，万一现场就把他指认出来，到时候他就逃不掉了。

心惊胆战地回到了住处，苏得胜这才稍微松了一口气。这个住处是李明不知道的，平时也没有让任何人来过，是用别人的名字买的一套房子，做为他的仓库和据点。

稍稍平静下来之后，苏得胜在思索，到底是哪里出了问题，让警方这么轻易地在交易现场就把双方都抓获了呢？难道是李明泄露了消息？不会的，如果是李明泄露了消息，那么李明就会直接带领警方来抓自己了，何必上演自己和买家被抓的苦肉计呢？而且他明明知道自己在后面跟着呢，警方却没有立即朝自己这边来抓捕自己。

那么警方是从什么渠道得知的线索？

想来想去，苏得胜觉得肯定是红毛这里出了问题。虽然一天之内多次购买毒品的情况也是有的，但红毛刚买了没多长时间，就又要买，自己本应有足够的警惕，但又觉得交易这么多次了都没有问题，就麻痹大意了。

既然这次出了问题，那么只有两种可能，要么是李明走漏了消息，要么是红毛出卖了自己。看来第二种可能性最大，别看警察也把红毛摁倒在地了，谁知道是不是苦肉计呢？

此地看来不宜久留，要躲出去一段时间，避避风头再说。既然警察能够将这次交易抓个现行，说明他们肯定是掌握了一定的线索。现在李明又被警察逮了，至于李明被抓后，会不会供出自己，那是苏得胜无法确认的事情。李明知道自己的真实姓名，虽然平时两人的交情很不错，自己吃肉的时候，也让李明喝了很多肉汤。但在警察的审讯之下，李明能够撑到什么时候呢？

真正令人不安的不是坏结果来的时候，而是等待坏结果的时候。真正的危险并不是危险来到的时候，而是等待危险的时候。

苏得胜坐立不安，一直考虑到底该怎么办？到底该不该向背后的大哥求援呢？这种事情，大哥会不会怪罪下来呢？

他拿不定主意，时间紧迫，他也来不及向大哥请示了，立即决定三十六计走为上，先离开这个地方再说，即使一时半会儿离不开海东市，也要离开这个住处。

一想到离开的事情，苏得胜突然想起了一件事情。那就是和红毛、李明等人联系的手机还一直在自己的身上！这可是个祸害根子。已经很多次从影视剧中看到了，有的时候，警方就是根据手机信号的位置来抓捕嫌犯的，必须马上把手机扔掉，但是也绝不能扔在附近。

想到此，苏得胜赶紧下了楼，从车里面拿出一副备用的假车牌，然后自己动手将前后的车牌子卸掉，换上假车牌。这样警方就无法通过查找车牌来找到他。

苏得胜开着车，一直往海东市郊外驶去。车到海边后，苏得胜下了车，将手机使劲地向大海里抛去。扔掉了手机，苏得胜觉得是卸下了一个大包袱，松了一口气。

在雇佣李明的时候他不止留了一手。干什么事情，都要给自己留一条后路。哪怕是这条后路可能一辈子都用不到，但必须要有准备才行。万事有备，有备则无患矣。

苏得胜的这一手，就是没有告诉李明自己的真名。苏得胜这个假名从户籍里是查不到他的信息的，所以在扔掉了手机之后，苏得胜反而平静了下来，觉得不应该那么慌张，只是马仔被抓了而已，哪能动得到他的筋骨？

扔完了手机，苏得胜重新上了车，沿着滨海公路漫无边际地开了起来。费点油那都是无所谓的事情，关键是道路越曲折越好，在没有监控的地方多绕几个弯，最后再返回住处，警察就是化作鹰，也不会轻易地找到他。

10　枯躁的蹲守

虽然抓捕李明的时候比较顺利，但由于没有在周边布控，导致苏得胜逃跑了。

看着有点沮丧的楚剑雄，萧云天安慰道："不要灰心，总会有办法抓到他的。"

楚雄剑自责地说道："队长，都怨我没有观察好周围的形势，才让他跑了。"

萧云天道："冰毒到了苏得胜这一级，已经是分销的最下级了，苏得胜上面肯定还有人。不要着急，慢慢侦查，好将他们一网打尽。"

根据李明的供述，是这个叫苏得胜的人指使他运送冰毒的。但根据户籍信息系统查询，虽然查到了几个叫苏得胜的人，但经过李明的辨认，都不是让他运毒的人。

看样子，李明所说的也可能是实话。既然供出了苏得胜，就没有理由再替他遮掩。辨认不出来的原因，很有可能是苏得胜这个名字也有问题，也许就是化名或者是假名，当然从户籍系统里就查询不到了。

再通过定位技术查询苏得胜常用手机的信号，发现信号在海边一处就消失了。经过对手机信号轨迹的追踪，发现经常在一所居民小区里出现。看来，这个小区也是苏得胜经常居住的地点之一。

下一步该怎么办？

萧云天分析，苏得胜看到了公安人员抓捕李明的过程，由此望风而逃。但逃走了，也不一定逃得很远。因为从李明的供述来看，苏得胜还是比较谨慎的，使用的是化名，李明也没有到过苏得胜的住处。

李明所知道的信息有限，根据这些信息，抓捕苏得胜还欠一些火候。现在就看这个苏得胜会不会有胆量继续留在海东市了。

目前来说，虽然技术手段锁定苏得胜在一个小区内，但这个小区人口众多，想要寻找一个人比较困难。但再困难，还是要去查一查。

林玄鹤带人到该小区保安室调取监控录像。虽然从录像上不太可能看清人的面目，但可以看出车的大致情况，至少车型是可以看出来的。根据李明提供的苏得胜所驾车的车型来寻找，遗憾的是，这类车型实在太多了，不知道哪一个是。

无奈之下，萧云天决定让楚剑雄带着李明到小区门口去守株待兔，蹲守个三五天再说，看看能不能碰巧遇到苏得胜。

于是，楚剑雄带着几名队员，把李明押到一辆地方牌照的车里面，车开到小区门口找个便于观察的地方停下，等候苏得胜的出现。

蹲守的时间是枯燥难熬的。等待之余，楚剑雄和李明聊了起来。

“李明，你自己吸不吸毒啊？”楚剑雄问道。

李明摇了摇头，道：“我不碰那东西的，知道那不是好东西，上了瘾就难戒了。就我这几个钱，吸不了多长时间家产都得倒腾干净。”

“那你看苏得胜这家伙吸不吸啊？”楚剑雄又问道。

“苏得胜吸不吸我真的不知道，我和他接触的时间不多，大部分时候都是有了活儿，他才给我打电话，平时我见不到他的。再说了，我只是给他打工的，老板有什么事也不可能都跟手下说啊。”李明这样回答道。

……

就这样东一句西一句地聊着，也聊不到什么点子上。只是纯粹在那里消磨时间。李明该供述的都已经在刑警队说完了。

楚剑雄点着一只烟，望着小区的门口。经常熬夜，蹲守，这样日复一日的枯燥生活中，使他养成了吸烟的习惯。只有点着了烟，才能让这漫长的时间稍微变得不枯燥一些。

而烟，有时候也是撬开犯罪嫌疑人嘴巴的工具。尤其是犯罪嫌疑人被扔到看守所里以后，他们是接触不到烟的。公安机关提讯犯罪嫌疑人，一般问话的时间都比较长，有时候一上午或者一下午都是很正常的事情。那些有烟瘾的犯罪嫌疑人憋时间长了，逢到公检法提审或者律师会见的时候，都会要烟抽。

一般来说，无论是什么人提审，都是不允许给犯罪嫌疑人烟吸或者递给什么食物的。因为不怕一万，就怕万一，在递东西的时候谁能保证里面有没有隐藏一些串供内容的纸条呢？

但公安侦查有其特殊性，需要尽快拿下犯罪嫌疑人的口供。有时候犯罪嫌疑人要求很简单，就是给一只烟就痛痛快快地有什么说什么。有烟瘾的人，没有烟抽的滋味是非常难受的。

这种事情虽然违规，但由于程度轻微，一般也没有人去关注这个事情。反正出了事都会有监控拍下来的，谁要是传递了情报，谁也跑不了。

李明看到楚剑雄吸烟，忍不住道："警官，能不能给我一支烟抽，我憋坏了。"

楚剑雄白了他一眼，道："你也想要烟抽？哈哈，好好配合，把苏得胜抓到再说吧。"

李明没办法，只得作罢。看到李明那眼巴巴的眼神，楚剑雄打完了大棒，又开始抛萝卜，道："好吧，给你抽一支，眼睛给我盯牢固点，这次不能再让苏得胜跑了！知道吗？"说完，点着一支烟递给了李明。

接到楚剑雄递过来的烟，李明感激地频频点头，道："我一定配合警察同志，争取戴罪立功！"

11　陡生变故

吸了楚剑雄递过来的一根烟后，李明这才稍稍地缓了一口气，说道："警察同志，咱这样在这里守着，什么时候才能找到苏得胜啊？这样也不是个办法啊？"

楚剑雄反问道："除了这个办法，你能想出什么办法？"

李明说道："我经常给苏得胜送货，也知道他往哪些地方送货，我们是不是到那些地方去查一查，看看能不能查到一些线索。"

接着，李明说了一些苏得胜送货的地方，也大多是海东市的一些夜总会、酒吧、洗浴中心之类的场所。这些场所，虽然构成了夜生活的一部分，但同样也是藏污纳垢的地方，社会上的三教九流会在这里醉生梦死，挥霍他们的时间和生命。

按说，李明说的这些地方也不妨去检查一下。这些场子不可能完全都是清白的，也有可能存在贩毒吸毒的情况。但这样普查的范围太大，如果没有详细的线索，可能会妨碍人家的正常经营。

另外，对于这些娱乐场所的排查，也不属于重案侦缉队的事情，而是属于辖区派出所的职责范围。对于重案队来说，经常去的地点就是案发现场，或者与案发有关联的现场。

苏得胜贩毒案之所以能够进入重案队的法眼，除了段波海吸毒后绑架他的父亲、儿子直接引发外，在此之前还出现了几个涉及毒品的案件，导致社会影响颇大。

其中一个就是孙建晨吸毒后跳楼身亡的事情。孙建晨和女友有一次被别的朋友叫到酒吧里玩，看到一群男女在吸食一种东西，他们吸了这种东西之后，表情都很怪异，一副沉醉的样子。一个朋友神秘地递给孙建晨一包东西，并悄悄对他说："这东西很过瘾，像毒品一样舒服，但绝对不会上瘾。"孙建晨当时也是半信半疑，但受不住诱惑，就和女友吸了起来。女友吸了后感觉不太好，就没有再继续吸。但是孙建晨却尝到了其中的滋味，他越吸越多，家里的积蓄被消耗殆尽，原本身强体壮的小伙子，开始肌肉萎缩，消瘦乏力。更可怕的是孙建晨的意识开始出现幻觉，总臆想有人要来杀他，而且症状一次比一次严重。噩梦一旦开始，就会一个接着一个。

一日晚间，孙建晨在吸食冰毒后再次发病，产生幻觉，惊慌地大叫有人要杀他，他要逃跑，还强迫女友把家里的床单、被套、衣服都撕成一条一条的，系成一根长绳子，他要从十楼窗户顺下去。

女友势单力薄，无力阻止。孙建晨歇斯底里地发作，根本不听女友劝阻。他系上这条布条打结成的绳子就从十楼的窗户往下爬，他的女友赶紧报警。可还没等到警车过来，只听到一声闷响，由于自制的绳子太不结实了，在爬到一半的时候，绳子断了，孙建晨掉了下去，当场毙命。

这是一起因为吸毒引发的悲剧。

孙建晨跳楼事件发生以后，又出现了几起因为吸毒后犯罪的案件，包括强奸、抢劫、故意伤害、交通肇事等。海东市警方意识到，在毒品的威胁下，原来的一方净土已经不复存在。在其他省市制毒、贩毒、吸毒的案件出现较大幅度增长的时候，海东市也无可避免地出现了这种态势。

海东市治安大队对全市娱乐场所开展了几次清查行动，其中抓获了一些吸毒的违法分子。既然有吸毒的，就会有贩毒的，也就会有制毒和运毒的。虽然海东不是毒品犯罪的重灾区，也没有种植毒品原植物罂粟的气候条件，但根据近年来国内外破获的案件来看，制贩毒技术也在不断升级。

原来完全依靠罂粟来制毒的情况已经被彻底改变了，现在只要收集了足够的化学原料，以及必要的仪器设备，再通过一定的化学工艺，就可以制造出毒品来。

涉及毒品而带来的一些刑事案件使海东警方意识到，必须要加强对毒品犯罪的打击力度，不能让其形成气候，发现一个，打击一个，力争斩断毒品犯罪的源头。

尤其是从段波海吸毒后绑架家人一案发生后，海东警方更是下定了端掉贩毒网络的决心。从查获的大量吸毒人员所吸食的毒品总量来看，数量惊人，绝不是一个苏得胜能够忙活得过来的，幕后必定还有更大的黑手在操纵。

因此，萧云天希望，通过此案的追查，能够一步步地查清整个贩毒的网络，即使不能一网打尽，也要让他们元气大伤，几年内不能恢复。

楚剑雄带领李明蹲守了几天，一直没有发现可疑车辆和可疑人员的踪影，正当他们想要撤离的时候，转机却出现了。

这一天，一辆同类型轿车驶出了小区大门，引起了李明的注意。他对楚剑雄说道："我觉得这辆车好像就是苏得胜开的那辆，车型一样，车牌号我记不太清了，但有两三个数字肯定是一样的。"

闻听此言，楚剑雄立刻开车跟踪，并同时将情况上报给了萧云天。萧云天指示，要跟紧可疑车辆，摸清到底是不是犯罪嫌疑人苏得胜开的，适时进行抓捕。跟了一段时间，那辆可疑轿车似乎意识到了什么，开始加速往市外的方向驶去。

楚剑雄有着多次驾车跟踪的经验，他与那辆车保持着一定的车距，仍然是不紧不慢地跟着。跟踪是门技术活儿，跟得紧了，就会被人发现，跟得松了，可能会丢掉目标。可疑轿车加快了速度，楚剑雄也加快了速度。可疑轿车连闯了几道红灯，已经蹿到了郊区的道路上。毫无疑问，这辆轿车很有可能是有问题的，不然，在一般情况下也不会连闯红灯。这时，楚剑雄也不能确定是不是被可疑轿车发现了，他本来是想跟踪看看可疑轿车到底要驶向哪里，结果那辆车越开越快，一猛子来到了市外的公路上。可疑轿车的速度越来越快，看来是形势不妙，楚剑雄决定立即超车，先把那辆车逼停再说。

只顾着追踪可疑轿车了，车内的几名刑警队员谁也没有注意到李明的神情。李明坐在车后座上，一左一右包夹着两名刑警，手上还戴着手铐，逃是逃不掉的。再说此前李明表现得一直很配合，应该不会出什么问题。

实践证明，刑警这工作任何时候都来不得半点大意。只要机会出现，那些落网的罪犯都会有跑掉的念头。这时，属于李明的机会来了。

只见李明思虑再三，把手悄悄地伸向了手刹，猛地往上一提。楚剑雄所开的车瞬间腾空而起，在空中接连翻了几个筋头，又重重地摔在了地上。在高速行驶的过程中，拉起手刹是非常危险的一个动作，势必会造成翻车。

轿车四脚朝天地躺在了地上，车里的人都因为剧烈的撞击有的昏迷，有的意识不清。楚剑雄也没有料到会有如此的变故，他挣扎着推开已经变形的车门爬了出来，眼前的一切都变得有些模糊。

只见前面所追踪的那辆车已经停了下来，从车里出来一个人，他打开了警方车的后门，先把旁边的刑警拉到了一边，接着把李明拉出来，然后架着李明上了自己的车。

楚剑雄拼尽最后一点力气想去阻止，但他只觉得眼前一黑，就不省人事了。

12 嫌犯消失

等到楚剑雄醒来的时候，他已经躺在海东市人民医院的病床上了。所幸没受什么大伤，只是有些脑震荡，但车后座上看着李明的那两名刑警，却不同程度地受了伤，正在治疗之中。

看到楚剑雄醒来了，萧云天等人关切地询问道："现在怎么样了？感觉好点儿了吗？"

楚剑雄抱歉地笑笑，说自己没有什么大碍。接着他又道歉地表示在追击苏得胜的时候，没有看好李明，导致车翻了，李明也跑了，任务失败，请求处分。

萧云天摆摆手，让楚剑雄心里不要有什么心理负担，现在把身体养好最重要。其实萧云天的心里是一腔怒火，倒不是因为楚剑雄的行动失败了，而是至今为止，还没有碰到过这么厉害的对手，重案队也还没有栽过这么大的跟头！

自从萧云天当上重案侦缉队队长以来，大大小小的案件处理了数百件，从来没有失手过一回。萧云天也被冠之"犯罪克星"的称号。无论是多难啃的案子，在他的领导下总是靠着那股子钻劲儿，一个一个地拿下了。

也可能是抓以前的那些罪犯形成了惯性思维，认为嫌犯抓到以后就基本上完成任务了，在重兵押解之下，应该是万无一失的。以前还没有出现过嫌犯逃脱的情况，今天这个情况，确是头一次发生。

当萧云天联系不上楚剑雄时，立即意识到有可能出事了，赶快率大队人马前来支援，终于发现了翻车的楚剑雄等人，而嫌犯李明已经不知去向。

通过这次意外事件，让萧云天更加坚信，这些人不是一般的嫌犯，而是非常专业的嫌犯。试想，谁敢在高速行驶的轿车上突然拉起手刹，这一定会造成车翻人伤甚至是车毁人亡的后果。嫌犯李明却甘于冒这个险，即使有可能自伤，他仍然采取了这样的危险行动，这股子狠劲儿可不是一般人有的。

但是话又说回来了，如果李明真是一般的马仔，他怎么会冒这样的风险？李明这样做，只能说明他身上肯定还有警方没掌握的重大问题！

问题出在哪里呢？

李明这个名字是真名，为什么苏得胜的名字就是假的呢？一个马仔，能有这样的胆识吗，在警方控制之下，不惜自己也可能受伤甚至死亡的情况下实施暴力逃脱？如果有这样的胆识，在贩毒集团里说不定早升到高位了，怎么还会屈居于人下，当一个运送毒品的马仔？

种种疑问一起想来，归结到了一点，那就是这个李明不简单，说不定他以前供述的内容里面有假话，他隐藏得如此之深，让警方忽略了仔细审查其中的疑点，而是急于在他的指认下去抓捕苏得胜。

想到此，萧云天赶紧让林玄鹤追查李明被抓前手机号的踪迹，看看有没有什么新的发现。这一查不要紧，结果查出，李明的手机号反而在这个小区出现的频率比苏得胜的要多多了。李明不仅经常来到这个小区，而且停留的时间也是比较长的。

在救治楚剑雄等几名受伤队员的同时，萧云天派出了一队人马，去李明的户籍所在地调查取证。但是，也没有查到多少有价值的东西。

李明的父母已去世多年，李明离开原籍住处也有很多年了，从来没有回来过。至于李明现在在哪里，在外边做什么，村里人都不知道。追查李明的线索断了，一时半会儿也无法获得新的线索。

对苏得胜所住的小区，已经安排当地派出所进行大规模的摸排，看看能否查出苏得胜居住的确切住址。

对所追踪车辆沿路的监控进行调取查看，只见那辆可疑车辆七拐八拐，过了几个路口之后，到了监控的盲区就再也找不到了。

说不定经历了这次惊险，李明、苏得胜等人会暂时消停一阵子，等待风头过去。至于他俩还在不在海东市也很难说，他们有可能会到外地躲避一阵子。

李明的身份已经暴露，警方也有他的照片。重案队将照片下发到了出城的各个卡点，严密进行盘查。安保力量对车站、码头、机场也加强了巡逻，除非他们不乘坐交通工具，徒步出逃，否则插翅难飞。

楚剑雄的脑震荡在住了几天院之后就好转了，他拒绝了医生让他继续休养的建议，毅然重新回到了队里。这么多年没有栽过这种跟头，楚剑雄发誓要把李明和苏得胜早日抓获归案。

但接下来的几天里，李明和苏得胜好像消失了似的，查不到什么踪迹。这个案子只得暂时搁下，但抓捕李明和苏得胜的工作仍然时刻是重案队的重要任务。

贩卖毒品的巨额利润使得这些人不会轻易罢手，一定还会在海东市继续作案。但有了这次成功脱逃的经验，他们的手法也会更加隐蔽，抓捕取证也会更加困难，

其实这也是正常现象。工作、生活不可能总是一帆风顺的，哪里也没有常胜将军，总有暂时破获不了的案子，总会在破案的过程中遭遇挫折，但只要不放弃，事情总会有转机的那一天。

罗曼·罗兰曾经说过，真正的光明不是永远没有黑暗的时间，只是永远不被黑暗所掩蔽罢了；真正的英雄决不是永远没有卑下的情操，只是永远不被卑下的情操所屈服罢了。

在战胜外来的敌人之前，先要战胜内在的敌人。越是在遭遇到挫折的时候，越不能紧张慌乱，自乱了阵脚，要沉得住气。

只要是狐狸，总会露出尾巴；只要是豺狼，总会露出凶牙。作为猎人，时刻关注任何蛛丝马迹，总会捕捉到线索的。

几天后，萧云天想出了一条计策。

13　反侦查预案

红毛因为配合警方抓捕李明有功，所以从轻处罚，他只被行政拘留了十天就释放了，比一起吸毒的三个人提前释放了五天。在里面的这十天真是难熬啊！对于一个吸毒上瘾的人来说，没有毒品的日子是最难熬的，比打他、骂他都难受。

出了拘留所的大门，红毛不是想着回去好好休息一下，而是想着怎么去快活一下。殊不知，从他走出拘留所大门的那一刻，就已经有人盯上了他。这个人不是别人，正是萧云天安排的暗哨林玄鹤。

萧云天预计，既然李明、苏得胜栽了一个跟头，也会寻思到底是什么地方出了问题。他们应该想到，很可能就是红毛泄的密。

和警方猜测的一样，李明的确不是一个最底层的马仔，他是一个分销商。每次他都是派苏得胜去送毒品，当然苏得胜这个名字是他瞎编的。只是那天给红毛第二次送毒品的时候，苏得胜正好有事过不来，李明不得不自己亲自出马。这个时候，李明刚和上家又交易了一批毒品，干脆就让上家开车带着他到了约定的交货地点附近。他下了车打了一辆出租车到达交货地点，结果被设局的楚剑雄当场抓住了。

这让李明很是不爽，但既然落在了警察的手上，就要想办法逃脱。李明以前没有被抓到过，这让他心里有一丝侥幸，他把自己说成是马仔企图蒙混过关。因为如果以前贩毒的事情被一一抖露出来，等待他的将是法律的严惩。

所以，当楚剑雄让他在小区门口指认苏得胜时，他觉得机会来了。

其实，李明和苏得胜两个人事先已经商量好了对策，如果哪个人一旦被抓，肯定会被警察叫来蹲点儿继续抓上家，到了那时候，就故意引警方到了郊外，然后再制造车祸脱身。为了伪装得更像一些，前几天不要行动，等过个几天，警方有些疲惫时再下手。

在两人住的房间里，他们已经通过大楼的网络，接通了小区门口的监控探头。在李明带领刑警们到门口蹲点守候的时候，李明故意带到了监控探头所处的区域。只要苏得胜的眼不瞎，就一定能够看出自己已经被警方控制。

这一点在派出所对小区住宅进行大规模摸排的时候得到了证实。民警们将所有住户逐个地排查以后，已将可疑目标锁定到了最后的几户，民警们发现其中一所出租屋很是可疑，后通知房东过来开门，进去查看以后才发现了这个情况。只见屋内茶几上摆放着吸毒用的冰壶等工具，还没有来得及收拾，另外一个房间的电脑正放着小区门口的监控。通过对屋里的勘查，提取了一些毛发和指纹，后经过法医鉴定，确定属于李明。

实际上李明和苏得胜事先约定的将警方引到郊外，制造车祸再伺机营救这个方案也是比较冒险的，因为苏得胜这里只有一把枪，而警方肯定人多，一把枪同时对付几把枪，那是占不了多少便宜的。

有时候李明也想，如果遇险被抓，是不是让另一位通知大哥，派出大队人马来营救？但两人商量之后觉得这个办法不可行，大哥不会为了两个小弟将整个组织的实力曝光，尤其是暴力营救，需要周密计划才行。

想来想去，只有在高速行驶的车里猛然拉起手刹，造成翻车事故才有脱逃的机会。因为是自己主动拉手刹的，自己会有准备，提前做一些保护性动作，而警察没有防备，受伤肯定会重一些。这种办法，也是没有办法的办法。

这种情况下，自己很有可能也会受伤，但相对于法律的严惩，又能算得了什么呢？

那天，当苏得胜开车出来并通过闪灯发出暗号之后，李明就心领神会了，忙指认苏得胜开的车。

等到苏得胜突然加速驶向市外，楚剑雄为了不跟丢目标，也是高速驾驶，准备将车开到前面，把苏得胜的车别停实施抓捕。

瞅准时机，李明突然猛地拉起手刹，果不其然，车腾空而起翻了过去。

苏得胜一看后车已经发难，就赶快把车停下来，下车后跑到了那辆已经整个翻在地上的车前，拉开车后门，拨开刑警，把李明连拉带拽地弄了出来。李明也被撞得不轻，整个人像散了架似的。

李明示意手上的手铐还没有解开。苏得胜赶快从旁边的刑警身上摸出手铐钥匙，帮李明打开了手铐，然后扶着李明一瘸一拐地上了他们的那辆车。

就这样，虽然惊险无比，但安危无恙地以这种高危险方式逃脱了警方的控制。他们开车先到了两人的另外一个据点，这才稍稍松了一口气。

14　失去跟踪目标

红毛想，到底先去哪里放松一下呢？

第一站肯定是要洗去这一身的晦气！

在看守所或监狱里待过的人都知道，出来以后，要把在里面穿的所有衣服都扔掉，然后再洗个澡，换上新衣服。这也是一个仪式性的行为，意味着和高墙铁窗决裂，他们即将开始新生活了。

扔去那一身的旧衣服，洗去那身上的污垢，表明开始回归社会了。

红毛的第一站选择了洗浴中心。出来的时候，红毛的几个朋友都已经在门口等着他了，自然免不了接风洗尘。

看着红毛进了一家洗浴中心，林玄鹤和另外一个一起执行跟踪任务的刑警也跟了进去。

红毛和他的狐朋狗友们在浴池里舒舒服服地泡了个澡，接着和服务生说了几句，就被请到包间里面去了。

林玄鹤和同伴只得穿上浴衣在休息大厅里躺在沙发上等着。

等了好大一阵子，红毛的那批朋友们已经陆续出来了，但就是不见红毛出来。

这下奇怪了，林玄鹤赶紧召呼同伴到门口去看看究竟。他们在门口仔细看了看，的确只有红毛的朋友们出去了，没有看见红毛。

林玄鹤装作不经意地从这几个人旁边走过，听到他们在议论着什么。

“这家伙，咱们给他接风洗尘呢，他倒一个人不声不响地跑了。”

“就是，这小子也太不地道了，真不够哥们儿！”

听了几句，林玄鹤算是听明白了，红毛是撇下给他接风的这帮狐朋狗友自己走了，连个招呼也没有打。

既然走了，还在这里等什么。林玄鹤摸清情况后，也想着该回去了。弄丢了目标，无法再跟下去了。

转念一想，这事有些不对劲，红毛再不懂事，或者是再有急事，也得跟接他出来的这一帮弟兄们打个招呼啊，不可能一言不发就离开这里。肯定有问题！

林玄鹤返身回去，对服务员谎称忘了什么东西，要回去拿一下。他装模作样地找了找，自然也没有找到什么东西。他装作不经意的样子问服务员道：“一起来的那个红毛什么时候走的？”

服务员答道：“您是说头发染成红色的那位先生吗？他是跟两个人一起走的，走的时候也没有说什么，两个人走在两边，那位先生走在中间，就他们三个，也没有和其他的人打招呼。”

林玄鹤说道：“你胡说吧！我一直在休息大厅门口坐着，没有见到他出来啊！”

那服务员答道：“我跟您胡说有意思吗？包间还有一条楼道通到更衣室，您没看见不是正常的吗？”

怎么会是这种情况？林玄鹤心里又暗数了一下人头，刚才出去的一批人，除了红毛以外，数量上是对的啊。如果是这批人里面有两个人陪着红毛先走了，那么人数上应该是少三个人才对啊，现在只少一个人，明显是只少了红毛啊。

那么，是谁把红毛带走了呢？

谁会这么巧，在红毛从拘留所释放的第一天，又知道红毛来这个洗浴中心玩耍，在红毛与朋友们各自进包间的时候，把红毛带走了呢？

或许会是这样的巧合，红毛又碰到了他的另一帮朋友，又把他带走到另外一个地方去快活了。

不过，这种可能性会有多大呢？

如果排除这种巧合，那么情势就不妙了。带走红毛的人，十有八九会是对他不利的人！否则，怎么会以这样一种神秘方式将红毛带走呢？

但是红毛走的时候，没有听到红毛呼喊的声音，难道红毛是乖乖跟着他们走的吗？那么，带走红毛的这两个人到底是谁？与红毛是什么关系呢？

会不会如队长萧云天所预料的，李明会对可能与警方存在合作关系的红毛不利呢？如果是他们，到底会对红毛做出什么不利的举动呢？

林玄鹤不敢多想，赶忙回到警局去向萧云天汇报跟踪的情况。事情有了新变化，刚开始跟踪红毛，就跟丢了目标。

15　诱饵被杀

仅过了一天，红毛就出事了。

在海东市的一处海滩上，漂来一具浮尸。早起赶海的人发现后，赶快报了警。

萧云天等人赶到现场后，发现死者已经死亡多时。死者身体表面没有外伤，但脖子上有勒痕，像是被人勒死的。

死者那一头染红的头发引起了萧云天的注意，虽然由于海水的浸泡，死者面目有些膨胀变形，但还是看得出来，死者很像不久前因为吸毒被行政拘留的红毛。

看样子，发现尸体的地点并不是杀人的第一现场，可能是在岸边被杀后抛入海中，或者是在船上被杀后抛入海里的，后漂到了岸边。

现场勘查以后，尸体被法医带走进行尸检。尸检的结果证实，死者系被他人勒死后扔入海中的，而死者的 DNA 检测也印证了死者就是此前被释放的红毛。

事情变得愈加蹊跷了！

先是红毛因吸毒被抓，带领公安人员抓获了李明，后来红毛被释放后与一帮朋友去洗澡，结果在洗浴中心被不明人员带走，甚至还摆脱了林玄鹤的盯梢，接着红毛的尸体在海边被发现，这一连串的事情当中必然有着某种联系。至于什么联系，还需要在以后的侦查中获知。

萧云天越来越怀疑，幕后有只看不见的黑手，在操纵着这一切。如果是李明和苏得胜因为红毛将他们出卖而不惜痛下杀手，说明这是一帮心狠手辣、无所顾忌的贩毒集团。

至于这个集团内部是如何运作的，还有多少贩毒成员没有被识破，还尚不可知。

而此时，在海东市的街头巷尾都传开了红毛因为出卖了贩毒分子被人报复灭口的流言，一时间闹得人人自危。

随后，海东警方为了打击毒贩的嚣张气焰，开展了一场打击吸毒贩毒的集中行动，意在捣毁几个贩毒的分销窝点，斩断销售网络，逼蛇出洞。断了贩毒集团的财路，相信他们不会坐以待毙的。

警方对一些公共场所也进行了大规模的清查行动，包括夜总会、酒吧、KTV、洗浴中心等娱乐场所，抓获了一批吸毒人员，但这些吸毒人员均称不知道供毒者的姓名，只知道化名，给进一步的侦破工作带来了困难。

除了当场抓获的一些小毒贩之外，其他的上家都没有线索。被抓的小毒贩也只供述了自己的货都是从别人那里买来的，不知道上家的详细情况。

看来，红毛之死已经对这些人员产生了震慑，他们再也不敢轻易吐露上家的信息。虽然明知道他们可能隐藏了一些真实信息，但这些人不说，警方也没有太好的办法。

由于警方的扫毒行动，导致海东市毒品来源锐减，毒品越来越难买到了。物以稀为贵，价格自然涨了很多。现在即使有大笔现金，还是一毒难求。这种热销的局面势必会刺激上家尽快从外地进货，再分销到海东市。

卡住毒品进入海东的渠道，就是下一步的工作重点。在进入海东市的各个路口、码头、机场，都加强了戒备，对来往的车辆和行人进行详细地盘查，并从外地调来了几只缉毒犬配合搜查。

经过一番努力，还是有一些收获的。比如，在机场出口，警方发现一个可疑人员神色慌张，遂上前盘问，对方回答问题结结巴巴，警方怀疑其有问题。经过对其进行X光透视检查，发现其体内藏有可疑物品。遂让其去排泄，排出冰毒若干包。

在从南方过来的一些货车、长途大巴、自驾车上，也查获了一定数量的毒品。这些藏毒方式就更加五花八门了，除了藏在行李里外，还有的藏在车的轮胎里面、车窗皮条的夹缝间、车的底盘下面等等。

参与运毒的这些人都没有前科，他们都是在外打工期间，经不起他人的高价诱惑，替他人运送毒品。对于毒品是从哪里取得的，又将运到谁手里，他们都不清楚。

虽然毒品利润惊人，但如果不能进入海东市境内，无法通过分销网络到达吸毒者手中，利润还是不能变现的。

大规模的扫毒行动终于惹怒了一个人。

有一天，萧云天接到了一个电话：“萧队长，别来无恙啊！”

萧云天一听，心中咯噔一下，那个神秘的电话又出现了。

“你是谁？有什么事吗？”萧云天说道。

“萧队长，看在我以前帮过你那么多忙的分上，就不要为难兄弟了，否则这样下去，对大家都不好。”电话那头说道。

“是吗？你帮过我什么忙？我又怎么为难你了？”萧云天问道。

“萧队长，你是明白人，就别给我绕圈子了。以前那些杀人的，都是老家伙手下的人干的，这些人平时和我作对，也是该抓。但毒品这个东西，都是他们自愿吸的，我又没有强迫他们吸，当然，红毛那件事，小弟们做得过分了一些，但不这样镇不住局面啊。还是就这样双方都收手吧！”

16 幕后的人

通过这些对话，萧云天明白了，这么长时间以来，这个神秘人的目的是什么。

原来他与所谓的“老家伙”之间有仇，具体是什么仇，不清楚。因为老家伙消失了数年，手下人群龙无首，因为没有具体的组织，都是与老家伙单线联系，所以一直以来都是单个作案。

而神秘人与老家伙之间的斗争，则因为老家伙的消失进入了一个新的阶段。神秘人很少正面与老家伙的手下作对，都是利用警方之手将他们逐个击破。但现在，警方的触角已经伸到了他的领域，看样子他并非善类，不仅操纵贩毒网络，还敢杀人灭口。

“你说的这个‘老家伙’叫什么名字？现在什么地方？”萧云天问道。

“这个我就不清楚了，不知道他叫什么名字，也不知道他现在在什么地方。他已经消失几年了，没有他的号令，这些人还不敢大规模作案，只是单个行动罢了，所以才会让你破了这么多重案。”神秘人道。

“那我也奉劝你一句，赶快向警方投案自首，不要再执迷不悟了，总有一天你会被抓住的。”萧云天道。

“嘿嘿！抓我可没那么容易，如果你想立功，我还可以帮你再抓他几个人，但是想抓我，就没那么简单了。话我已经说得很明白了，再不收手以后咱们就是敌非友了。”说完，神秘人就把电话挂掉了。

是敌非友？笑话！什么时候成为过朋友！

原来发生的那些命案、重案，虽然个别接到过神秘人的电话，但对于案件的侦破也没有起到多么重要的作用，或许神秘人知道一些内情，但他说得这些话，会不会是故弄玄虚呢？

现在，神秘人在电话里已经摆明了态度，红毛之死，与他有关。一个区别于单人作案的强大犯罪团伙摆在了重案队的面前。抓住杀人的凶手，继而找出幕后的黑手，揪出整个贩毒集团，是现在的当务之急。

但怎么才能找到线索呢？

坐在家里等是不行的，必须要主动出击。

这时，萧云天想到了因为吸毒后绑架家人被判刑的段波海。

萧云天前往监狱提审了段波海，向他出示了李明的照片，并问他提供毒品的那个三是不是就是李明。

段波海摇了摇头，说不是很确定，因为和三都是通过电话联系的。其实他也没有见过三，李明这个人的确给他送过一两次冰毒，但平时大部分时间都是其他人送的。

在监狱服刑期间，段波海生理上的毒瘾基本上快戒掉了。他十分后悔因为吸毒所造成的后果，险些杀害自己的儿子和父亲。一想到年老的父亲和年幼的儿子，他就十分后悔，后悔当初不该沾上毒品这个祸害。

“出去以后还吸不吸了？”萧云天问道。

段波海摇了摇头，道：“再也不吸了。吸毒的时候只有瞬间能够忘掉一切，毒效过去之后，感觉那么的空虚、烦恼，于是就渴望着进行下一次吸食。沾上了毒品，就意味着走上了与幸福决裂之路，有万贯家财也会被耗尽，有千百亲戚朋友都会躲得远远的，最终只能和一帮毒友越陷越深。”

“现在有一个抓获这些犯罪分子的机会，不知道你愿意不愿意协助警方？”萧云天试探性地问道。

警方的特情不是那么好当的，倘若不小心走漏了风声，就有可能遭到犯罪集团的杀人灭口，红毛就是一个例子。

听到这个提议后，段波海沉吟了半晌，说道：“我可以考虑给警方提供一些线索，但干这个我完全没有经验，露馅了怎么办，我岂不会引来杀身之祸？”

萧云天道：“这个你完全不用担心，自然会有人接应你。我们会派一名卧底，配合你行动，你只要把卧底带到你们的圈子里就行了，其他的你不需要多考虑。”

看到段波海还有一些犹豫，萧云天接着说道：“你去当线人，肯定有风险，我们也会保护你，不让你暴露。而且一旦构成立功你的刑期还会缩短，如果是重大立功就可以免除刑罚，你看怎么样？”

段波海终于心事重重地点头同意了。

萧云天指着身边的林玄鹤说道 :“以后就是他配合你，他化名就叫作林平江。出狱后，我们会给你俩同时安排到一个夜总会去，让你们两个去当保安看场子，然后你伺机介绍林平江入伙，最好能入三所在的团伙。”

段波海看了看林玄鹤，道 :“好吧，到时候我就听两位警察同志的安排了。毒品真不是好东西，为了让其他人免受毒害，我豁出去了。”

“好！我近期会对你提请假释，但你记住，如果出去后复吸，或者出卖我们，到时候我可就饶不了你。”萧云天最后说道。

就这样，谈妥了特情的事情。

回来的路上，林玄鹤问道 :“让一个吸毒成瘾的人去当卧底，万一他意志不坚定又复吸，或者暴露了我们的意图，那怎么办？”

萧云天摇了摇头，道 :“我看段波海戒毒的决心还是比较大的，一来这两年他因为吸毒基本上已经倾家荡产了，也没有钱来买毒品了 ；二来他那次吸毒过量后劫持自己的家人，他挺后怕的。再说，我们只是让他当一块敲门砖，只要他把你介绍进那个圈子就行了，其他的事情还是咱们来干。”

林玄鹤说道 :“好！我接收这个任务，但不知道能不能顺利完成。”

萧云天鼓励道 :“我们会做好你的强大后盾，但你要记住，一定要保证好自身的安全，千万不要去碰毒品。”

17　线人与卧底

段波海提前出狱了，连同他一起出来的还有狱友林平江，也就是刑警林玄鹤。

他出狱时，没有红毛出来时那样风光，门口迎接他的只有他的父亲和儿子，一家人碰到一起，抱头痛哭。

毒品害人，段波海因为吸毒后的迷乱，差点将自己的亲人杀害。但是，亲人却能够原谅他，给他重新悔过的机会。

段波海之所以能够冒着这么大的危险接受了萧云天给予他的任务，是因为他真正认清了毒品的危害。他知道，如果自己还在那条路上走下去，他将失去人生的一切，然后浑浑噩噩地离开这个尘世。

段波海没有接受过专业的训练，警方也不可能给他多么重大的任务，指望他来破获贩毒集团也是不现实的。需要他做的，就是把林玄鹤拉进那个圈子，有事的时候，能够充当一个线人就可以了。

这种吸毒的圈子，就像会员制的会所一样，不可能是对外公开的，都是靠人与人之间的互相介绍、口耳相传才可以进入的。因为大家都知道这是件违法的事情，是不可以在阳光下进行的，如果有陌生人来打听这种事情，圈内人都会很警惕。

这年头，缉毒警察钓鱼的事情太多了。所以陌生人来买毒品不能卖给他，有些钱并不是那么好赚的，只有熟人介绍，才有可能在最短的时间内被圈内人接受。

萧云天并没有安排林玄鹤装模作样地和段波海一起从监狱里出来，也没有那个必要，因为来接段波海出狱的都是他的家人。而且，林玄鹤要做的只是接近那个团伙就行了，不需要深入到团伙的核心层。

因此，林玄鹤只需装成一个普通的买家，被看透的时候，段波海就介绍说是狱友。

考虑到这些，萧云天才没有精心伪造林玄鹤的冒名身份，也没有把林玄鹤扔到监狱里去和犯人们一起体验生活。

那种长期的卧底，不是三天两天就可以培养出来的，需要提前几年选苗子。要把这个人原来的信息一并抹去，然后再制造假身份，捏造一些犯罪记录，塑造成不良分子。然后借机打入犯罪团伙内部，并通过外线警察的帮助制造一些契机，逐步打入团伙核心层，再等到时机适宜的时候一网打尽。

因为如果要接近犯罪团伙的高层，不是那么容易的，必须得让人家相信有能力而且可信任才行。必须要一步一步地来，等到完全信任的时候，才有可能委以重任或者是接触核心机密。

现实中不像警匪片里演的那样，警方会有那么多的卧底，那都是为了剧情冲突而设置的。大陆地区警察内部调动调整频繁，根本没有长期的卧底项目。如果有，也很少。卧底都是与上级单线联系，一旦上级遭遇不测，就难以恢复警察身份了。

所以说，卧底这个活儿是非常难干的，双重人生，不是什么人都能坚持下来的。

段波海和林玄鹤被安排到一家夜总会去做保安，这样，他们接触到的人能够多一些，方便段波海和以前的圈子再恢复联系，届时再把林玄鹤引荐进去。海东市说大不大，说小不小，在这种娱乐场所重逢的可能性也是有的。

当然，去夜场当保安，不可能明着说是警察派过来的，而是绕了几个圈子的关系才进去。夜场老板当然不可能知道这是一个警察和一个线人来店里做保安，只是看在熟人的面子上才让两个人试一试。

18　夜场偶遇

这家夜总会在以前的案件中也出现过，它就是享誉海东市的皇家礼炮夜总会。在舞女卢佳怡失踪一案中，卢佳怡所在的夜总会就是这一家。

警方用了一些非官方的社会关系安排段波海和林玄鹤（化名林平江）在皇家礼炮夜总会里当保安。其中给段波海安排一个工作是真的，出去以后他也不想在社会上游荡，以免再惹事生非，但安排林玄鹤来，则肯定是假的了。

虽然以前林玄鹤也带人清查过一些娱乐场所，但他作为重案刑警，出警时都带着头盔，所以这些娱乐场所基本上没有人认识他。

段波海出狱后，再打电话给以前卖他毒品的三，电话已经打不通了。这种人本来就很多电话号码，生怕被警察监听了，会来回不停地换号码。

再找找以前的毒友，了解到由于海东警方大规模的扫毒行动，导致海东市的毒品价格上涨很多，现在弄毒品很困难。外面的毒品进不来，估计卖的都是原来的存货，还听说在皇家礼炮夜总会有人卖这个东西。

在夜总会当了几天保安后，段波海在巡查的时候会特别留意包间的动静，看看有没有什么异样。有的时候，他以前的那些毒友们也来这里，他就询问这些人三的最新联系方式，但这些人都说不知道。

在大厅里还没有人敢公开吸食毒品，在包间里就不一样了，具有一定的隐蔽性。而有些人进了包间以后，把陪唱的小姐喊进来，让把酒水一次性上齐，就不让其他人进房间了。这让段波海和林玄鹤最初的努力变得没有什么意义，他们好像没头苍蝇一样，在那里瞎碰。

这样无目的的蹲守，让林玄鹤觉得没有什么意义。趁着晚上散场的间隙，林玄鹤想进去安排一些针孔摄像头和监听设备，看看有没有什么用处。但是这里的房间太多，也不知道贩毒吸毒时会进哪个房间，这个想法只好暂时放下。林玄鹤把那些间谍设备随身存着，准备随时使用。

有一天，段波海正在楼道里巡逻，忽然从一个包间里出来一个男子，看样子喝高了，但精神却异常好，看到段波海从这里经过，拉了一把说道："再给我房间里上一瓶芝华士，一箱啤酒！"

听到这些话，段波海不禁多看了两眼说话的人。倒不是因为这个男子把他这个保安当成了服务生，而是因为这个声音他太熟悉了，以前在电话里经常听到。这个声音好像就是那个卖给他毒品的三的声音啊！因为一直没有见过三本人，段波海也不敢确认到底是不是他。

看着段波海盯着他看，那人有些生气，道："看什么看！赶快拿酒去啊！"

段波海试探着说："三哥？你是三哥吗？还听得出我的声音吗？我是海子啊，以前经常给你打电话要货的。"

"你认错人了吧？我不认识你这个人！快去拿酒！"那人不承认。

"三哥，真的是我啊！我被抓进去也没有把您老人家给供出来啊。三哥，我憋坏了，三哥现在有货吗？让俺再尝一尝。"段波海套那人的话。

那人还是十分警惕，看了看周围，道："谁是你的三哥？真烦人！让你快去拿酒听到没有！"

段波海只好先到吧台告诉主管这个房间要酒，再让服务生给他们拿过去。在路上，段波海悄悄跟林玄鹤说："那个房间有个客人的声音听起来好像是原来卖给我毒品的三。"林玄鹤一听，就对段波海说："咱俩一起把酒送进房间里吧。"

到了门口，门是关着的，敲了门之后，二人把酒送进去。里面的音乐震耳欲聋，茶几上胡乱摆着几瓶洋酒和啤酒，三男三女正在里面K歌。一眼扫过去没有看到茶几上有什么吸毒工具，不知道他们是没有吸呢，还是暂时把工具藏起来了。随行的服务生把所有的酒瓶都打开以后，房间里的人就让段波海他们出去了。

林玄鹤在进屋出屋的过程中，偷偷地将一枚针式摄像头贴在了屋内的一个不起眼的角落，准备出去后通知外面的接应看看这屋里的情况。

两人及服务生出门之后，刚才和段波海说话的那个男子却跟了出来，喊住了段波海，道："那个保安，我找你有点儿事。"

段波海闻言转过身停了下来。林玄鹤也借势转过身来，想听听他们要说些什么。不料那男子却摆着手说道："我找他有事，没你什么事，你快走吧！我跟他说句话，又不是要揍他，不用那么害怕。"

既然对方这么说了，林玄鹤也不好意思在旁边听了。

19　牵线接头

那人就是三，段波海听得没错。只不过一开始在这种场合下听到有人认出了他，他一时间也没敢认。他正和两个朋友在里面唱歌，越想越觉得这小子可能就是段波海。不是说他因为吸毒后绑架家人被关进监狱了吗，怎么出来了？

三是有名字的，只不过大家都叫他三，或者三哥、老三。在这条道上，知不知道真名字无所谓，有粉儿可以吸就够了，凡事不用知道得那么详细。

实际上，三就是李明的同伙苏得胜，但苏得胜也不是他的户籍名字，他的户籍名字叫苏胜，被李明从中加了一个字，变成了“得胜”，意思是每次出货都能够得胜回师。

自从红毛作线人抓获李明，李明逃脱，红毛又被杀后，苏得胜就没有再见过李明。

其实上李明才是分销毒品的二道贩子，苏得胜是李明手下的马仔。

苏得胜自己是吸毒人员，奈何他那点收入满足不了吸毒所需的资金。认识了李明之后，无奈之下他就充当了李明的马前卒，替李明抛头露面，给购买毒品的人送货。段波海只是购买毒品的人员之一，因为买毒品的人实在太多，苏得胜也记不太清楚。

刚才段波海说认识他，他当时有点懵，不敢轻易答应。回到房间他又回想了一下，确实有这么个人，还出过事。等段波海再过来的时候，他就承认了自己就是三，并问段波海道：“你小子怎么到这里当保安了？”

段波海回答道：“这不是无路可走了吗，到哪里总得混口饭吃不是？要是三哥你有什么好的门路，给兄弟介绍一下也行啊！”

苏得胜记下了段波海的电话，道：“以后等我电话，跟着我吃香的喝辣的没问题，就看你听话不听话了。”

段波海赶紧点点头，道："一切听三哥您的。"

苏得胜这才让他回去了，自己又返回了房间。

段波海回去，把刚才谈话的内容给林玄鹤说了，林玄鹤接着将情况汇报给了萧云天。

此时的萧云天，正在附近的一辆监控车里坐着。车里的监控设备已经与林玄鹤偷偷贴上的微型监视器连接上了，可以依稀看到房间内的情形。只见房间内烟雾缭绕，灯光昏暗，三对男女一边喝着酒，一边从一个角落里拿出了冰壶等吸毒工具，开始吞云吐雾起来。

三个男子里面，除了苏得胜外，其他两个都是陌生面孔，没有那个逃脱的李明。实际上，李明自从被救走以后，幕后老板让他先躲避几个月再说。现在风声太紧，海东警方丢了大面子，肯定不会善罢甘休的。

林玄鹤安装的监视设备除了能适时传输影像外，还可以传输声音，只听得苏得胜对另外两人说道："刚才碰到一个原来买过货的人，刚从监狱里出来，什么时候给明哥说一声，把他也吸纳进来算了，咱们人手太紧了。"

另一人说："这人可靠不可靠啊？这事儿咱就别那么主动了，万一出了事，咱们可是吃不了兜着走啊！"

第三个人也说："明哥现在正在闭关期间，你不跟他说一声，就把刚才的那人录用为小弟，行吗？"

苏得胜说道："没问题！这人坐过牢，货真价实的瘾君子，刚从监狱里出来，身份靠得住，原来吸毒还挺厉害的。"

三个人又闲聊了一阵子，吸完毒之后，六个人放开了舞曲胡蹦乱跳了一阵子，接着就一个男人抱着一个姑娘，各忙各的去了。

萧云天关了监视器，心里开始寻思。明哥？难道是李明？原来这个苏得胜竟然是李明手下的小弟，一开始真的是低估李明了，以至于让李明铤而走险，制造事故逃了出去。

虽然已经发现了苏得胜的踪迹，但现在还不是收网的时候。如果现在抓了苏得胜，只能按聚众吸毒处理，对于他参与贩毒或者根据李明安排贩毒的事情，没有其他的证据就很难再继续侦查下去。

目前还是让段波海慢慢地接近苏得胜、李明这一伙人，然后再伺机把林玄鹤拉进去。于是萧云天给林玄鹤下达指令，让他和段波海再试着接近这几个人。

段波海担心地对林玄鹤说："如果老三让我跟着他去干，再让我吸毒怎么办？我可是好不容易才戒掉这个瘾的。”

林玄鹤安慰他说：“不要担心，我们警方对这伙贩毒团伙的侦查不是咱们这一条线，还有其他的线，只要迅速地摸清他们的网络，离咱们收网的时候就不远了。如果他们强迫你，找一些借口搪塞过去就成了。”

的确，根据萧云天的判断，由于对吸毒、贩毒的集中式查处，海东市毒品的价格已经大幅上扬。由于边控的厉害，外界的毒品进不来，现在毒品市场上大多还是以前的存货。

萧云天相信，过不了多少天，海东市的毒品就会售罄，到时候海东的这些瘾君子可就撑不住了。只要毒品的价格还继续上涨，毒贩子们就不会放过这千载难逢的发财机会。

20 设局试探

过了几天后，苏得胜给段波海打了电话，约他到一个宾馆里去。

段波海叫上林玄鹤，打算两人一起过去。林玄鹤在自己和段波海的身上都放置了监听设备，以让萧云天他们能够及时了解两人的动态。

到了宾馆，敲开房门以后，苏得胜看段波海还带着一个人进来，就疑虑地问道："这个人是谁？你把他带来干什么？"

段波海满脸堆笑道："三哥，别担心，这是我的狱友林平江，跟我一起出狱的，也是走投无路跟我一起干保安去了。您忘了，那天夜总会您见过他。我这个兄弟比较可靠，您不是急需用人吗，我就把他带来了。您要是觉得不妥当，我把他撵走就是了。"

苏得胜摆了摆手，道："算了，既然来了，就是兄弟！从局子里出来的，你们这种人我最欢迎了。"

林玄鹤也说道："感谢三哥收留！以后有什么事情，三哥只要说一声就得了，剩下的我们哥儿俩给您去办就行了。"

宾馆房间里没有别人，只有苏得胜一个人。苏得胜拿出了一套冰壶，道："我跟海子这么长时间供货了，也比较熟悉了，今天再次重逢，就是缘分啊！来，我今天免费招待你们一下。"

段波海和林玄鹤面面相觑，担心的事真的来了，到底是吸还是不吸呢？

看到两个人有些迟疑，苏得胜说道："怎么了？原来都是买高价的，现在有免费的了，怎么又不吸了？"

林玄鹤抢着说道："我们刚才是考虑，刚跟着三哥您干，无功不受禄啊，一来就有免费的冰，这让我们消受不起啊！波海，你说是不？"

段波海连忙点头说道："就是，就是，以后跟了三哥，还愁没有冰吸吗？三哥您一喊我来，就知道您要馋我，我现在身无分文，再吸上瘾了可就供不上了。听说现在的冰可贵了，价格涨了不少。”

一听此言，苏得胜咬牙切齿地说道：“都是条子惹的祸！戒毒、禁毒、扫毒、缉毒，害得老子发财的机会越来越少！但你们要跟着我干，总得拿出点儿诚意是不是，得让我觉得你们是自己人啊！”

看来，苏得胜是非让两个人吸不可了，不然他不会信任二人。

段波海无奈，只好坐下吸了。林玄鹤也是学着段波海的样子吸了两口，觉得味道难闻极了，怎么会有那么多人喜欢吸呢。他心里想，一定要快速侦破这个贩毒团伙，否则时间一长，自己岂不也成了瘾君子？自己的自制力还稍微强一些，万一段波海又深陷其中不能自拔怎么办？那时，既害了他，又会使任务有失败的危险。

苏得胜一看两个人都吸了，就放了心，他只让两个人吸了两口就不让他们吸了，道：“你们知道现在冰多珍贵吗？物以稀为贵，也多亏了警方禁毒，现在海东的冰用原来两倍的价格都不容易买到。既然你们要入伙，那就得学梁山好汉入伙一样，纳下投名状！”

段波海好奇地问道：“什么是投名状？难道让我们去杀人吗？我可不敢。”林玄鹤也随声附和道：“是呀，三哥，我俩胆小，可不敢干这样的大事。”

苏得胜对他们嗤之以鼻，道：“不让你们去干那事儿，你们也干不了。我这儿正好有一个老客户要货，我抽不出身来，你们两个就替我跑一趟吧！送送货，速去速回！”

说完，苏得胜将一个纸包拿了出来，又嘱咐了段波海一些事情，包括和买家约定的接头地点、接头时间和交易方式。

两人拿了货走出宾馆就往接头的地方走去。路上，段波海问林玄鹤：“现在人赃俱获了，你们要不要抓苏得胜？”

林玄鹤摇了摇头，道：“人赃俱获不假，可你看看这些才多少？最多几克罢了。苏得胜明摆着是一个小角色，他背后还有人，我们要放长线钓大鱼。”

一路上挺顺利，也没有警察盯梢。当然，他们是在警方的严密监控之下，只不过不让两人发觉罢了。到了约定的接头地点，他们将那包毒品交给了一个光头男子，接过钱，两人就回去了。这一趟真是顺利，没出什么纰漏。

等两个人走远了，光头男打开纸包看了看，里面有一袋白色粉末。然后光头男做出了一个奇怪的举动，他把那袋货直接扔到垃圾桶里了。接着拿出手机，拨通了一个号码，道：“三哥，货已送到，两个人还算老实。”

宾馆房间，段波海和林玄鹤刚走，就从里面的套间里走出了一个人，这个人正是李明。原来他一直躲在套间里监听三个人的谈话。“三子，你找的这两个人可靠不？”

苏得胜得意地说：“明哥，你放心好了，我哪敢一开始就信任他们呢，刚才给他们的就是一包味精，让他们送给光头去了。一来看看有没有警察盯梢，二来看看这两个人会不会从中间克扣一点儿。如果他们是警察派来的，也抓不到咱们，里面本来就不是毒品啊。”

正说着，光头的电话来了。接完电话，苏得胜说道：“明哥，这两个人送货还比较顺利，安全送到。看来他们不像警察那边的人，再说警察怎么会放心用这种局子里出来的人呢？”

李明说道：“也好，咱们现在正是急需人手的时候。大哥说了，过几天会有一批大货过来，正好狠狠赚一笔，现在正是发财的好时候。”

两人正说着，段波海和林玄鹤已经交易完毕回来复命了。他们看到房间里多了一个人，只听苏得胜介绍道：“这是明哥，以后大家就都跟着明哥混了！咱们都在一条船上，谁敢胡来，就像红毛一样，小心明哥对他不客气！”

21　交易前夕

在之后的几天里，李明又让段波海和林玄鹤去送了几次毒品。但萧云天仍然是选择按兵不动，他坚信，在李明的背后还有高人。

虽然林玄鹤已经逐渐取得了李明和苏得胜的信任，但想要深入到贩毒集团的内部，还有一定的难度。

林玄鹤想着，一定找机会在李明和苏得胜的住处或者是身上放上一些监听设备，以了解掌握他们更多的情况。

终于让林玄鹤捕捉到了一个机会，他在李明所乘坐的车上秘密安放了一枚监听器，从萧云天这边的监控车上监听，效果还不错。

萧云天这边则是增派了人手，每天二十四小时地监听着车内的动静。

终于在一天的深夜，陆陆续续地监听到了一些信息。

“明哥，咱这是要去哪里啊？”

“去哪里？带你去见见大哥。”

“我还真没见过呢，他这回急着找咱们过去，有什么要紧的事吗？”

“应该有事，不然不会这么急地找咱们。我估计，老大最近也快没有货了，应该是接货的事情。到了地方你不要乱说话，我说就行。”

此后就是一阵沉默。根据定位装置显示，车辆进了海东市的一片别墅区停了下来，车上的人应该是下来了。

大约过了一个多小时以后，车内的对话又传来了。

“明哥，老大想得挺周到的，条子怎么也想不到咱们会从那么偏的地方接货。”

“那个险滩平时都没人敢去玩，这月黑风高的，过去了还真不保险，掉进海里都有可能。”

“也不提前说一声，现在就让咱们过去，怎么也得找几个帮手啊！”

“这样吧，你把波海和平江都叫上，咱们一起去接货。老大把这么重要的事情交给咱了，咱一定得办好才行。办好了这件事，弟兄们就发财了。”

“我正在奇怪，这样的好事怎么会落到咱们弟兄头上？海东这几个区，和咱实力差不多的有十几个人呢。”

“还不是上次咱们兵行险招，我被条子抓到了，最后拼死抵抗逃了出来，老大就是看中咱们办事干脆、利落、够狠。现在这世道，谁狠谁吃得开。别废话了，赶快叫他们两人过来，老大给了几把家伙，看看能不能用上。”

接着监听器里传来了一阵打电话的声音，听声音是打给段波海和林玄鹤的。

萧云天听到这里感到很意外，他没有想到贩毒集团这么快就要进货过来。目前还没有其他消息证实海东内外的毒贩要进行毒品交易，这个消息准不准呢？

不管这些了，萧云天立即让楚剑雄通知大家，迅速集合，带齐装备，准备设伏。

但海东市海岸线这么长，险滩有好几个，到底是哪一处呢？

现在情况不明，萧云天急切地等待着林玄鹤的进一步报告。车上的定位仪一直在移动，不能确定具体方位，而且定位只能确定大致几十平方米的位置，还不能够精确定位。萧云天已经命人开着监控车，又带上一车全副武装的刑警，准备在最短的距离内接近这辆可疑车辆。

林玄鹤和段波海接到电话后，准备去与李明和苏得胜两人会合。此前，林玄鹤已经接到了萧云天的密电，知道了自己和段波海要跟着李明他们去海边接货，而且李明言语里说“几把家伙”，会不会是枪支呢？

缉毒这件事，最重要的是要抓个人赃俱获，这样才能做到取证充分。不然的话，只抓到了人，查不到货，那是很难指证的。只有查获了毒品，那么罪犯再怎么狡辩也不行的。

萧云天指示林玄鹤，要尽快弄清楚接货的精确地点，以便于警方设伏，一网打尽。现在约定的接头地点，肯定不是最终的接货地点。

但是，萧云天还是有些疑虑，今晚的接货数量，并不像是小数量，对于数额这么大的毒品交易，毒老大难道放心让这几个人去吗？而且，车上的谈话里，即没有提到交易的数量，也没有提到要拿多少现金。

在一路逼近跟踪的同时，萧云天也协调了海警，调出几艘巡逻快艇，以备在海上堵截，堵住送货人的退路。

段波海和林玄鹤见到李明，李明传达了今晚要替老大接货的命令，并发给两人一人一支手枪。

两个人好奇地看着手枪，段波海还是头一次摸枪呢，显然不知道怎么使用。林玄鹤也装成头一回摸枪的样子，显得很好奇。

李明不屑地教了教他们怎么用枪，边教边训斥道：“连枪都没有摸过，枪在你们手里纯粹是根烧火棍。也罢，拿着壮壮胆就行了，关键时候你俩也派不上用场。”

林玄鹤忙说道：“明哥说得是，俺们两个都是粗人，哪里用过枪呢？老大给我们枪，不是让我们去杀人吧？”

李明回答道：“杀人还用得上你们两个？没把别人杀了倒快把你们两个给吓死了！老大的生意做得很大，冰只是其中一部分而已，有专门的刀斧手铲除那些不服管教的人。”

林玄鹤又问道：“这黑灯瞎火的，到哪个海边去接货啊？”

李明又开始训道：“不该问的别问，到时候跟着我就行了。还有，你们两个把手机都交上来，谁敢走漏了风声，老大就会要了谁的命！你们那小命，在老大的眼里啥都不算，知道不？”

段波海和林玄鹤只好乖乖地把手机交给李明。林玄鹤心想，到底用什么方式才能和萧云天他们取得联系呢？

22　运毒奇招

沿着滨海公路一路行驶，七转八转之后，来到了一处岸边。这个地方不是沙滩，也不是旅游的主要景点，只有一些礁石，偶尔早晨有赶海的人来到这里。

在这么漆黑的夜晚，这里空无一人。

车在靠近公路的一侧停下，众人从车里出来向岸边走去。

走了几步，林玄鹤突然说道："明哥，我把枪忘在车里了，我回去拿一下吧！"

李明作势踹了林玄鹤一脚，道："他妈的！第一次出来跟老子做事就丢三拉四的，赶快回去拿！"说完，把车钥匙扔给了林玄鹤。

林玄鹤接过车钥匙，向车子走去。因为他突然想到，车里的监听器这么长时间了，不知道还管用不管用。

林玄鹤来到车里，对着监听器迅速说出了此地的具体位置。他也不知道萧云天他们能否听到，如果听不到，到时候只能随机应变了。好歹自己也发了一把枪，到时候冒险试一下，看看能不能控制住局面。

报告完位置，林玄鹤拿上手枪迅速从车里出来跑步赶上众人，因为他怕耽误时间过长引起李明的怀疑。

此时的萧云天，正在紧张地搜寻着目标车辆的位置，离得也不是很远。幸好此时监听器仍然发挥着作用，林玄鹤报告的地点也比较具体，离跟踪的位置差不了多少。萧云天命令大家迅速靠近，做好战斗准备。

快接近目标车辆的时候，萧云天命令关了车灯。他们借着微弱的月光，又悄悄行驶了一段距离，萧云天这才带领刑警们下了车，带好武器装备，潜身向岸边迂回。

李明带着苏得胜、段波海、林玄鹤三人走向了岸边。刚才临下车时，李明让苏得胜从后备箱里拿出了一个手提箱，不知道里面装的是什么，但看样子很沉，估计里面装的都是现金。

到了约定的地点，却只听到大海的波涛，看不到其他的人影。

林玄鹤问道："明哥，什么人都没有啊，咱们是不是走错地方了？"的确，岸边没有人，海面可见的范围内也没有船只停靠。

只见李明不慌不忙地掏出一根烟点上，道："小子，别急，等一会儿你就知道了。"

又等了约十几分钟，李明抬手看了看手表，这才从怀里拿出一支强光手电，向着海面上一明一暗地闪了几下，应该是在向对方发暗号。

又过了一会儿，还是不见海上有任何动静。

林玄鹤心里有些嘀咕，这到底是在干什么？说是来接头吧，到现在没有见到对方的人在哪里。另一方面，他也在担心着自己战友。左右看看，也没有看到重案队的人隐蔽在哪里，到底他们来没来呢？

正在焦急中，一处礁石附近，也发出了类似强光手电一闪一灭的信号。看来是接上头了，奇怪，来接头的人到底在哪里呢？

李明往前走了几步，探寻着那强光发出的位置。

不一会儿，从海里走出一个黑影。一开始看不清楚，等走近了一看，原来是一个人。只不过这个人全身都穿着黑色的紧身衣，再观察一下，后背上还背着个氧气瓶，原来是个蛙人！

蛙人！林玄鹤心想，这贩毒也够狡猾的，交易地点竟然选择在这礁石林立不易靠岸的海边，而且来交易的竟然是个蛙人，也就是穿着潜水衣的潜水员！没有想到毒贩竟然用这种方式逃过了海警的检查，将毒品安全带到了交易地带。

目前海东市的海警对海上的来往船只检查得很严，通过正常货物夹带的路子已经被堵没了，而利用蛙人运输毒品的方式，则是警方没有预料到的，具有更大的隐蔽性。

蛙人的腰里别着一个袋子，毫无疑问，里面装的就是毒品。

对方还真是大胆，竟然只派一个蛙人前来交易，不怕黑吃黑吗？李明这边四个人腰里别的全是真家伙，万一争执起来，四对一的火力对比显然是强弱分明。

林玄鹤警觉地往礁石区看了看，想看看是否还有其他的蛙人在那里。但黑夜里，礁石海水一片混沌，根本看不清楚礁石区里面是否还有人隐藏着。

此刻，林玄鹤还不知道交易的对方是谁。对方的实力应该远在李明他们的老大之上，所以也不怕李明等人敢黑吃黑。如果敢吃掉对方的货，对方肯定会疯狂报复的。

对方的势力之大，是李明等人无法比拟的。再说了，双方都是已经交易过多次的老生意伙伴了，只要双方都没有垮台，以后还得继续长期合作。谁也不会为了一次交易的这些毒品而翻脸火并，那就会占了小便宜而吃了大亏，更严重的后果还在后面。

就像今天的情形，对方虽然只出现了一个人，说不定还有其他的蛙人在附近藏着呢，说不定还有几把黑洞洞的枪口对着这里呢，看不到并不等于就不存在后援。蛙人携带的氧气有限，不可能从很远的地方潜过来，接应的船只应该离这里不远。

23　海边枪战

买卖双方以这种常人难以预料的方式接上了头。

李明上前与蛙人交谈了几句，蛙人从身上解下袋子，交给李明，同时示意李明把钱拿过去。

苏得胜拿着手提箱，准备递过去。

这个时候是抓捕的最佳时机，但萧云天他们到底在哪里呢？这可把林玄鹤急坏了。错过了这个时机，对方逃走，就很难再实施抓捕了。

想到这里，林玄鹤猛地上前一步，他一手拿枪，一手勒住了李明的脖子，大声吼道：“都别动！”说完向天鸣枪。枪火划破了漆黑的夜空，枪声打破了黑夜的宁静。

除了段波海之外，众人皆是一愣，谁也没有想到会发生如此变故，他们面面相觑，不知所措。

林玄鹤命令道：“苏得胜，把那个箱子扔过来！”

苏得胜看着被控制住的李明，犹犹豫豫地不知道该不该扔。

林玄鹤用枪口一抵李明，李明撑不住了，道：“赶快扔过来啊！想让我死啊！”

苏得胜这才把装钱的箱子扔了过来。

而送货的那个蛙人，也被这突然的变故惊呆了，货已经交出去了，可钱还没有到手，这让他走也不是，留也不是。

这时，李明恶狠狠地对林玄鹤说道：“你小子想干什么？黑吃黑？这么多货，这么多钱，你都独吞掉，老大一定饶不了你，你现在想清楚还不晚！”

林玄鹤冷笑着说：“你死到临头了还不知道，我可不是你想的那样，这些货，的确我也吃不了，都交给国家好了，我是警察，现在明白了吧！”

段波海这个时候也躲在林玄鹤身后，拔出枪指着苏得胜和蛙人。

李明大吃一惊，明白自己上了套了。段波海这家伙明显是被警方收买成了线人，那这个所谓的林平江显然就是卧底了。本来李明还觉得，即使自己被林玄鹤劫持，现在的兵力对比也是一比四，只要趁林玄鹤不注意的时候突然反击，说不定还有逆转的机会。现在段波海也拔出枪来对着他们，那兵力对比就成了二比三，自己还被勒住脖子，根本使不上劲。苏得胜和蛙人虽然各自掏出了枪，也指着林、段二人，但谁也不敢贸然开枪，双方形成了紧张的对峙局面。

林玄鹤的想法是，尽量多拖延一段时间，以让萧云天他们能够有时间赶过来。自己现在以一敌三，的确有很大的风险，虽然有段波海这个帮手，但段波海没有经过专业训练，指望不上。

刚才的对天鸣枪，一是要震慑住这几个歹徒，二是给萧云天他们发出信号，提供具体方位。现在只要再拖延一会儿，萧云天他们应该很快就会过来的。

“把枪都给我放下！”林玄鹤对苏得胜和蛙人大吼道。

苏得胜因为是李明的手下，现在李明被枪口指着，他也不敢轻举妄动。再说他的枪法很一般，没有突袭一枪致命的能力，只好慢慢地将枪放在脚下的岩石上。

而蛙人并不是李明的手下，对于李明的生死根本不会放在心上。刚才他一直在观察，分析着这是不是李明自己导演的丑剧，用自己人演出一场黑吃黑的好戏，以达到财货两收的目的。所以，在一开始的时候，蛙人并没有动手，而是想看看这个拿枪劫持李明的人到底是真玩还是假作。

直到林玄鹤报出了警察的身份，蛙人这才有点相信，这并不是演戏，而是李明的队伍里混进了警方的卧底，买卖双方被当场堵在了这里，拿不到钱，就把货拿回去，总不能钱货两空，那样回去如何向集团交待？

蛙人正想着，忽听林玄鹤要他缴枪。他明白，这枪一旦交出去，可就一点发言权都没有，只能任人宰割了。想到这儿，他对林玄鹤喊道：“他的生死和我没关系，你只要把货还给我，咱们井水不犯河水，否则就别怪我不客气了。”蛙人觉得虽然李明现在被劫持，但警察又不是黑社会，不可能随随便便杀人。因此，蛙人仍拒不缴枪，和林玄鹤对峙着。

其实在他身后附近还有两个隐蔽的蛙人，持着冲锋枪在后面押阵。刚才这边鸣枪，肯定惊动了他的两个同伙，估计他们也快摸过来了。到时候长火短火齐射，这小子只有一把短枪，肯定招架不住。

面对这种情况，即使把李明和警察全部射杀，估计李明的老大也不会提出什么意见。现在李明被劫持，如果顺从警方的话，他们这些人就会被全部抓获，毒品和毒资也会被全部收缴，这对双方而言都是一笔极大的损失，是哪一方也不能忍受得了的。如果把警察和李明一起杀掉，说不定会挽回一些局面，至少货、款都能保住。再让苏得胜把货带回去，自己把款带回来，交易双方仍然是互不相欠。这次交易出了问题，被警方钻了空子，归根到底还是李明用人不察，所以才导致如此危险局面的发生。

蛙人正在犹豫，一串枪声从背后传来，几发子弹奔向林玄鹤和李明而去，蛙人的同伙开火了。

林玄鹤忙拉着李明躲在一块岩石后面，但仍然是躲不过子弹，在前面的李明手臂中弹，痛得他鬼哭狼嚎。

林玄鹤也甩手一枪射向蛙人，蛙人的动作很快，已经猫到了一块岩石旁边。子弹打在岩石上冒出一丝火花，随后弹射得不知去向。苏得胜趁机和蛙人到了一起。

一时间枪声大作，两把长火、两把短火，压制得林玄鹤和段波海抬不起头来。段波海哪见过这种场面，吓得光剩下哆嗦，根本开不了枪。

林玄鹤心中暗暗着急，队长他们怎么还没有过来？自己身边就这么两把枪，加上李明身上的那把手枪，总共才三把枪，十几发子弹，撑不了多长时间的。对方的火力很猛，除了手枪的声音，还有突击步枪的声音。

24 回击毒巢

突然间，对方的枪声停止了。

林玄鹤正感到诧异的时候，只见蛙人和苏得胜，以及蛙人身后的那两个隐藏的同伙全都举着手走了出来。在他们的身后，是全副武装的刑警队员。

原来，萧云天在听到枪声后，带领人马悄悄地从背后迂回过来，抄了毒贩们的后路。毒贩们措手不及，只好束手就擒。

远处的海面上，两艘巡逻艇已经向这边驶来，巡逻艇打开了探照灯，不停地向海面进行探照，试图找出潜在的船只。

而在海上接应毒贩的快艇上的毒贩同伙听到枪声停止，看到有巡逻船赶来，已经顾不上同伙的死活，立即开足马力向外逃。毒贩这次使用的是大马力快艇，两艘巡逻艇根本追不上，眼见着快艇越跑越远，进入了公海。

此时，重案队员们会合在一起，早已有人打开了强光灯，照亮了现场。此役除了快艇没有被堵住外，基本上大获全胜。

毒品交易的上家和下家共抓获五人，缴获冰毒十余公斤、毒资几百万元、枪支七把，这样的成果也算是一件大案了。

随队而来的医生给受伤的李明紧急止血，好在都是皮外伤，伤得并不是太严重。

抓获了这一帮子人，还不算完。萧云天让人就地对李明和苏得胜进行突审，让两人带着去抓他们的老大。

开始的时候，两个人都沉默不语，他们知道这次是栽大了。尤其是李明，上次贩毒被抓获后采取拉手刹的方式冒险逃跑，此次自知罪责重大，他索性啥也不说了。

于是重点审讯了苏得胜，给他讲了刑法的规定和现在的政策。这家伙也知道贩毒的事大，一直在犹豫。

萧云天道：“法律的规定想必你也知道一些，贩卖冰毒五十克以上就要判十五年以上有期徒刑、无期徒刑或死刑，你看看你们这回接了多少货吧。现在有个重大立功的机会摆在你的面前，一定要把握住啊！”

思前想后，苏得胜决定弃暗投明，带领警察去抓老大。

萧云天命令一队人带着其他的嫌犯先回到警局严加看管，又让一队人护送李明去医院治伤，还重点叮嘱，一定要看好，千万不能再出现上次那种情况了。其余的人马，跟随萧云天一起去毒窝抓捕老大。至于老大叫什么名字，苏得胜不知道，只听李明偶尔提起老大叫“杜老大”。

一队人马浩浩荡荡地杀奔杜老大的住处，当然，都扮成了普通百姓，以防对方知道了消息逃跑。

临近小区的时候，萧云天调来的另一队人马已经在此等候，他们又带了一些武器装备。两队合兵一处，首先控制了这个豪华小区的保安，然后向杜老大的别墅进发。

考虑到杜老大让四个人去接毒品的时候都发了枪，说明这帮毒贩具有一定的火力。萧云天专门从局里又调来几只微冲和催泪弹一类的东西，狙击手也已经抢占了有利位置，对别墅进行了包围。

此时的别墅，灯光已经全部熄灭，屋内黑漆漆地，不知道里面的情况如何。

由于门窗紧锁，无法实施奇袭。好在增援的警察带了破门工具。这是一个很重的、圆柱形的铁疙瘩，上边有两根把手，由两个身穿防弹衣的警察提着，准备破门。

萧云天一看部署妥当，示意破门强攻。

两名警察拿着破门工具，使劲朝门上撞去，第一下没有撞开，但看得出门已经松动了，第二下就撞开了。

楚剑雄带领的突击小队顺势向屋里扔了几颗催泪弹，冲了进去。突击队员们都戴着防毒面具和夜视仪，能够有效地分清黑夜里的目标。

但是，想象中的枪声没有响起。原来觉得，派出去的四人都配备了短枪，那么在杜老大的家中说不定有火力更强的武器。萧云天已经命令突击队员们做好开枪准备，一旦有人试图反抗，立刻开枪射击，将其击毙或击伤。

不过这次强行破门，突击队员进入房间后，预想中的抵抗却没有发生。他们迅速搜索了整幢别墅也没有发现可疑目标。后续队员这才进屋将所有房间的灯都打开，仔细进行搜查。搜索的结果仍然是一无所获，整幢别墅已经是人去楼空了。

只见别墅内装修非常豪华，一切都是六星级总统套房的标准，只不过这里的主人已经失去了踪影。

奇怪，这个杜老大怎么知道消息知道得那么快？这么快就溜了？是碰巧这会儿没在家吗？

队员们将值班的物业经理叫了过来，让经理根据物业登记的电话通知业主回来。物业登记的业主名字并不姓杜，而是另外一个人的名字。事后查明，杜老大是借用别人的身份买的这幢别墅。

电话打通了，经理按照警方的意思通知业主，说是水管漏水了，让他赶快回来把房门打开，修理一下水管。

只听电话那头传来了一个声音："嘿嘿，水管破了？这回不是查水表了？如果我没猜错的话，你身边肯定站着一堆警察，说不定我的家门早已经被你们打开了吧！"

物业经理一惊，望向萧云天，萧云天迅速示意他装作不知道继续周旋，警方的监控正在追踪目标。"您真会开玩笑，没有这事的。"经理说道。

"我就不和你兜圈子了，你把电话交给旁边的萧队长吧。"电话那头说道。

萧云天一看瞒不下去了，只好接了电话："杜老大，别来无恙啊！奉劝你一句，赶快向警方投案自首，以争取宽大处理。"

25　神秘人再现音

只听电话那边冷笑道："萧队长，咱们打了这么多次交道，你难道还不知道我的作风吗？你忘了以前咱们的交情了？我帮了你那么多次，你也得帮我一次啊，让我投案？那怎么可能呢？"

这次的电话没有变音，显然是原音。杜老大的这番话语不禁让萧云天心中咯噔一下，难道杜老大就是以前屡次现音的神秘人吗？

如果杜老大就是神秘人，那么他肯定知道一些背后的秘密。不管怎么说，以前出现的这些电话都显得非常蹊跷。

以前的那些故意杀人案、绑架案、抢劫案、强奸案，看起来都是一个个孤立的案件。萧云天有时候也拿这些案件来做比较，尽管有些案件可能在某些方面有一些相同点，但总的来看，并没有一条线能将所有的案件都关联在一起。

所谓的连环杀手案，都是只有一个犯罪嫌疑人，在看似毫无关联的作案目标背后，都有着某种联系。这些很多都属于高智商犯罪，所有的犯罪目标背后，都有一条普通人所看不到的红线穿插其中，目标并不是随机选择，而是特有所指。

但在海东市近年来出现的这么多重案之中，已经查实嫌犯都是不同的个人，并不是同一个人，所以不属于连环杀手案。至于是否属于一个群体作案，暂时还没有结论，目前还没有充足的证据证明这一点。

想到这里，萧云天忙问道："你究竟是什么人？为什么知道这么多。"

杜老大接着说道："我是什么人？以后你会知道的，现在没有时间给你说这么多了。大家既然撕破了脸皮，以后就是敌非友了。再见！"说完就挂掉了电话。

萧云天赶紧看看身边的林玄鹤，看他有没有追踪到杜老大的方位。但林玄鹤摇了摇头，显然是没有定位到杜老大的方位。

案件暂时侦查到此了。在别墅内，除了豪华的家私之外，再也没有查到什么其他的线索，包括毒品、军火、现金都没有找到。看来，杜老大一方面乐于享受生活，另一方面还防备着后路呢。

至于为什么在交易现场被一窝端后，杜老大就能很快得知消息，迅速转移，暂时还没有头绪。这或许有很多可能，可能杜老大狡兔三窟，安排完任务后就转移了，也可能是派人盯梢，一旦交易失败就迅速通知。

在此地查不到其他线索之后，萧云天就带人收队了。杜老大的这幢别墅被暂时查封，以备以后再复勘现场。经过紧张的一夜围捕，收获满满，下一步就是固定证据了。

看着忙碌的手下，萧云天觉得目前海东市的贩毒网络已经撕开了一角，下一步就是要继续深挖下去了。

“玄鹤，辛苦你了，当了这么多天的卧底。”萧云天拍着林玄鹤的肩膀说道。

“队长，这算啥，也不是很辛苦，只是做了力所能及的一件事罢了。最后的时候联系不上你们，差点儿把我急坏了，所幸你们及时赶到。”林玄鹤说道。

“你表现得很勇敢啊，一人一枪就镇住了局面，对方两把长火、两把短火也没占到什么便宜。还多亏你及时报告了方位，使得我们能够及时赶到现场，将他们一网打尽。”萧云天道。

楚剑雄也凑过来，竖着大拇指称赞林玄鹤太厉害了。自从上次被李明使计脱逃以后，他一直憋着一口气，想尽早抓获这批毒贩。今天晚上的围捕行动他最积极，到了海滩以后，也是他带人悄悄地迂回到蛙人和苏得胜以及另外两个接应枪手的后面，进行了包抄，使得战斗进行得这么顺利。

柳如雪也走过来，打趣地说道：“玄鹤这种技术宅也有当卧底的潜质啊，表现得很勇猛啊！”

这时轮到林玄鹤不好意思了，他挠头道：“要是没有你们做强大后盾，我也坚持不下来啊！不过这次的确有点惊险，你们再晚来一会儿我就坚持不下去了。”

“好了，别谈了，回局里，把这几个家伙连夜突审一下。”萧云天说道。

虽然杜老大逃走了，但交易现场人赃俱获，现场抓获的这几个人，包括李明和苏得胜以及三个送货的蛙人，定罪都没有什么问题。查获了这么多的冰毒，海东市的社会治安又净化了不少。万一这些冰毒流入了社会，又会造成多么大的社会危害啊！

这一次，虽然抓获了送货和接货的两帮人，但双方的首脑都没有抓住，杜老大跑了，送货方的首脑到底是谁还不清楚。上家是境内的还是境外的也不清楚，这还需要对三个蛙人进行进一步的审讯以查清事实真相。

杜老大这次是头一次浮出水面，虽然这次交易的十几公斤冰毒可能还伤不了他的元气，但几百万元的毒资没有了，冰毒也落到了警方手里，不仅警方现在在找他，上家也不会善罢甘休的。

上家也是一样两手空空，货没有了，钱也没有拿到，还搭进去三个人手。

26　得胜与落败

抓捕工作告一段落，接下来的事情就是审讯了。

五个被抓的人里面，苏得胜已经率先招供了。他立功心切，带着重案队反攻了毒巢，奈何杜老大提前知道了消息，逃之夭夭。

知道没有抓住杜老大，苏得胜更加惶恐了，要求警方保护他。因为他担心杜老大的能量那么大，会不会警方在押人员中还有杜老大的眼线，万一秘密地把他杀掉了怎么办？

萧云天安慰他，说目前不用担心这样的情况，警方人员没有杜老大的卧底，也不会让他和杜老大可能有关联的人关在一起。况且，羁押场所都是二十四小时的监控，二十四小时都有人值班，不会出什么问题的。再说了，杜老大现在也不知道是谁带着人去别墅抓人的，李明有过那么硬气的表现，自然他的嫌疑最大了。

要是抓到了杜老大还好办，凭着杜老大这几年的犯罪记录，够枪毙几回的了。要是苏得胜检举立功了也好办，杜老大一死，自然没人寻仇了，将来万一出狱了，也没有性命之忧啊。

其实苏得胜充其量也就是个大马仔而已，连头马都算不上。杜老大平时的要事都是李明跟着商量，再领回来一些差事让他去做。估计像苏得胜这样的人，杜老大手下有很多，在前一阵子的扫毒集中行动中也抓获了不少马仔，都是些最底层一线的向散户出售毒品的人。

李明也算不上什么大头目，只是一个片区的毒品分销商而已，也没有进入到贩毒集团的核心层。只不过他这两年的业务发展速度很快，深得杜老大的赏识。每次新货一运到，杜老大都是优先满足李明这个片区拿货。

苏得胜则是帮李明跑腿儿的，算是李明的头马吧。两人在开始的那个小区里租了一间房子做为贩毒的基地。有人需要时，李明就让苏得胜开车去送。

除了苏得胜之外，李明还有几个送货的，李明自己很少送货。被红毛诱骗出来的那一天，正好苏得胜在外面，而且没带手机，联系不上，李明只好亲自去送了一次。这一带已经送过多少回了，没有出过什么事，李明便放松了警惕。结果，李明被警方设局抓获。不过，李明巧妙地瞒过了警方的盘查，却把自己说成是毒贩苏得胜的马仔，因为伪装得比较像，也没有引起警方的怀疑。

警方对李明的话信以为真，就带着李明，让他戴罪立功，去抓所谓的毒贩苏得胜。李明和苏得胜此前早有约定，如果出去送毒品不回来，也联系不上，那就是出事了，一定准备好营救，做好转移准备。

李明被警方带着来小区抓人，就说记不清是哪一栋楼了，在小区门口守着就行。小区的物业监控被同步连到了李明房间的电脑里，这样苏得胜就可以观察到了。然后再伺机行事，苏得胜开车引警方跟踪，到了郊区再想办法营救。

结果苏得胜当天开车出来后，把跟踪车辆引向何方，怎么处置，也是心里没谱。他想到了在偏僻的地方直接撞过去，制造个车祸。看看有没有机会，如果再没有机会，那李明也就救不了了。

没想到李明够狠，提前拉了手刹，导致跟踪车辆翻车，随车警察受伤。苏得胜这才赶快刹车跑过去，把李明拉上车，两人一溜烟地开车跑了。

那次举动可是轰动一时，把杜老大都给震惊了，认为这两个人有胆识，能干大事，于是想重用他们两个。